CB036121

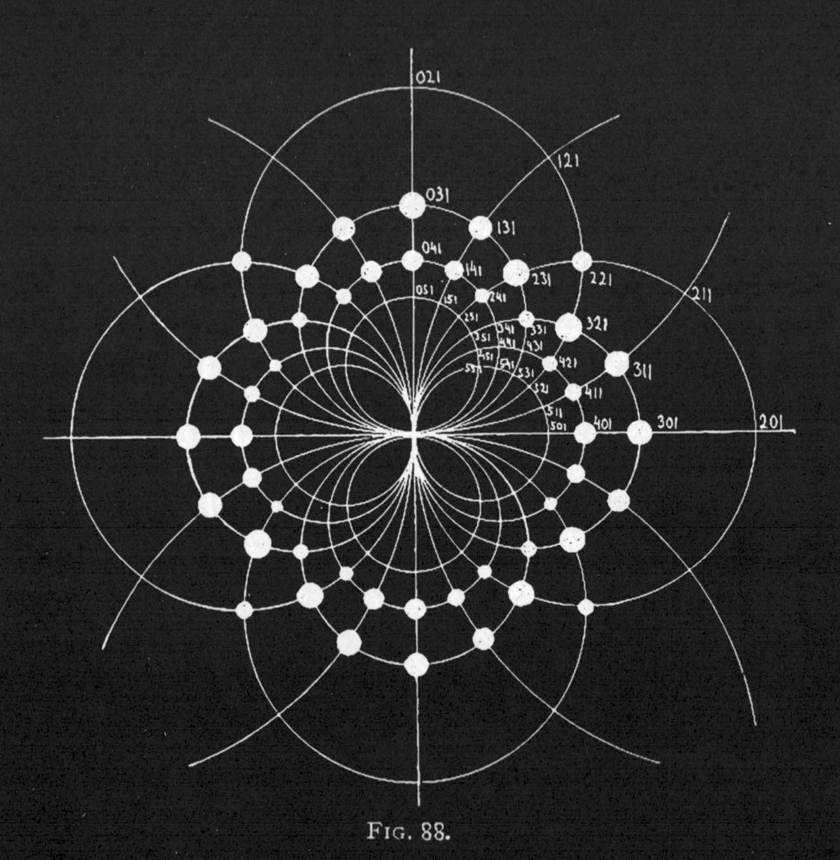
021
121
031
131
041
141
231
221
211
051
151
241
251
321
341
331
351
441
431
451
541
421
311
551
531
321
411
511
501
401
301
201

Fig. 88.

Para Sarah
e as grandes perguntas.

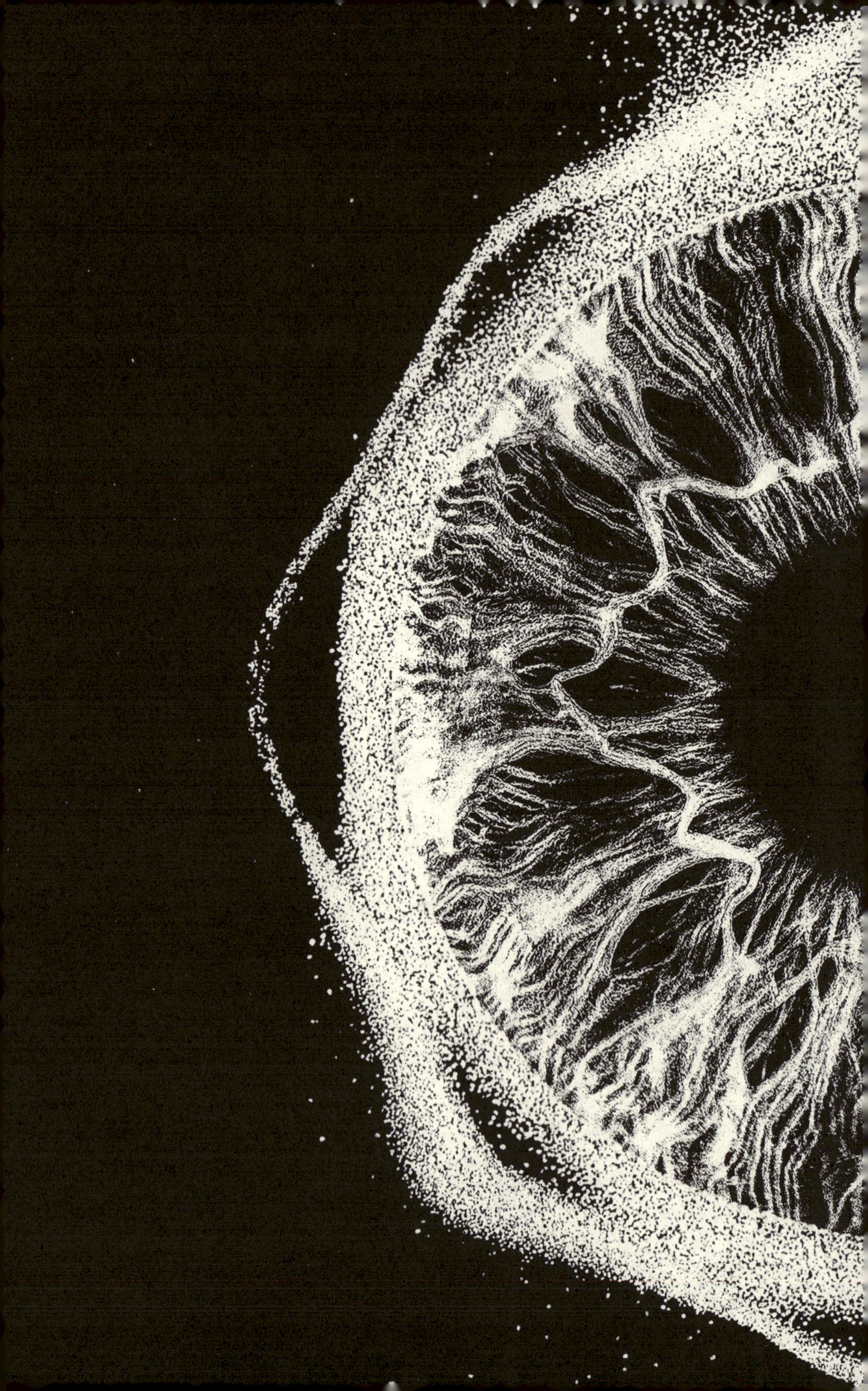

Diretor Editorial
Christiano Menezes

Diretor Comercial
Chico de Assis

Diretor de MKT e Operações
Mike Ribera

Gerente Comercial
Fernando Madeira

Gerente de Marca
Arthur Moraes

Gerente Editorial
Marcia Heloisa

Editora
Raquel Moritz

Editora Assistente
Talita Grass

Capa e Projeto Gráfico
Retina 78 e Arthur Moraes

Coordenador de Arte
Eldon Oliveira

Coordenador de Diagramação
Sergio Chaves

Finalização
Sandro Tagliamento

Revisão
Jessica Reinaldo
Retina Conteúdo

Impressão e Acabamento
Leograf

DADOS INTERNACIONAIS DE CATALOGAÇÃO NA PUBLICAÇÃO (CIP)
Angélica Ilacqua CRB-8/7057

Bravo, Cesar
1618 / Cesar Bravo ; ilustrações de Tom Caramels.
— Rio de Janeiro : DarkSide Books, 2022.
368 p. il

ISBN 978-65-5598-235-0

1. Ficção brasileira 2. Terror - Ficção
I. Título II. Caramels, Tom

22-5609 CDD B869.3

Índices para catálogo sistemático:
1. Ficção brasileira

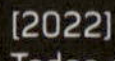

Rua General Roca, 935/504 — Tijuca
20521-071 — Rio de Janeiro — RJ — Brasil
www.darksidebooks.com

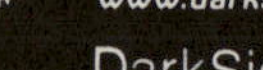

Type **CB-04DS** 06 08 17 21 23 36 88,8Hz

1618
DARKSIDE

High Frequency AM/FM • 220V/88,8Hz
CESAR
BRAVO

PRONG-TOP CAP

PRONG TUBES

6 8 17 21 23 36

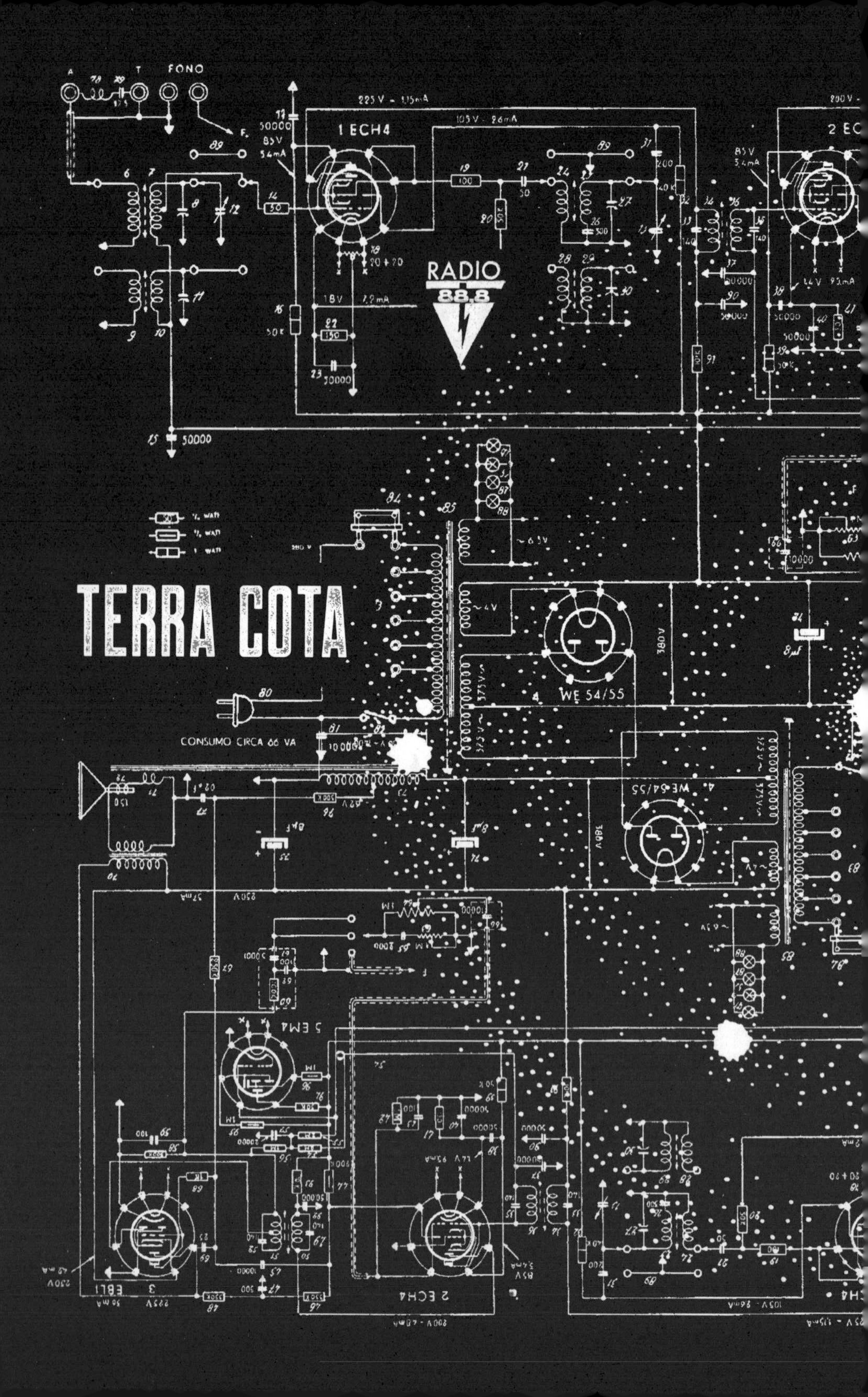
FONO
1 ECH4
RADIO
88,8
TERRA COTA
WE 54/55
CONSUMO CIRCA 66 VA

CESAR BRAVO

High Frequency AM/FM • 220V/88,8Hz

Rr

13 8/9

Nós somos uma
maneira do Cosmos
conhecer a si mesmo.

CARL SAGAN

PRÓLOGO

Não há justo, nem um sequer.
Romanos 3:10

Você não me conhece ainda, então o que eu vou contar vai parecer meio estranho e sem noção — bem do jeito que o mundo é.

Pra começar, o lugar onde eu moro é meio doido. Terra Cota tem muita coisa que você vê em tudo quanto é lugar, mas aqui, quando o chão esquenta, ele cozinha nossos calos. Meu avô de parte de mãe falava que é por causa das coisas que tem embaixo do chão, mas eu nunca acreditei que pedra ficasse quente desse jeito, ou chamasse chuva, ou valesse tanto dinheiro, mas eu também não fiz faculdade de gelo... geolo... daquela coisa que estuda a terra pra saber desses mistérios. Aqui também é bem alto (essa parte nem precisa de escola pra gente saber), uma das cidades mais altas do estado de São Paulo. Aqui é tão alto, mas tão alto, que uns espertão tiveram a ideia de fazer umas antenas gigantes e alugar, então a gente rica do rádio e da tv de outros lugares dão dinheiro pra gente rica daqui ficar mais rica. Ah, e o povo do celular também, mas eles não pagam direito, então deve ser por isso que o meu pai sempre falava que eles não valiam o sal do batizado (eu não lembro direito o que isso quer dizer, mas deve ser porque o sal custa muito menos que o serviço do padre).

Falando em padre, a gente tem duas igrejas aqui na cidade. Na verdade, hoje tem mais, mas as outras são tão pequenas que nem devem tá no mapa de Deus. A igreja católica daqui também é ruinzinha, e é cheia de gente mais ruim ainda. Eu nem gosto de falar dela. Já a outra é meio virada no Jiraya, e ela é tão crente que nem os crentes mais ranzinzas aceitam ela, tão crente que ela se apartou dos outros crente tudo. Além das igrejas, também tinha um terreiro, mas uma praga de uma mulherzinha velha e racista deu um jeito de acabar com tudo. Que eu lembre, ela fez uma peti... pe... um documento que pede coisa pra expulsar o pessoal do tambor, e quis o Deus deles lá que a mulher dos tambor encontrasse um lugar muito melhor para os filhos de santo dela morar (é assim que fala? Filho de Santo?). Sei lá. Mas eu sei que o terreiro inteiro foi pra Trindade Baixa e a xaroposa da mulher velha e racista parou de encher o saco. Depois aconteceu aquilo com ela, aquela coisa terrível (que muita gente daqui chamou de justiça).

Das duas igrejas, quase não se ouve falar da católica, e pra falar a verdade o povo daqui é bem ateuzinho de bosta. Eu não falo que todos os ateus são bosta, longe de mim, mas o povo das duas igrejas fala, então eu repito, que nem um papagaio. Engraçado falar de papagaio nessa cidade, mas isso vocês só vão entender quando souberem do resto todo. Agora eu tô rindo que nem um esganado. Meu pai que já morreu ia chamar de "risada de retardado", mas até eu (mesmo sendo lerdo agora, um pouco, não muito) sei que não se pode sair por aí falando desse jeito. Isso seria tão ruim quanto falar que a minha prima de segundo grau, aquela que morreu, é meio puta. Ninguém fala que ela é essa coisa feia, mas a minha mãe falou uma vez, quando eu era criancinha. Ela falou bem assim pro meu pai: "eu sempre achei ela meio puta". Agora eu tô rindo de novo, daquele jeito todo descoordenado. Quando eu dô risada assim, todo engasgado, sai até meleca do nariz. É meio nojento, mas pelo menos eu tô vivo, sorte que muita gente daqui não teve.

Aqui na região é assim, quando menos se espera, desce alguma cagada do céu e morre um monte de gente. Já teve de tudo. Acidente de ônibus, orfanato pegando fogo, assassino psicótico (acho que é assim que escreve, mas eu não tenho certeza), gente cortando a perna, teve também o moço que jogou um avião aqui, mas errou e acertou Velha Granada, uma outra cidade aqui de perto. Teve também a gripe, que ainda tá solta por aí; essa sim matou de verdade. No começo, a tv disse que só matava velho, mas então morreu aquele homem careca da tv que tinha só quarenta anos e todo mundo colocou a máscara na cara de novo.

Às vezes, mesmo com a minha cabeça esfarelada, eu acho que o povo é meio burro. Será que tem que morrer um monte de gente de novo pra gente acreditar que a morte existe? Às vezes, eu acho que é só desse jeito, com morte, que a vida pode continuar existindo.

Outra coisa que eu acho que ninguém quer saber (mas vou falar do mesmo jeito), é que eu não nasci assim marcha-lenta. Eu fiquei assim depois de estourar a minha cabeça, mas eu acho que vocês vão entender essa parte facinho. E se ninguém entender, eu também não ligo, porque mesmo sendo lerdo, meio gardenal como falam aqui, eu ainda sou muito mais esperto que um monte de gente.

Dessa parte de ser normal eu não lembro como era, mas eu lembro que fiquei em uma clínica e que eu quase fui preso, mesmo com a cabeça parecendo uma jaca rachada. Minha irmã sempre fala que antes de eu começar a fazer cocô na calça igual o pessoal do asilo, eu até ganhava dinheiro. Ela também fala que eu era bonito, e que tinha um monte de menina no meu pé, que tinha até homem! Quando eu olho no espelho, eu nem acredito nela. Minha cara ficou meio assim... meio torta, o olho direito pendeu e o esquerdo subiu, e eu ganhei um monnnnnte de ponto na cara (daí um povo besta daqui começou a me chamar de Overloque, e minha irmã explicou que é um ponto da máquina de costura). Eu também perdi metade da tampa da cabeça, mas os médicos remendaram ela certinho. Eles colocaram uma placa de ferro, e eu às vezes escuto rádio nela. E eu aqui falando de mim e rindo, que nem um retar... uma dessas pessoa especial, em vez de falar da cidade.

Aqui faz muito calor e chove pouco, mas quando chove, parece até que Deus quer dar descarga na gente, igual ele tentou fazer naquela outra cidade aqui perto, onde choveu sangue. Minha mãe nunca gostou que eu falasse assim de Deus, mas eu acho ele meio xarope, um isentão, porque ele podia ter inter... ce... podia ter se metido, mas não fez nada disso. Deus ficou lá olhando e rindo do meu cabeção rachado e do que acontecia na cidade da gente.

Agora eu vou deixar vocês aí lendo um monte de coisa que escreveram da nossa cidade, e eu acho que metade deve ser mentira. Ah! Péraí! Se tiver algum rádio por perto, é melhor desligar. Vocês ainda vão entender essa parte. Ou não. Eu não ligo. Tô com dor de cabeça de novo.

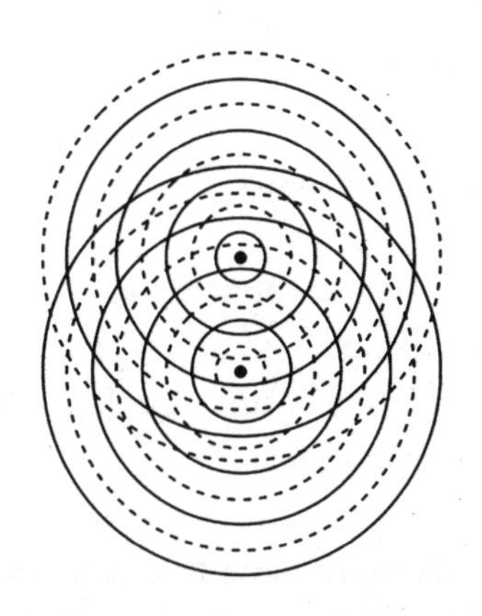

PONTO ZERO

Um número, era o que estava escrito.

E era tudo o que estava escrito nas dezenas de smartphones que receberam aquela primeira mensagem. Já o que se escondia das telas e circuitos transdutores era algo muito mais significativo, uma espécie de intuição ruim que sempre acompanha as piores notícias possíveis. Algumas vezes, nas raras ocasiões que ninguém é capaz de esquecer, é assim que a coisa começa: como um acaso.

Seis segundos antes dos bips animarem os telefones e das interferências distraírem a tv e o rádio, o biólogo Mário Frias estacionava seu Chevrolet Onix na frente da escola municipal Lúcia Boaventura Marvila, esperando que seu filho de onze anos saísse pelos portões. À frente dele, e também nos carros de trás, outros pais faziam o mesmo, embora o traseiro forjado em horas de agachamento de Isabela Távora arruinasse boa parte da dedicação daqueles homens à paternidade. A moça eleita por três vezes Miss Baile Primavera do Cotton Clube Terra Cota usava um top florescente e uma daquelas calças mais justas que Jesus Cristo. Sobre a calça a vácuo, uma sainha preta, tão inútil quanto um regador em uma noite de tempestade.

Nas mãos, Miss Baile Primavera carregava duas sacolas da grife local Madame Lullaby, umas das muitas empresas da família Rocha, e ela não teve outra opção que não fosse se abaixar um pouco e deixar as sacolas no chão quando seu celular apitou. Foi nesse exato segundo que Mário Frias precisou dar atenção ao seu próprio smartphone.

Timm.

Por um pequeno espaço de tempo (pequeno mesmo, em uma fração de segundo) todos os cães da cidade inclinaram seus pescoços na esperança de descobrirem o que era e de onde vinha aquele ruído tão estranho. Alguns pássaros se desorientaram e se chocaram em pleno voo, uns poucos gatos se desequilibraram dos muros, enquanto bois e vacas rosnaram como animais selvagens. Já as pessoas, embora nada tivessem ouvido além do pequeno *tim* reverberante de seus celulares, sentiram seus braços se arrepiando, os olhos se apertando, alguns chegaram a sentir uma pressão gelada nas profundezas do estômago.

As consequências da interrupção daquelas vidas ordinariamente comuns também foram bem rápidas, sobretudo a que aconteceu à frente de Mário Frias.

Mário baixou os olhos, checou a tela do iPhone e, quando tornou a erguê-los, ainda teve tempo de observar uma pequena sacudida na sainha tamanho negativo de Isabela Távora.

Na sequência, um vulto preto interrompeu momentaneamente sua visão e o som estridente de uma buzina o levou para dois ou três metros à frente de onde estava estacionado. A luz de freios da picape Montana de Ícaro Rocha continuava acesa e se afastando depressa, mas Mário Frias concentrava os olhos um pouco abaixo do para-choque, na mancha vermelha, cheia de pedaços desfiados de carne, que se esticava pela escuridão do asfalto quente.

Os gritos vieram depois.

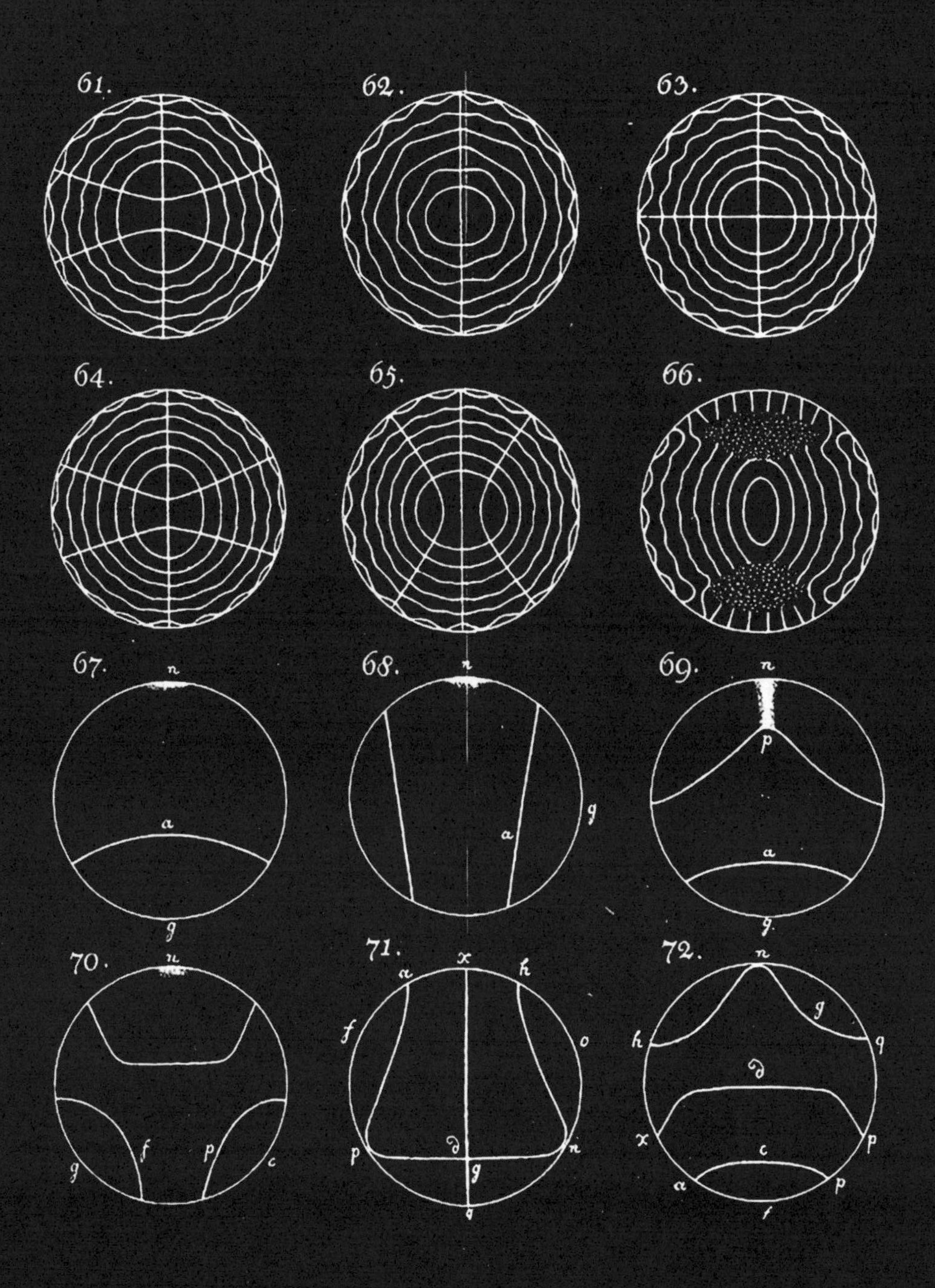
61.
62.
63.
64.
65.
66.
67.
n
a
g
68.
n
a
g
69.
n
p
a
g
70.
n
g
f
p
c
71.
a
x
h
f
o
p
n
g
72.
n
g
h
q
x
p
c
a
p
f

Woke up this mornin', I was feeling quite weird
Had flies in my beer, my toothpaste was smeared
I opened my window, they'd written my name

Acordei hoje de manhã, estava me sentindo meio esquisito
Tinha moscas na minha cerveja, minha pasta de dente estava suja
Abri minha janela, eles tinham escrito meu nome
("Mr. Spaceman" – The Byrds)

— E estamos de volta, queridos ouvintes da 88,8 FM! Aqui quem fala é Júlia Sardinha em mais um plantão de notícias! E depois de outra chuva que ameaçou levar todo mundo de volta pra arca do seu Noé, a boa nova é que desde a madrugada de ontem não cai uma gota do céu, e a previsão é de sol forte durante a semana toda.

"Também temos boas notícias com o recorde de vendas da rifa beneficente dos Filhos de Jocasta! Segundo a organização, as crianças amparadas terão um Natal de verdade esse ano, graças à boa vontade do povo de Terra Cota. Vocês são uns fofos!

"Agora vamos aos B.Os., meus camaradas... porque a pérola de quartzo do Noroeste Paulista ainda passa bem longe do paraíso.

"O departamento de trânsito notificou um novo desabamento no Morro do Piolho. Segundo informações que recebemos da ONG Três Marias, que presta auxílio a gestantes e menores abandonados do bairro, não houve vítimas fatais, mas a situação ainda requer cuidado. A presidente da ONG, Clara Maria Lins, também relatou que uma idosa quebrou o braço, mas nossa amiga passa bem, depois de receber os devidos socorros.

"Más notícias também para quem precisa pegar a estrada hoje, ou pra quem planeja receber aquela tão aguardada visita pós-quarentena na próxima semana. Segundo o Departamento de Estradas de Rodagem, o D.E.R., a pista só será liberada na totalidade em quinze dias, devido a um deslizamento da encosta. Enquanto isso, é altamente recomendável que se evite sair da cidade. Vamos deixar o pessoal da retroescavadeira trabalhar em paz, né, minha filha?

"Não é a primeira vez que ficamos ilhados, então acho que podemos ser um pouco mais otimistas que esses quinze dias. O que você acha, seu Milton?"

Entrou a vinheta: "Milton Sardinha-nha-nha-nha!".

— Eu acho que a gente vai ter muita sorte se não começar a chover de novo. Da última vez que choveu desse jeito ficamos quase dois meses isolados.

— Esse é o sempre otimista Milton Sardinha, também conhecido nessas paragens como meu pai. Agora vamos acalmar os ânimos embarcando na voz messiânica do nosso querido Zé Ramalho. E não esquece de aproveitar o sol e estender aquela roupa de cama no varal! Vai que chove?

PARTE 1

PROBLEMAS COM FREQUÊNCIA

High Frequency AM/FM • 220V/88,8Hz

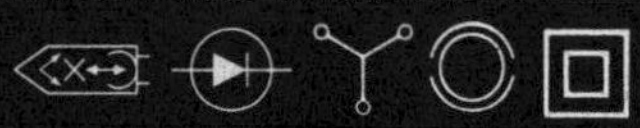

1

Algumas cidades se saem melhor erguendo muros do que construindo pontes.

Esses lugares fazem suas próprias leis, adotam códigos particulares de conduta, elegem seus próprios santos, seus próprios heróis. Em toda cidade isolada existe uma menina que morreu de inanição e começou a fazer milagres, um menino que se afogou no rio e dobrou a quantidade de peixes, um homem adulto que enfrentou a revolução de peito aberto e acabou pendurado em uma forca. Aprovados pelo céu ou não, é dessas pessoas e suas histórias trágicas que muitos preferem se lembrar. Quanto aos heróis, essas mesmas pessoas costumam eleger os grandes canalhas; homens que ganharam a vida como latifundiários escravagistas, políticos corruptos e soldados psicopatas. Essa gente de bem.

Dando nenhuma importância para a cidade ou aos ilustres nomes estampados em suas placas de trânsito, Thierry Custódio esticou o braço, apanhou o ferro de soldar e aproximou o tubinho com estanho de uma das pernas do resistor de 10k ohms que acabara de substituir. Entre todos os cheiros do mundo, o odor adocicado daquela fumacinha era um dos poucos que o fazia sorrir de verdade.

Espremidos em prateleiras de madeira, as dezenas de projetos inacabados, rádios e peças para reposição acumulavam o mesmo odor, enquanto observavam seu grande amigo, o homem do ferro de solda, erguendo mais um pouco de sua fumaça sagrada.

A sala de reparos da Raio-Z Eletrônica também acumulava todo tipo de equipamentos de análise e manutenção. Fontes de alimentação, detectores de radiação, detectores de rádio frequência, osciloscópios, frequencímetros, multímetros chineses vagabundos e outros bem mais caros, verdadeiros aparelhos de precisão. Também havia televisores aos montes, pelo menos quinze deles. De rádios e videocassetes condenados, uma pilha que chegava ao teto. Protegidos dessa montanha de entulho, alguns rádios valvulados mereciam seu próprio trono, como a belezinha que Thierry Custódio reparava naquele exato momento.

Ele trabalhava duro naquele rádio há duas semanas, queimando os neurônios, transpirando e fumando, tentando encontrar uma maneira de trazê-lo de volta à vida.

O primeiro professor de eletrônica de Thierry Custódio (seu irmão e alguém tão autodidata quanto ele mesmo), costumava dizer que sempre era mais fácil comprar um aparelho novo do que consertar uma coisa velha. "Mas que graça tinha isso?", ele mesmo completava. Thierry havia sido abençoado com a mesma teimosia sem propósito.

No canto da boca, o Hollywood erguia uma fumaça azulada. Com a ausência de vento, a fumacinha subia como algo líquido, e dessa mesma forma ela se empoçava no teto, para só depois aceitar desaparecer.

Concluída a solda, Thierry retirou o tubinho da boca e o recolocou no cinzeiro, que já acumulava mais de trinta tocos do mesmo cigarro. Tossiu em seguida. Nada que fosse novidade. Em dias mornos como aquele (e em todos os outros), o cigarro era sempre uma boa companhia.

— Olha, meu amigo — Thierry disse ao rádio com sua voz gasta —, eu fiz o que pude. Troquei peças, dei um jeito na sua tomada, soldei tudo o que estava solto. Agora depende de você.

Recado dado, Thierry levou o aparelho para outra mesa de bancada, que estava um pouco mais limpa que o ferro-velho do meio da sala. Ainda assim, o técnico precisou empurrar uma extensão elétrica para o lado, a fim de garantir um espaço seguro para o tataravô dos rádios modernos.

Como aqueles rádios, Thierry Custódio também passava longe da juventude. Quem o via na rua, andando depressa com uma sucata ou outra nas mãos, o colocava na faixa dos oitenta, mas pode ser que ele tivesse bem menos. Desde os vinte, Thierry fumava duas carteiras de cigarros por dia — ou três, no caso de precisar sofrer com um jogo do Palmeiras. Graças aos cigarros, o que ele economizava nos quilos recebia nas rugas. Cabelos, ainda tinha um bom tanto, embora fossem reduzidos a um corte dos anos cinquenta, que jamais seria considerado bonito por alguém com o privilégio da visão.

— Seu Custódio! Seu Custódio! O senhor tá aí, seu Custódio?

Com a gritaria, o velho quase derrubou o rádio. Mas conseguiu o reequilibrar, deixar o aparelho na mesa e atravessar a cortina de contas de vidro que levava à frente da oficina (que ele, aliás, sempre chamou de *Comércio*, porque oficina era algo muito, muito depreciativo).

— Posso saber qual é a emergência antes de ter um ataque do coração? — perguntou ao menino. O garoto continuava se afobando no balcão de fórmica.

— A dona Eugênia, seu Custódio! Ela morreu bem na minha frente! A caminhonete do Ícaro Rocha passou voando e *przuuuuuu* — o garoto fez um som peidoso com a boca. — Não sobrou nada dela! E a dona Olinda costureira só não morreu porque Deus colocou a mão. Foi o que meu pai disse, ele tava bem do lado, esperando eu sair da escola e...

— Misericórdia, Arthurzinho, respira um pouco ou quem vai morrer vai ser você.

Ele mesmo respirou fundo, na intenção de dar um incentivo ao garoto.

— Agora me conta com calma o que aconteceu.

— Ninguém sabe direito. — O menino disse e subiu a plataforma do balcão como se fosse o dono da loja, e atravessou. — Meu pai falou que a dona Eugênia e a outra pararam no meio da rua pra ver o telefone. Daí veio a caminhonete e pegou elas em cheio. Meu pai não quis falar muito e nem me deixou ver direito, mas o Yoshiro, da minha sala, falou que o braço dela separou do corpo e tudo.

— Meu Deus do céu, que coisa horrível. Mesmo se tratando daquela mulherzinha... ninguém merece morrer desse jeito.

— O senhor conhecia ela? — o menino perguntou, já mexendo em alguma coisa que encontrou sobre a bancada (a carcaça de um Playstation 2, modelo Fat).

— E quem não conhecia aquela peste? — Thierry Custódio passou pelo menino e seguiu pelo cômodo esfumaçado. — Conheço a dona Eugênia da Conceição desde o meu tempo de escola. Ela vivia grudada nas outras mocinhas feito uma sarna, fazendo a cabeça delas com toda aquela conversa de igreja. Mas é claro que ninguém desejaria uma coisa dessas, morrer desse jeito, moída como um tomate, que Deus tome conta da pobrezinha. E aquele frangote, o menino dos Rocha... todo mundo sabia que era questão de tempo até ele machucar alguém com aquela caminhonete.

Arthur logo se distraiu novamente da conversa. Ainda era cedo para contar a Custódio, mas ele queria aprender mais sobre aquele mundo. Não era algo que os meninos de sua idade gostassem, mas com Arthur era diferente. Ele via algo de exótico naquele enxame de pecinhas, algo mágico.

— O senhor também arruma pedal de guitarra? — perguntou, já com a carcaça de um Boss Distortion DS-1 na mão.

— Só quando não tenho escapatória. O Nelsinho Cabelo deixou aqui hoje cedo. Bendito seja o Nelsinho e o conjunto ruim dele, mas pobre como ele é, eu sou a única esperança de manter os equipamentos em ordem.

— Já descobriu o defeito? — Arthur perguntou, rodando o pedal dissecado à frente como se pudesse ver o problema com os olhos.

— Um dos reguladores de voltagem entrou em curto. Quando um deles falha, o circuito de proteção entra em ação para não queimar o resto da placa. O pedal parece mortinho, mas é só trocar a peça certa.

— Meu pai me deu um pedal também, ganhei junto com a guitarra, mas é uma bosta.

Thierry o olhou seriamente pelo uso do verbete, mas não interrompeu o menino.

— E a guitarra?

— Uma Tagima usada — Arthur respondeu e devolveu o Boss laranjinha para a bancada.

— As Tagimas eram melhores no tempo do Seizi Tagima, ele fazia à mão, uma a uma. Madeira boa, peças de primeira, depois a coisa desandou. Se você deu muita sorte, pegou uma das antigas, feitas de marupá. Mas me conta mais desse pedal, talvez eu possa fazer um ajuste.

— É um phaser da Chorus, deve ter uns trezentos anos.

Thierry torceu a boca.

— Pedais phaser modulam a onda, como os flangers, mas eles não deformam. É diferente desses outros que amplificam o sinal até começar a rachar. Pra vocês, meninos que gostam de caixas de abelha, phasers são inúteis. E se ele é da Chorus... Jesus tenha piedade. É melhor jogar fora.

— O senhor sabe montar um desses? Um pedal de distorção?

Thierry deu um sorrisinho e caminhou até os fundos da sala. Depois de se esticar em uma das prateleiras, voltou segurando uma caixa de ferro pintada de vermelho. Era um pouco menor que um tablet, mas tinha uns cinco centímetros de altura, e quatro botões de ajuste.

— Pode pegar pra você.

Arthur apanhou o artefato nas mãos e o rodopiou na frente dos olhos, dividindo espaço entro o espanto e a alegria.

— É um pedal de distorção, um protótipo. Se você der muita sorte, ele ainda funciona. Só não espere esses sons comprimidos dos conjuntos de hoje em dia. Essa coisinha aí tem vontade própria.

Dito isso, Thierry voltou ao rádio valvulado e apanhou o cabo da tomada procurando um bocal livre.

— Conseguiu arrumar? — O garoto perguntou por cima do rádio. O velho andava debruçado sobre aquela velharia desde a semana anterior.

— Isso é o que nós vamos saber agora.

Vencido pela curiosidade (e ela nem precisou brigar muito), o menino foi chegando mais perto. E chegou tão perto que poderia se tornar o aterramento daquele pedaço de tecnologia abandonado pela civilização.

— Chega um pouquinho pra trás. Esse radinho não tem um bom isolamento da rede elétrica, um choque dessa piroca pode matar um menino como você.

Da primeira vez que ouviu o verbete, Arthur riu pra caramba, mas agora não se emocionava tanto. Piroca isso, piroca aquilo, birosca aquilo outro, era só ficar tenso que as pirocas e biroscas ganhavam o mundo pela boca de Thierry Custódio.

— E o que um choque dele faz com um adulto, tipo o senhor?

Thierry virou o rosto enrugado e cedeu um sorriso.

— Com um velho? Ele mata, com toda certeza.

Dessa vez o menino recuou. Não um passo, deu logo três de uma vez. Thierry não demonstrou receio algum e foi logo enfiando a coisa na tomada.

— Lá vai.

Houve um pequeno estalido e... nada melhor do que isso. Thierry suspirou lentamente, sacudiu a cabeça, e apanhou outro cigarro do bolso da camisa. Acendeu o tubinho com um bic amarelo que estava dentro do mesmo maço.

Encorajado pelo fracasso do rádio, Arthur voltou a se aproximar.

— Pelo jeito, ainda tá pifado.

O velho Custódio soltou a fumaça pelo nariz, como um dragão. Também chegou mais perto, apertou uma pequena válvula contra o soquete e fez o mesmo com outra, que tinha o dobro do tamanho daquela primeira. Então...

Poc!

— *[...] assunto do dia continua sendo o que aconteceu com os nossos telefones! Se você também recebeu uma mensagem misteriosa nessa manhã, participe daqui a pouco do nosso* Soltando o Verbo, *ao vivo com Júlia Maria e Milton Sardinha, o seu amigo nas ondas do...*

— Parece que agora foi — o menino se corrigiu.

Para completar os testes, Thierry mudou a sintonia do aparelho, bem devagar.

— Acho que sim — disse ao garoto. Em seguida confessou ao rádio: — É um pecado deixar uma belezinha como você voltar dos mortos na frequência do bunda suja do Milton Sardinha, mas bem-vindo de volta.

2

Ícaro Rocha finalmente estava sozinho em seu quarto.

Contrariando sua pior expectativa, ele não foi preso depois do acidente, nem mesmo foi acusado de nada mais sério do que se distrair. Mas Ícaro ainda sentia o tranco da Montana atropelando o corpo de Eugênia da Conceição, assim como via o rosto da segunda mulher, Olinda, que teve a sorte de ser lançada a dois metros do chão e só fraturar a bacia. Tragicamente, ele se lembrava com maior perfeição do branco brilhante da dentadura da costureira voando em câmera lenta.

De certa forma, aquelas duas sempre estariam com ele, principalmente a velha Eugênia. A morte não é boa em se despedir, então ela ficaria por perto, presa em uma realidade que não é mais dela, parasitando a consciência dos que ainda estão vivos. Esse era um bom resumo da espiritualidade de Ícaro Rocha. Mas talvez, bem, havia aquela pequena chance dos religiosos fanáticos (como a mulher que ele despachou ao céu) estarem certos. Nesse caso, sobretudo depois da gripe, haveria uma legião de gente morta perambulando na cidade, corpos estacionados ao vento, desejos se perdendo na brisa.

Alguém bateu à porta do quarto e o libertou de sua consciência.

— Me dá um tempo, porra — Ícaro resmungou da cama, sem tirar os olhos do teto.

— Sou eu, Ique. — A fechadura de bronze girou e a porta se abriu. — A Adriana pediu pra eu subir.

Ícaro continuou esticado no colchão, o rosto mirado no teto, as botas para fora da cama. Ainda usava a mesma roupa que colocou ao acordar.

Ele e o rapaz que entrava em seu quarto estavam juntos minutos antes do acidente, escolhendo bebidas para a viagem do fim de semana que jamais aconteceria.

Leonardo Prata e Ícaro Rocha eram amigos desde o primário. Mais que amigos, quando a coisa ficava feia — como estava agora —, evoluíam a cúmplices. Leonardo girou a cadeira da escrivaninha do computador e depositou seu peso no assento. Se ele continuasse se envenenando com o coquetel mágico da academia, logo não caberia nela.

— Você se machucou?

— Matei uma velha e mandei a outra pro intensivo, então... de certa forma.

— Que merda — o rapaz na escrivaninha completou, um pouco cabisbaixo. Mas manteve os olhos no amigo.

Ícaro inflou o peito e soltou o ar pelas bochechas infladas.

— Não deu tempo pra nada. Eu não tava correndo como todo mundo anda falando, mas não teve jeito. Aquelas duas antas saíram de trás da van do Wilsinho eletricista e pararam bem no meio da rua, feito duas samambaias, olhando pra porra do telefone. Eu ainda meti o pé no freio...

— Não foi culpa sua, irmão. Ninguém podia adivinhar. Podia ter sido eu, o seu pai, qualquer um. Tentei falar com você o dia inteiro. Eu, o Tuca... a gente tá atrás de você desde o começo da tarde.

— Desliguei o celular. Eu não aguentava mais repetir a mesma história.

Como quem ouve um encanto, Leonardo apanhou seu próprio smartphone do bolso. Como quem cede a um vício, deixou o amigo no vazio e deu uma olhada nas últimas mensagens de seu WhatsApp. Só em seguida escureceu a tela, mas manteve o celular sobre a perna direita, como um cigarro prestes a ser aceso.

— E a polícia?

— O básico. Fizeram bafômetro, um monte de perguntas, pegaram duas ou três testemunhas pra me foder. Fiquei plantado naquele lugar até as três da tarde. Resgate, guincho, e ainda precisei esperar o excelentíssimo senhor médico responsável que, por algum mistério da natureza, não estava na cidade. Acabaram mandando outra pessoa. O resto do dia eu passei ouvindo sermão do meu pai.

— Que merda.

— Foi sim. Uma merda gigante. E só não foi maior porque o seu Rocha arrumou dois cabeçudos pra testemunhar pra mim. Eu consegui o inspetor da escola.

— Nelinho?

— E tem outro? O Nélis é meio burro, mas acho que vai conseguir falar a verdade.

Ícaro se levantou e passou as mãos sobre os cabelos sem corte.

— Você precisava ter visto. Elas pararam do nada, não tinha como desviar. E ainda enfiei o carro no Toyota do Carlos Magno, da padaria.

— Podia ter sido pior.

— Sério? E de que jeito? Porque se eu tivesse ido pro espaço, não estaria tendo essa de dor de cabeça. Você conhece essa cidade, Léozão. Daqui pra frente eu não sou mais o Ícaro, eu sou o cara que matou a velha. Quando eu tiver meus filhos, eles vão ser filhos do cara que matou a velha. Fala a verdade, Léo, pior do que isso, só matando uma criancinha.

— Ou uma grávida... — Léo observou. Os dois riram. — Precisa pegar leve, irmão. É normal se distrair um pouco na direção, acontece com todo mundo.

— Distrair?

— É, Ique. Mudar a música do rádio, olhar o celular, mexer com uma gostosa...

— Ah, Léo, tomá no cu. Sabe quantas vezes eu já respondi isso hoje? *Puta que pariu*, cara! Puta que pariu seis vezes! — Ícaro bufou e tornou a passar as mãos sobre os cabelos oleosos.

Leonardo o esperou relaxar um pouco antes de fazer outra pergunta, a que realmente poderia melhorar o estado de ânimo de seu amigo.

— Não tá sabendo de nada, né? Da treta dos telefones?

— Eu sei que mandei uma mulher pro céu e rachei a bacia da outra.

— Dá uma olhada nas mensagens, perto do meio-dia. Deve ter um SMS do remetente 83858. A mensagem também pode ser o mesmo número. Se não estiver lá, dá uma caçada no Whats.

Com a paciência que restara do dia, Ícaro resgatou o smartphone embaixo do travesseiro e ligou o aparelho. Levou mais quinze segundos até que o iPhone se iniciasse e liberasse a tela.

— Tá, recebi. E daí?

— Quem mandou *essa* mensagem matou aquela mulher. Meio-dia em ponto todo mundo que eu conversei hoje recebeu essa porra. Meu tio do controle de vigilância de trânsito contou pra minha mãe que tiveram mais cinco acidentes, um deles na entrada da cidade; parece que um carro desviou de outro e atropelou o brasão do Rotary Club.

— Foda-se o Rotary. Morreu mais alguém? — Se Ícaro Rocha pudesse ser sincero, diria que uma segunda ou terceira morte o deixariam bastante confortável.

— Não que eu saiba, mas pode ter acontecido.

Ícaro apanhou uma jaqueta de sarja e a colocou nos ombros. Não estava tão frio ainda, mas a temperatura em Terra Cota sempre caía um bocado à noite. — Tá de carro aí? Preciso sair um pouco.

— Canhoto? — Leonardo se levantou e foi apanhando a chave do Nissan de seu bolso.

— Qualquer lugar que tenha cerveja.

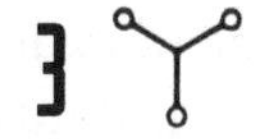

Aquiles Rocha estava sorvendo seu uísque, tentando esquecer mais um dia de merda em sua vida gloriosa quando seu filho mais velho desceu as escadas, seguido pelo mosca-morta do seu melhor amigo. Ícaro usava aquela jaqueta fedida que parecia feita de lona — o que significava que ele estava pensando em sair de casa —, e o outro vestia uma camisa de manga apertada que exagerava seus músculos adubados por anabolizantes equinos.

— Posso saber aonde é que as princesas vão? — Aquiles saiu da poltrona e se adiantou até a frente da escada.

— Preciso sair um pouco dessa casa. — Ícaro endureceu o tronco, a fim de ganhar alguns centímetros.

— Oh, sim, claro que sim. O punheteiro velocista manda uma velhinha pros braços do senhor Deus e o problema é essa casa. Quem mais é o problema, Ícaro? Sua irmãzinha Mariana, que vai ser motivo de piada até entrar pra faculdade? Seu pai, que ficou o dia todo no telefone pra livrar o seu rabo dessa pica? Ou a coitada da sua mãe, que precisou de um tranquilizante pra controlar a pressão?

— Ela não é a minha mãe. — Os olhos de Ícaro se inflaram de todas as pequenas veias que os nutriam. Olhos que diziam: "teria sido muito melhor se um certo rolha de poço bebedor de uísque estivesse na frente da Montana". — Eu preciso respirar um pouco — explicou novamente ao pai.

Aquiles sustentou o olhar. Gentilmente, levou o copo à boca e sorveu mais um gole de uísque, fazendo o máximo de ruído possível.

— Sabe, moleque, eu já fui daqueles que ficavam se perguntando onde foi que eu errei. Mas no nosso caso, o erro é todo seu. Sempre paguei as melhores escolas, os melhores cursos, eu e a falecida queríamos que você conseguisse o que a gente nunca teve. Já vossa senhoria parece ter o único e sagrado objetivo de me foder o juízo.

Enfim, Aquiles saiu da frente da escada. O rapaz não se moveu. Às suas costas, Leonardo conseguia notar as mãos do amigo apertadas contra as palmas, preparando um soco, compondo uma retaliação edipiana.

— Pode ir, frango — disse de costas ao filho. — E tenta não matar ninguém dessa vez.

Antes de descer, Ícaro engatilhou um revólver imaginário e disparou na nuca do pai.

Léo riu e o seguiu até a porta.

— Eu ainda faço uma merda — Ícaro disse assim que tomou o primeiro gole de cerveja.

— Pai é tudo igual. O seu Alê tá pensando que tem vinte anos de novo. Pagou pra esticarem a cara dele, entrou na academia e tá tomando Viagra. Tudo pra continuar comendo a arrombada da Patrícia Lima. Quem devia tá comendo ela era eu, porra.

— Pelo menos seu pai não casou com ela.

— Ainda. — Leo também deu um gole na cerveja.

O Pinguim Canhoto ainda era o melhor oásis no deserto de Terra Cota. A cerveja estava sempre gelada, o som ficava ajustado em um volume tolerável, a iluminação não agredia os olhos. Duas vezes por semana, o Canhoto também funcionava como Pub, e com chopp em dobro às quintas-feiras, o que quase sempre salvava a semana e antecipava a bebedeira das sextas.

A pedido de Ícaro, preferiram o balcão, onde poderiam sentar de costas para a área das mesas que sempre concentrava mais gente. Quando chegaram, em cerca de dez minutos, mesmo não cruzando os olhos com quem já estava no bar, Ícaro se sentiu mais exposto que uma amputação na altura do fêmur — os clientes não só o notaram como acotovelaram quem não estava prestando atenção. Eles ainda estavam olhando e comentando, Ícaro podia vê-los pelo reflexo da prateleira espelhada das bebidas.

— Seu Aquiles não era grande coisa quando minha mãe estava viva. Ele sempre trabalhou bem mais do que foi marido, então eu não esperava muito. O que me fode é nem deixar o corpo esfriar. Faz menos de dois anos, cara, dois anos.

— E a sua irmã?

— Mariana é na dela. O meu pai e a piranha da Adriana enchem ela de presente. Ela trata a Adriana como mãe.

Leonardo já preparava mais uma frase motivacional que dificilmente motivaria seu amigo quando os dois iPhones apitaram. Como tinham o mesmo som de campainha, o sinal teria se passado por um só. Isso se não tivesse acontecido o mesmo com uma porção de telefones espalhados pelo bar.

Ícaro não se mexeu, se existia uma coisa que não o interessava no momento, era verificar uma mensagem no telefone — ainda mais depois de saber que aquela tecnologia de bosta poderia ser a responsável pelo seu acidente.

Enquanto Leonardo abria o celular, Ícaro notava pelos espelhos as pessoas se entortando em direção à tela dos telefones. Uns riam. Outros pareciam surpresos. Muitas mulheres pareciam envergonhadas. Fosse o que fosse, devia ser mesmo muito interessante. Talvez alguém tivesse filmado sua Montana atropelando a velha Conceição. Não seria maravilhoso? Venderem a porra da gravação pra algum programa sensacionalista da tv aberta?

— Irmão, é melhor você dar uma olhada.

A vontade era mandar Leonardo enfiar aquele telefone bem fundo no cu, mas Ícaro acabou cedendo.

— Cacetada. — Foi tudo o que conseguiu dizer.

5

Em cidades do interior, todo bêbado com mais de trinta anos de dedicação ao copo recebe o status de celebridade. Em Terra Cota, um dos pés-de-cana mais viçosos da plantação era um homem de cinquenta e cinco anos, registrado no cartório como Euzébio da Conquista. Até os trinta e três, Euzébio ainda não tinha conquistado muita coisa, mas acabou sendo rebatizado pelos munícipes como Zé Espoleta — homenagem que era mantida até o momento. Em 1999, na ocasião do rebatismo, Euzébio entrou pelado na delegacia, bêbado como Judas na Santa Ceia, e disparou três tiros com um revólver de brinquedo em um dos escrivães. Por sorte, nenhum policial atirou de volta, mas bateram tanto no homem que ele precisou de atendimento médico da cidade vizinha, Trindade Baixa. Ninguém nunca soube se a lenda era verdadeira, mas diziam pelos bares que a performance de Zé tinha alguma relação com a traição de sua esposa e um certo colaborador do batalhão da polícia.

Ao contrário de boa parte da cidade, naqueles primeiros segundos da tarde Zé Espoleta não notou nada diferente em seu celular, mesmo porque ele não tinha um celular desde o mês anterior, quando derrubou seu Nokia 2008 na privada. Ele só deixou a construtora Construterra — onde, às vezes, ele virava umas latas de cimento — às seis da tarde, e rapidamente tratou de arrastar sua bunda magra até seu bar favorito, um lugar engordurado e mal-iluminado chamado Queixo Mole. No conforto de um banco de plástico com o assento rachado, Zé Espoleta entornou três doses da cachaça e manteve os efeitos catastróficos do álcool com pequenas doses de vermute e jurubeba, sem imaginar que logo estaria redescobrindo o significado da palavra "choque".

Era uma vida boa, uma vida plena e justa, para um corno.

Às vezes, Espoleta sentia falta daquela biscate, de como ela dizia que o amava e fazia coisas de biscate que só uma biscate conseguiria (e se esforçaria para) fazer. Se o mundo não fosse o que era, era bem possível que Zé a tivesse aceitado mesmo depois de levar sua galhada, mas no interior paulista, certas coisas não podem ser simplificadas. E foi assim que Soledade saiu de sua vida: com uma criança no colo, um olho roxo e um dente a menos. E foi assim também que ele mudou de nome e arruinou sua carreira de contador.

Espoleta deixou o Queixo Mole perto das nove da noite, depois de cochilar no balcão e ser gentilmente escoltado por Damasceno (o proprietário) até a sarjeta. Em seguida, tomou uma das principais avenidas da cidade, usando a faixa branca da pista para se orientar e torcendo para ser atropelado por um caminhão.

A vida era boa, mas não era fortuita de jeito nenhum.

Sempre que pensava na maldita, ele pensava no sujeito. Odiava aquele nojento. Odiava tanto, que em noites como aquela, queria encontrar o diabo do fundo da garrafa, voltar no tempo e usar um revólver de verdade. Será que atirar no desgraçado mudaria a bosta do presente? E ele ainda gostava dela... sofria por ela. Com que direito Soledade ainda morava no melhor cômodo de seu coração?

— Puta de merda — Zé choramingou com sua voz bêbada e chutou uma pequena pedra. Bem, ele tentou. Mas acabou errando e quase caiu no chão. Com uma capoeira amadora, Zé se escorou com a mão direita e voltou a se erguer, do jeito que deu.

Uma garoa fina voltava a cair sobre a cidade. A água não era muita, mas depois de caminhar por quinze minutos, os cabelos sebosos começavam a grudar no crânio. Zé não se importava em tirá-los dos olhos. Do que a cidade mostrava, bem pouco ele queria ver. Sempre alguém rindo dele. Pelas costas, pela frente, na sua cara. Espoleta ria de volta e quando estava duro estendia a mão direita pedindo um trocado. Quase sempre as pessoas pagavam o pequeno tributo que o mantinha bêbado, talvez para provarem a si mesmas que suas vidas eram bem melhores que a daquele pobre farrapo de gente.

O Cinema Santa Luzia continuava fechado, e quando reabrisse certamente não seria mais um cinema. A praga crente — era assim que Espoleta e meia dúzia de alambiques chamavam os evangélicos da cidade — logo iria tomá-lo.

Zé Espoleta sabia que os religiosos sempre existiram e sempre existiriam, mas eles não enchiam tanto o saco uns anos atrás. A coisa piorou muito depois da última eleição. E com a tal igreja do Pastor Freitas, piorou um pouco mais. Dizem que o homem já tinha sido leão de chácara (para quem não conhece a profissão, *leão de chácara* é um segurança de puteiro). Também se falava que, desde sua conversão, Freitas ouvia Deus e Jesus Cristo.

— Ouve merda nenhuma — Zé cuspiu a amargura no chão.

Não foi sempre assim com o pastor. Do modo como Betão Cata-Vento contou a história na primeira vez (outro bêbado, mas o homem ficou com os olhos molhados ao narrar a história), Zé Espoleta acreditou piamente na nova igreja de Belmiro Freitas. A microcongregação ficava na favelinha do Piolho, e o que Zé encontrou por lá foi meia dúzia de mulheres que gritavam e rodavam em volta de si, cuspindo e gritando como se recebessem as bênçãos do santíssimo entre as pernas. Na mesma celebração, Freitas tentou exorcizar Zé Espoleta. Zé riu, e disse que o Diabo devia gostar tanto dele, que só sairia dali com um guincho. Aquele foi o fim da linha, todos desapontados, amém. Quem precisava de novas igrejas? O cinema era bem mais útil. Distraía mais, custava menos, além disso, havia muitos gêneros em exibição — o oposto da chatice da igreja do Freitas que só exibia remakes bíblicos de baixo orçamento.

A dois quarteirões do cinema, uma cruz brilhava dentro de um neon vermelho. De quem teria sido aquela ideia? Por que usar o vermelho-inferno em vez do azul-celeste?

Talvez tivesse sido ideia do padre Orlando.

Todo mundo na cidade dizia que o bom padre era comunista. Ninguém gostava deles na cidade, dos comunistas. Terra Cota era uma cidadezinha atrasada e moralista, e se você tentasse andar pelo lado esquerdo da calçada amanheceria sem emprego. A menos que você fosse o padre católico, é claro. Nesse caso você podia apanhar o microfone e misturar cristianismo com socialismo, o que, no fundo, era bem parecido.

— Não tem ninguém aí em cima? — Espoleta rateou com o céu, sentindo-se tão incompetente quanto um motor a álcool no início de uma manhã de inverno.

Ao longe, do início da rua, ouviu o berro de uma buzina. Espoleta moveu a cabeça e forçou os olhos para que o mundo parasse de rodar. As luzes dos postes iam e vinham, subiam e desciam, a marca que limitava os dois lados da rua rebolava como uma minhoca. O carro tomou a avenida e buzinou mais uma vez, se esforçando para não matar Espoleta. Um Toyota preto. Se ele não estava muito enganado, quem dirigia o carro era o filho do dono da Loja de Pisos Cerâmicos Arte Nova, um bostinha que era amigo de todos os outros bostinhas ricos da cidade.

Espoleta passou as mãos sobre os cabelos, ergueu o dedo médio e agradeceu pelo milagre de não ter sido atropelado. Então viu uma moça distante, um pouco nublada pelo orvalho que descia das nuvens, caminhando pela mesma rua.

Vestia branco. Daquela distância, era impossível definir se era um vestido, um manto ou uma camisola. Tudo o que Espoleta sabia é que, boa ou má, a coisa era assustadora pra cacete.

Depois das dez, as ruas mais afastadas do centro praticamente morriam. Um ou outro carro ainda trafegava, mas a menos que estivesse acontecendo algum evento na cidade (como a feira agropecuária do mês de agosto que só existia pra encher os bolsos dos criadores de Três Rios), eles não passavam de cinco, talvez seis veículos por hora. Um desses carros esporádicos iluminou as costas da mulher de branco, deixando-a ainda mais parecida com uma entidade. O Verona castigado passou bem rente ao que agora parecia um vestido e em seguida esterçou à direita, depois de tocar a buzina.

— Santa merda, moça. Vai morrê desse jeito! — Espoleta engrossou a voz e começou a correr, meio trôpego, em direção a ela.

Agora, ele não acreditava mais em um fantasma, mas em alguém com um gosto parecido com o seu. Aquela coitada só podia estar cheia de cana — ou chapada com coisa pior que vendiam nos arredores da cidade.

Em vez de continuar pelo asfalto, a moça de vestido desapareceu na esquina. Espoleta acelerou o passo, mas, bêbado como estava, precisaria ter cautela. Era como se a porcaria do chão fugisse de seus pés a cada passo. Os pulmões doíam. A bebida não era seu único problema. De fato, a parte do fôlego era a recompensa por três maços de Eight fumados por dia. Fumar era uma coisa boa, puta que pariu, se ele não gastasse com os cigarros, provavelmente beberia ainda mais.

— Moça, não sobe aí! — ele gritou ao avistá-la de novo.

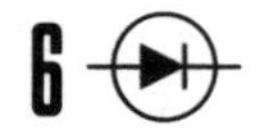

Moça de Vestido escalava uma das três torres da antiga estação de telefonia. O ponto havia sido colocado à leilão há mais de trinta anos, quando a telefonia celular começou seu processo de dominação do mundo. A empresa que era proprietária do terreno (uma antiga emissora AM) vendeu tudo a preço de banana, então o visionário Aquiles Rocha ficou devendo até o cu e mandou erguer mais duas torres. Em menos de cinco anos ele saldou suas dívidas (renegociadas, obviamente) e montou uma concessionária de veículos com parte dos lucros. Além da Rádio Cidade, Aquiles alugava as torres para telefonia, três emissoras de tvs e também para a Rádio Rio Verde, sediada em Três Rios.

Já com a segurança ele não gastou um centavo, então era comum que o portão de entrada fosse arrombado por bêbados, viciados e pessoas com uma vontade irrefreável de fazer sexo a preços módicos. Naquela noite não havia ninguém nos cobertores e colchões mofados, mesmo com o portão fechado apenas no trinco.

Moça de Vestido estava na base da torre do meio. A estrutura media pelo menos doze metros e nada impedia alguém que quisesse subir. Os degraus ficavam pouca coisa acima do chão, então era só esticar a perna e começar a escalar. A única proteção era lateral, um conjunto de anéis que acompanhava cada degrau, a fim de garantir que o pessoal da manutenção não antecipasse seu encontro com Jesus. Cada uma das três torres se dividia em três partes, sendo que a cada quatro ou cinco metros havia um ponto de apoio, um tablado metálico.

A mulher subia depressa, escalava como quem tem um objetivo, sem olhar pra trás.

— Ô, caraio de dona... Tô falando com você, ô! — Espoleta gritou e se agarrou às mesmas escadas. Sentiu as mãos tremerem e as pernas amolecerem na mesma hora. Salvar a moça era o certo a fazer, mas considerando o homem que ele se tornou, que importância ainda tinha fazer o certo?

Zé afrouxou as mãos.

O mundo ainda girava, e mesmo que estivesse fixo, Zé tinha mais medo de altura do que da polícia. Mas deixar a moça continuar com aquilo não era decente, ela podia cair e morrer, ou poderia cair e ficar viva, com a coluna estropiada como o finado João Carlos Trigo (mas no caso dele, foi acidente de trabalho).

Quando chegou a três metros do chão, Moça de Vestido parou de escalar e olhou para baixo.

O vestido farfalhou com o vento noturno. A rajada de chuva que veio com ele deixou o tecido branco mais pesado. O pé direito deslizou sobre a haste metálica que servia como degrau.

Espoleta a conhecia. Ele e a cidade toda.

— Giovanna? Giovanna De Lanno?

Era ela, sim, mas ao mesmo tempo não se parecia com ela.

Giovanna usava uma maquiagem pesada, a tinta borrada escorria até a metade do rosto. Na boca, o batom parecia retirado à força, espalhado, esfregado por um antebraço. Agora, com o mundo girando em um ritmo mais lento graças à adrenalina, Espoleta conseguia ver esses e outros detalhes. Ela estava descalça de um dos pés. No outro, calçava um sapato preto e brilhante, de verniz.

— Tô falando com você, porra! — Zé gritou. Em resposta, apenas uma explosão de luz no céu seguida pelo ruído rouco e persistente de um trovão. Zé criou coragem e escalou dois degraus de uma só vez. Sentiu o vento bater em sua canela e se abraçou com força aos ferros contornados pela ferrugem. Quem ele queria enganar? Ele era um covarde. Com a vida, com a bebida, com todo o resto.

Voltou a olhar para cima, e dessa vez uma gota grossa e farta atingiu o espaço entre seus olhos. Zé enxugou a testa, enojado, porque aquela droga de pingo parecia uma cuspida de Deus.

— Moça, não faz isso!

Ele não a conhecia pessoalmente, e talvez nunca tivesse gastado uma palavra com Giovanna que não fosse para pedir um trocado. Era assim que as coisas funcionavam em Terra Cota. Giovanna era filha de Adalberto Vadão, um dos homens mais ricos da cidade. A moça devia ter coisa de trinta anos, mas parecia bem menos. Era assim com as moças ricas da cidade.

Zé usou toda a sua concentração e escalou mais dois passos.

Ela continuou subindo.

Os próximos cinco metros foram mais rápidos, os degraus eram menos espaçados, era bem mais fácil avançar.

Em um descuido, Zé Espoleta olhou para baixo. Fechou os olhos e se agarrou de novo às grades. Quando os abriu, Giovanna não estava mais subindo. A mulher havia alcançado o segundo tablado de segurança. Estava próxima à beirada, de braços abertos e mãos espalmadas, como quem recebe um abraço do mau tempo. Em um relance ela olhou para baixo, não para os olhos de Espoleta, mas para o chão abaixo dele.

— Não faz isso — ele lamentou e acelerou a subida.

Os olhos da moça encontraram o horizonte, por vezes se fechando contra os pingos de chuva. Ela se embalava pra frente e para trás e isso deu a Espoleta uma certeza horrível, uma inevitabilidade. Desde quando aquela moça estava tentando se matar? Quantas maneiras ela já havia experimentado?

— Puta que pariu... — Zé rangeu e escalou mais um passo.

Uma pena que gente como ele não nascesse com o gene do heroísmo. Pessoas como Espoleta estavam destinadas às latas de concreto, à borracha dos pneus, quando muito, a ocuparem uma vaga de faxineiro de banheiro no pior posto de gasolina da cidade. Seu pai sabia disso. O velho Joaquim o preveniu sobre como as coisas funcionavam no interior de São Paulo. Aquele curso imbecil de contabilidade. Aquela mulher que nunca seria saciada por ele e seu salário de fome.

Giovanna De Lanno continuava sua dança. Braços abertos, o corpo se embalando como se o vento fizesse uma serenata. A chuva mais forte ricocheteando pelo rosto, pela pele, pelo vestido manchado de terra. Pingos encardidos que desciam junto à transparência da chuva.

Zé Espoleta queria gritar de novo, mas o medo o mantinha em silêncio. Queria subir, mas as pernas não obedeciam. Se ele salvasse aquela coitada, talvez pudesse encontrar uma saída para si mesmo. Todos o chamariam de herói, e um herói não fica bêbado sete dias por semana, certo?

A estrutura que sustentava Giovanna soltava tanta ferrugem que o assoalho parecia feito de terra. Com o balanço da mulher, o piso estalava, e a cada pedaço de ferrugem que descia, novas frestas se abriam. O herói precisaria ser rápido ou a mulher desabaria. Ele não sabia exatamente como a tiraria dali, mas era um homem forte. Talvez conseguisse segurá-la e descê-la à força, mesmo meio bêbado, mesmo com apenas uma das mãos livres. E se, contrariando todas as probabilidades, houvesse mesmo um Deus morando acima daquelas torres, ele iria ajudá-lo a completar sua missão.

Então um novo estalo no assoalho.

Zé protegeu os olhos da chuva de ferrugem, uma lasca do tamanho de uma carteira de cigarros o acertou no rosto e continuou sua descida.

— Deus amado!

Mais um passo. Com mais dois, a mão direita alcançaria a perna de Giovanna De Lanno.

— Eu vou ajudar, moça. Confia em mim.

Mais uma vez ela olhou para baixo, e gritou com uma raiva que nem parecia humana. Era a voz de um bicho, um uivo, um guincho.

Quando o corpo vergou, Espoleta pensou em fechar os olhos, mas não conseguiu fazê-lo. Como consequência, ele foi o último a ver o semblante invertido de Giovanna De Lanno. Maldita seja, havia tantos sentimentos diluídos naqueles olhos. Durante a queda, eles não estavam mais raivosos. Estavam dilatados, iluminados, radiantes como a base de uma chama. Mas também havia pavor naqueles olhos. Um medo que não era da morte ou da queda, mas do que eles viram e não conseguiriam esquecer.

O herói ainda se esticou, tentando alcançar o vestido. Os dedos resvalaram no tecido, deslizaram por ele, e todo o resultado foi a sensação de fracasso, de *quase*, de que não deu por muito pouco. Os olhos de Giovanna continuaram presos em seu salvador frustrado, como um último vício. A poucos metros do chão, a boca se esticou em um sorriso demente e as mãos se voltaram ao céu. O vestido, em vez de descer, subia. Então o homem preso às escadas ouviu o som da coluna da mulher se partindo em um ruído pastoso, úmido e estalado. O som de uma caixa de biscoitos sendo pisoteada.

O corpo escolheu cair em uma pilha de blocos de construção, o concreto estava por lá desde a última reforma na base de uma das torres. A cabeça acertou uma quina, espatifou e ricocheteou. Dois filetes de sangue se esticaram pelo nariz. Um, o mais grosso, deslizou pela direita da boca. O crânio aberto deixou parte do recheio sair. Um dos olhos saltou da órbita, o outro continuou arregalado, fitando o céu de cinzas e sentindo as gotas que não desistiam de rolar das nuvens.

7 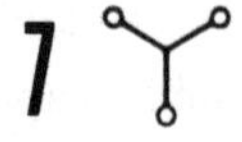

Diogo espirrou, fungou o nariz e desceu de seu Corolla. À frente dele, o aglomerado de pessoas já começava a bloquear a rua.

Para sua felicidade, a principal repórter da tv local, Viviam Leite, já se preparava para entrar ao vivo sob a proteção de um guarda-chuva. Mais à frente, duas viaturas da polícia mantinham o giroflex ligado, tingindo a ambulância do SAMU de azul e vermelho. Diogo avançou e suprimiu o próximo espirro. Aquela garoa fina não faria bem algum ao seu resfriado. Suspeitava de Covid, como ainda acontecia a boa parte do país que vira e mexe se resfriava, mas o médico garantiu se tratar de uma gripe comum. E, como uma parte do país ainda maior, Diogo não sabia mais lidar com isso.

— Pelo menos três metros de isolamento — disse ao soldado mais próximo. — E não deixa a Viviam chegar perto.

O rapaz saiu do caminho e começou a afastar as pessoas pela terceira vez naquela noite. Sentindo que a tarefa não seria nada simples, convocou outro policial para ajudá-lo.

Ao lado do corpo protegido por um cobertor de lona estavam um enfermeiro e Joana Dantas, auxiliar de necropsia. A técnica ainda usava suas luvas de látex (vermelhas em alguns pontos).

— Já estava morta quando chegamos — o enfermeiro explicou a Diogo.

— Alguma testemunha? — Diogo preferiu dirigir a pergunta ao terceiro policial que acompanhava a ocorrência.

Cabo Jordão moveu a cabeça para o lado esquerdo.

Zé Espoleta estava sentado em uma cadeira montável, protegido por um cobertor marrom e entornando alguma coisa quente em uma xícara. Percebendo Diogo, ergueu a mão direita e acenou a ele. Diogo respondeu com um suspiro que rapidamente evoluiu a um bufar.

— Bêbado como sempre?

— Depois do que ele viu, o coitado parece bem sóbrio — Joana explicou.

— E o que foi que ele viu?

— Ela pulou lá de cima. Como e por que, só abrindo pra confirmar. Parece que o nosso amigo tentou impedir, o Zé contou que chegou a subir na torre e por pouco não conseguiu alcançar as pernas dela.

— Alguém viu isso?

— Neide Juta. Ela estava grudada na janela, exatamente como agora — a médica apontou para o outro lado da rua. — A Neide confirmou que viu o Espoleta tentando ajudar a Giovanna. Quando a gente falou que ela precisaria testemunhar, ela saiu correndo e se trancou em casa. Você conhece a história.

Não só o investigador como toda a cidade conheciam. Além de cozinhar e limpar a casa, Neide Juta costumava servir de saco de areia ao marido, o lutador de boxe aposentado com mais de vinte nocautes no currículo, Jacinto Juta, o JJ, que não saía de casa há treze anos.

Diogo se inclinou na direção do cadáver.

— Vou deixar com vocês — Joana retirou as luvas e as descartou. — Depois me diz como a gente vai resolver essa pinimba sem um perito. A serra continua interditada até amanhã e eu cago um Honda Civic se eles enviarem alguém por Trindade.

Diogo riu. Era bom contar com a suavidade de Joana Dantas.

— Vamos lá, dona Giovanna... — disse quando a auxiliar se afastou, apanhando a lateral da lona.

Conhecia aquele corpo. Ele e Giovanna estudaram juntos, quando o ensino fundamental ainda era chamado de colegial. Ela era linda e Diogo tinha a articulação social de uma viga de concreto. Naqueles anos, se alguém dissesse que ele se tornaria policial, a única resposta seria uma crise de risos. Mas isso tudo foi antes do que aconteceu com seu irmão e de toda merda que viria depois. A merda que, de certa forma, o jogaria nos braços da polícia.

Giovanna era o oposto. Mesmo aos dezesseis, ela já rascunhava a mulher que viria a ser. Rosto simétrico, olhar aguçado, uma inteligência afiada que costumava afastar os rapazes. Que Diogo soubesse, Giovanna se formou em arquitetura e conquistou uma ótima vida. Há seis anos ela se casou com Eric De Lanno, o casal tinha um filho de quatro anos chamado Hector.

Diogo puxou a lona e colocou a mão esquerda à boca.

Sendo investigador de polícia, já tinha catalogado seu próprio banco de imagens ruins. Cadáveres decompostos, olhos perfurados, gente castrada, gente estuprada, mulheres que receberam recheios anatômicos inspirados no pior cômodo do inferno. Mas quando o cadáver é de alguém conhecido é diferente, ele não é só um corpo: é um pedaço da gente.

No caso de Giovanna, ela parecia outra pessoa. Havia sangue ressecado vindo das narinas e da boca deslocada, a pele tinha perdido a cor, o lábio superior tinha três vezes a espessura natural. Um dos olhos estava pendurado pelo nervo, provavelmente havia sido expulso da órbita com o impacto da queda, havia terra grudada nele. O outro, esquerdo, continuava aberto, e o sangue havia inundado boa parte das partes brancas.

Com a chuva, o vestido branco adquiriu certa transparência. Diogo não olhou diretamente, manteve os olhos na pele que escapava da maquiagem escorrida do rosto, no pescoço torcido, nos cabelos pretos ensopados de sangue e chuva. Poderia ser ele bem ali. Diogo pensou em fazer algo parecido em seus piores anos. Às vezes, quando as memórias o atingiam, ainda pensava.

O celular vibrou em seu bolso e ele preferiu deixá-lo onde estava. Voltou a cobrir o corpo de Giovanna. O aparelho tornou a vibrar.

Aquela porcaria chamou sua atenção o dia todo. Nas primeiras chamadas, Diogo o checou imediatamente, mas acabou silenciando o remetente nas horas seguintes. O "Caso Superego", como foi batizado às pressas, ficou a encargo de Veloso Crespo. Veloso era dez anos mais jovem, e além de investigador de polícia, foi até o último ano em ciência da computação, ele era a escolha mais óbvia.

O celular voltou a vibrar. Dessa vez Diogo o tirou do bolso.

Havia uma mensagem não lida do remetente 83858, a terceira em ordem de chegada. As mais recentes eram do Cabo Jordão, que já caminhava depressa na direção de Diogo. O celular aberto na mão direita, como se o soldado precisasse confirmar que a mensagem era mesmo dele.

Diogo começou a reproduzi-la.

A filmagem mostrava uma cama de casal. Roupas jogadas no chão, a pessoa que segura a câmera faz questão de exibi-las. Uma lingerie preta minúscula, uma cueca box branca e um pênis de látex, um falo azul escuro com alguma transparência. É possível ouvir gemidos. O som mais alto é o feminino, mas uma voz masculina também aparece.

A voz mais próxima (possivelmente do cinegrafista) pergunta "Cadê minha putinha?". Começa a mover a câmera. O operador não tem muita prática, a imagem treme bastante enquanto passeia pelo quarto. Paredes cor de creme, um quadro com um poster antigo do filme *Inimigo Meu*, estrelado por Dennis Quaid e Louis Gossett Jr.; o espelho reflete rapidamente um casal na cama.

O foco volta ao corpo da mulher; o cinegrafista se aproxima. Ela está de bruços, indo e vindo, os cabelos pendem e protegem a identidade do rosto. Do homem encaixado às costas dela, apenas o corpo aparece na gravação. Ele a estoca com força, a pele treme e ondula, existe um impulso de violência. Ela geme e se debruça, mantendo a parte de trás suspendida até onde os joelhos permitem. O cinegrafista se aproxima e estapeia o quadril. Aproxima mais a câmera e podemos ver inúmeros poros arrepiados pela pele da mulher. "Adivinha quem tá com tesão?", ele diz. Torna a bater. E é quase um soco.

— Que merda é essa? — Diogo interrompeu a reprodução do vídeo.

Cabo Jordão estava um pouco corado. — Achei melhor o senhor ver. Essa coisa aí tá passando nas mãos da cidade inteira, acho que só eu e o senhor não tínhamos visto ainda.

A imagem descongela e o cinegrafista sobe na cama, se coloca de frente para os outros dois. Ela se ergue e os seios recebem um close. O cinegrafista aperta um dos mamilos, ela geme dolorosamente. As mãos se agarram aos lençóis. Em um relance, o homem encaixado a ela aparece. O corpo parece ser bem mais velho que o da mulher, o rosto usa uma máscara preta com restrição visual — tudo o que é visível é a boca. O corpo obeso do homem transpira, a pele toda brilha. As unhas se agarram ao quadril da mulher, ela verga o pescoço às costas e volta a descê-lo.

O cinegrafista vai até a frente da cama e afasta os cabelos da mulher com uma das mãos, a outra continua sustentando o aparelho de filmagem. A mulher solta um gemido e revela sua identidade.

Dentro do celular de Diogo, uma mulher bastante viva. Fora, o cadáver irrecuperável de Giovanna De Lanno.

— Vai piorar, chefe. Vai piorar muito.

— Puta merda. — Diogo desligou o celular antes mesmo de terminar o vídeo.

— É ela, não é? — O cabo perguntou.

— Eu ainda não sei o que acabei de ver.

Jordão coçou a parte de trás do pescoço.

— Seja o que for, tá na mão da cidade toda, chefe. A coisa fica feia mais pra frente. O homem de máscara urina em cima da moça, depois faz o mesmo com o marido dela. Acho que o senhor já reconheceu, mas quem tá filmando é o marido, o seu Eric do Magazine.

— Parece com ele sim.

— Caralho, seu Diogo, o senhor conhece o povo dessa cidade... O velho acaba enrabando até o Eric... E quem filma tudo é a Giovanna. — Jonas desabafou, inconformado, respirando depressa.

— A gente não perdoaria uma coisa dessas — Diogo disse pelos dois.

9

Se um viajante decidisse chegar à cidade de Terra Cota dirigindo um carro ou qualquer outro transporte terrestre, haveria um único acesso a ela, a Serra dos Angoéra. Ou isso, ou o viajante poderia se arriscar por uma área de preservação ambiental de trinta quilômetros onde, mesmo pilotando uma moto, o acesso seria muito complicado. E seria praticamente impossível na altura do Rio Choroso, onde existe uma grande área lamacenta, que o pessoal da cidade gosta de chamar de turfa.

Além de delimitar fronteiras, o Rio Choroso também corta a cidade toda, praticamente a dividindo em duas partes — e o único acesso de um lado a outro é a ponte Cinco Pontas. Depois de vencer a Cinco Pontas (há sessenta anos classificada como "um enorme monumento ao progresso", contando com investimentos estaduais e federais desviados pelo Prefeito Moacir Camargo Leitão), no sentido leste, o viajante ainda teria que percorrer pouco mais de dez quilômetros de uma estrada vicinal esburacada para, só então, avistar umas das propriedades rurais mais bonitas da cidade.

Era nessa propriedade, contornada por uma imensidão de girassóis, que um velho desistia da cama e a trocava pela varanda iluminada por um lampião a gás.

Gideão possuía energia elétrica em casa, mas sempre que possível ele a desprezava, como a tantas outras coisas que a modernidade trouxe de ruim ao mundo. Reality shows, telefones celulares, e aquela coisa difícil chamada internet (até hoje, apesar das aulas particulares que ele tomou de um pescoçudo da cidade, Gideão não conseguia entender era nada). Depois de um pigarro e de uma cuspida para fora do alpendre, um pouco de vento fresco na cara, enquanto se assentava em uma das cadeiras. À frente, a moringa de barro pareceu convidativa. Gideão a ergueu com a mão, a sustentou no antebraço e verteu a vazão d'água sobre a boca, sem derramar uma única gota no queixo.

No horizonte, a cana-de-açúcar da propriedade vizinha parecia agitada demais, e não havia vento pra isso. Os ramos chicoteando, folhas secas subindo, a poeira sobre a plantação formando um pequeno céu alaranjado. Dentro daquele céu, alguns vagalumes sobreviviam ao açoite das canas. O que tentavam dizer a ele?

Insetos diziam coisas, claro que sim. Insetos, animais e árvores. Até mesmo as pedras e as águas podiam contar seus segredos a quem tivesse disposição a ouvi-los. Gideão era um desses homens, um filho legítimo da Terra, alguém que conhecia e não negava suas obrigações com o chão.

Mais além, a cidade queimava como um incêndio planejado. Todas aquelas luzes, aqueles carros, aquelas pessoas que passavam umas pelas outras sem gastar um bom-dia. Pra que se entulhar na cidade se você não pode confiar em ninguém? Se o seu tempo é curto demais para ser gasto com o outro? Uma cidade cheia de correria e apartamentos. Gideão recebeu uma proposta anos atrás, em um tempo de vacas magras onde a propriedade não rendia metade do que precisava. Disseram que era o apartamento mais amplo da cidade. Depois de dez minutos, Gideão precisou sair para respirar. Passou por um morador no corredor e o homem nem o cumprimentou. Devia ser por isso que se chamava apartamento. Porque apartava. Porque separava.

Satisfeito em morar no mato, Gideão puxou metade de um palheiro do bolso da camisa e reacendeu a ponta chamuscada. A primeira tragada sempre tinha gosto de cinzeiro molhado, mas na terceira ficava bom, ficava como um cigarro novinho.

Ouviu a porta ranger.

— Já vô entrar — o velho disse, sem virar o pescoço, querendo continuar sozinho.

Como sempre, Marta o ignorou. Ninguém suporta quarenta anos de casamento concordando com tudo que o outro diz.

Ela chegou mais perto da mesa, abanou o ar para afugentar a fumaça e se sentou. Gideão a observou com o canto dos olhos.

Marta tinha mais de setenta anos, mas, aos olhos do marido, ela nunca passou dos cinquenta. Parecia ainda mais jovem em noites como aquela, quando esquecia os cabelos soltos e os deixava escorrer pelos ombros. A falta de gordura e a altura também ajudavam. Marta tinha quase os mesmos um metro e setenta e oito do marido.

— O tempo tá virado de novo — ela comentou e cruzou os braços.

— Tá sim. A plantação de cana dos Pelego não parô de dançá a noite inteira.

— E os nosso girassol? — ela perguntou.

Gideão respirou mais fundo.

Se havia algo que o irritava mais que a cidade e as manias da cidade era encontrar alguma coisa que ele não entendesse. Não entender não era novidade, mas na roça era diferente. Em suas terras, ele conhecia os gafanhotos pelo cheiro.

— Nunca vi um girassol fazê aquilo, deve sê por causa de tanta chuva.

Mais cedo, quando Gideão fez a andança pra conferir seus girassóis, todos estavam virados para baixo, como se o sol estivesse embaixo da terra. Os pés não estavam doentes ou moles, nem nada disso, eles apenas tinham se virado. No comecinho da noite, quando voltou, já estavam na posição certa, apontando para o leste, para onde o sol nasceria no dia seguinte.

— Tá sentindo esse cheiro? — o velho perguntou, mudando o rumo da prosa.

Marta fungou.

— É ferrúge?

— O ar fede assim quando cai raio. O pessoal moderno diz que é cheiro de ozônho, pra mim é cheiro de raio.

— E caiu algum?

— Se caiu, eu não vi.

Ficaram em silêncio por alguns segundos. E teriam ficado mais tempo se Marta não tivesse tomado a iniciativa de continuar falando.

— Que triste o que aconteceu com aquela moça, eu não consigo tirar ela da cabeça. Morrer daquele jeito, se matando; nem a alma da pobrezinha vai encontrar descanso.

— Se vai começar com essa bobagera de igreja, eu vou voltar pra minha cama — Gideão raspou a garganta.

— Você também tinha fé nessa bobagera.

— Não quero falar nisso.

Um vento novo entrou pela varanda e rufou com mais vontade. Sacudiu os cabelos cinzentos de Marta e as samambaias penduradas nas vigas do telhado. Atiçou a brasa mortiça do palheiro do velho. O vento parecia saber que aquela não era uma boa conversa.

— Às vezes, eu ainda penso nele — Marta disse, escolhendo um assunto ainda pior.

— Às vêiz? Eu penso é todo dia. — Gideão se esticou e apanhou a moringa. Deixou o cigarro entre os dedos da mão direita, com a esquerda entornou mais água, dessa vez, em uma canequinha de alumínio.

Marta o tocou no antebraço, apertou com alguma força. Gideão pigarreou de novo.

— Parece que os De Lanno andava fazendo umas coisa feia, a muié e o marido. Não sô ninguém para julgar o que um casal faz nas quatro parede que é deles, mas o povo daqui é diferente.

— Nossa gente é conservadora.

— Nossa gente é cínica e traiçoêra. Gosta de falar da horta dos outro enquanto a deles enche de caramujo. Eu não julgo e nem condeno, mas sou velho demais pra aprovar a luxúria. A orgia que aqueles dois fizeram... eu peço a Deus que tenha sido exagero do João Firmino.

— O que o seu João contou?

Gideão deu mais um trago no cigarro e soltou a fumaça lentamente. Depois lambeu a ponta dos dedos e apagou o braseiro. O quase nada que restou do cigarrinho voltou para o bolso.

— Eu respeito você demais pra contar o que eu ouvi. Se você ainda acredita tanto nas sua bobagera de igreja, é bom não saber muito dessa história.

— Ruim assim, foi?

Gideão voltou a suspirar. Traição, sodomia, orgia. Urina no rosto da mulher, urina no rosto do marido, um homem pegando o outro com raiva, como um porco faz com outro no chiqueiro. Se aquilo era ruim pra alguém na idade dele?

— Foi pior.

Marta se benzeu.

— Eu vou pedir que Deus tome conta do menininho dela, e também da alma dela, apesar do pecado terrível do suicídio. Vou pedir até pelo moço.

Gideão a ouvia e também não a ouvia. Estava em outro ponto do mesmo mundo.

No fundo pálido de sua alma — um lugar que Gideão raramente visitava — ele sentia uma espécie de satisfação muito, muito errada. Saber que ele não seria o único a sofrer uma coisa indecente como a morte prematura trazia um certo alívio, um certo conforto. Com a história da gripe, ele não sentiu do mesmo jeito, sentiu foi pena, porque aquilo foi como um bombardeio. Agora era diferente. Aquele sujeitinho, o De Lanno, ele estava lá quando Deus levou seu filho embora. Enchendo a cara com os outros rapazes.

— Eu vô deitar — Gideão alongou os braços. — O mundo não vai esperar se eu não prestar pro trabalho.

Marta se levantou e o ajudou na subida.

— E alguma vez ele esperou a gente?

Finalmente concordando, os dois voltaram pra cama. Na varanda, uma coruja pousou na mesa e piou. Outro mau presságio, outro sinal que ninguém ouviu.

10

Alguns dias parecem intermináveis, e Diogo só encerrou aquele nos primeiros minutos da madrugada seguinte. Ele ainda tentava esquecer parte do que encarou noite adentro quando desceu do carro e recebeu duas patas no peito, de Braddock, seu pastor alemão.

— E aí, bezerrão? Cuidou das meninas?

Braddock se jogou no chão e deixou a barriga à mostra, demostrando toda a carência que um pastor alemão é capaz de expressar. Em troca, Diogo se sentou no ladrilho e deu algum carinho a ele.

A porta dos fundos se abriu em seguida.

— O chão não tá todo sujo?

— Acho que não — ele respondeu, ficando de pé novamente. Espanou a bunda como uma criança de cinco anos.

Andressa vestia uma camiseta e um calça de moletom dele onde caberiam três dela. Os cabelos estavam bagunçados, provavelmente tinha acabado de sair da cama. Claramente não estava feliz com isso.

Diogo não tornou a abrir a boca.

Ultimamente era assim. Menos era mais, e mais era demais pra qualquer um dos dois suportar.

Aproveitando a distração dos donos, Braddock atravessou a porta.

— Braddock! Puta que pariu! Já pra fora! — Andressa disse com energia.

O cão se esgueirou para baixo da mesa da cozinha. Andressa se abaixou em seu encalço. Braddock patinou no piso frio e continuou se arrastando, até esbarrar com o traseiro e derrubar uma das cadeiras. Andressa disse outro "puta alguma coisa!" e o apanhou pela pata traseira.

Enquanto Braddock era escoltado para fora, Diogo deixava a cozinha, a fim de evitar a próxima discussão.

Há oito meses, tudo era motivo. O preço do gás, o jornal da noite, seu trabalho na polícia. Andressa andava implicando até mesmo com o desodorante que ele usava.

Diogo se ajeitou na poltrona e esticou os pés sobre um pufe de couro. Nas mãos, o celular que provavelmente irritaria Andressa bem mais que o cachorro. Diogo recebeu novas gravações de Giovanna De Lanno pouco antes de abrir a garagem, e as antigas ainda continuavam em sua mente, beliscando, arranhando, forçando mais uma visita. Ele já não era inocente em pornografia desde os quinze, mas em seus trinta e nove anos não havia visto nada parecido. O problema, é claro, não era a performance, mas os atores envolvidos. Uma coisa era apreciar os malabarismos sexuais dos ícones do cinema pornô dos anos noventa, mas assistir a vizinhança era diferente, havia um senso de erro, de invasão. Um senso muito prazeroso e proibitivo.

Na porta da cozinha, Andressa já se desculpava com Braddock, um tratamento muito mais cuidadoso do que vinha dispensando ao marido. Bem, talvez se Braddock pudesse falar e tivesse um raciocínio maior que uma criança de cinco anos, também perdesse seu perdão. Provavelmente os analistas ainda descobririam que a capacidade mental reduzida é a única fórmula infalível para salvar qualquer casamento.

Na segurança da poltrona, Diogo tateou o celular, um pouco inseguro em reproduzir o novo vídeo. Apesar do induto "eu trabalho na polícia", sua curiosidade o deixava cheio de culpa. Nada que o tenha impedido de apertar o play.

Era ela, sim. Um pouco mais jovem, estava mais gordinha, mas era Giovanna.

Dessa vez a gravação fora feita em uma tomada externa, o cenário remetia a uma propriedade rural, uma casa de campo. Da cobertura, onde havia uma churrasqueira, ecoava uma música agitada — axé ou algo próximo a isso que Diogo não faria questão alguma de conhecer de perto. Dois homens dançavam com a senhora De Lanno. Eram homens grandes, fortes. Não usavam máscaras, e definitivamente não eram de Terra Cota. Bonitos, Diogo tinha que admitir. Giovanna usava um vestido escuro, um pouco largo na cintura e nos quadris, mas bastante justo nos seios. Ela parecia feliz, talvez também estivesse bêbada — os dois rapazes revezavam uma garrafa de uísque com ela.

Em pouco tempo, a dança se tornou mais próxima, as mãos, mais hábeis. Os corpos improvisaram um sanduíche onde Giovanna era o pedaço de carne. Um bife que também sabia morder e apalpar. Ela massageou a virilha de um dos rapazes e a câmera perdeu o foco por alguns segundos, dançou pelo gramado, depois se estabilizou e mostrou um terceiro rapaz caminhando até o trio. Era Eric De Lanno, o marido.

Ele apanhou a garrafa de uísque e entornou um gole. Tirou a camisa, um pouco da bebida caiu sobre o peito. Eric também tinha mais cabelos e nenhuma barriga, parecia em plena forma física — apesar de estar a anos luz da musculatura dos outros dois. Depois de devolver a garrafa ao maior dos rapazes, ele tirou Giovanna para dançar. Rebola pra lá, rebola pra cá, e as mãos rapidamente a libertaram do vestido.

E Diogo ganhou novas rugas em seu rosto.

A barriga de Giovanna já estava apontando. Inquestionavelmente, ela estava grávida. Pelo volume no ventre, passava bastante do primeiro trimestre. O que não foi problema algum para ela ou os três homens.

Sendo um homem de uma cidadezinha chamada Terra Cota assistindo o que Giovanna e o os três homens fizeram a seguir, às vezes simultaneamente, Diogo aniquilou qualquer esperança na santidade materna. Ele sabia por si mesmo que as mulheres sentiam desejo e que transavam bastante quando estavam esperando seus bebês, mas aquilo era diferente. Era... parecia... muito ruim. O modo como os homens a penetravam, a violência. Era arriscado.

Dos três, Eric era o que pegava mais pesado. Ele batia em Giovanna. Não na barriga, nunca na barriga, mas no rosto e nas nádegas. Ele bateu tanto nos quadris que no final do ato a pele estava arroxeada. O *final*. Sim, o final foi o que fez Diogo respirar fundo.

Pela primeira vez desde que aquele caso começou, ele pensava que talvez existisse alguma justificativa, algum merecimento, ainda que distorcido, para a morte de Giovanna De Lanno. E Eric. Sim, Eric De Lanno talvez merecesse uma justificativa bem pior.

— Já chegou da delegacia? — Andressa disse do batente da porta.

Diogo se atrapalhou com o celular, mas conseguiu escurecer a tela antes que ela visse algo difícil de explicar — pornografia no meio da madrugada nunca livrou um homem da forca.

— É sobre a Giovanna. Você conhecia. Giovanna De Lanno. Ela...

— Ela morreu porque era uma mulher corajosa em um mundo feito de homens covardes. E, sinceramente, Diogo, isso não é um problema dessa casa. — Andressa cruzou os braços. — Não é problema meu, da sua filha ou do seu cachorro.

— Ei, eu acabei de chegar. Vamos tentar...

— Não, Diogo. Você não chegou. Você continua no seu trabalho, onde passa vinte e cinco horas por dia.

— Você não faz ideia de como são os meus dias.

— E você imagina como são os meus? Como é ser mãe e pai porque o investigador de polícia que mora comigo sempre tem um caso urgente pra resolver?

— Fala baixo, por favor, pensa na Yasmin. Eu sei como você se sente, a gente vai dar um jeit...

— Não, você não sabe. Você não imagina como eu me sinto. E sabe por quê? Porque eu já não quero que você saiba. As noites que eu passo em claro, os problemas que eu tenho que resolver sozinha, nada disso tem importância. Você me deixou, Diogo, e eu me acostumei a ficar sozinha.

— Não é o que parece.

— O que você esperava? Pernas abertas e uma taça de vinho?

— Funciona pra muita gente.

— Você perdeu a noção.

— Não, Andressa, não perdi. Estamos em 2021 e o seu ideal de família morreu na era Sarney. Hoje em dia papai e mamãe trabalham fora, então a gente se vê quanto dá tempo e faz o tempo valer a pena.

— Esse é o ponto, Diogo. O ponto final. Não está valendo a pena.

— Mamãe? — Yasmin apareceu na outra abertura da sala, a que levava aos quartos. — Vocês tão conversando de novo?

Há alguns anos, *conversando* era a nova tradução da família para "mamãe e papai quebrando o pau feio".

— Não estamos mais — Andressa caminhou até ela e a pegou no colo. — O papai tá ocupado demais pra conversar com a gente. É melhor a gente ir pra cama e deixar nossa majestade descansar pra amanhã resolver todos os problemas dos outros.

— Andressa, pelo amor de Deus, ela é só uma criança.

— Ela também é nossa filha.

— Boa noite, papaaaaiiii — a menina ainda disse, rindo e já sendo arrastada pela mãe.

Diogo respirou fundo. Hora de testar o estofamento do sofá pela terceira vez no mesmo mês.

11

A favela não precisa de uma capital para existir, e Josiel da Silva Santos — o Jôsi — sabia muito bem disso. O líder não reconhecido da comunidade do Piolho era mais um filho desses aglomerados socialmente invisíveis, bairros não mapeados, ilhas ignoradas.

Jôsi começou a trabalhar ainda na infância, vendendo doces nos semáforos e cruzamentos de Terra Cota. Dos doces, mudou para flanelinha, e dali para limpador de para-brisas. De limpador, já cansado de motoristas que nunca o olhavam no rosto, começou a trabalhar em uma bicicletaria. Foi nesse último emprego, ganhando um salário de fome e prestando serviço para a molecada rica da cidade, que ele percebeu que não chegaria muito longe por esse caminho. Aos vinte e oito anos, Jôsi já tinha treze dedicados ao crime, e nenhuma vontade de mudar de profissão.

Mudar...

Mudar é uma palavra fácil quando se tem escolha, mas no caso dele e de tantos outros, a vida só se preocupou em ensinar duas coisas: cair e se reerguer. Jôsi nunca foi bom na primeira lição, gostava mesmo era de continuar de pé.

Dos dedos oleosos, a fumacinha do beck subia como as asas de um anjo de seda.

O bairro dos Junqueira (rebatizado de Morro do Piolho) cresceu em um elevado, do lado mais pobre de Terra Cota. Não era propriamente um morro, mas era a ala da pobreza e da dificuldade; das mulheres mais fortes e dos homens mais resistentes. Um lugar tão perto do céu e do inferno que muita gente acreditava falar com Deus.

Jôsi deu mais um trago no cigarrinho e ouviu um estalar no chão às suas costas. Em menos de um segundo estava de pé, com o cano apontado para o infeliz que interrompeu sua contemplação.

— Calma aí, fio! Vai matar eu? — o rapaz de bermudão espalmou as mãos.

— Porra, Guaraná! Virou assombração? Não fode, irmão!

Jôsi desceu a arma e voltou para a poltrona de corvino. O trezoitão ficou no colo, o baseado voltou para os dedos.

— Fez o que eu mandei? — o dono do Piolho perguntou.

Antes da resposta, Guaraná se sentou em uma das cadeiras de praia. Sempre havia uma ou duas delas ao lado da poltrona de Jôsi. As cadeiras ficavam ali pra quem tivesse algum assunto decente pra tratar com ele. Jôsi era novo, mas era empreendedor. Era ocupado.

— Ela tá na mesma — Guaraná respondeu e recebeu o baseado. Tragou. — Eu não cheguei perto, como o patrão pediu. Deixei o dinheiro dentro de uma bolsa. Ninguém me viu entrando.

— Melhor. Tudo tem sua hora.

Guaraná soltou a fumaça e manteve a boca fechada. Conhecia aquele azedume. Melhor mudar de assunto.

— Aproveitei que tava de bobeira e mandei um dos meninos sondar o Água Dura. Os safados tão quieto demais. Dei a ideia dos meninos dobrar na entrada.

— Tem que tomar cuidado, aquilo ali é tudo sanguinário. Bando de covarde. Pegam mulher desprevenida, dão tapa na cara de trabalhador, aquilo lá não é gente.

— Não é — Guaraná concordou. Ele tinha uma bala na coxa esquerda, presente de um perverso do Água Dura. Todo mês de junho ela acordava e fazia sua perna endurecer. — Também passei na escolinha da molecada, tão sem gás de novo.

— Deu um jeito?

— Dei sim. Mandei o Fael comprar logo dois botijão lá pra eles. Também fiz mercado por minha conta, porque não tinha nada de arroz pra eles comer nessa semana.

— Merenda não chegou de novo?

— Se chegou, alguém levou. — Guaraná disse.

Jôsi sacudiu a cabeça e liberou o beck para o parceiro. Acendeu uma tora para si. Era ruim demais pensar nas coisas que a miséria faz. Pobre roubando pobre, pobre virando bandido, pobre ficando mais pobre enquanto cobiça o pouco que o outro pobre tem.

Também era ruim pensar no outro lado da cidade, saber que tudo era deles, saber que eles não queriam dividir nada do que era deles. Para a gente da comunidade, só vinha rasteira e rastelo. Só colher de pedreiro e problemas de coluna. Era escravidão, e era como se Deus tivesse deixado todas as coisas boas da Terra para aqueles safados.

— Tá cheio de polícia lá embaixo. Guardinha, carro de bombeiro, tem até gente da televisão — Jôsi interrompeu o silêncio.

— Deu alguma merda?

— Sempre dá. No começo da tarde o filho do Rocha da concessionária matou uma velha, passou por cima dela com o carro. Agora de noite, uma moça se jogou de uma das torres, era mulher do dono do Magazine. Ele já pegou com a gente.

— Se jogou, assim, sem mais nem menos?

— Parece que tinha umas suruba envolvida, os dois se passaram na putaria e a coisa vazou pelo celular. — Mais um trago no baseado. — O que eu sei, meu velho, é que sempre que morre um rico, é o pobre quem paga o pato, e só hoje morreram dois lá embaixo. Tem coisa vindo aí, Guaraná. Coisa ruim.

— Ruim de que jeito?

Jôsi se levantou, deu mais um trago e jogou a guimba para longe.

— A gente ainda vai descobrir. Mas se a merda for do tamanho que tá parecendo, vai faltar cu pra gente tomar.

12

Na Rua Treze da mesma comunidade, Doracélia aumentou o volume do rádio — uma das poucas vozes que ainda falavam em sua casa. Desde que recebera seu diagnóstico, as pessoas se afastaram como se ela mesma fosse a doença. Nada de amigos, nada de filhos ou marido, nada de ombro para chorar. Grande coisa... E desde quando choro pagava conta? Desde quando o choro mudava a vida miserável de alguém? Foi sozinha e em silêncio que ela viu todos os fios de seus cabelos se tornando brancos e finos. Doracélia ainda tinha cinquenta e oito anos, mas quem a via hoje em dia somava pelo menos mais vinte. Estava tão magra que os joelhos se sobressaíam nas pernas, como se não pertencessem a elas.

E a morte não vinha. E a agonia não terminava.

No dia anterior, Doracélia estava do outro lado da cidade, carregando o máximo de roupas que seus músculos permitiam, quando a morte passou perto dela. O suor pingando na fronte, o lenço da cabeça já empapuçado com as coisas que saíam dela. Em uma das consultas, o doutor perguntou se mais alguém usava o vaso sanitário da casa, doutor disse que era bom evitar. Foi quando Doracélia calculou que a quimioterapia era mais veneno e menos cura, era como jogar uma moeda para o alto já sabendo quem vai perder.

Na cidade, ela viu em primeira mão o acidente que matou a *caninana*, e tudo o que pensou foi na sorte daquela católica infeliz. Queria ela estar embaixo de um carro, se despedindo da vida e sendo recebida nos braços abertos de Jesus Cristo. Seria um grande prêmio deixar de sofrer sem precisar fazer isso com as próprias mãos.

Deus quis que ela voltasse para o tanque e para as roupas caras das madames. Ela não reclamava, na realidade até gostava de mexer com a água. O problema eram suas mãos. Ultimamente, elas pareciam moles e frouxas. Doracélia terminou com o tanque já perto das cinco da tarde, só então lembrou de colocar alguma coisa no estômago. Na geladeira ainda tinha arroz, batata cozida e feijão da última semana — com o pouco que comia, cada refeição congelada era suficiente para três dias.

Foi colocar no prato e sentir o esôfago encolher.

Era sempre assim. Ela até sentia o impulso da fome, mas quando a hora chegava, o corpo se rebelava, como se cada célula soubesse que o melhor mesmo era antecipar o fim. Se tentasse empurrar goela abaixo, era vômito na certa, e então ela teria a missão de limpar toda aquela nojeira em jejum, o que fatalmente arruinaria seu estômago até o dia seguinte.

Sobre a porta da cozinha, bem perto do teto, ficava o quadro de Jesus Cristo. O pastor dizia que era adoração, mas ela o mantinha mesmo assim, para lhe fazer companhia. Naquele momento doloroso, enquanto jogava mais um prato de comida no lixo, Doracélia olhava para ele.

— Dai-me forças.

Como quem atende um pedido, o rádio trouxe uma música de louvor. Na canção, a intérprete agradecia e se dizia abençoada pelo sofrimento que a fez enxergar seus erros. Ciente de que aquela música era uma espécie de resposta, uma graça, Doracélia deixou Jesus na parede e chegou mais perto do rádio.

Deus era bom. Era o que todos diziam e o que ela sentia. Então Deus tinha que ser bom.

Libertando-se temporariamente da corrente de pensamentos que nunca a deixava — a notícia do câncer, a distância dos filhos, um caixão afundando na terra —, Doracélia notou um pequeno pedaço de vida crescendo pelo autofalante de seu radinho. Era uma coisinha de nada, um cabelinho, um fiapinho verde.

Como aquela sementinha chegou até ali era um mistério, e como ela conseguiu se desenvolver sem água e sem terra, um mistério ainda maior. Mas se aquela coisinha tão pequena e frágil encontrou uma forma de existir, por que ela não poderia conquistar a mesma sorte? Pastor Freitas sempre dizia que o céu tinha formas misteriosas de falar com a terra, e não foi o próprio pastor que encontrou sua salvação em um rádio? O que poderia ser mais claro que aquela mensagem?

Doracélia aproximou a mão magra do raminho verde e pensou em poupá-lo do esforço de existir. Seria aquela a mensagem? Deveria terminar o que a natureza já não se importava em concluir? Não, não podia ser. Uma atitude assassina e vingativa não servia aos propósitos de Deus, de jeito nenhum.

Sorridente, Doracélia acariciou a plantinha e sussurrou:

— Seja forte.

13

Mário Frias não era dado a cemitérios, mas naquela quarta-feira ele não teve escolha. Sendo uma das testemunhas mais próximas do atropelamento de Eugênia da Conceição, parecia honesto que ele estivesse presente na despedida, estendendo seus cumprimentos e garantindo que ninguém o rotulasse como um homem frio e sem coração (coisa que muita gente da cidade já fazia com os outros sem precisar de um motivo).

O que sobrou de Eugênia foi depositado em um caixão lacrado e deitado sobre uma base de crisântemos. O Rotary Club enviou uma coroa de flores, os Filhos de Jocasta enviaram outra, a paróquia da Igreja católica à qual a defunta pertencia enviou logo duas. Já os familiares de Eugênia não se abalaram de suas cidades — era de se esperar, quase toda a família morava espalhada pela região, mas ninguém gastava um telefonema nem mesmo no Natal. Também como era de se esperar, o conjunto de andorinhas que orbitava a beata chegou cedo ao velório, se depositando ao lado do caixão como quem celebra um antigo ataúde egípcio.

Frias estava no velório anexo ao cemitério há quase trinta minutos, conversando esporadicamente com um ou outro idoso que lhe pedia conselhos médicos. Ele evitava usar branco por esse motivo (o povo nunca soube diferenciar o monge pelo hábito), mas naquela manhã precisaria ir direto para o seu trabalho no laboratório de análises clínicas.

Alguém o tocou no ombro e Mário girou o corpo. Aquiles Rocha estendia a mão direita e sustentava uma nova secura em seu rosto.

— Não esperava ver você por aqui — Mário disse, apertando as mãos do homem.

— Não tinha como não vir.

As mãos se soltaram e os dois olharam para a frente, atraídos pela nova cantoria enlouquecedora do coro católico. O padre também estava por lá, à paisana, olhando repetidas vezes para o relógio. Desde as eleições ele era figura controversa na cidade, o padre gostava de pregar a palavra da igualdade nos sermões, o que não agradava o pessoal que escolheu rezar para o dinheiro e caminhar pelo lado direito da rua.

— E o seu filho? — Frias perguntou.

— Se essa merda ensinar o Ícaro a ser gente, eu me dou por satisfeito. Eu tô fazendo o possível pra livrar a cara dele, mas puta merda... ninguém nessa cidade vai esquecer. Do jeito que as vendas da concessionária vão mal, esse pode ser o último prego do caixão.

Frias lamentou em silêncio. Além do trocadilho infeliz, pensar em dinheiro naquele momento não podia ser certo.

— O mundo é um lugar cheio de morte, Aquiles. E ficou ainda mais cheio nos dois últimos anos. A morte deixou de ser novidade.

— Que seja. Minha preocupação agora é saber se o moleque tem cu pra aguentar uma pica dessas.

— Se precisar de ajuda... um terapeuta, eu posso indicar.

— Quem precisa dessa ajuda é a madrasta dele. Adriana tem medo das pessoas daqui, de uma retaliação.

Frias deu um risinho discreto e deixou os olhos encontrarem o caixão.

— Conhece alguém nessa cidade que morria de amores pela dona Eugênia?

— Sei lá. Uma mulher de igreja, vivia pra dobrar os joelhos... — Aquiles deu de ombros.

— Pra muita gente, ela vivia pra estragar a felicidade dos outros. Dona Eugênia tentou fechar a igreja dos evangélicos, lembra? E dizem que foi ela quem organizou a barricada que quase ateou fogo no terreiro do Vilas Boas. Sem mencionar o abaixo-assinado para expulsar o pessoal do Morro do Piolho.

— Algumas vezes eu torci por ela — Aquiles Rocha soltou um risinho. Frias não correspondeu, o que não impediu Rocha de continuar. — Aquela gente é ruim, doutor. Ruim pra cidade, ruim pra eles mesmos, só tem marginal naquele pedaço de chão podre. Eu faço parte do conselho de cidadania, você sabe. Na nossa última reunião com a assistência social, isso foi antes da pandemia, eu também propus uma ação coletiva pra realocar todo mundo. O plano era mudar o pessoal bom para os predinhos do Areão. E quem tivesse desempregado ainda teria ajuda. É um lugar novo, mais isoladinho, a gente cuidava do povo bom e passava fogo nos bandidos. Positivo pra todo mundo.

— Os bandidos são os filhos, primos e netos do que você chama de povo bom. Não tem como separar uma coisa da outra. O Piolho é uma comunidade fechada, coesa, ligados pelo sangue ou não, eles são uma família. E a gente sabe, Aquiles, a autoridade policial não tem voz ou interesse de chegar lá em cima. Minha esposa trabalhou com algumas organizações sociais do Piolho, quem cuida da segurança da comunidade são os traficantes. Estupros, assaltos... nada disso acontece lá em cima. Hoje em dia é mais seguro andar no Piolho do que no centro de Terra Cota.

Aquiles respirou fundo e aproveitou para subir a calça que nunca parava quieta na barriga bem nutrida. Sua vontade era dizer umas boas para aquele doutorzinho, mas aquele não era um bom momento, não o seria enquanto dependesse da boa vontade dele.

— Chegou a minha hora — Frias se antecipou —, ainda preciso liberar os exames de urgência. — Dá um abraço no seu filho por mim. Eu queria falar com ele logo depois do acidente, mas meu menino estava saindo da escola. Eu não queria que ele visse... você entende.

— Fica tranquilo, doutor. Você testemunhando pra gente já faz um baita favor. Dá um alô pro seu menino também. Aproveita enquanto ele não cresce pra estragar a sua vida.

14

O relógio do receptor de tv a cabo marcava meia noite e trinta e cinco quando a Samsung começou a chiadeira. Thierry havia pegado no sono há pouco tempo, vencido por uma reprise de *O Voo do Navegador* no Paramount. Com o aumento repentino do volume, acabou acordando e derrubando o controle remoto no susto. Em poucos segundos, uma mistura inusitada de Beagle com Border Collie surgiu na frente da poltrona, já com o controle na boca.

— Isso, Ricochete, agora entrega pra mim sem mastigar.

O cão obedeceu e o dono limpou o cuspe do controle na camisa. Em seguida, Thierry abaixou o volume e tentou voltar ao canal perdido. O único efeito foi trocar a numeração no display do receptor, o sinal tinha ido pro espaço.

— Porcaria de NET — soltou um bocejo.

Ainda não havia uma imagem, mas a tv fez algo novo, um borrão chuviscado que se destacou do plano e assumiu uma silhueta humana. Thierry estreitou os olhos.

Se a próxima sequência de imagens não fazia sentido, servia muito bem para confundir um observador. O braço de alguém apanhando uma pedra, a pedra se tornando uma moça pulando de um prédio, o prédio virando um jacaré. O jacaré abrindo a boca e se tornando um comercial de passagens aéreas. Uma coisa de cada vez e tudo acontecendo ao mesmo tempo, como se uma parte fizesse parte da outra, uma cena desagradável e tumoral.

Era um ótimo momento para desligar aquela porcaria e dormir de uma vez. O que mais um velho solteiro tem pra fazer quando a tv desiste dele? Se pelo menos ainda bebesse uns goles... ou tivesse se rendido ao casamento. Mas é como dizem: o vício escolhe o homem que quer para si. No caso dele, o cigarro venceu a disputa com larga vantagem.

Cheio de tédio, Thierry desligou a tv e deixou o controle tomando conta do sofá. Ricochete já o esperava na porta que dava acesso à cozinha.

Nos últimos anos, o cachorro se tornara quase um filho, e se não fosse o menino Frias, ele seria o único amigo de Thierry Custódio nesse mundo. Família o velho tinha, mas não era muito dado a eles. Sua única irmã viva, Cássia Custódio, o achava um homem burro e atrasado, e o resto dos parentes desviavam de calçada para não esbarrar nele, como se ele fosse um cocô.

— Um homem vive todo esse tempo, trabalha feito um condenado e não pode ver sua televisão. Que tempos sombrios vivemos, meu amigo. E você não tem nada com isso, né? Você só quer comer um biscoito e ficar longe do povo ruim dessa cidade. Claro que sim — cedeu um biscoito a ele —, porque você é um cachorro bonzinho e esperto, bem mais esperto que o seu dono.

Ricochete mordeu o biscoito, derrubou metade no chão, e comeu o que tinha na boca, depois começou a mastigar o que caiu. O velho estava admirando aquilo tudo, como se comer um biscoito em duas partes fosse um truque tão bom quanto fingir de morto. Ainda está para nascer alguém que possa explicar todos os mistérios da velhice, mas no caso de Thierry, era inegável que ela o tornara bem mais emotivo.

De repente, Ricochete se desconcentrou do biscoito, ergueu o pescoço e esticou as orelhas, como se fosse um radar.

— Que foi? Ouviu um gato?

A resposta de Ricochete foi correr até a porta da cozinha.

Depois daquela porta, havia uma varandinha mixuruca e o quintal, que fazia ligação com a oficina de reparos (*comércio*) Raio-Z. Inicialmente, tudo funcionava na casa onde estavam agora, mas quando a eletrônica ainda dava dinheiro, Thierry conseguiu comprar o imóvel vizinho e instalar o... comércio. Naqueles anos de ouro, ele chegou a cogitar vender seu Del Rey Ghia Dourado para dar entrada em uma terceira casa, para revender alguns aparelhos. Por sorte, não o fez. A tecnologia dos microchips deve ter ajudado muita gente, mas ela foi uma puta com os técnicos em eletrônica.

— Amanhã a gente dá uma olhada no quintal. Agora é hora de dormir.

Em protesto, Ricochete arranhou a madeira e fungou o rodapé. Chorou fininho mais de uma vez.

— Santa piroca, Rico. O que tem aí? Um jacaré?

Ricochete se abaixou e começou a cavar o piso frio.

Rendido, Thierry abriu um tiquinho de nada da porta. Como sempre, ali estavam o pé de limão, o de romã e o varal, que naquela noite ostentava algumas camisas e meia dúzia de cuecas Zorba. Mais ao fundo, havia uma pilha de tijolos baianos, e outra menor, de telhas, que estavam ali desde os tempos de sua virilidade.

Quando a oportunidade apareceu, Ricochete não a desperdiçou.

— Não é hora pra isso, Rico! Anda pra cá! — Thierry insistiu, já observando o pequeno vulto do amigo se distanciando na direção da oficina.

É um pouco difícil definir como e por que sentimos medo, mas, naquele momento, Thierry não gostou nada do que via. Não eram só as sombras, as árvores ou o interesse exagerado de Ricochete, era algo mais próximo a uma intuição. Talvez fosse sua saúde. Ele tinha taquicardia, disritmia, arritmia, tinha tudo que um velho tem e mais um pouco, e ao mesmo tempo não tinha nada muito sério. Foi o que os médicos disseram quando receitaram um calmante à base de maracujá e um captopril por noite.

Era melhor resgatar o bendito cachorro antes que ele acordasse a vizinhança. Ao lado da oficina morava um sargento aposentado, o Juraci. Tudo o que o sujeito conquistou na vida foi um boteco piolhento a dois quarteirões do centro, mas ele ainda se achava o Robocop.

Já com o humor na reserva, Thierry apanhou um moletom pendurado na porta, calçou suas chinelas de couro e meteu um Hollywood na boca.

— Rapaz, rapaz... nós vamos ter uma conversinha sobre limites, eu e você.

Mesmo de longe, ouvia o cachorro implicando com a porta da oficina. Ainda estavam a alguns metros um do outro quando Thierry anunciou:

— Eu vou abrir a bendita porta para o senhor dar uma olhada, mas depois o senhor vai pra sua cama e não vai latir até as dez da manhã, tá ouvindo? Se você gosta da sua casa, é assim que vai ser.

Ricochete não voltou a latir, mas choramingou como um filhotinho.

Tão logo Thierry chegou perto, ele sossegou. Nada que tenha durado, foi só por um segundo, apenas para ter certeza que seu dono apanharia a chave mágica que ficava presa no passante dianteiro da calça e abriria aquela porta. Assim que a profecia se cumpriu, ele se espremeu de novo e conseguiu atravessar.

Thierry entraria com a mesma rapidez, mas acabou se detendo. Era aquela sensação de novo, havia alguma coisa muito errada com a noite. Ricochete era meio irritadinho, curioso como um gambá, mas não era de ficar insistindo. Thierry passou as mãos sobre os pelos eriçados do braço e sentiu um novo arrepio chegando. Ricochete latia sem parar no interior da oficina.

Melhor entrar de vez e dar uma olhada. E muito melhor ainda seria parar de se comportar como um velho cagão.

Tão logo empurrou a porta, sentiu um cheiro diferente. Era algo zinabreado, penetrante demais, diferente do cheiro natural da sala. Mas o que o preocupou de verdade foi uma luz que não deveria estar acesa. *Luzes.*

— Piroca...

15

De todos os aparelhos que ainda funcionavam, pelo menos metade estava ligada. Nem todos faziam som, mas o brilho combinado dos displays era suficiente para iluminar o centro da sala. O efeito acabava criando novas sombras, distraindo os olhos, e reduzia a própria luz a uma coadjuvante sem importância. Como todo morador daquela região, daquele país, Thierry sabia que muitas vezes a luz servia apenas para iluminar a sujeira que ninguém queria ver.

Ricochete se concentrava no rádio valvulado que Thierry ressuscitou no meio da tarde. O cachorro estava de pé sobre as patas traseiras, as dianteiras se apoiavam em uma cadeira de palha que já tinha o formato do traseiro magro de seu dono. Os dentes pequenos e afiados estavam à mostra.

Além das reclamações de Rico, um zumbido muito agudo preenchia a sala. Em um primeiro momento, Thierry o relacionou ao vazamento de capacitores de filtragem — um problema comum em aparelhos com fonte de alimentação embutida. Certeza mesmo, era o chiado incomodar bastante. Com um pouco mais de atenção, Thierry pensou que pudesse ser uma oscilação qualquer, estática de um dos aparelhos, ou mesmo um sinal vindo de uma emissora distante e mal sintonizada. O apito não era nem mesmo contínuo — ele aparecia, subia de volume e decrescia até sumir, em um looping. Ao se aproximar de dois outros aparelhos ligados, a coisa ficou ainda mais estranha. Os autofalantes dos rádios pipocaram todos ao mesmo tempo. *Poc!*

Ricochete começou a rosnar.

— Eu tô bem atrás de você, Rico. Já pode parar de se manifestar.

Como se tivesse entendido a frase, Ricochete desceu nas quatro patas e cedeu algum espaço ao dono. Suas orelhas ainda se mexiam bastante, provavelmente ofendidas pelo tinido dos rádios.

Thierry caminhou por outros rádios antigos. Quase todos eram das décadas de oitenta e noventa, um Sony, um Gradiente, dois CCEs, um Philips sem a carcaça. Aproveitou para se armar com um pequeno canivete que usava para descascar fios.

Sendo um homem prático, sua preocupação se resumia ao que a ciência conseguia explicar: uma ação humana, de engraçadinhos, de assaltantes ou de gente ruim bem pior que engraçadinhos e assaltantes. Nos últimos anos, Terra Cota havia deixado de ser uma cidadezinha segura e pacata. Agora, a exemplo de Velha Granada e Assunção e, obviamente, Três Rios, Terra Cota estava na rota dos traficantes (que homens com a vasta cultura de Thierry gostavam de chamar de mafiosos). Embora o "mafioso" responsável pela implantação do comércio não estivesse mais vivo — um homem conhecido nos jornais sensacionalistas como Rei Invertebrado —, seu reino de violência continuava em expansão, principalmente no Bairro dos Junqueiras, conhecido como a Favelinha do Piolho.

— Eu tô armado e tenho um cachorro! — Thierry preveniu qualquer invasor.

Os aparelhos então trocaram o som agudo pelo grave, que rapidamente estacionou em um volume total reduzido.

Thierry Custódio não frequentava a igreja desde oitenta e nove, mas naquele momento ele se benzeu. O que acontecia naquela oficina não era natural, tampouco parecia ser obra da benemerência divina. Embora os rádios estivessem conectados na tomada, eles não teriam simplesmente se ligado sozinhos. Talvez acontecesse com o Gradiente, que era acionado por um simples toque, mas não com os outros. Thierry acabou pensando em seu irmão falecido, Henry Custódio. Não era uma boa lembrança para aquele momento ou para aquela sala. Não era mais uma boa lembrança para aquela vida.

Convencido de que não havia ninguém na oficina além dele e Ricochete, Custódio sentou-se na cadeira de palha. Levou a mão ao botão de sintonia, mas, alguns milímetros antes do toque na baquelite, o chiado agudo ressurgiu, não só naquele rádio, como nos outros aparelhos da sala. Ricochete também voltou a latir, chegou a saltar na cadeira e arranhar as pernas de Thierry.

— Também não tô gostando, Rico — murmurou.

Em vez de tocar o aparelho, Thierry decidiu fazer um teste. Aquela interferência podia significar vazamento de energia, um negocinho bem perigoso quando o assunto é um rádio valvulado. Aproximando seu braço a poucos milímetros do Semp, observou os pelos se eriçando imediatamente. Mesmo nos poros onde eles não eram visíveis, a pele ficou toda empipocada.

O mais seguro era que o toque fosse rápido e preciso, e nada de dedos. Não era impossível que levasse um belo choque, mas, se fizesse do jeito certo, não seria fatal nem muito doloroso.

O velho tomou coragem, girou a mão direita de costas e a aproximou em um movimento vigoroso de vai e vem, que o fez tocar o botão e recuar.

— Viu só? — disse ao amigo e repetiu o movimento. — Não tem nada de errado a não ser todo o resto que tá errado.

Sem o risco de uma descarga elétrica, se encorajou a mover o botão de sintonia.

Thierry levou o cursor até o limite esquerdo, depois fez o mesmo percurso para a direita. O ruído fino e intermitente o acompanhou por todo o curso, sem que houvesse variações de sintonia, nada além daquele som irritante e estridente. A hipótese mais segura era que um dos aparelhos estivesse funcionando como um oscilador, ou seja: um daqueles rádios estava transmitindo o sinal deformado para os demais. A teoria o tranquilizou um pouco. Uma explicação lógica, isso era tudo o que o mundo precisava para continuar sendo chato e seguro. Ainda não explicava os rádios terem ligado sozinhos, mas ele logo resolveria essa questão também.

Em um novo teste, Thierry repetiu a sintonia, mas dessa vez deslizou o dial bem mais lentamente.

— Aqui está você — disse ao rádio. Assim que chegou próximo a frequência de 880 kHz, os outros assumiram um novo barulho, um ruído ainda fino e constante, mas um som estável, confortável e limpo. Isso corroborava a hipótese do Semp estar oscilando.

Thierry aumentou o volume, buscando ouvir o que mais se escondia naquela emissão, e foi como se ele desligasse um botão. Agora, tudo o que saía pelo autofalante do rádio eram alguns pulsos de estática.

Tac, tac, tacrrrr. Tac, tac, tacrrrr.

Era estranho, mas aqueles pulsos também se pareciam com vocalizações, vozes entrecortadas. Thierry se debruçou na bancada e chegou bem perto do autofalante. No chão, Ricochete se afastou dois passinhos e começou a choramingar de novo.

... haverá resistência, meus irmãos!

...sejamos...

Ele nos elegeu seus sol...

...espadas!...

Shiiiiii...

Thierry refez a sintonia.

...o fio da navalha, eis o que foi prometido. Os maus...

Shiiiiii...

...caindo. E cairão muitos mais.

Shiiiii... shiiiiii...

Thierry puxou o botão de sintonia para a direita, só um pouquinho. O som da estática se manteve firme, mesmo com o movimento do ponteiro. Era impossível, mas o mecanismo de sintonia parecia ter vontade própria, com se decidisse quando e o que mostrar. Ou não mostrar.

Só voltou a estabilizar em 880 kHz, a frequência AM que costumava ser de Milton Sardinha. O som agudo voltou a ficar estável. Não durou muito até que fosse substituído.

06... 08... 17... 21...

[estática]

A voz que ditava a sequência era feminina. Impessoal e impositiva.

Atenção. 06... 08... 17... 21... 23

[estática]

06... 08... 17... 21... 23... 36

06... 08... 17... 21... 23... 36

Comando 138

Repete.

[estática]

Thierry voltou a mover o cursor, mas a estática já dominava todos os aparelhos da sala. Confuso e perturbado pelo fenômeno, o técnico anotou a combinação com uma caneta e acendeu outro cigarro. Aos seus pés, Ricochete enfiou o focinho entre as patas dianteiras.

Ao que pareceu em seguida, os aparelhos sofreram uma queda de energia simultânea, todos foram se desligando praticamente ao mesmo tempo. O último a escurecer foi o rádio valvulado à frente de Thierry, seguido por um ruído seco e estalado.

Poc.

Ricochete soltou um novo chorinho.

— Também não sei o que foi isso, meu amigo, mas a gente vai descobrir.

Thierry se levantou e caminhou até uma de suas prateleiras. Apanhou um retrato velho e retirou a poeira do vidro usando as próprias mãos. Havia um homem magro e sorridente na foto, ao lado de outro homem e uma mulher. Não diria isso a ninguém, mas a presença de seu irmão parecia tão forte quanto o odor elétrico da sala.

16

No dia seguinte, antes das oito da manhã, cerca de sessenta pessoas se reuniam nos assentos da pequena igreja Palavras do Céu, ilegitimamente instalada na Comunidade do Piolho. Naquele sábado, arrimos de família não foram trabalhar, as mães adiantaram o café da manhã dos filhos, e os filhos, por mais que protestassem, foram convocados e arrastados para ouvir a palavra da salvação.

Desde que as portas se abriram, o zum-zum-zum pela igreja nasceu e fora sepultado pelo menos dez vezes. O pessoal costumava se comportar quando o assunto era Belmiro Freitas, mas em um sábado de manhã tudo era um pouco mais complicado. E nada do pastor aparecer.

— Pelo menos não está tão quente — disse uma das mulheres na primeira fileira de cadeiras.

A mulher ao seu lado, que usava um lenço florido na cabeça, não se deu ao trabalho de responder. Doracélia conhecia a língua do povo e sua vontade de reclamar. Como se aquela gente soubesse o que é problema... Problema tinha ela, que definhava a cada nova respiração e usava as roupas infantis de segunda mão que as patroas doavam.

— Deus é bom — acabou dizendo.

Longe de desistir de estabelecer um ponto de entretenimento, a outra voltou a falar.

— Veio até o pessoal da Boca.

Talvez Elizete não tivesse feito de propósito, mas Doracélia sentiu a alfinetada do mesmo jeito.

— Eles também são filhos de Deus.

Doracélia não perdeu tempo reparando no rosto da outra. Se o tivesse feito, perceberia certa indecisão entre o sarcasmo e o cinismo. Uma contorção leve dos lábios, um pequeno aperto nos olhos, o brilho nos dentes que mais parecia o aço de uma guilhotina. Mas a mulher de lenço na cabeça dedicava toda a sua atenção ao púlpito e ao homem que finalmente chegava para adorná-lo, o bom pastor que convocou aquele encontro sagrado para os primeiros horários do final de semana.

— É bom ver a casa do Pai cheia de Seus filhos — disse o pastor daquele pequeno rebanho. — Bom dia, meus amados irmãos na palavra.

Como sempre, Belmiro Freitas estava ajustado ao púlpito. Camisa branca com as mangas dobradas em três quartos, gravata azul e sapatos tão polidos que eram capazes de refletir seu rosto. Não eram novos, como havia explicado muitas vezes, mas foram pagos com o suor de seu trabalho.

— Que semana movimentada foi essa, não é mesmo? — Com o sorriso do pastor, muitos sorriram de volta.

— Não digo isso com alegria, tampouco com preocupação. — Freitas retirou o microfone do pedestal e deu os primeiros passos pelo pequeno tablado. — Nós sabíamos que ia acontecer. Não sabíamos quando, não sabíamos de que jeito, mas sabíamos que seria logo. Ele nos disse que chegaria o dia em que os maus seriam... expostos.

Os olhos da assembleia estavam no tablado de madeira que ricocheteava a voz grave e austera do pastor.

— É, meus amados irmãos, os avisos não foram poucos. E quem quis nos ouvir? Não faz muito tempo, não tivemos sequer o aval das autoridades para pregar nossa palavra. Diziam que nós morreríamos. De febre, de gripe e de falta de ar. No entanto, aqui estamos nós, muitos de peito aberto, sem máscaras e sem disfarces.

E daí que mais de dez tivessem perecido pela gripe? E daí que mais de trinta tivessem ido tirar férias no hospital?

Freitas lançava os olhos aos seus arrebanhados e quando ele fazia aquilo, era como se vasculhasse a alma de cada um deles. Trabalhadores, biscateiros, bandidos, irmãos que aprendiam desde cedo a ocupar seu papel na sociedade. Encarados pelo pastor, algumas pessoas abaixavam suas cabeças, de certa forma, envergonhadas. Outras, como a mulher com o lenço florido, chegavam a esticar seus ombros. Para Doracélia, se aquele homem era o interfone de Deus, então que o Todo Poderoso visse e ouvisse a pureza de seu coração.

— Não se encolham perante o Inimigo, meus irmãos. Nossa diferença para a cidade que queima em pecado, o que nós temos e eles não têm, é o que existe de mais puro no reino dos céus. Uma palavra simples, mas poderosa. Arrependimento. E, antes do arrependimento, vem a ação que não deveríamos tomar. — Fez uma pausa breve. — É certo que ninguém dessa comunidade gosta de ser mandado, e que gostamos menos ainda quando o sujeito não sabe mandar. Eu trabalhei em um supermercado quando era jovem. Se eu terminasse um serviço, o encarregado me dava logo outro, e depois desse vinha logo mais dois. Um sujeitinho carrancudo, atarracado e cheio de grosseria. Chega um ponto que o menino se cansa de ser tratado como uma mula. Então a gente se pega matando serviço, porque se é pra ganhar pouco, o justo é não trabalhar muito. Não demora nada e vem a tentação da bandidagem, andar com uma arma, ser respeitado, se tornar homem mais cedo. Com a arma vem as meninas, as roupas boas, até mesmo um carro ou uma moto. É, meus irmãos, eu sei como é. E digo com toda substância da minha palavra: bandido também é gente.

Freitas respirou fundo, e todos sabiam que quando ele fazia aquilo era como se inalasse a própria essência divina.

— LEMBREM! — gritou. — O que aconteceu com Jesus Cristo na cruz? Vocês se lembram? TODOS AQUI SE LEMBRAM? Jesus, meus irmãos, foi torturado. Foi espancado, humilhado e crucificado. Tratamento esse que era destinado aos piores bandidos de Jerusalém. E no fim, quem mais poderia estar ao lado dele no terreno da crucificação? Bandidos, é claro. Assassinos, trapaceiros e ladrões. Gente que comia da comida do Diabo. Um deles, um BANDIDO!, perguntou aos soldados, apontando para Jesus Cristo: "Por que ele? Que mal ele fez? Eu roubei, eu matei e...". Não foram exatamente com essas palavras, mas os irmãos entendem onde eu quero chegar. O caso aqui, povo do céu, é que existia um bandido, um servo do demônio, INTERCEDENDO em favor de Jesus Cristo. Vocês imaginam o tamanho desse poder? Agora imaginem a cara do capeta, perdendo a alma do sujeito bem no final da disputa. Ele deve ter ficado muito louco da vida. "Ah, agora ele vai queimar comigo lá embaixo." Mas então chega o Cordeiro e o bandido se arrepende. Eu queria ter visto a cara do cascudo.

Pela igreja, todos pareciam revigorados. Sim, ver o capeta se lascando era um ótimo começo de dia (mesmo que o episódio tivesse ido ao ar há mais de dois mil anos, era uma ótima reprise).

Freitas estava apenas se aquecendo.

— E tinha o outro bandido, meus irmãos, o canalha que disse "bem feito pra esse idiota, pra esse papagaio de profeta". Jesus, então, todo estropiado, cuspiu uma bola de sangue e disse ao primeiro bandido, ao outro, o arrependido: "Ainda hoje estarás comigo no céu". VOCÊS TÊM NOÇÃO DO QUE É ISSO? DO TAMANHO DESSE PODER?

— GLÓRIA A DEUS! — um dos homens na audiência se levantou e gritou.

— GLÓRIA, MEU IRMÃO! — Freitas urrou de volta. — GLÓRIA, SIM! GLÓRIA SEMPRE!

Depois, mais contido, esperou o homem se sentar.

— Então havia o segundo bandido, o que ridicularizou Jesus. Ridicularizou o homem que poderia salvar a sua ALMA! Como é que pode, meus irmãos? — Freitas encarou a congregação.

Lá embaixo, um rapaz magro como uma vareta tossiu e tossiu e tossiu até que, já se desculpando, conseguiu parar com a pigarreira.

— Ninguém se esconde de Deus, meus irmãos, é preciso se arrepender e aceitar Jesus, nosso salvador. É preciso aceitar a palavra e parar com a POUCA VERGONHA que domina esta cidade! Este país! Este MUNDO!

Olhou ao redor.

— Há muito pouco tempo, disseram que eu estava louco. Quem aqui se lembra? "Ahhh, mas esse pastor é muito exagerado. Quem ele pensa que é pra falar com Deus? Ouvindo Deus? Deus provendo uma nova igreja?" Sim, meus irmãos, e agora os maus são revelados em seus próprios telefones. Ele me salvou, sim! Ele, que mora no céu! Ele, que emite felicidade! Ele, que me tirou das ruas e me trouxe para o palácio das alegrias. Ele...

Freitas baixou o tom da voz.

— Que só exige...

Baixou mais um pouco.

E quase sussurrou.

— Arrependimento.

O rapaz magro voltou a tossir, e dessa vez a coisa evoluiu para uma quase asfixia. O desespero do jovem era tanto que metade da igreja olhou pra trás. Já se desculpando de novo, perdido entre a crise de tosse e um inesperado acesso de choro, o aflito foi deixando a igreja. Algumas pessoas que o conheciam não conseguiram sentir piedade, Maurinho estava perdido no vício há alguns anos. Quando estava sem ter o que fumar, ele aparecia na igreja, para esmolar depois do culto.

O rapaz passou pela porta e a fechou.

Freitas ainda não tinha retomado a pregação quando, do lado de fora, um estampido seco fez toda a igreja se levantar. Todos se entreolhando, surpreendidos, pensando no que teria acontecido. Existia muito tráfico na comunidade, não era raro uma troca de tiros.

Não demorou e um menino de uns onze, doze anos, atravessou a porta. Estava sem camisa e vestia um short curto demais pra ele. O menino estava tão ofegante que o peito chiava.

— Um homi se matou na porta da igreja! — ele disse. - Um homi se matou lá fora!

Esperando que Freitas ou alguma outra pessoa o ajudasse, o menino continuava perto da porta, pedindo ajuda, um pouco mais confuso do que a congregação ali reunida.

O pastor da pequena igreja estava sorrindo.

— Louvado seja o amor de Deus, meus irmãos, e o sangue derramado pelo nosso senhor Jesus Cristo. Glória ao arrependimento de Maurinho. GLÓRIAAAAA!

17

Na raça humana, o DNA é responsável por transmitir boa parte das características de uma geração à outra. A cor dos olhos, a estatura, a cor da pele, até mesmo o formato do nariz e dos pés estão ao encargo dessa programação básica.

No caso dos Rocha, o DNA possivelmente também atuou na obsessão em ganhar dinheiro.

Aquiles gastou parte do seu faturamento e pagou a franquia da Montana, mas informou ao seu filho que ele não voltaria a colocar as mãos em um carro até que “aquela lambança estivesse resolvida”.

Ícaro Rocha pensava justamente em como compraria um carro novo quando seu celular bipou, ao mesmo tempo em que o celular de Leonardo Prata e de outros três ou quatro rapazes que tomavam uma cerveja digestiva no Espetinho do Chuvisco fizeram o mesmo. Como todos que tinham um aparelho à mão, Ícaro e Leonardo se apressaram em conferir.

Há seis dias, o celular se tornara o entretenimento número um de Terra Cota. Desde então, cada vez que se ouvia um *timmm*, era como se apertassem uma tecla pause no mundo. Cozinheiros não cozinhavam, motoristas não dirigiam, professores não ensinavam e políticos não mentiam.

— Essa é a... — Leonardo começou a falar.

— Darlene Camargo. Ela mesma, a princezoca do prefeito — Ícaro Rocha disse.

Léo soltou um assovio. Provavelmente não imaginava que a menina tinha a capacidade bucal de uma bomba de petróleo.

— Coisa de profissional — Ícaro disse. — A gente teve um rolo, se eu soubesse tinha casado com ela.

— A gente nunca sabe, meu velho, a gente nunca sabe. Mas, pela cor do pau, ele não é o namorado dela. Então você escapou foi do chifre.

— Um brinde a isso — Ícaro ergueu seu copo.

Leonardo bateu de volta.

Na mesa ao lado, alguém se levantou depressa demais, derrubando uma garrafa de cerveja, dois copos, e correndo até o carro sem olhar pra trás. Os rapazes também o conheciam, mas não o haviam notado até então. Jefferson Camargo, filho do prefeito, irmão da princezoca. Saiu fritando os pneus da Ford Ranger.

— Se continuar desse jeito, a Giovanna não vai ser a única a se matar — Leonardo comentou. Ícaro não disse nada. Em vez disso entornou sua cerveja e voltou a propor um brinde.

— A gente vai brindar à gente morta? — Leonardo precisou perguntar. Seu amigo era um pouco egoísta e desalmado, ainda estava revoltado com o acidente que o promoveu a assassino, mas comemorar suicídios era um pouco demais.

— A um novo negócio, sócio.

Bastante receoso — afinal, Ícaro Rocha já se tornara sócio de seu Nissan desde que matou a velha Eugênia —, Leonardo estendeu o copo. Depois do toque dos vidros, debruçou um gole.

— Nós vamos entrar para o ramo da telefonia — Ícaro explicou.

— Vender celulares? Com toda essa merda acontecendo?

— Não, cabeção. Pensa comigo: quanto a Darlene pagaria pra não ver o boquete dela nas mãos da cidade inteira? Quanto a Giovanna e o Eric pagariam pra não ver o ménage deles sendo notícia no Fantástico? A gente não vai abrir uma loja, vamos propor uma solução.

— Léo e Ícaro Formatação de Celulares? — Leonardo pegou a ideia.

— Quase isso. Mas acho melhor a gente chamar de Ícaro Rocha Segurança em Telefonia. Seu primo ainda mexe com isso?

— O Dimas? Acho que mexe, mas ele só tem dezesseis anos. E ele é autista.

— Melhor ainda. A gente economiza na CLT e faz uma puta ação de cidadania.

18

Diogo respirou fundo, passou a mão nos cabelos e entrou na sala do delegado.

Os olhos de Plínio estavam vermelhos e lentos, o rosto um pouco amassado. A gravata do homem parecia frouxa no pescoço, a camisa parecia ter secado na centrífuga. Para completar o estrago, Plínio estava usando seus óculos reserva, o que sempre o jogava pra longe dos seus trinta e oito anos.

— Queria chegar dando um bom dia, mas não parece o caso — Diogo disse.

Plínio reclinou as costas na cadeira e levou as mãos até a parte de trás da cabeça. Sugou o ar e deixou escapar pelas bochechas. Respirar fundo não melhorava o cheiro da merda, mas servia para acalmar.

— O que está acontecendo com essa cidade? Nós já não sofremos o suficiente? — perguntou a Diogo. — Chegou a assistir a gravação com a filha do prefeito? Eu nunca imaginei que uma garganta pudesse resistir a uma agressão como aquela. Deus nos ajude, Diogo, parece que todo mundo se filiou ao cão.

Os dois se encararam em silêncio, cientes de que aquele pequeno ponto chamado religião jamais seria compartilhado.

— Há quanto tempo a gente se conhece? — Plínio se refez na cadeira.

— Acho que você ainda roubava microfones pra nossa banda de heavy metal.

— Porra, que merda você foi lembrar. — Plínio tirou os óculos e enxugou o canto dos olhos. — Só dois cabeças de bagre como eu e você pra fundar uma banda de metal nessa cidade. Banda do demônio, ainda por cima.

— E existe outro tipo?

Plínio refez sua seriedade.

— Você ainda vai encontrar o caminho de Deus, Diogo. Se eu encontrei, você também consegue. Não é tão ruim, sabia? É só maneirar na cerveja, respeitar a família e não falar muito palavrão. Essa última parte é mais difícil.

O delegado limpou os óculos em uma flanelinha e os recolocou antes de continuar a falar.

— O nosso excelentíssimo prefeito me telefonou querendo enforcar alguém. Acho que a performance da filha pegou o homem de surpresa. Além dele, também atendi o corno do presidente do Cotton Clube, o safado do Aquiles Rocha e o sem noção do Marquinho Leite, o Marquinho foi filmado desviando dinheiro da creche municipal. Puta merda, só nos últimos dois dias foram mais de vinte boletins de ocorrência, sem somar os que a gente desencorajou na base da conversa. Como vai indo com os De Lanno?

— Tá bem complicado, Plínio. Demos uma busca na casa e na loja, não encontramos nem fumaça. Pra mim, ela e o marido andavam se excedendo na piranhagem e a coisa vazou. A moça se matou com medo da retaliação pública. O marido sumiu com o filho. Ponto final.

— Precisamos dessa criança antes do ponto final. O povo pode esquecer dois adultos furunfando, mas o menininho é diferente.

— Meu palpite é que ele esteja com o Eric.

— Em qualquer outra circunstância eu rezaria por isso, mas se tratando daquele sujeitinho... Se um homem faz o que ele fez com a própria esposa, e com ela grávida, eu fico imaginando se ele ainda tem um limite.

Pedofilia era um assunto terrível, e era um pouco pior para alguém que tivesse colocado uma criança no mundo. Depois que o sujeito se torna pai ou mãe, a violência contra uma criança passa a ser pessoal. Ou pelo menos é o que deveria acontecer.

— E falando em crianças, Yasmin tá bem? Andressa? Como vocês vão indo de pós-pandemia?

Diogo ergueu a sobrancelha esquerda.

— A Andressa andou ligando pra Janaína?

— Diogo, você conhece as mulheres. Elas sempre se associam quando a coisa fica feia. É uma característica da natureza. É assim com as leoas, com as zebras e com as andorinhas.

— Não é assim com as abelhas.

— Coloque um rei no lugar da rainha e veja o que acontece.

Os dois riram. Era bom falar o que já não podiam pensar. Se existia um preço para a modernidade, o código de barras dizia silêncio. Dizia, não: gritava.

— Pega um café pra gente, Diogão, a dona Zulmira acabou de passar.

O investigador foi até a garrafa e serviu dois copinhos descartáveis. Entregou um a Plínio, os dois deram um gole.

— Esse negócio da Giovanna, isso pode ficar bem feio — Plínio disse.

— Mais feio que a morte?

— Não digo que possa piorar pra defunta ou pra família dela, mas a maneira como essas coisas continuam vazando... isso pode ser bem ruim. O Crespo me trouxe um relatório hoje cedo. Ele e uns paus mandados conseguiram recuperar o celular atropelado da dona Eugênia. Ela e a amiga estavam distraídas porque receberam um vídeo do sobrinho da velha Olinda, a costureira que sobreviveu. Os mancebos estavam dentro de um carro, fazendo coisas que não eram da conta de mais ninguém. Esse mesmo vídeo só chegou no celular do pessoal da delegacia perto das nove da noite, um pouco antes da Giovanna pular da torre.

— E o que isso significa?

— Segundo o Crespo, que um celular está enviando essas porcarias para os outros. Você recebe uma nojeira, abre o arquivo, e ela é enviada pra sua rede de contatos. A estimativa do Crespo é que em menos de vinte e quatro horas a cidade toda tenha a coisa em mãos.

Diogo continuou com a boca no café, esperando que Plínio continuasse.

— Pessoas têm segredos, meu amigo, é o que nos torna humanos. Aqui e em qualquer lugar, o que fazemos às sombras não é da conta de mais ninguém. Nossos telefones sempre pareceram seguros, até a joça da internet tinha certa segurança, entende o que eu quero dizer?

— Mais ou menos.

— Mesmo que você não creia na palavra da salvação, somos um mundo em pecado e danação. E tem aquela coisinha do livre arbítrio. Eu não acho que a gente possa sair por aí fazendo o que se fazia em Sodoma e Gomorra, é pra conter essa parte que existe a lei, mas eu sei que todo homem tem seu próprio tempo pra se livrar do Diabo. Pensa um pouco, pensa no que você tem gravado no seu telefone. Uma coisa ruim que você falou de um colega, o contato de uma pulada de cerca que não significou nada, enfim... até uma foto da vizinha lavando a calçada pode ser um problemão nas mãos erradas.

Embora Diogo não tivesse (quase) nada no telefone que o fizesse se envergonhar, o delegado tinha razão quanto a uma série de conversas comprometedoras. Não era nada demais. Nada além de pequenos segredos que não fariam mal a ninguém desde que continuassem sendo segredos.

— Tô passando a bucha pra você, Diogão. Confio em pouca gente nessa delegacia e seu nome está no topo da lista. Se achar que é muita coisa, eu posso repensar, mas eu não gostaria de fazer isso. É um assunto delicado, precisamos manter a coisa na esfera do sigilo.

— Chegou a falar com o Crespo?

— Ele deve imaginar, tivemos um arranca-rabo hoje cedo.

Diogo se ajustou melhor na cadeira, cedendo à pressão do corpo. Bucha ou não, tomar o caso de um colega machucava mais egos do que um celular virado do avesso. Plínio reforçou o convite:

— Do jeito que a lama está saindo do chão, não deve demorar pra aparecer alguma chantagem. Ameaças, esse tipo de coisa que gente com dinheiro sempre atrai. O Crespo não tem colhão pra tocar um caso desse. Se não for seu, vai ser de outra pessoa.

— É meu.

— Sabia que podia contar com você.

O celular de Diogo apitou em seguida, e o bote do delegado em seu próprio aparelho foi mais rápido que o eco do bip. Plínio riu.

— Pensei que fosse o meu.

19

O telefone de Iago Cantão também tocou pouco antes das dez da manhã, enquanto ele saía da agência centro do Banco do Bradesco depois de depositar uma fatia razoável dos lucros do último mês. Como muitos empresários da cidade, Iago recebia um atendimento diferenciado do gerente da agência, e continuaria sendo assim desde que ele não colocasse seu cobiçado dinheirinho em algum outro banco da cidade.

Para as empreiteiras, as coisas melhoraram bastante com a crise do Coronavírus. Iago não era louco de dizer isso aos quatro ventos, mas a verdade é que algumas profissões prosperaram como nunca enquanto o vírus despovoava a terra. Um desses casos era a Funerária Eldorado, que de uma biboca mofada na periferia passou e funcionar em um dos imóveis mais bem localizados da cidade — imóvel que, diga-se de passagem, foi reformado pela Construterra de Iago Cantão. Além disso, no auge da pandemia, vários imóveis estavam sendo vendidos a preço de sonegação de impostos. Iago aproveitou para lucrar o que pôde. Sem remorsos, sem lamentos, a nova vida no mundo velho.

Vinte minutos depois, um pouco cansado, apesar do dia estar longe de terminar, Iago desceu de seu Hyundai e atravessou a rua. Em frente à casa cento e seis, uma dúzia de homens vestindo o uniforme azul da construtora trataram de se recompor, se levantando das calçadas e desencostando as bundas magras dos muros. Adailson Pinota, mestre de obras e único homem livre do uniforme, se destacou do grupo e foi falar com Iago.

— O que foi agora? — Iago perguntou. — Pensei que esse mausoléu já estivesse no chão.

— Era pra tá, mas o pessoal tá com receio. Todo mundo tinha um pouco de medo dela. Dela e da dona Eugênia.

— Eu entendo eles se cagarem quando elas eram vivas, mas agora?

— Certeza mesmo a gente só tem da dona Eugênia, né, seu Iago.

Iago fez uma expressão atravessada com o rosto.

— Bora entrar e dar uma olhada.

— Miltão, ninguém sai até a gente voltar, firmeza? — Adailson disse a um dos rapazes de azul. O homem assentiu com a cabeça enquanto os outros suspiravam de tédio. Um homem de barba branca se benzeu.

Por mais de cinquenta anos, a casa azul foi habitada pela santeira, Lúcia da Conceição. Mal vista pela sociedade, pela família e, principalmente, pela única irmã viva, Lúcia se refugiou no imóvel que herdara dos pais, de onde quase não saía. As compras eram deixadas em seu portão, os pagamentos feitos por intermédio de vizinhos; as únicas pessoas que raramente entravam pela porta da frente eram seus seletos compradores, que a cada cinco ou seis meses desembolsavam um bom dinheiro por suas obras.

Iago tomou a dianteira e forçou a abertura da porta. Estava emperrada, ele precisou usar os quadris para conseguir empurrar e passar. Adailson seguia colado a ele.

— Puta merda, que catinga — Iago disse assim que entrou.

— Tinha dois gato morto. Miltão que achou. Devem ter morrido de fome.

— Gato não morre de fome se estiver solto. É mais fácil alguém ter envenenado os bichos.

— Vai ver ela mesma matou. O povo diz que a dona daqui tinha envolvimento com o Tinhoso, os gatos dela deviam ser oferenda pro Coisa Ruim.

— Tá falando sério?

— É o que o se diz, que dona Lúcia vendeu a alma pro Injustiçado. Acho até que foi por isso que a dona Eugênia morreu, que Deus a tenha.

— Que Deus tenha *paciência* com ela, porque Eugênia era a mulher mais sangue ruim de Terra Cota. Já a coitada que morava aqui não fazia mal pra ninguém além dela mesma. Eu me lembro quando era moleque, a gente falava que a casa tinha assombração, jogava pedra... quando ela aparecia na janela, todo mundo chamava de bruxa.

Iago seguiu caminhando pela casa. Existiam poucas paredes dividindo os cômodos, e nenhuma porta. Uma divisória ainda tinha o batente preso a ela, mas das outras não restou nem isso. Por todos os lados havia pinturas. Em telas, nas paredes, no chão e também no teto. Era como se a própria casa compusesse algo maior, a obra mãe de todas as outras obras. Sobre os dois sofás e uma mesa havia tapeçarias mofadas, sapatos corroídos, telas e mais telas. No lugar onde funcionava a cozinha, o cheiro de óleo era quase intoxicante. As paredes tinham camadas grossas dessa gordura, alguns insetos haviam se prendido a ela.

— Que nojeira — Adailson disse. — Como é que alguém vive desse jeito...

— Por escolha. Lúcia Louca talvez gostasse de dinheiro, mas ele nunca foi seu foco. O pessoal que comprava as coisas dela precisava ser aprovado antes, e ela quase nunca autorizava. Lúcia preferia ficar no escuro e na loucura.

— Como é que alguém dá dinheiro numas coisa dessa... creideuspai.

Adailson estava em frente a uma parede toda decorada com anjos de barro e outros motivos religiosos. Os anjinhos eram querubins, feitos de argila e cera. Entre os querubins, havia uma pintura de Jesus Cristo carregando uma cruz repleta de pregos. Pregos rasgando a carne. Pregos provendo o sangue.

Havia uma torneira vermelha na parede perpendicular. Sob a torneira, Iago encontrou uma pia batismal, que de alguma maneira acabou indo parar naquela casa. Sob a pia, uma pintura que mesclava uma antena parabólica com uma espiral que encontrava o rosto de um demônio. O que Lúcia fazia com aquela pia seria para sempre alvo de especulação, mas não era algo que pudesse ser considerado de bom gosto, ou mesmo natural a homens criados no catolicismo. De certa forma, toda aquela casa era uma profanação.

— Chefe, melhor dar uma olhada aqui.

Acima de Adailson, em uma prateleira próxima ao teto, havia sete recipientes de vidro, cada um de uma cor. O último deles, o de vidro transparente, tinha um líquido vermelho. Abaixo da prateleira mais alta, havia uma segunda, e sobre ela existia uma estátua de menino Jesus, com as duas mãos amputadas. Os olhos da estátua estavam pintados de preto e um batom escuro tingia os lábios.

Iago desviou da prateleira mais baixa, se esticou e apanhou um dos frascos, o de cor azul índigo. A parede atrás dele tinha partes daquele tom azulado, mas era mais clara, puxada ao verde. Iago retirou a rolha esmerilhada do frasco e o levou ao nariz. Estendeu o frasco a Adailson, que também arfou o ar ao redor da abertura.

— É bom — Adailson riu.

Encorajado, apanhou o último frasco da fila, o do líquido vermelho. Talvez esperasse encontrar algo que lembrasse as rosas, ou mesmo um pouco da essência dos morangos.

— Puta merda! — Adailson empurrou o frasco a Iago e precisou ir pra perto de uma janelinha estilhaçada. Se não recuperasse um pouco de ar limpo, vomitaria em si mesmo. — Essa coisa tá é podre, isso é sangue, seu Iago, sangue morto! — engulhou de novo.

Iago fez uma careta e conseguiu fechar o frasco.

— Melhor não falar disso com o pessoal. — Iago devolveu o frasco hermético à prateleira e seguiu explorando.

Apesar do ambiente obscuro e decadente, a casa exercia certa fascinação a ele. Talvez fossem as tantas cores diferentes, ou os quadros e esculturas que poderiam ser considerados valiosos sob a ótica certa, talvez fosse até mesmo um passado que não conseguia mais existir nos anos modernos. Do que Lúcia Louca sabia? De quais entidades ela se fartava? Talvez essas perguntas jamais fossem respondidas, ao que parecia, Lúcia estava comungando com algo que a pequena Terra Cota jamais compreenderia.

Com cuidado para não se ferir, Iago avançou até uma área mais iluminada, que poderia ser o quarto da dona da casa. Toda luz do domicílio vinha de dois pequenos basculantes abertos nos tijolos da parede desse cômodo, pelo restante do imóvel, as janelas originais estavam soldadas e pregadas, cobertas com tapeçarias e quadros.

A cama ainda tinha o colchão, e uma grande mancha de mofo marcava o lugar onde a mulher costumava dormir. Em alguns desses trechos encardidos, o colchão se abria nas espumas. Amarradas à cabeceira da cama, Iago notou algumas tiras de couro já em péssimo estado, esbranquiçadas, carcomidas pelos fungos. No teto, um símbolo de cinco pontas rodeado por outros símbolos, que imediatamente chamou a atenção de Adailson.

— Falei que era coisa do Diabo.

— Não esse aí, meu amigo. O desenho é um tetragrammaton, tem gente que acredita que represente o nome impronunciável de Deus. Acho que já te contei que o meu pai era do Porão, um Filho de Jocasta. Às vezes ele vazava uns segredinhos pra gente.

— Deus me livre, seu Iago.

— Pode acreditar, esse desenho atrai boa sorte e verdade, não tem nenhuma relação com o demônio.

Iago continuou olhando para o cômodo.

— O que me assusta é como essa coitada viveu tanto tempo nessas condições. — Iago deixou o quarto e pulou uma parede à direita, que estava aberta aos tijolos e dava acesso a outro cômodo, outro quarto. Ele caminhou com cuidado, a estrutura parecia estar sendo sustentada por uma única coluna.

— O que tirou o pessoal da casa tá bem aí — Adailson explicou. — E o senhor me desculpa, mas eu não vou entrar de novo.

Por mais cético que fosse, naquele momento Iago se sentiu inseguro. A casa já era impressionante e assustadora por si só, mas pelo jeito, o pior ainda estava por vir. O que teria impedido o pessoal da demolição de agir? Ele conseguia entender o receio de alguém mais refinado, até mesmo Adailson, que conseguia falar com as pessoas sem manter os olhos sempre no chão, mas com os cabeçudos da demolição era diferente. Eles eram embrutecidos, práticos, não raramente tomavam dois ou três copos de cachaça pra começar bem o dia. Quando homens como aqueles se juntavam, simplesmente não havia espaço para o medo, o pavor era tratado como uma emoção menor, um sentimento a ser evitado.

Sem poder contar com a luz do sol ou da casa, Iago ligou a lâmpada de segurança de seu celular. As paredes estavam cobertas de palavras, muitas delas. Estavam soltas umas das outras, e faziam bem pouco sentido, embora algumas frases pudessem ser lidas aqui e ali. "Vigiai", "Eles Ouvem", "Salmo 45", "Gente ruim", "A praga verde", "Ômega". Mas o que bagunçou os humores de Iago, assim como foi feito com seus homens, estava no centro daquela órbita de palavras.

— 83858 — ele leu número a número.

A fim de ter certeza, virou o celular para si e acessou as mensagens.

Como sabia de antemão, era o mesmo número que ele e boa parte da cidade andavam recebendo nos telefones. O que significava continuava um mistério, mas os afetados espalhavam dezenas de suposições. Morreriam 83858 pessoas, o mundo acabaria em 83858 dias, por 83858 dias choveria?

— Ela escreveu a mesma coisa nos quadros, não em todos, mas em um ou outro. Bom, a gente acha que foi ela. A letra é a mesma, isso daí é certeza.

— É esquisito, sim, esquisito de verdade. Se a Lúcia desapareceu há meses, não tinha como conhecer o número.

— Tava tudo trancado, quem abriu foi a gente.

Os dois ficaram em silêncio por alguns segundos, criando e superando suas próprias suposições. Em um dos basculantes, uma pomba escura pousou e começou a bicar o tijolo. Depois passou a arrulhar, alternando as reclamações com novas bicadas.

— O que a gente faz? Pensei em levar o pessoal lá pro Duquesa e trazer uma turma nova pra cá. Com sorte, eles começam a quebrar sem olhar muito.

— Melhor não, no fundo foi bom não deitarem a casa. Eu vou trazer alguém pra dar uma olhada, ver o que tem de valor. Conheço uma cigana em Três Rios, ela tem uma loja esquisita. Era muito amiga do meu primo, aquele que faleceu.

— O da computação?

— Ele. — Iago já ia tomando a direção da saída. — Faz o seguinte, leva o pessoal pro Sertãozinho, no Duquesa já tem gente demais trabalhando.

— Tá certo. Só tem mais uma coisa, seu Iago.

— Manda.

— É que o senhor devia se livrar logo dessas tranqueiras. Esse número maldito aparecendo no telefone das pessoas e agora aqui... nessa casa... como é que ela podia saber?

20

Adailson deu destino aos funcionários em menos de vinte minutos. O que se resumiu ao básico de colocar todo mundo na Kombi, pagar uns pfs e deixar o pessoal fazendo a digestão no Sertãozinho, o terceiro condomínio (em menos de dois anos) que se espichava pela estrada Sete de Dezembro. Depois da pandemia, o êxodo da capital paulista e das maiores cidades do interior foi intenso, então quem foi esperto arrumou uma maneira de lucrar com isso. Só de Três Rios, dezessete famílias fecharam negócio com Iago, todas pagando o preço que ele pediu e contando no relógio o tempo que faltava até a inauguração.

Com tudo resolvido, Adailson parou um tempinho no Goela Santa para lubrificar a segunda parte do seu dia. O Goela era um dos bares mais discretos da cidade. Quem via de fora não dava muita coisa pelo lugar, mas bastava sentar em um dos bancos para perceber a diferença. O dono do bar era um ex-PM que não dava mole pra bebum. Se você soubesse se comportar, teria o tratamento de celebridade, mas que ninguém cuspisse no chão de Juraci se não quisesse perder os dentes.

O advogado Carlos Botija estava em um dos bancos, tomando uma cerveja. Ao lado dele, Ozório Paixão, do Mega-Mega Novidades. E ao lado de Ozório, Milton Sardinha, que muita gente só conhecia pela voz no rádio. Não era o caso de Adailson, que o conhecia desde menino. Naquela época, Milton era tão popular na cidade quanto o Silvio Santos, e Adailson era um dos craques do timeco mixuruca da cidade. Em Terra Cota, todo mundo pensava que ele chegaria longe, mas Adailson entrou em uma bola dividida com o cara errado e seu joelho virou pra cima. Quando saiu do hospital, o futebol era passado.

— Tarde — Adailson disse a Milton.

— Grande Dadá, senta aí.

— Seu Juraci, bota uma Tieta pra mim — Adailson pediu.

(Tieta era uma mistura de cachaça, mel e Campari. Se você parasse antes da terceira dose, a chance de continuar vivo era razoável.)

Juraci virou de costas, colocou a pinga à olho e desceu uma colherada de mel. Do Campari saiu um fio, só mesmo o suficiente para tingir a bebida de vermelho. No balcão, Carlos Botija e Ozório falavam sobre essa "historinha de isolamento social que tinha acabado com a cidade", enquanto Milton e Adailson começavam uma conversa mais interessante em um volume mais discreto.

— Tomando Tieta a essa hora, Dadá? Brigou com a dona onça, é?

(Dona onça: esposa.)

— Nada, seu Milto. É preocupação mesmo.

— O Iago tá pegando no seu pé? — Milton riu. Conhecia Iago Cantão de uma reforma feita na rádio há uns cinco anos. Na época, toda a equipe de Iago era ele mesmo e um servente, uma boa equipe.

— Não é seu Iago, não. É esse negócio nos telefone...

— Quem tem que estar preocupado é a polícia, ué.

— A gente também pensou que o problema era dos outro no começo da gripe. Deu no que deu. — Adailson deu um gole na Tieta.

Milton passou o indicador direito pela borda de seu copo, depois fez o mesmo na lateral do vidro, onde a umidade se condensou e desceu.

— A gente soube de alguma coisa — Milton explicou. — A Julinha é formada em jornalismo, então deixei com ela.

Sentindo o cheiro de boa conversa, Juraci chegou mais perto. Aproveitou para encher o copo do radialista.

— Lembro da Jú pequenininha agarrada na sua calça, escondendo a cara de todo mundo — Adailson disse.

— Agora ela tenta esconder a minha — Milton riu. — Julinha saiu igualzinha à mãe dela, teimosa de doer. Ela podia ter feito medicina, administração, engenharia... mas não. Tinha que escolher uma profissão complicada como a minha. Antigamente era diferente, jornalismo era sinônimo de verdade. Hoje o povo prefere acreditar no WhatsApp.

— Meu contato na polícia — Juraci se meteu a conversa — falou que tem coisa braba metida nisso aí dos telefones. Tortura, depravação. Pode até ter dedo de comunista.

(Duas coisas sobre Juraci: Ele era tão de direita que se pudesse amputava os membros esquerdos, e ele sempre tinha um contato no batalhão. Um amigo, um agente, um ex-parceiro. Ninguém dava muito crédito, o homem era muito mais útil enchendo os copos do que jamais fora usando um fardamento, mas ele parecia não saber disso.)

— O comunismo saiu de cena faz tempo, Juraci. E não deixou muitos herdeiros — Milton explicou.

— É o que eles querem que a gente pense. Essa gripe aí que inventaram, de onde você acha que veio? Foram eles — disse em um tom mais baixo —, os comunistas. Eles estão sequestrando pessoas faz tempo, fazendo testes, destruindo famílias. Foi a mesma coisa com a aids.

— Uma coisa não tem nada a ver com a outra... — Adailson resmungou.

— Ah não? Sabia que as duas doenças vieram da China? Tem dedo da Rússia envolvido, cientistas venezuelanos ajudando. Eles são os novos comunistas, fingem que não, mas são. E vocês sabem qual é a grande vitória dos comunistas?

— Acho que vamos descobrir. — Milton bebericou mais um gole.

— É a mesma do Diabo: acreditar que ele não existe.

Adailson deu outro gole e ganhou uma expressão cínica.

— E são essas pessoas que estão mexendo nos nossos celulares? Os comunistas?

— O meu pessoal tem até prova, mas eu não posso falar sobre isso. — Juraci se abaixou para promover um cochicho. — Tem coisa sigilosa aí, dedo da igreja envolvido, meu pessoal está pensando em se organizar.

Milton precisou se concentrar muito pra não rir.

Ele conhecia a força tarefa de Juraci Pelego e ela não assustaria uma criancinha cagada. Quase toda "a força" era composta por ex-PMs aposentados e por outros civis igualmente viciados em WhatsApp. O que todo mundo sabia é que a função principal do grupo era promover churrascos beneficentes que só beneficiavam os açougues e os depósitos de bebida da cidade. Que se soubesse, os únicos pré-requisitos para a Força eram ser intransigente, acreditar em teorias da conspiração e apoiar governos fascistas de extrema direita.

Com os dois em silêncio, Juraci foi conspirar na outra extremidade do balcão. Milton continuou a conversa assim que ele se afastou de vez.

— O moleque do Rocha, aquele que matou a dona Eugênia, montou uma empresa nova — disse Milton. — Ele pediu um orçamento mais cedo pra anunciar na rádio.

— E o que ele tá vendendo? Fluido de freio?

— O anúncio diz Segurança em Celulares. Estão cobrando mais de quinhentos paus por aparelho.

— Impressionante como gente safada sempre se dá bem nessa cidade. Eu lembro quando o pai dele emprestou uma nota da cooperativa do Banco Rural pra levantar a cervejaria. Depois o corno faliu a empresa e não pagou nenhum funcionário, meu pai perdeu tudo e ainda precisou vender a nossa casa pra limpar o nome. Não deu dois anos, o Aquiles abriu aquela financeira dele. Depois veio a loja de carros, a marmoraria...

— Ele também comprou a torre de telefonia, que é de onde realmente vem o dinheiro da família.

— E paga tudo isso?

— Ele fez o contrato certo. Se alguém anuncia uma galinha, Aquiles recebe, se anunciam um plano de saúde, ele recebe. O Rocha ganha em cima de todas as propagadas da região. Sabe, Adailson, eu também não morro de amores pela família do homem, mas peço a Deus que essa cidade não receba mais um golpe com essa história dos telefones. A gente quase deixou de existir nessa pandemia. Metade das lojas do centro passou o ponto, pais de família começaram a depender de doações, eu tenho um primo que preferiu se matar com veneno de rato.

— Eu conheço? É daqui da cidade? — Adailson perguntou.

— Morava em Assunção. O Sabino era professor de geografia em uma escola particular. Depois de suspenderem os salários, ele começou a fazer Uber. Acabou trazendo a doença pra casa. Primeiro morreu a esposa, depois a filha. Falaram que essa coisa não matava criança, mas a Núbia tinha catorze anos e morreu em dez dias. Encontraram o corpo do Sabino quando os vizinhos sentiram o cheiro.

Depois de um silêncio respeitoso, Adailson disse:

— Eu perdi uma tia. Ela também não tinha nada, menos de cinquenta, morreu em um mês. Meu tio ficou um tempo desgovernado, mas com tanta gente morrendo, ele acabou se conformando.

Milton deu mais um gole na cerveja.

— Esse é o maior absurdo de fatalidade dessas, a gente só se consola com a desgraça dos outros.

Por mais que Zé Espoleta se esforçasse, ele não conseguia tirar aquela imagem da cabeça. O queixo torto. A coluna torcida. Aquele olho que pulou pra fora.

Giovanna era uma moça bonita, mas naquela noite, mesmo antes de tudo acontecer, ela parecia um fantasma. Não era mais a mulher que costumava ser, mas uma coisa vazia e corroída por dentro. Em noites como a que experimentava agora, Espoleta se sentia da mesma forma. Há quanto tempo ele não era ele mesmo? O que sobrou dele para fazer valer a história?

— Você é um bêbado de bosta — resmungou antes da próxima talagada na 51. No bico mesmo. Como um macho faria.

Do canto da sala, o gato miou como um neném.

Espoleta o encontrou no meio do asfalto há uns anos, Tigrão tinha acabado de ser atropelado. As patas de trás estavam meio amassadas, o rabo parecia um pedaço de pano.

Podia tê-lo deixado pra morrer no próximo carro, ou ele mesmo ter providenciado o alívio, mas por algum motivo misterioso Espoleta preferiu tirá-lo do chão e o trouxe pra casa. Tigrão ainda era meio torto, e diferente dos outros gatos, ele nunca caía em pé. Mas ele conseguia andar e estava vivo, com uma existência simplificada a comer, cagar e engordar — velho Tigrão também não conseguiria cruzar no telhado nem que fosse colocado lá em cima.

Espoleta se via naquele gato. Era torto, todo estropiado, não cruzava, e se tivesse escolha, nem estaria naquela casa.

O doce lar de Espoleta era uma biboca de três cômodos. Sala-quarto, cozinha e um lugar para limpar as tripas. Na verdade, era o que restou da construção original que ninguém se preocupou em demolir. Morava de favor, às custas de simplesmente existir ali e evitar que delinquentes se apossassem do lugar. O dono da casa era um sujeitinho ensebado de Velha Granada, que só vinha para Terra Cota para visitar o prostíbulo. Casado. Pai de cinco filhos. Homem de bem.

Como todo lar econômico, ali existia apenas o fundamental para a existência. Uma cama, um estoque de pinga — Espoleta tinha o hábito de enterrar garrafas no quintal para "temperar a cachaça", perdeu a conta depois da vigésima —, um rádio, uma poltrona e um fogão. Ele tinha também uma televisão e uma privada, direitos divinos de todo homem com mais de cinquenta anos.

Pensava nela. Na morta.

Era um pouco pior quando o tempo virava e o vento assoprava para dentro da casa. As correntes de ar que entravam pelo teto sem forro tropeçavam nas vigas, o vento assoviava como um Saci.

A tv falava de novo daquela bosta de gripe. Espoleta não tinha mais medo dela, não como antes. Ele pegou Covid e ficou trancado em casa espirrando e recebendo comida na porta, como se fosse um leproso. Ficou pistola da vida com Deus e com todo mundo por dois meses. Por que não morria de vez? Era isso o que todos eles queriam. O povo rico da cidade, a vizinhança pobre do bairro, até o padre vermelho devia querer que ele morresse em vez de esmolar na porta da sua igreja.

E ela? A moça que parecia um fantasma e acabou se tornando um? Ela também queria isso?

O vento gritou de novo e Espoleta se encolheu na poltrona. Olhou ao redor. Tigrão miou daquele jeito horrível e saiu se arrastando até a caixa de papelão em que dormia.

Espoleta olhou para todos os cantos de sua pequena casa.

Teria outra companhia além do gato naquela noite?

Quando Giovanna estava caindo, ela olhou para ele. Parecia ter alguma coisa para falar, alguma coisa que morreu com ela. Talvez fosse só indignação por viver cercada de gente maldita. Espoleta ficou sabendo pelos amigos o motivo dela ter pulado. Ele não quis assistir o vídeo todo, mas ficou sabendo de tudo. Na sua opinião, ela foi muito melhor que a sua ex, a biscate da Soledade. Giovanna quis trepar com outras pessoas e convidou o marido. Ela foi digna. Eric ter topado e ido bem além da linha do aceitável era outra coisa, mas a moça era mais honesta que muita mulher tida como santa na cidade.

A tv deu um pipoco e Espoleta pulou em si mesmo. A tela agora estava cheia de chuviscos. Era o que faltava, perder a única companhia noturna que sabia falar português. Tudo bem que a tv só falava de desgraças e prelúdios de novas desgraças, mas, no caso de um homem sozinho, desgraça sempre ajuda a passar o tempo.

Meio trôpego, Espoleta se desencaixou da poltrona e foi até o aparelho.

Era uma tv de plasma que ele salvou do lixo. Não pegava muita coisa, mas ele ainda conseguia ver dois ou três canais. Espoleta chegou com o controle bem perto e começou a mudar de canal, experimentando como resultado diferentes níveis de estática e chiadeira. Ele não gostava daquilo, daquele som. Gostava um pouco menos da imagem chuviscada. E odiava de verdade filmes de terror que usavam a tv fora do ar pra botar medo nas pessoas. E se eles usavam, bom... devia ter alguma verdade ali. Não exatamente como nos filmes, mas... de um jeito muito pior.

Sem alterar o som, alguma coisa passou pela tela. De onde estava, bem próximo, Espoleta viu algo como uma silhueta atravessando o mar de chuviscos, quase como um reflexo. A impressão foi tão forte que ele olhou para trás. Encontrou Tigrão sentado, todo ouriçado, encarando a tv. Espoleta voltou para a tela e sentiu o sangue inverter seu fluxo.

A coisa estava ali. Não perfeita. Não em cores. Mas estava ali.

O queixo fendido, o olho propulsado, a expressão sem regra e sem dono.

Ela estava ali e gritou.

E ele também.

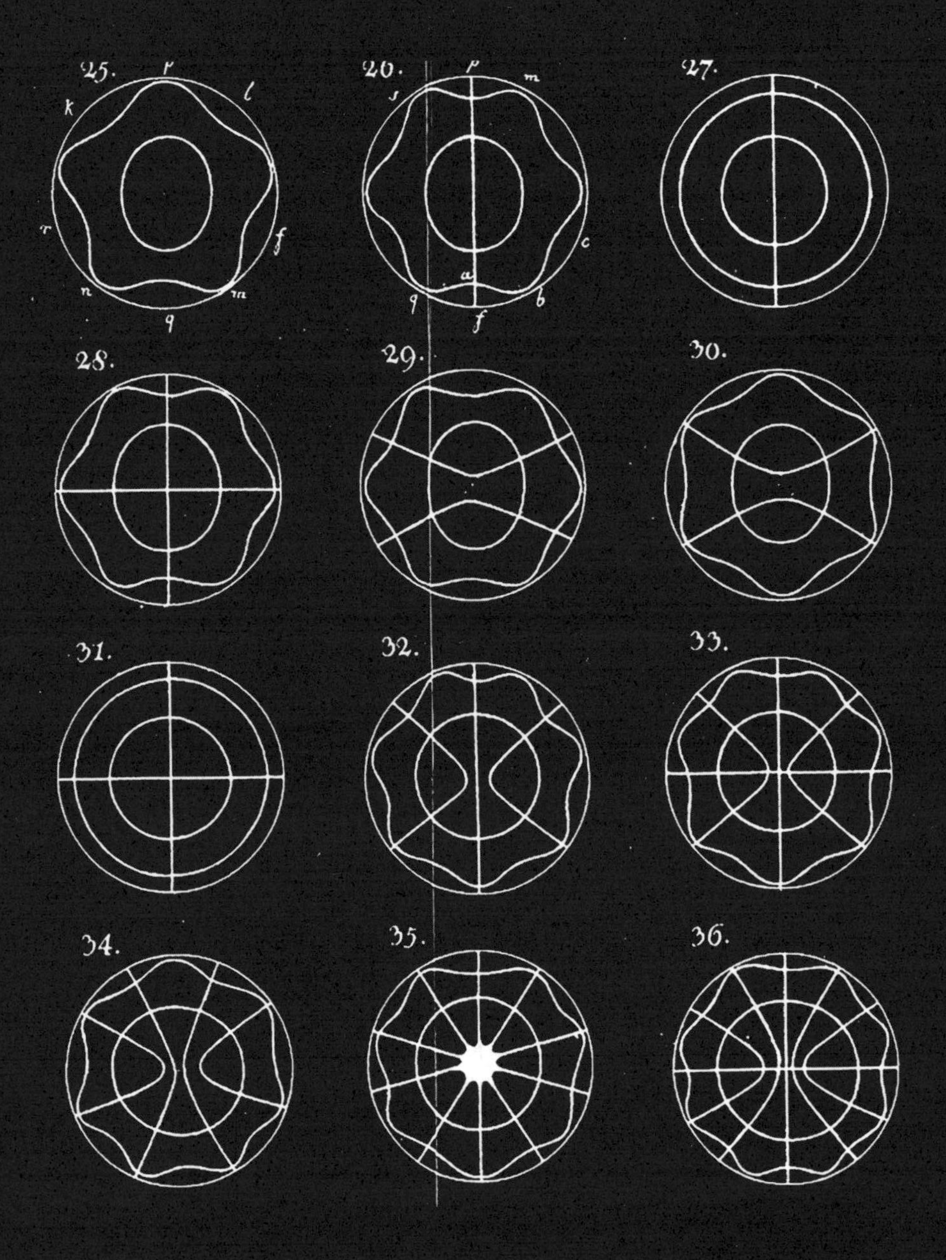
25.
p
l
k
r
f
n
m
q
26.
p
m
s
c
a
q
b
f
27.
28.
29.
30.
31.
32.
33.
34.
35.
36.

Reach out and touch Faith
Your own personal Jesus
Someone to hear your prayers
Someone who cares

Estenda a mão e toque a fé
O seu próprio Jesus particular
Alguém que ouça as suas preces
Alguém que se importe
("Personal Jesus" — Depeche Mode)

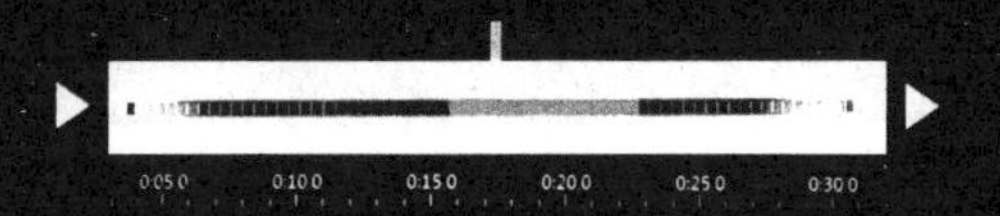

— Salve, salve, gente bonita de Terra Cota! Estamos mais uma vez ao seu lado, no seu, no meu, no nosso *Soltando o Verbo*! Aquele espaço sem censura onde você pode dizer o que bem entende pra quem merece ouvir.

"Nossa querida Cleidoca já avisou que os telefones estão malucos, então, se você tem um recado urgente, vai precisar de paciência. Solta a vinheta, Adney! E você liga pra gente, e solta o verbo!

[...]

— Aqui é Júlia Sardinha, e você está *Soltando o Verbo*! Com que eu falo?

— Oi? Alô?

UUOOOOUUUUNNN

— Queridona, abaixa um pouco o volume do rádio, tá bom? Tá dando microfonia.

— ALÔ? Tá ouvindo agora? Aqui é a Denise Pantera.

— Pode soltar o verbo, Denise Pantera! Sem moderação!

— Aqui ó, o meu recado é pro Dimas lá do Novo Horizonte. Olha aqui, Dimas, eu sei que a gente é primo, mas o que você fez ninguém faz! A vó já tava morrendo e você foi lá assinar papel com ela pra pegar dinheiro no banco, né? A mãe ligou lá pra tia Vanusa e falou que vai arrancá o seu couro, e o pai tá com o diabo no corpo também. Quer saber como eu sei? Porque você falou da safadeza pra piranha da sua mina e agora todo mundo tem o print no zap-zap! E escuta aqui! O meu irmão falou que vai arrancá seu pinto fora se você aparecer aqui em casa!

— Denise, minha linda, pelo que eu entendi isso aí é caso de polícia, né não?

— Deve sê sim, só que a polícia, dona Júlia, só vai na casa do pobre quando é pra levar de viatura. Tá ouvindo né, Dimas? A gente vai chamá os homi e eles vão pegá você! Onde já se viu enganá a vó quase morta? Onde já se viu, dona Júlia? Dona Júlia? Alô?

— E parece que perdemos nossa querida Denise. Mas olha só, Dimas, meu querido Dimas. A gente sabe que a vida ficou meio complicada nos últimos anos, mas não dá mole pro azar, não. Se tem algum caroço nesse seu angu, dá aquela peneirada básica e resolve da melhor maneira possível, é o que a gente aconselha. Senta o dedo aí, Adney! Vamos pra mais uma ligação calorosa nessa quarta-feira embaçada. Solta o Verbo, minha gente!

PARTE 2

TUDO EM SINTONIA

High Frequency AM/FM • 220V/88,8Hz

  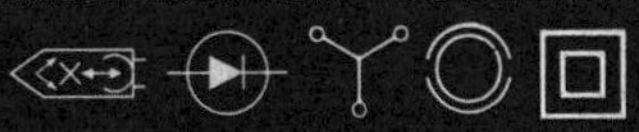 

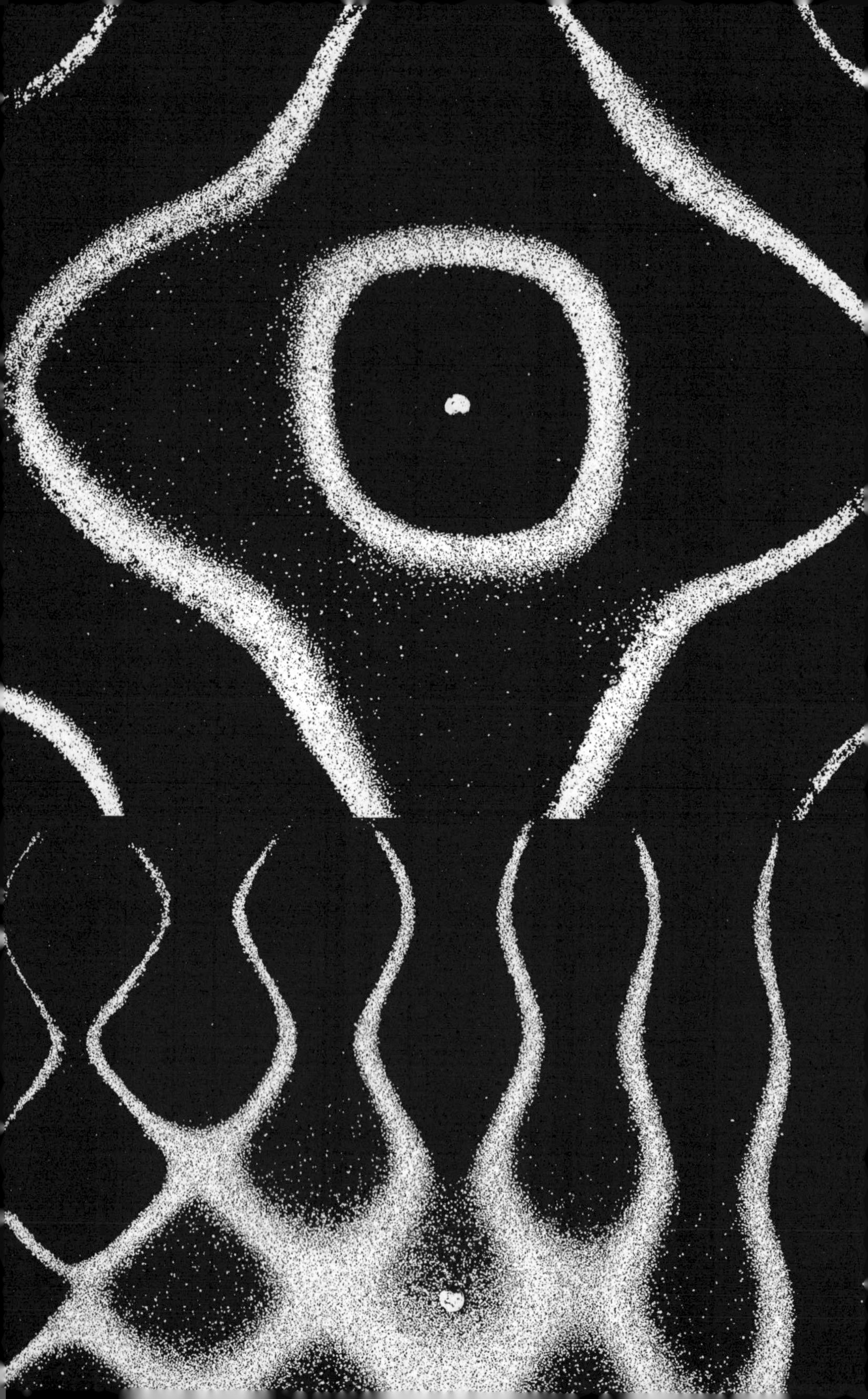

1

Cedo ou tarde, todo sobrevivente aprende uma triste verdade: o que separa uma promessa de morte de um dia como outro qualquer é apenas uma palavrinha chamada rotina.

Em Terra Cota, muitos continuaram recebendo coisas estranhas em seus celulares, sofrendo interferências em seus televisores e rádios, mas com o passar do tempo, muitas pessoas passaram a considerar os fenômenos elétricos apenas mais uma entre as tantas coisas inexplicáveis da cidade.

Para início de conversa, havia a cratera.

Ninguém sabia exatamente se foi um cometa ou as coisas que os geólogos diziam em seus livros, mas a parte do buraco que sobreviveu era tão grande que gerou uma serra, de maneira que a cidade e suas circunvizinhas ao sul se tornaram as mais isoladas da região. Isso prejudicou muito Terra Cota durante a epidemia de Covid. No começo, as notícias eram terríveis, porém boas, afinal, todo mundo que ficava doente estava fora dos limites do município. Isso acabou assim que o primeiro caso infecto — um vendedor de móveis usados de Três Rios chamado Leone Dantas — cruzou a placa de boas-vindas. Foram mais de quinhentas vidas em um único mês. Mais de dez mil totalizadas até novembro de 2021, referenciando Terra Cota como o pior foco da doença no Noroeste Paulista. Águas passadas. Assim como os mortos, assim como os vivos transtornados, assim como aquele remetente numérico que ainda insistia em perturbar a paz dos aparelhos eletrônicos.

Chegava a ser miseravelmente divertido, principalmente para os mais sujos, flagrar um segredinho encardido de alguém. Já estavam catalogadas traições, suicídios, propinas, maracutaias, boicotes de todos os tipos e dois casos de assassinato (sendo um deles o de um cachorro).

Acabou virando uma diversão nefasta. Esperar a hora certa, dar uma olhada nos celulares, e com sorte flagrar um ou outro coitado tendo seus segredos vazados.

E entre acusados e acusadores havia elas, as crianças que, embora não merecessem pagar pelos pecados dos pais, acabavam sempre nas mãos da agiotagem celestial. Um grupo dessas jovens pessoas estava sentado à sarjeta, atento aos telefones, esperando a hora em que um apito quebraria a monotonia do início da tarde.

No caso de Mariana Rocha e Beto Lira (esse último, filho do dono da maior loja de calçados da cidade, a Gato de Botas), o controle parenteral estava ativo (uma salva de palmas ao novo herói assassino da cidade e irmão de Mariana, Ícaro Rocha), mas com os outros dois — Arthur Frias e Renata Germana — era filtro zero.

Exatamente ao meio-dia, como vinha acontecendo desde o início do mês, as quatro sinetas tocaram ao mesmo tempo. Como o celular de Renata era ridiculamente grande (um Samsung que herdara de sua avó quase cega), as crianças se aglomeraram ao seu redor.

— Quem é essa aí? — a própria Renata perguntou.

— Parece a dona Sônia, a que trabalha na Araújo — disse Beto Lira.

— Na farmácia? — Mariana indagou.

Beto confirmou com a cabeça.

Pela posição da filmagem, a imagem havia sido feita de uma boa altura, possivelmente por uma câmera de segurança. O foco, entretanto, era quase proposital, como se alguém a estivesse espionando.

— O que ela tá fazendo? — Renata perguntou dessa vez.

O que ela estava fazendo era algo como pregar etiquetas. Mas ela também estava mergulhando um chumaço de algodão em um frasco de removedor de esmalte, e esfregando nos outros frascos de shampoos e condicionadores. Ela esfregava, erguia o frasco até a altura dos olhos e conferia, voltava a esfregar, e, depois de satisfeita, colava a etiqueta onde havia esfregado.

— Acho que eu sei o que ela tá fazendo — Beto Lira disse.

— E o que é? — Arthur perguntou.

— Remarcando o preço.

— Deixa de ser tonto — Mariana intercedeu. — Ela não ia ter todo esse trabalho só pra isso, tá na cara que ela está alterando as validades.

— Pra vender produto vencido? — Beto perguntou.

— Isso, gênio.

Como se não fosse ruim o bastante, chegou um outro funcionário, carregando mais três caixas. Sônia rapidamente abriu a primeira. Aqueles não eram produtos de perfumaria, mas medicamentos. Ela apanhou uma espécie de carimbo de uma das gavetas do armário da pia e o deixou sobre a mesa. Depois pegou uma das caixinhas de remédio, era laranja com detalhes brancos. Ela fez o mesmo procedimento de limpeza com a acetona, e então carimbou. Em seguida, tirou um celular do bolso, bateu uma foto do resultado e escreveu alguma coisa.

Os celulares dos meninos tocaram em seguida, todos quase ao mesmo tempo. Como Renata estava com o dela nas mãos, abriu a mensagem para que todos pudessem ver.

Aparentemente, era a mesma caixinha que Sônia acabara de adulterar. Depois da foto, estava escrito: "Tá perfeito ou não tá? Acho que mereço um aumento", seguido de um emoticon sorridente com a língua pra fora.

— Merece é ser presa — Mariana disse.

— Meu pai falou que estão investigando todas as imagens — disse Beto. — Parece que vão chamar até gente de fora.

— Aposto que ninguém vai descobrir nada — disse Mariana.

— E por que não?

— Porque eles não podem prender todo mundo, Arthur — ela respondeu. — Acho até que se não fosse pelos rádios da polícia e os hospitais, eles já teriam parado de procurar.

— O que tem no rádio? — Beto Lira quis saber.

— E no hospital? — Arthur completou.

Quem respondeu foi Renata.

— Minha tia trabalha na Santa Casa. Ela falou que as mensagens interferem no rádio e nos aparelhos de exame. Ultrassonografia, ressonâncias, esses exames mais caros. Daí eles precisam fazer de novo e o prejuízo fica com o hospital. Até nos sei-lá-o-que-diogramas já deu problema.

— Tem gente que vai continuar procurando — Beto disse, rindo e olhando para o outro lado da rua.

De todas as pessoas estranhas da cidade, talvez João Bússola merecesse o troféu de campeão. Ninguém sabia exatamente qual ponto cardeal ele procurava, mas desde sempre João era visto por aí, todo distraído, segurando uma bússola de bronze na mão direita.

— Ele já foi atropelado duas vezes. Deviam tirar isso dele — Mariana disse.

Arthur sentiu um gelo descer pelo estômago. Pensava de novo na morte daquela mulher velha na frente de sua escola e em como, nas últimas semanas, muitas pessoas andavam se comportando como o doido varrido do João Bússola, mas com seus celulares.

— Aquela bússola é tudo o que ele tem na vida. Meu pai contou que ele sempre foi assim, e que quando ele era pequeno o João já era velho e detonado, igualzinho ele tá hoje — Beto disse.

— Então deve ser bom, já que ele não fica velho — Mariana disse.

— Ou ruim demais, já que ele sempre foi velho — Arthur riu.

Os quatro dividiram os próximos segundos entre a piedade e a vontade de rir, algo que acontecia muito quando o assunto era João Bússola ou Zé Espoleta.

O problema é que João não respeitava muros, portas, pontes, não respeitava nem mesmo a água. Para onde a bússola apontasse, lá ia João, invadindo comércios, residências e arriscando a própria vida. Uma semana antes dos aparelhos de telefone começarem a sofrer interferências, ele subiu na mesma torre onde Giovanna De Lanno cometeu suicídio e precisaram chamar os bombeiros para fazê-lo descer.

— Será que ele sabe de alguma coisa? — Arthur indagou.

— Tipo o quê? — Mariana quis saber.

— Tipo o que ninguém mais sabe. Essas mensagens aí. Pode ser um sinal, alguma coisa que só ele tenha percebido.

— Ahhh, lá vem ele, o senhor Mistério — provocou Beto.

— Vai se fudê.

— Ô boca! — reclamou Mariana. — Desembucha, Arthur, tá na cara que você sabe de alguma coisa.

— Eu não sei, mas o seu Custódio sabe.

— O tiozinho da oficina de aparelhos? — Beto perguntou.

— Ele descobriu alguma coisa que só acontece nos rádios valvulados. Seu Custódio também não sabe o que é, mas é meio esquisito. Parece que tem um sinal, como se fosse uma emissora, só que é tão forte que chega a confundir os aparelhos. Daí depois fica fazendo barulhos estranhos, falando números, às vezes fala alguma frase também.

— É sério isso? — Renata perguntou.

— A gente tem que ouvir isso, cara — Beto se levantou e espanou a sujeira aderida ao jeans. Mariana também já estava de pé.

— Tá doido? Eu não posso chegar lá na maior cara de pau, seu Custódio pediu pra não contar pra ninguém. E nem ia adiantar ir agora, o negócio pega fogo mesmo bem tarde, depois da meia-noite.

Beto já ia se sentando de novo. Pelo menos eles ainda tinham o João Bússola para espionar. Mas Mariana ainda estava de pé.

— Eu já sei o que a gente vai fazer.

2 

Longe das excentricidades da cidade, Gideão mastigava um pedaço de mato e bufava o ar ressecado do meio da tarde. O calor do dia estava finalmente amansando, mas o estrago na Terra já estava feito. As paredes, o chão, o telhado das casas, tudo que era castigado pelo sol encontrava uma maneira de se vingar à noite. Os mosquitos pequenos, por exemplo, eram uma verdadeira praga, mesmo antes da lua chegar.

Cansado de se abanar, Gideão levantou da cadeira e deu alguns passos pelo tablado da varanda. O piso de madeira (um pouco mais velho do que ele) gemeu com o peso das botas.

— Vai gastar o chão de tanto zanzar de um lado pro outro. — Marta disse da cozinha, o cômodo que fazia abertura com os fundos da casa.

— Já liguei pro sujeitinho duas vêiz. Agora tá direto na caixa postal.

— Deixa de ser ranzinza, o moço é o único veterinário na cidade. Ele deve tá com algum problema grave pra resolver.

— Pobrema grave... O maior pobrema grave dessa gente é achar que tudo que acontece no campo não é pobrema. A gente vive das prantação, mas as criação também são parte do sustento.

O velho Gideão mal acabou de soltar seu décimo quinto protesto e avistou a poeira subindo da estradinha. O carro ainda estava longe, o que daria algum tempo para ele recompor seu humor. O problema não era só o moço, claro que não, mas depois de décadas sendo tratado como besta e atrasado, sempre existe um dedo no gatilho para quem vem da cidade.

— Pede pra ele me encontrar no pasto — o velho disse e saiu andando.

3

Em menos de dez minutos, Péricles Solovato chegava ao pasto. Desde 2017, ele era o veterinário que cuidava dos animais da propriedade de Gideão Vincenzo. Não era tão jovem quanto poderia se esperar pela implicância do velho, mas perto dos setenta dele, Péricles era apenas um menino. Até 2016, os animais estavam sob os cuidados de Sílvio Moura, mas o antigo veterinário deixou seus clientes — e a cidade e a esposa — para fugir com a estagiária de vinte e cinco anos. Gideão nunca o culpou (aliás, nenhum homem de Terra Cota o fez).

Péricles acenou de longe, mas esperou estar mais perto para cumprimentá-lo:

— Tarde, seu Gideão.

O velho o encarou e cuspiu no chão. — Quase noite. — Estendeu a mão em seguida.

— Estava de saída pra cá quando os Aleixo apareceram com um cavalo. Pelo que eles contaram, o animal saiu doido pra estrada e foi atropelado pelo Jorginho Tilápia.

— Misericórdia. Acidente com bicho é coisa feia.

— Jorginho deu sorte, acertou o cavalo meio de lado, só amassou a lataria.

— E o bicho?

Péricles era bastante sentimental, então preferiu sacudir a cabeça em vez de dizer que o cavalo tinha sido sacrificado.

— É... as vêiz não tem jeito — Gideão disse. — Mas vamo dá uma oiada pra cá?

Gideão seguiu caminho com Péricles. Não demorou muito a chegarem no curral.

Para alguém que não conhecesse o comportamento dos bichos, os bois e as vacas do cercado pareceriam normais. Não era o caso com os dois homens à frente dos mourões.

— Eles tão amontoados desde quando? — Péricles perguntou.

— Faz quase uma semana. Eles acorda a gente reclamando, depois fica assim. Primeiro foi com as galinha. Elas foram parando de botá, o galo foi ficando todo cuntraído, achei que era algum bicho do mato atazanando eles. Diz que tem onça por aqui, raposa... eu e Marta pensamo até em cobra e cachorro do mato.

— Pode até ser, mas os bichos não iam ter medo da mesma coisa.

— Os porco também tão uriçado. Tive que apartar dois que sempre cresceram junto, dois irmão. Do nada um começou a morder o outro, morderam até arrancar sangue. Eu sei que porco macho briga, mas com aqueles dois nunca tinha acontecido.

— Vamos dar uma olhada no gado.

Gideão tomou a frente e abriu a grade do curral.

— A gente deixa junto porque começaram a roubar boi na região. Antes ficava tudo sorto, mas com essa quadrilha andando por aí, todo cuidado é pôco. Já soube do que aconteceu na fazenda Três Irmão?

— Por alto.

Os dois cruzaram o gradeado e Gideão voltou a fechá-lo.

— Entraram armado, de máscara na cara e tudo. Renderam o caseiro e com o homi na mira da espingarda, renderam o seu Carlo e a mulher dele, dona Rejane. Levaram tudo num caminhão, mais de vinte cabeça. E o pior de tudo é pensar que isso aconteceu no meio daquelas morte de gripe — o velho sacudiu a cabeça. — O povo não aprende, creideus, depois reclama que o céu tá mandando praga em vez de benção.

— Ouvi dizer que é bandido de Três Rios.

— Falam isso por causa do Matadouro do Hérmio. É muito mais fácil matar e desossar numa noite do que remarcar gado roubado. Os animal tem identificação, não é fácil assim esconder das autoridade.

Conforme os homens foram se aproximando, os bichos foram se encolhendo ainda mais. O comportamento passava longe do costumeiro, aqueles animais conheciam tanto o dono que comiam em sua mão.

— O zóio deles. Tá vendo como tão esbugaiado?

— Na semana passada atendi um cachorrinho desse mesmo jeito. O Pitoco já tinha uns dez anos. Mansinho de tudo, um vira-latinha. O dono contou que o cachorro ficou doido dentro de casa, do nada. Mordeu o filho dele e depois saiu desembestado pra rua, só parou na roda de um carro.

— Morreu?

— Não, mas perdeu as patas de trás. A gente fez um carrinho pra ele. Os passarinhos também estão estranhos. O João Canário — o homem tinha esse nome porque era o maior competidor de canto de aves da região — me chamou anteontem, um dos passarinhos perdeu um pedaço do bico tentando fugir da gaiola.

— Será que é alguma doença, Périclo? Será que é a mesma coisa?

— Difícil, eu não conheço doença que pegue todos os bichos.

— Deve de se alguma coisa no ar. Bicho sente quando as coisa não tão direito.

O veterinário chegou mais perto de uma vaca. Ela fez um barulho rasgado, como se estivesse machucada.

— Calma, menina.

A vaca ficou onde estava, mas continuava com os olhos atentos, esbugalhados. Com muito jeito, Péricles conseguiu tocá-la. Os outros animais também pareceram relaxar um pouco, dois deles se afastaram do comboio.

— Vou colher o sangue e enviar pro laboratório. Sendo bem franco, não tem muito o que fazer até sair o resultado. Pode ser anemia, ou Yersinia, essas doenças que a gente conhece.

Péricles deixou a vaca com duas palmadas carinhosas no flanco. A vaca deu uma quase cabeçada nele (uma saudação natural pra elas). Em seguida, o veterinário preparou uma seringa e fez o que precisava. A vaca não se opôs.

Já caminhavam de volta para a casa quando Gideão lembrou de um detalhe.

— O senhor falou dos passarinho do João Canário, aconteceu um negócio meio esquisito com a Coisinha, a calopista da Marta. Minha véia tava ouvindo missa do padre Clébio no rádio, do jeito que faz todo dia. Foi logo depois daquela moça se matar e das mensagem nos telefone começar a acontecer.

— As mensagens continuam vindo.

— Pois é. Mas naquele dia a rádio saiu da estação e começou a chiar. Depois começou a fazer uns barulho de voz cheio de eco, que eu e a Marta não conseguimo entender nada. Mas a Coisinha entendia. Ela ficou irritada igual os boi e os bicho do João Canário, só parou com aquela agitação quando eu desliguei o radinho.

— É, tem coisa aí.

— Parece. E o doutor sabe se tinha um rádio perto quando o passarinho do João arregaçou o bico?

— O canarinho do João era de competição. Os passarinhos podem ficar deprimidos se ficam muito tempo em silêncio, e se eles ficam deprimidos, eles não cantam. Aposto um boi que tinha um rádio ligado perto daquela gaiola.

40

De todas as coisas que Júlia Sardinha detestava, esperar por um homem atrasado estava no topo da lista — logo abaixo da cobrança da sociedade local para que ela arranjasse um marido, parisse cinco filhos e aceitasse um dos empregos de bosta dispensados para as mulheres de Terra Cota. A bem da verdade, trabalhar com seu pai não era nenhum paraíso feminino na Terra (principalmente sendo seu pai, o seu pai), mas Milton pelo menos conhecia e sabia respeitar seu temperamento. Além disso, trabalhando com o pai Júlia tinha tempo para sua principal fonte de renda: reportagens como freelancer. Júlia já havia escrito para a revista *Veja*, *Rolling Stone* e tinha várias reportagens na *Tribuna Rio Verde* e na *Folha de São Paulo* (felizmente e infelizmente, o Noroeste Paulista do capitão da carne Hermes Piedade proporcionava a mesma quantidade de escândalos que o governo federal). Júlia havia conhecido "o nojento", como gostava de se referir ao capitão, dois anos antes da pandemia, em um novo caso de envenenamento de mananciais hídricos da região.

Pela quinta vez, consultou o relógio.

Todo compromisso havia sido arranjado via internet e WhatsApp, e se existia uma forma mais fácil de dar o bolo em alguém, a solução ainda não havia sido apresentada ao mundo. Foi assim com seu último pretendente, Emerson Ramalho. Chegaram a transar algumas vezes (uma transa medíocre, mas razoável considerando um pinto pequeno e ansioso como o de Emerson), até ela descobrir que o cara era casado. Tudo se resolveu com Emerson trocando o chip do telefone e excluindo sua conta falsa do Twitter. Tempos modernos...

— Júlia? Júlia Sardinha? — alguém perguntou às suas costas.

Ela se levantou e estendeu um sorriso, embora sua garganta se preparasse para: "Oh, que bom que o senhor veio, mas seu relógio está atrasado em uma hora. Obrigado, de nada, até nunca mais".

— Finalmente nos conhecemos pessoalmente. Tales — o homem se apresentou e também estendeu a mão. — Mil perdões pelo atraso, eu detesto fazer esse tipo de coisa. Peguei um engarrafamento na estrada, quase não me deixaram passar; perdi mais de meia hora só na serra.

— Essa é Terra Cota, um lugar onde chove seis meses em quinze dias. A gente tem um longo histórico de deslizamentos, mas o povo sempre acha que não vai acontecer de novo. Colocamos as máquinas, tiramos a terra e nada de reforçar as barreiras.

— Esse é o Brasil — ele riu. — Já almoçou ou ainda podemos pedir?

— Enrolei meu estômago com uma porção de fritas. O senhor gosta de massas? O macarrão alho e óleo daqui é lendário, mesma receita há oitenta anos.

— Não me chamando de senhor e não me obrigando a comer sushi, eu aceito qualquer coisa. — Tales sorriu e puxou uma cadeira. — Longe de mim querer ofender quem aprecia, mas minha parte dos peixes eu deixo viva.

— Pode deixar a minha também. — Júlia riu um pouco mais do que precisava em um encontro tão técnico.

Tales Veres não era nenhum pedaço de mau caminho, mas até que era bonitão para alguém com mais de sessenta. Tinha uma tranquilidade rara no rosto, um senso de confiança que Júlia imediatamente catalogou como positivo.

Enquanto a comida não vinha, dividiram alguns assuntos entre uma cerveja e outra. Um ponto importante — Júlia diria fundamental — foi descobrir a direção política do sujeito. Ela não havia nascido "de esquerda", mas nos últimos tempos levava bastante a sério a fábula da mesa nazista (se você está em uma mesa com dez nazistas e não se levanta, então existem onze nazistas à mesa). Para Júlia e seu círculo mais íntimo de conhecidos, não havia nada melhor que uma suástica invertida para categorizar a atual direita brasileira. Talvez o fascismo, sim, talvez o fascismo. O velho, remodelado e terrível fascismo que rotulou, no mundo inteiro, todo brasileiro como um animal de curro.

Também falaram um pouco da região e de como as coisas andavam mudando depressa. Na opinião de Tales, o Noroeste Paulista enfrentava um momento delicado entre se modernizar ou definhar de vez. Júlia não conseguiu discordar. Nos últimos anos, se existiam dez pessoas de sua geração vivendo em Terra Cota, o número soava um exagero. Pelo que parecia, as cidades interioranas haviam se transformado em berçários, sido simplificadas a geradoras de seres humanos para exportação.

— O sabor faz justiça à fama — Tales disse já na primeira garfada que levou à boca.

— Ótimo que você gostou. Eu não confio em ninguém que não aprove esse macarrão. Mas me explica, como foi que o senh... *você* acabou nos celulares? Pelo pouco que a gente conversou, você me parece bem mais... analógico?

Tales riu.

— Já fui chamado de muita coisa, mas de analógico é a primeira vez. — Experimentou um gole do vinho que ocupou o lugar da cerveja. — Vou tomar como elogio.

— Por favor, faça isso. Só pra lembrar, eu trabalho em uma rádio AM recém-convertida.

— Migraram para a FM?

— Migrar é um jeito econômico de dizer que fomos expulsos. O que aconteceu é que alguém decidiu o que era melhor pra todo mundo sem se preocupar em perguntar. As ondas médias não foram migradas: foram banidas.

— Mas a qualidade de áudio do FM não é melhor? Me corrija se eu estiver errado.

— É melhor, sim, infinitamente melhor. Mas a propagação é finitamente mais limitada. As ondas de AM conseguem "refletir" na ionosfera e voltar aqui pra baixo, onde se refletem de novo e voltam à ionosfera em uma espécie de ciclo. — Com as mãos, Júlia traçou uma linha em zigue-zague sobre a mesa. — Nas condições certas, isso leva o sinal para o outro lado do mundo. Não é o que acontece com a FM. Agora, imagine quem mora na zona rural dos polos mais distantes do país, ou em regiões serranas, como é o caso da nossa cidade?

— Não vão receber a transmissão.

— Não em FM, não sem contar com as bençãos da internet ou um sistema de antenas dedicado. O radinho AM à pilha representa a conexão com o mundo de muitos brasileiros, mas ninguém quer saber disso. Ninguém se interessa em saber, inclusive, que muitos países continentais como a China, os Estados Unidos e por aí vai, mantiveram suas estações de ondas curtas e ainda investiram alguns milhões modernizando os transmissores.

— Tudo isso pra atender a população mais distante?

— Que nada. Fizeram isso para ter um canal de emergência. No Japão, por exemplo, quando acontece um terremoto ou um tsunami, as ondas curtas são a principal fonte de informação depois que a internet vai pro beleléu. Na minha opinião, acabar com o AM é correr um puta risco. Guerras, terremotos, como saber o que mais nos espera? E falando em risco, vamos voltar para os celulares antes que eu fique sem voz — ela mesma se colocou de volta no assunto principal.

Ultimamente, como muita gente, Júlia começava a falar e não parava mais. Devia ser algum tipo de mecanismo compensatório para os dois anos de isolamento social patrocinados pelo coronavírus.

— Eu esperava trazer bem mais do que consegui, Júlia. Acho que esse é um bom começo.

— Sério? Ainda bem que o macarrão compensou.

Tales sorriu o suficiente para ser simpático.

— O problema é que falar do que acontece com os celulares de Terra Cota é como falar em fantasmas. Não existe uma explicação razoável para as coisas que você me contou. Eu fiz o que combinamos, levantei as informações sobre as mensagens em várias empresas de telefonia que tenho acesso, e você pode somar quase todas elas, sem querer me gabar.

— Você não está se gabando. Não existe muita gente com o seu nível de capacitação, eu procurei.

— Minha capacitação é quase um efeito colateral. O negócio é que eu estava lá quando tudo começou na telefonia celular, eu acompanhei os primeiros anos e a monstruosidade que essa tecnologia se tornou. Conhecer o início de algo tão grande me tornou essencial na solução de alguns problemas. Essa gente da telefonia moderna me lembra alguns empresários da área da economia. Os diretores das grandes investidoras não fazem ideia das operações-base que enchem os cofres, não entendem nada do que acontece entre o cliente e seus operadores. E é aí que eu entro. De certa forma, eu ajudei a colocar a máquina da telefonia celular em funcionamento no Brasil.

— Tem que existir uma explicação. — Foi tudo o que Júlia conseguiu dizer.

— As mensagens vazadas podem vir de atividade ilegal, aparelhos hackeados. Mas mesmo assim não faria muito sentido. Primeiro porque ninguém pediu dinheiro. Segundo porque se esses aparelhos foram mesmo invadidos, o operador não deixou rastros, não encontramos uma única linha nos logaritmos de registro do seu número ou do seu pai. Sem contar que — ele baixou a mão e apanhou seu celular, um Xiaomi — os aparelhos de fora passam a receber a mesma mensagem assim que se aproximam de Terra Cota. — Tales estendeu o aparelho à Júlia. — Do remetente 83858.

— Bizarro — ela disse dessa vez.

— Muito bizarro. De tudo que eu conheço sobre quebra de segurança e invasão, é a coisa mais refinada que eu já vi. Ainda existe uma possibilidade, mas ela é tão remota que chega a ser descartável.

— Acho que eu quero ouvir.

— Bluetooth.

— Sério?

— Os protocolos de comunicação usam ondas de rádio, então alguém muito esperto, e falamos de um novo gênio do calibre de Steve Wozniak, poderia se aproveitar disso. Mas mesmo que fosse esse o caso, ainda teríamos um problema.

— Acessar os aparelhos sem pareamento? — Júlia se arriscou. Que soubesse, o pareamento era fundamental nos aparelhos que usam a tecnologia Bluetooth.

— Não, essa parte é fácil, os hackers já burlaram o impedimento faz tempo. O que eu não consigo imaginar é um alcance tão longo. Os Bluetooths de celular, que é o que estamos investigando, possuem um alcance em nível residencial, algo em torno de oito a dez metros. Existem tecnologias que chegam a cem metros, mas não é o caso dos telefones.

— E se os aparelhos invadidos repetissem esse... hackeamento?

— Como se cada aparelho fosse um novo agente viral?

— Exatamente. Ou um novo hospedeiro.

— Bom, se cada aparelho recém-invadido se comportasse como o emissário de sinal original, seria um problema e tanto para as empresas de telefonia resolverem. — O homem precisou dar um gole no vinho para desfazer e tensão na garganta. — Meu próximo passo é levar meu Xiaomi para o pessoal especializado dar uma olhada e fazer uma varredura no hardware. Com as palavras certas, eu consigo fazer eles prestarem atenção.

— Eu tenho uma sugestão que pode ajudar bastante nisso. — Júlia apanhou seu celular. — Eu vou enviar uma coisa horrorosa pra você, um vídeo. Como a gente conversou, vários vídeos e áudios vazaram, mas o dessa moça é o pior. Eu conhecia a Giovanna De Lanno, acho que a cidade inteira sabia quem ela era. De algum jeito espalharam dois vídeos dela no WhatsApp, sessões de sadomasoquismo pesadas. Ela acabou se matando.

— Caramba...

— Foi uma coisa terrível para um ser humano aguentar. Imagino que a cidade inteira recebeu aquela filmagem. Pais, mães, primos, avós, todo mundo. Antes de saber da repercussão, ela escalou uma torre e mergulhou de cara no asfalto.

— Que coisa terrível. Tinha família?

— Tinha, sim. A mãe deixou a cidade. Os pais do marido não atendem ninguém, só a polícia. Ele e o filho estão desaparecidos. A suspeita é que eles foram embora de Terra Cota quando a coisa vazou.

— O vídeo e a história podem ajudar, mas na maior parte das vezes o remetente é um dos envolvidos. Ou alguém próximo, que tenha acesso ao celular.

— E se não partiu dela e do marido? E se esse número 83858 causou a morte de uma pessoa?

Tales terminou o restinho do vinho e devolveu o cálice à mesa.

— Então teremos uma grande ajuda das empresas. Uma ajuda de gente grande, se é que você me entende.

5

Considerando que a necessidade seja a mãe da invenção, é bem provável que o pai seja o desespero.

Desde que os celulares começaram a vazar seus mais profundos segredos, as pessoas de Terra Cota mudaram seu comportamento. Muitos protegeram seus smartphones com novas senhas e programas, outros esconderam seus aparelhos em armários e cofres, os mais corajosos simplesmente apagaram as partes comprometedoras e ficaram com seus números antigos.

Já uma pequena parte das pessoas — chame-os de tarados pelo perigo, psicopatas, como preferir — não só manteve as gravações como se sentiram excitados pelo risco de serem descobertos.

Com o timing perfeito, Ícaro Rocha anunciou sua empresa em um carro de som e no rádio, e em cinco dias a colocou em funcionamento. A sociedade batizada de Rocha & Prata Segurança em Telefonia passou a operar em sistema de delivery (“nós buscamos seu celular em sua casa e cuidamos do resto!”), e sequer chegou a ser documentada. Em cidades como Terra Cota, detalhes burocráticos raramente se configuram como um problema, principalmente se o empreendedor oferece exatamente o que a cidade precisa.

O que a empresa (ou melhor, o que o primo autista menor de idade de Leonardo Prata) fazia era bem simples. Por um preço módico — que, muitas vezes, chegava a ser mais caro que o aparelho —, eles formatavam o equipamento, apagavam o que havia na nuvem, e todos ficavam felizes e seguros de novo. A parte de Leonardo Prata era o translado dos equipamentos (já que a outra parte da sociedade ainda enfrentava o embargo automobilístico depois de ter mandado Eugênia da Conceição para baixo da terra), Ícaro Rocha ficava com a burocracia e com a contabilidade.

E as notícias boas não paravam por aí.

Além do numerário que andavam embolsando, Ícaro migrou nos noticiários locais, de "Jovem mata idosa em Terra Cota" para "Criativo empresário promete soluções para os telefones de Terra Cota".

Como nem tudo são flores, Ícaro receberia uma visita inesperada naquela quarta-feira. Algo que o lançaria no incrível mundo dos empresários chantageados.

— Puta que pariu, olha só esse muquifo.

Aquiles foi logo empurrando a porta e continuou falando:

— Que merda vocês andam aprontando aqui? Quando li nos jornais, eu não acreditei. Então quer dizer que o senhor condena a minha Montana, passa o nome da família na bosta e não se lembra de pagar a conta? Vou dizer com sinceridade, filho, se não tivesse vindo de você, eu estaria muito surpreso.

— O que você quer? — Ícaro perguntou.

— Meio a meio — Aquiles resumiu em menos de um segundo.

— Como é que é? — Leonardo perguntou e se levantou da cadeira, como uma parede de creatina e Whey Protein.

— Dá pra explicar pro seu amigo brochinha que esse é um assunto de família?

— O Léo tá certo — Ícaro disse. — Nossa empresa não deve nada a você.

Aquiles continuou dando alguns passos pela sala apertada, reconhecendo o terreno antes de invadi-lo de vez. O único funcionário da empresa, Dimas-Primo-Menor-de-Leonardo, estava em uma espécie de paralisia assustada, com a mão pousada no mouse e os olhos travados na tela no PC. Ao passar pelo rapaz, Aquiles deu dois tapinhas em seu ombro direito.

— Fico me perguntando o que o pessoal da associação comercial, da qual eu coincidentemente sou presidente, vai achar dessa bagaça. Vocês não têm banheiro, não têm água, tá todo mundo sem máscara e esse porrinha aqui é menor de idade. Acho que o pessoal do juizado vai adorar essa pouca vergonha.

— Você não vai fazer isso. Eu sou seu filho e vai pegar mal dedurar seu próprio sangue. Caguetar a gente vai desacreditar você na frente dos seus amiguinhos fascistas.

— Meu amado filho, você está mais errado que a Globo trocando o Faustão pelo Luciano Huck. O caso é que eu e meus amigos da associação também tivemos uma ideia das boas para acabar com esse problemão dos telefones, e ela não tem nada a ver com o nosso sangue. O prefeito ficou incomodado com o negócio da menina dele, vazou uma propinagem do pessoal da Secretaria de Saúde, falsificação na farmácia, sem contar o vídeo do neto do presidente do Porão enfiando cocaína pelas ventas. Eu já estava indo falar com o Milton pra anunciar nossa ideia quando esbarrei com a cara de pau de vocês dois ocupando meia página do *Tribuna*.

— E vai fazer o que no rádio, seu Aquiles? Montar uma concorrência e cobrar menos? — Leonardo decidiu se posicionar antes que a coisa toda se dissolvesse. Ícaro riu, até mesmo Dimas-Primo-Menor-de-Leonardo chacoalhou a cabeça.

— Não, filhote de cruz-credo, eu não pretendo concorrer com uma birosca, e daria muito trabalho pra colocar tudo no esquema se vocês três evaporassem. Pensa comigo, Schwarzenegger... — Aquiles foi se afastando do PC e chegando mais perto de Leonardo. — O que aconteceria se alguém veiculasse a notícia que todas essas informações vazadas são de mentira? Que toda essa merda é algum tipo de fake news? Eu não sei... mas tenho a impressão de que as pessoas iam começar a achar graça dos seus piores vídeos, e ainda por cima fariam sessões em família para assistir as tais "montagens" — Aquiles sinalizou a frase com aspas aéreas.

— Nem fodendo. Ninguém vai acreditar nisso — Ícaro disse.

— Nesse país? Tem certeza? E tem outra: quem precisaria acreditar? Todo mundo tem uma merda escondida no telefone, tirar a legitimidade das gravações seria a maneira mais fácil de eliminar o problema de vez. E eu ainda não mencionei o risco que vocês estão correndo.

— Risco? — Leonardo repetiu.

— Rambo, isso aqui tem um cheiro tão forte de estelionato que me dá vontade de espirrar. E se, de repente, em uma suposição terrível, alguém pensar que vocês estão superfaturando em cima da boa-fé das pessoas? Talvez até mesmo... Deus me livre... as pessoas podem pensar inclusive que vocês estejam por trás dessas falsificações, dessas fake news nos telefones. — Aquiles checou o relógio. — Tá chegando a minha hora. O que me dizem, rapazes? Pelo que parece, perder uma fatia desse bolo é a única maneira de manter a confeitaria funcionando.

— Trinta por cento? — Ícaro propôs.

— Como você é da família, eu me contento com cinquenta e cinco. E vocês podem deixar a contabilidade comigo.

7

No interior paulista, o casamento é praticamente uma obrigação — embora alguns desavisados insistam que a união formal é a "maior benção da idade adulta". Para Diogo, dormir e acordar com a insatisfação de Andressa era a exata definição de uma doença lenta e progressiva, potencialmente fatal.

Como em muitas manhãs de 2021, ele saiu da cama perto das seis, tentando não se movimentar além do necessário. Como em muitas outras manhãs daquele mesmo 2021, Andressa apareceu na cozinha durante os primeiros goles de café, dizendo que estava cansada e estressada e que Diogo não agia como um marido e todo o resto do script que ele já conhecia de cor. Nesse mesmo filme repetido, a pequena Yasmin apareceu e disparou: "Vocês tão conversando de novo?", e um segundo depois começou a chorar. Andressa a apanhou no colo e a levou de volta para a cama, e Diogo deixou o café pela metade, disparando em fuga para o seu Corolla.

Perto do meio-dia, completamente recuperado do incidente matinal, ele buzinou de volta ao castelo. Não saiu do carro, buzinou de novo, e logo Yasmin corria em sua direção. Yasmin iluminando o dia, Yasmin transformando o inferno em um purgatório suportável.

— Pronta pra escola?

— Tô sim, pai.

Com apenas alguns segundos de Yasmin, o dia voltou a ser bom. No rádio, um pouco de Creedence, e a menininha cantava alto, em um inglês surpreendentemente competente para uma criança que nunca recebeu aulas. Diogo também cantava, embora não ajudasse muito no coro — por algum capricho da natureza, sua voz só conseguia acompanhar músicas em mi maior.

— A mamãe ainda está brava? — ele perguntou. Interrogatório, uma de suas especialidades.

— Ela falou no telefone que você é um escroto.

Diogo raspou a garganta e sentiu uma vontade danada de meter um cigarro ou um comprimido de sertralina nos dentes. Um, não. Meteria logo meia dúzia de cada.

— Sua mãe anda um pouquinho nervosa.

— Porque o papai precisa trabalhar demais?

— Isso, meu anjo.

— Pra pegar gente imprestável?

Diogo riu. Ultimamente sua filha andava dicionarizando muita coisa nova. A cada noite, um download diferente. Diogo já estava se preparando para o momento em que ela acordaria e faria a pergunta sobre de onde vem os bebês.

— Não é só isso que o papai faz, sabia?

— Não?

— O papai também ajuda as pessoas boas, e isso é muito mais importante que pegar as pessoas ruins.

A menina pensou um pouco.

— Queria que você ajudasse a mamãe também. Ontem eu ouvi ela falando no telefone rosa dela.

— E o que ela disse?

Além do papai ser um escroto, claro.

— Que não tava conseguindo sozinha. E se ela não tá conseguindo sozinha, então a mamãe precisa de ajuda, né?

Diogo respirou fundo e seguiu com o Corolla, tentando não descontar no acelerador.

— Sua mãe e eu estamos passando por uma fase difícil, é só isso. É como no videogame.

— Mas você vai sair de casa? Pra morar com alguma pistoleira?

Diogo cutucou o freio, no reflexo da surpresa. O carro de trás buzinou, Diogo espalmou as mãos em um pedido patético de desculpas. Na cadeirinha, Yasmin ainda cobria a boca com as mãos.

— Foi a mamãe quem disse isso?

— Sabe o que é. É queee... eu não posso contar.

— Não precisa contar. — Diogo diminuiu a velocidade e dobrou à direita na próxima rua. Logo desacelerou ainda mais, em frente à fachada verde da Escola Paraíso Encantado. Uma das supervisoras da escolinha sorriu ao vê-los; tia Dayana. Tia Dayana era um pedaço de mau caminho que ultimamente andava sorrindo bastante para o moço do Corolla. Diogo desceu e, antes de liberar Yasmin da cadeirinha, explicou: — Papai sempre vai estar com você, não importa o que aconteça.

— Tá bom — Yasmin disse e o abraçou. Diogo apanhou o carrinho que acomodava a mochila da Bela Adormecida e entregou a ela com alguma pressa. Naquele horário, a frente da escolinha era uma loucura. Mães aceleradas, pais frenéticos, crianças empolgadas com a escola que ainda podia ser o paraíso.

— Pai? — Ele precisou se abaixar para ouvi-la. — O que é uma pistoleira?

O celular de Diogo começou a chamar. Ele apanhou o aparelho e identificou o número da delegacia. — Depois você pergunta pra mamãe, tá bom? Seus amiguinhos estão esperando.

Antes de ir, a menina se jogou nos braços dele. — Te amo. — Depois do beijo, saiu correndo.

Aquela seria a última vez que eles se veriam com vida.

8

— Diogo? Já tá chegando?

— Mais ou menos — Diogo ajustou o telefone na orelha —, eu pretendia almoçar hoje. Alguma emergência?

— Recebemos uma denúncia, pela descrição pode ser o Eric De Lanno. Parece que ele está em uma chácara, fica a uns trinta minutos do centro.

— Mandaram alguém pra lá?

— Acabamos de mandar.

— Pede pra ficarem de olho, mas ninguém entra. Me passa o endereço que eu tô a caminho.

Com dez minutos de estrada, Diogo descobriu que o delator anônimo já não estava no anonimato. O nome do sujeito era Alípio de Almeida, um vendedor de leite local. Alípio contou em sua ligação que viu esse "homi chei de tatuagi" na frente da casa logo de manhãzinha, quando ele transportava o leite até a padaria-natureba-gourmet Dolce Vita. Segundo Alípio, o Homi-Chei-de-Tatuagi correu para os fundos assim que o viu, e não saiu mais de lá, e o leiteiro fez uma ligação e partiu com seu caminhãozinho para cuidar de sua vida.

A propriedade em questão pertencia a Sebastiana Lazaroni, advogada aposentada que morava em Três Rios desde 2012 e alugava a casa por intermédio de um sobrinho. Contatada pela polícia, Sebastiana confirmou que a casa deveria estar fechada e vazia.

Quando Diogo chegou, havia duas viaturas próximas à propriedade. Não estavam exatamente na frente da entrada, mas perto o bastante para serem vistas de uma das janelas da casa. Nada esperto. Se Eric ou quem se escondia ali visse aqueles carros, poderia fugir pelos fundos, atravessando outras propriedades.

Em um rápido reconhecimento, o lugar poderia ser o mesmo que Diogo observou na segunda gravação do casal De Lanno (isso poderia explicar Eric possuir uma cópia da chave). A casa também era de tijolos à vista e, na gravação, era possível ver a enorme primavera branca que dominava a arcada sobre o portão estilizado em porteira. A planta não era incomum na região, mas os anos na polícia ensinaram Diogo a não aceitar coincidências com tanta facilidade.

O investigador desceu do carro e chegou mais perto de uma das viaturas. Os outros policiais estavam em duplas, como sempre acontecia. Um dos cabos se dirigiu a Diogo, o outro continuou de olho na casa.

— Nada novo? — Diogo quis saber do policial mais próximo, Honorato. Eles se conheciam desde que o cabo prestara as provas da polícia.

— Nem o vento — Honorato respondeu. — Por mim a gente já tinha entrado. Tô morrendo de fome.

— Preciso de um de vocês comigo. E alguém entra e guarda os fundos da casa.

— Seu Eric é suspeito?

— O marido sempre é suspeito. — Diogo saiu na frente. Às suas costas, Honorato transmitia as instruções aos outros.

Um segundo policial rapidamente ganhou acesso ao muro frontal e saltou no terreno, sacou a arma e correu até os fundos, evitando as janelas e se mantendo à direita da casa, que fazia lateral com um corredor margeado por uma cerca-viva de espinhos. Outro policial foi logo atrás dele.

— Ninguém tem certeza de quem está lá dentro. Sem vacilo. — Diogo disse a Honorato. Bateu palmas em seguida.

Como esperava, nem o eco respondeu.

— Boa tarde, aqui é a polícia — anunciou. — O senhor está em uma propriedade particular e nós tivemos uma denúncia. O dono dessa casa não foi encontrado na cidade, então, no caso de ser o senhor, ou estar autorizado por ele, pedimos que saia para esclarecermos tudo. No caso de estar ferido ou precisando de alguma ajuda, é melhor avisar a gente.

Como nova resposta, apenas o canto estridente de um bem-te-vi.

— Fica de olho nas janelas. — Diogo reforçou ao cabo mais próximo. Depois, voltou a subir a voz para a porta. — Estamos entrando. É uma boa hora pra sair bem devagar e conversar com a gente.

Diogo esperava encontrar um cadeado no portão de entrada, mas a madeira estava apenas presa pelo trinco. O portão rangeu um pouco e logo parou de reclamar. O bem-te-vi gritou de novo, como se pretendesse alertar a presença estranha na casa. Diogo sacou a pistola e seguiu mais depressa, agora em silêncio. Os pensamentos oscilando entre Eric De Lanno e alguém que poderia oferecer um risco muito maior. Diogo sabia que nenhum porto seguro resistia ao estado de São Paulo por muito tempo. A bandidagem estava sempre ampliando suas fronteiras, inovando nos negócios, e isso não ficaria mais brando enquanto o Brasil não detivesse sua queda ao quarto mundo. Terra Cota não era o que costumava ser, nenhuma das cidades da região o era. Agora havia facções criminosas dominando comunidades inteiras. No Morro do Piolho, a guerra entre os Penteados e os Água Dura perdurava, e a polícia há muito escolhera contar os corpos em vez de perder mais homens.

Diogo chegou depressa à porta da frente, uma porta de madeira maciça.

— Tá muito quieto — sussurrou ao cabo. Honorato já estava ao lado da porta.

Diogo socou a madeira sem muita gentileza.

— Sabemos que você está aí. É melhor sair antes que a gente precise entrar.

Para surpresa de Diogo, a próxima porta também estava apenas recostada. Diogo a empurrou e seguiu na frente, sustentando a arma em punho.

A casa estava obscurecida, e havia um cheiro horrível, mortalmente parado, dividindo espaço com a penumbra. Era um tipo de ranço, uma mistura ruim de diferentes odores humanos. Urina, fezes, o cheiro de uma camiseta suada que apodreceu nos fundos do armário.

O primeiro cômodo da casa era uma pequena sala. Um sofá de dois assentos, poltrona, uma mesinha de centro e uma estante. Um quadro da Santa Ceia, já muito velho, na parede. A poltrona estava revirada, tombada à parede. Em frente à estante, no chão, a tv antiga parecia ter sido marretada e pisoteada em seguida. Havia um grande furo na tela, a traseira estava separada do resto. Também havia um rádio, um 3x1 da LG, jogado em frente à abertura que dava acesso ao resto da casa. O visor do equipamento estava pendurado, como um olho saltado das órbitas. As duas caixas haviam sido destruídas, os autofalantes completamente destroçados. Próximas ao aparelho, havia manchas escuras no tapete bege, povoadas por moscas.

Diogo avançou até a abertura. Com a tensão, o suor já começava a deixar os braços oleosos. O Noroeste Paulista é uma região quente, e dentro de uma casa fechada como aquela, a situação era a mesma encontrada em um forno aceso. Diogo sentia uma gota de suor pesando na testa, ansiosa para descer. Mais cedo ou mais tarde ele precisaria limpar aquela gota, e esse poderia ser o fragmento de tempo perdido que o separava de um tiro na testa.

— Eric, sabemos que é você — Diogo disse. Se não fosse Eric, e sim um sem-teto ou um desses caras que se perdeu da própria vida, o sujeito poderia se encorajar a aparecer e poupar o resto da dor de cabeça. Se fosse Eric, o resultado seria similar.

— A gente precisa conversar — Diogo repetiu.

Avançou mais um passo. Havia um ruído abafado, úmido e contido na direção que tomava, um choro que não chegava à boca. O som vinha de trás da porta fechada de um dos quartos, o primeiro cômodo depois da abertura da sala. Diogo chegou bem perto para ter certeza do que se tratava. Sinalizou para que o cabo ficasse à esquerda.

Assim que Honorato se posicionou, Diogo girou a maçaneta. Empurrou a porta com violência, se abaixou atrás do batente e esperou por um possível disparo — o golpe da porta sempre fazia os meliantes mais ansiosos atirarem. O tiro não veio. Mais seguro, Diogo atravessou.

A luz que entrou não foi grande coisa, mas bastou para iluminar o suspeito.

— Eric?

O homem não respondeu, mas era ele, sim. Os cabelos tingidos de loiro, a tatuagem de dragão acima do umbigo, os olhos pretos a ponto de ofender a luz.

Eric vestia apenas uma cueca, a pele estava edemaciada e encardida. Parecia não comer há uma semana. As órbitas estavam profundas e arroxeadas, o lábio, já trincado pela desidratação. Os cabelos se emplastavam ao crânio. Os joelhos, pretos de pó. Pés no mesmo estado. Eric De Lanno fedia como um cachorro abandonado às sarnas.

— Cadê o menino, Eric? — foi a segunda pergunta de Diogo.

— Eles pararam de falar?

— Eles quem?

— Eles não param... — Eric abraçou a si mesmo.

Como se sentisse frio, enlaçou a barriga com os braços. Em seguida gemeu e deixou algum choro sair. Não demorou muito até que o pranto discreto fosse tomado pelo desespero, evoluindo a algo incontrolável, um ataque de nervos. Eric se arranhou no rosto a ponto de as unhas deixarem marcas. Socou o peito, que ecoou como um tambor.

— Dá uma geral na casa. — Diogo disse a Honorato, sem tirar os olhos de Eric.

Com a visão mais acostumada à penumbra, Diogo notou um telefone à frente de De Lanno, o que havia sobrado de um smartphone. E Eric notou o interesse do investigador no aparelho.

— Eu bati ele na parede... — resfolegou — e ele continuou falando. Como é que pode?

Diogo guardou a arma na cinta. Eric não parecia ter condições físicas de ameaçar alguém com mais de quarenta quilos. — Cadê o menino, Eric?

— Longe da imundice. Meu filho, meu Deus, meu filho... — desatou a chorar de novo.

— Se controla, porra. Você ainda pode sair dessa merda, você e ele. Precisa me dizer onde ele está, Eric. Cadê o Hector?

— Sair? — Eric riu com a histeria de um combatente de guerra. — E o que eu vou falar pra ele? O que eu vou falar da mãe dele?

— Levanta, De Lanno. Morrer não vai trazer Giovanna de volta ou apagar o que vocês fizeram. Precisa encarar os fatos, cara, vocês se arriscaram e deu tudo errado, acontece. É hora de seguir em frente.

— Não era pra ter acontecido. A gente... ela também queria... A gente gostava e eles pagavam. Tudo em sigilo, não era só com a gente. Mas como é que se explica isso pros outros? O meu menininho... ninguém vai entender. Nem ela... Nem a Giovanna entendeu.

— Esquece essa merda, seu filho precisa de você — Diogo se arriscou e chegou mais perto. — Vem. Vamos buscar o Hector.

A mão trêmula de Eric aceitou a de Diogo e o corpo desnutrido se deixou içar. Diogo notou uma mancha de fezes no local onde o outro estava sentado. Ele todo parecia um monte de fezes.

— Tomou a decisão certa — Diogo disse.

Meio segundo depois, cabo Honorato fez um pequeno ruído estalado na porta de madeira com os dedos, sinalizando que estava de volta à abertura do quarto.

Diogo não chegou propriamente a tirar os olhos do suspeito, as mãos dos dois continuavam unidas, mas ele se distraiu. Eric aproveitou o momento para alcançar a arma que estava na cintura do investigador. Depois de empurrá-lo, apontou para o rosto de Diogo.

— Owww! — Diogo espalmou as mãos. — Que porra é essa?

— É o que tem pra hoje, chefe — Eric respondeu.

Cabo Honorato já estava com a arma em punho, pronto para fazer o que precisava.

— Não precisa ser assim. A gente veio ajudar. Me matar não vai trazer ninguém de volta, Eric! Pensa no seu filho, porra! A gente precisa encontrar o Hector.

Eric estava rindo. Uma inflexão torcida e antinatural com dentes amarelos escapando da boca.

— Ninguém vai ajudar a gente. Você não entende, essa cidade inteira não entende. Eles estão por aí faz tempo, ela veio falar comigo! — Chorou mais um pouco. — ELA!

A arma tremia nas mãos como se pesasse dez quilos. O dedo resvalando no gatilho.

— O queixo da Gio tinha saído do lugar. Os olhos, meu Deus, os olhos dela.

Diogo deu um passo à frente e estendeu a mão.

— Me entrega a arma. Você não quer continuar com essa merda.

Eric riu de novo.

— Tá certíssimo, Diogo. Eu não quero continuar.

— Eric!

Antes que o nome terminasse, o projétil havia arrancado o tampo do céu da boca e encontrado uma saída um pouco acima da testa de Eric De Lanno. O cheiro de pólvora rapidamente ganhando o cômodo, as gotas do spray de sangue obrigando o investigador a fechar os olhos.

O corpo tombou como um cobertor de carne. As pernas se torceram, os braços desceram, os olhos se perderam. Mas a boca explodida... a boca esfumaçada de Eric parecia sorrir.

Belmiro Freitas estava sentado à frente da prateleira do Motoradio. O aparelho vermelho ultimamente ocupava um lugar de destaque ao lado do quadro com letras douradas em fundo preto que dizia: "QUE SEJA FEITA A VONTADE DO CÉU". Em seu espaço de meditação, Freitas mantinha a expressão fechada, as mãos unidas, a atenção ajustada no nível máximo. Usava um fone de ouvido que custaria seis meses de sua antiga vida, um pequeno preço a se pagar para ouvir a voz da verdade com clareza.

— Pastor? — Um rapaz de terno azul marinho o tocou no ombro. Ezequiel.

Sem sustos, Freitas abriu os olhos e retirou os fones do ouvido.

— O pessoal tá ficando ansioso. O senhor vai demorar muito? — O rapaz com cabelo atolado em gel perguntou. Da forma como se penteava, parecia que alguém tinha chupado aquela cabeça.

— Nós já terminamos aqui — Freitas se levantou e foi tirando os fones dos ouvidos. Havia uma arara de madeira ao lado do rádio, o fone sempre ficava pendurado por lá, ao lado de algumas peças de roupa. — Como estamos nessa tarde iluminada?

— Suados — o rapaz riu. — O templo tá apinhado de gente. A notícia que o senhor tá ajudando o povo se espalhou que nem vento, o povo tá cheio de fé nas palavras do pastor.

— O povo está disposto a ouvir qualquer coisa que os tire da agonia. Aqui temos pintores que já foram serventes de pedreiro, limpadores de banheiro que já foram catadores de entulho, varredores de rua que já foram empregados de bandido, que já foram bons meninos. Pelo que eu conheço dos irmãos, a maior parte deles esvaziaria a igreja em dez minutos se alguém distribuísse dinheiro na porta ao lado.

— O senhor fala cada coisa — Ezequiel disse, cabisbaixo.

— O Diabo também sabe servir, meu amigo, nunca duvide disso.

Ezequiel concordou com silêncio. Ainda era jovem, mas nos últimos seis meses aprendeu que a palavra do pastor valia mais que ouro. Antes de conhecê-lo, em fins de tarde como aquele, a cabeça estaria zonza de tanto fumar craque. Pastor Freitas era um homem rústico, às vezes sincero demais, mas era um bom homem, um homem de Deus. E o homem de Deus continuou explicando enquanto ajustava as fraudas da camisa:

— Em lugares como Terra Cota, principalmente nos bairros mais pobres da cidade, as igrejas também são uma organização social. As pessoas procuram palavras positivas, que preencham seus corações, mas o que arranca o povo de casa é a possibilidade de mudar de vida. Um emprego decente, um casamento, tirar o filho das drogas ou o marido da bebida. Em alguns casos, tirar a esposa do caminho do pecado. O povo não quer continuar sofrendo, não quer continuar na malandragem, mas as vezes é muito difícil encontrar uma oportunidade real de mudança. É isso que a igreja representa.

— Graças a Deus — o rapaz disse.

— Para sempre seja agraciado. — Freitas completou e apanhou sua gravata azul na arara. Era bom ter uma gravata. E todo o resto. A primeira igreja Palavras do Céu operava em uma construção de alvenaria há menos de um ano. Antes desse período, nos anos que o pastor chamava de "seu caminho escuro", a palavra era ministrada ao relento, como nos tempos da bíblia.

Deus estava sendo mesmo muito bom naquele último ano, mas nem tudo eram flores. Da forma como a igreja estava posicionada, a maior parte do vento parecia fugir dela, isso somado ao calor do sol transformava aquela casa de fé em um pequeno pedaço do inferno. Freitas pesava quase cem quilos, media mais de um metro e noventa, sofria um pouco mais que os outros quando ganhava o púlpito e se empolgava na pregação.

— Prepara uma água bem gelada pra mim, irmão? — pediu ao rapaz.

— Com limão?

— Duas gotas — Freitas respondeu e apanhou a bíblia que descansava em uma pequena mesa de plástico, uma mesinha "de piscina", assim como as duas cadeiras posicionadas rentes a ela.

Ezequiel observou o pastor cruzando a porta e aproveitou para dar uma boa olhada (mais uma) no rádio que raramente ficava desacompanhado. Bem menos raramente, ele via o pastor conversando com aquele aparelho. Quase sempre eram sussurros e *amém* e *muito obrigado*, mas uma vez o pastor chorou de soluçar. Se fosse mesmo verdade o que diziam, a palavra dos céus morava naquele rádio. Ezequiel pensava se ela ainda estaria ali, mesmo longe do pastor. Por que Deus falaria com Freitas e com mais ninguém?

O rapaz caminhou até a porta e conferiu se Freitas estava longe o bastante. Mais seguro, caminhou até o rádio e apanhou o fone de ouvido. Perdeu outros dois ou três segundos até tomar a decisão de espetá-lo no radinho. Freitas confiava nele, mas como confiar totalmente em Freitas? Confiar em todas as maravilhas que ele dizia e no que diziam a respeito dele?

Assim que colocou os fones, Ezequiel ouviu um chiado baixinho. O ruído era muito parecido com uma estação fora do ar, mas não ficava reduzido a isso. Havia uma música perdida na chiadeira. Um pouco de eco.

Parecia vir de um piano, podia mesmo ser um piano, mas existia essa reverberação exagerada que chegava a anular a canção. As notas vinham, se perdiam nos chuviscos e voltavam a aparecer, não era coisa boa de se ouvir. Existia uma energia naquela transmissão, algo que a pele do rapaz conseguia sentir, da mesma forma que sentia o frio e o calor. Mas aquele era o rádio do pastor, então Ezequiel uniu as mãos e fechou os olhos, da mesma forma que via Freitas fazer. O chiado aumentou mais um pouco, e a música foi se perdendo de vez. O que nasceu em seu lugar foi um som extremamente grave, algo que poderia vir de um sintetizador. E o volume começou a aumentar.

Ezequiel tentou se livrar dos fones, mas logo percebeu que seus músculos não respondiam como deveriam. Talvez fosse o medo que sentia, mas parecia algo maior, como se alguém ou alguma coisa o mantivesse refém. O volume continuava aumentando e gerando pressão nos ouvidos, arrepiando o corpo, fazendo o coração pulsar mais depressa. Não demorou e o esforço em se mover fez o corpo do rapaz trepidar. O músculo da mandíbula retesou. A bexiga parecia frouxa.

Então veio o silêncio. Um silêncio absoluto que fez Ezequiel verter as primeiras lágrimas.

— Me perdoa, Deus — ele tremeu os dentes. — Me perdoa. — A cabeça colada no peito. Nas mãos, as juntas já estavam brancas.

— Me perdoa — voltou a repetir.

E precisou de quase um minuto inteiro até conseguir se levantar.

Com os sapatos sobre o púlpito e os olhos cravados no rebanho, as atribulações mundanas deixavam de existir. Em apenas um instante, o próprio mensageiro perdia sua relevância, sua história, até mesmo o valor de sua vida. Naquela hora e meia de pregação, a única coisa que realmente importava a Belmiro Freitas era conectar as ovelhas perdidas à direção salvadora do céu.

Ovelhas desorientadas que encontram o caminho da fé eram feitas aos montes, mas pouquíssimas conseguiam aceitar, de peito e coração abertos, as diferentes formas que a inteligência divina escolhia para falar com a Terra.

Sendo um ponto mais discreto nessa mesma estatística, Freitas apanhou o microfone, deixou a bíblia sobre a mesa e encarou sua pequena congregação. Ali ele via criminosos recuperados, trabalhadores cansados, donas de casa deprimidas que encontravam em suas palavras o refresco que as separavam da completa desidratação espiritual. Também havia muitos idosos pelos bancos, gente que viveu o suficiente para conseguir perdoar o próprio passado. Mas o que dizer do futuro? Como se perdoa a miséria programada para amanhã?

— Boa noite, amados irmãos na palavra. — Freitas disse em um tom grave.

Surradas pelo dia difícil, as bocas murmuraram um boa-noite morno e cansado.

Compreendendo bem a penúria daquelas pessoas, o homem com o microfone não as condenou.

— Sei como é difícil seguir na estrada da retidão. Bom mesmo é chegar em casa, abrir uma cerveja e esticar as pernas no sofá. E seria melhor ainda se a gente estivesse na frente da televisão. — Freitas esboçou um sorriso.

Os homens na sala riram discretamente. Pedro Cebola, que ainda era chegado num gole, riu um pouco mais.

— E isso vale para as senhoras, obviamente, que também são filhas de Deus.

Dessa vez os risos foram bem menos discretos, principalmente os das mulheres mais velhas. Se existia uma coisa positiva que a modernidade trouxe a elas, era a possibilidade de uma mulher ser tratada como gente.

Quando a comoção diminuiu, Freitas deu sequência à celebração.

— Mas nós estamos aqui pra falar das novidades do senhor, dos milagres que nos esperam, estamos aqui pra trazer um contentamento muito mais duradouro que uma bebida gelada ou o ar fresco das pás de um ventilador.

Nos próximos passos pelo púlpito, sua expressão foi mudando, se tornando mais áspera e impaciente.

— Ouvi dizer que eles, aquela gente do catingueiro, estão preocupados com a nossa pequena igreja. Esses homens e mulheres mesquinhos, sempre tentando descreditar as coisas boas que construímos no bom nome que vem do céu. Vocês sabem o que é isso, irmãos e irmãs? Conseguem entender o que está realmente acontecendo?

Nos olhos, ninguém sabia de nada que não fosse sobreviver àquele calor. O ar estava tão quente que parecia prestes a escorrer pelo nariz, como muco. Havia mais de cinco pequenos ventiladores espalhados pelo templo, mas tudo o que eles faziam era empurrar aquele vento aquecido para os lados.

— O povo do céu está voltando a tomar conta do mundo, é isso que significa.

Freitas fez o retorno dos passos que tinha dado. Com um púlpito tão pequeno, ele não tinha escolha.

— "Mas, pastor", vocês me perguntam, "que tipo de contentamento podemos ter nesses tempos tão difíceis?" Contentar-se na palavra, meus irmãos, submeter-se docemente, gentilmente, às vontades vindas do céu.

Contentar-se é perder sem questionar a perda, é amar sem perguntar os motivos do amor. Quem experimenta o contentamento, não teme a mão pesada do Criador. Mães que perdem seus filhos, esposas que perdem seus maridos, maridos que perdem seus empregos e o orgulho em si mesmos. Pois orgulhai-vos, meus irmãos na palavra, somente daquilo que não pode ser tomado, sedes crentes na palavra do céu.

Os olhos cansados já externavam um novo vigor, sensação essa que também nutria o homem com o microfone. Freitas sorria de novo.

— É um sentimento poderoso, a alegria de servir *sem questionar.* Nosso contentamento nos fará grandes, irmãos, tão grandes, que essa gente sem fé não será capaz de se colocar à nossa frente. Eles viverão sim. Mas viverão às nossas sombras. Como sujeira. Como fungo. Como bolor.

— Ninguém vai ficar na nossa frente! — Um homem disse, tomado pela fé.

— Nem o Diabo! — Maria Rosa das Graças, uma mulher de cabelos armados em um tom caju, gritou lá do fundo.

— Muito menos ele. — O pastor aquiesceu. Pelo canto dos olhos, notou Ezequiel deixando a garrafa d'água em um cantinho do púlpito. O rapaz suava em bicas, estava um pouco pálido.

Freitas aproveitou para se hidratar.

— Falando na insistência do Cascudo, já pararam pra pensar em como quase todo presidiário é ou foi crente um dia? Reparem bem nos áudios da nossa Hora do Cárcere, nos recados que os nossos irmãos condenados pela justiça recebem pelo rádio. É sempre a mãe falando em Deus, ou a esposa e os filhos desejando benção, é sempre o povo de Deus mandando seu recado. O problema, meus irmãos, é que o Diabo também trabalha duro, o Diabo nunca dorme. O crente de palavra, quando chega na igreja, tem o Diabo no corpo, um só. Mas quando ele volta pro pecado, quando o Diabo vence, vem logo uma LEGIÃO!

E seguiu aos gritos:

— O Diabo, minha gente, gosta é de atacar o povo de Deus! O Diabo não vê graça em tomar o que já é dele!

Freitas respirou fundo, e fez questão de fazer isso bem perto do microfone.

— Entra ano e sai ano, e a nossa comunidade é invadida pela gente dele, do Diabo, principalmente em épocas de eleição. Quantas vezes já ouvimos que esse ou aquele candidato iria olhar pra gente? Que esse ou aquele senhor sorridente iria cuidar dos nossos filhos? Dar escola às crianças, dar emprego aos nossos jovens?

Freitas encarou a assembleia.

— São mentiras, meus irmãos, são pequenas sementinhas do Diabo. Semana passada veio um jornalista falar comigo. O jovem queria saber das necessidades da comunidade, queria saber sobre os trabalhos sociais que fazemos aqui na igreja, ele queria... informações. E vocês sabem pra quê?

Ninguém arriscaria uma resposta, mas todos ansiavam ouvi-la.

— Engana-se o irmão e a irmã que acredita na preocupação de um rico. O que um rico quer é um pobre trabalhando pra ele, enchendo sua geladeira de comida, cozinhando, limpando, dirigindo seu carro e cuidando da sua segurança. Esse rapaz jornalista é um bom exemplo. A real intenção do jovem era se infiltrar entre os que andam armados, para depois vender uma reportagem sensacionalista manchando ainda mais o nome da nossa comunidade. Como confiar nessa gente, meus irmãos? Como confiar que essa gente do Diabo possa fazer alguma coisa por nós?

— *Quem faz coisa boa é Deus!* — alguém gritou dos fundos da igreja.

Freitas sorriu.

— Realmente — concordou. — Sabe, meu irmão, minha irmã, no começo não existia um templo onde eu pudesse pregar, não existia nem sonho de um templo. Minhas pregações aconteciam no relento, no meio da rua, debaixo da chuva. Eu abria minha bíblia nas praças, subia nos bancos, muitas vezes eu pregava em frente àquela igreja vermelha que nunca salvou ninguém. Já fui chamado de louco, meus irmãos. Fui chamado de charlatão, de bêbado e de mendigo, disseram coisas que fariam um homem menos resiliente se encolher na própria vergonha. Assim como muitos jovens sentados nos bancos, antes de ser tocado por Deus, eu também servi ao Inimigo. Andava por aí cheio de orgulho das minhas bermudas brilhantes, dos meus tênis caros, da arma que recebi de um vendedor de droga. Eu tinha até um desses cordões de prata que mais parecem uma coleira — riu. — Mas na hora certa, o céu falou comigo.

— Que Deus abençoe — disse Doracélia, desde sempre uma das fiéis mais assíduas daquela igreja. Aquela mulher era uma das maiores provas do que o pastor falava. Ela sofria, mas aguentava. Perecia, mas se recuperava. A palavra estava nela, e Freitas conseguia enxergar isso sem precisar forçar os olhos.

— Naqueles anos difíceis, meus irmãos, naqueles momentos terríveis onde tudo era provação e castigo, eu entendi de onde vem a força do céu. A palavra não vai entregar tudo de mão beijada, ela vai testar o irmão, vai fazer você se erguer pelas próprias pernas. É o contrário do que o Diabo faz, do que essa gente que DORME JUNTO COM O DIABO FAZ!

Mais passos pelo púlpito, um olhar atento aos rostos da primeira fila.

— Eles me prenderam de novo em 2019, quando eu já estava no caminho de Deus. Perturbação da ordem pública, foi a sentença. Ordem? Que ordem pode existir em um bando de surdos querendo proibir a palavra? Eu passei seis meses na cadeia, irmãos, então as pessoas começaram a adoecer lá fora. Eu ouvia os guardas comentando que os hospitais estavam cheios, que não tinha mais espaço no cemitério. Quando alguém espirrava na cadeia, a gente mastigava a camiseta e respirava pela boca.

"Então a coisa ficou feia demais e eles abriram as portas.

"Saí das grades quando todos estavam trancados em casa. Eu não tinha máscara, não tinha emprego, se ficasse doente, não teria remédio. Sem nada pra forrar o estômago, o jeito foi esmolar. E quem disse que alguém abria a porta? Que me ofereciam um pedaço de pão? Não, meus irmãos, e eu nunca os culpei. Naquele momento, qualquer desconhecido representava uma ameaça de morte.

"Em menos de uma semana, eu tinha uma única certeza: os poderosos da lei soltaram a gente pra que morrêssemos de gripe.

"Sem comida e sem família, perambulei pelas ruas, esperando encontrar a morte em cada esquina. De certa forma, desejando que ela me encontrasse. Mas o que encontrei foi..."

— O rádio — alguém disse baixinho.

Freitas sorriu.

— Sim, meus irmãos, muitos já ouviram a história. Era um rádio velho em cima de uma velha bíblia, e uma nota de dinheiro dentro da mesma bíblia. Eu peguei o rádio e liguei. Eu precisava de alguma coisa pra me distrair da morte, pra me livrar da presença constante do Diabo.

Freitas parou por um instante, precisava de mais água. A mente conseguia ter o vigor dos vinte, mas o corpo nem sempre era capaz de acompanhá-la. Depois de beber, ele continuou alguns segundos em silêncio.

— Uns poucos anos atrás, eu era o mais miserável dos homens. Se eu dissesse que não pensei em trocar aquele rádio por uma garrafa de cachaça, eu estaria mentindo. E aquela porcaria de rádio... Pai do céu, nem a sintonia funcionava... Eu mexia, mexia, e a coisa ensebada só chiava. Mas continuei teimando uma estação, acho que sem perceber direito o que eu estava fazendo.

O pastor foi baixando a voz, baixando até virar um suspiro. — Eu estava sendo inspirado... ou guiado... pelo poder dos céus.

Uma brevíssima pausa.

— SEIS NÚMEROS! — O grito foi tão alto que a caixa de som, uma Wattson com data de fabricação de noventa e oito, distorceu. — 06... 08... 17... 21... 23... 36. — O pastor os sussurrou aos sorrisos.

Algumas pessoas riram junto. Outras murmuraram graças.

— Eu podia ter desprezado o que ouvi, mas eu era um homem como vocês, alguém que procurava a palavra, alguém que percorria o lodo da vida em busca da salvação eterna. Eu era um homem arrependido da minha vida pregressa, alguém como aquele rapaz que se redimiu às portas da nossa igreja. Um ex-soldado do crime. Chamaram Maurinho de suicida, mas ele agora é um soldado do céu. O Altíssimo trabalha de forma misteriosa, meus irmãos. E, para entender esse mistério, precisamos praticar a santidade. A palavra de Deus está em todos os lugares, nas nossas bocas, nos nossos ouvidos, nas músicas que ouvimos no rádio e nas coisas que assistimos na tv. Está em nossos telefones — praticamente sussurrou.

Ele se energizou:

— VOCÊS QUEREM SER SALVOS?

— Queremos! — algumas pessoas disseram.

— Vocês querem a SANTIDADE?

Alguns mais responderam, mas ainda eram poucos.

— Se vocês querem, vão precisar gritar até os anjos ouvirem no céu!

E Freitas caiu de joelhos e fechou os olhos. Colocou o microfone rente ao peito e suspirou:

— Eu quero a santidade.

E repetiu.

— Eu quero a santidade.

— Eu quero a santidade — uma garota de uns vinte, vinte e cinco anos, se levantou da cadeira e repetiu.

— Eu quero a santidade — o pastor disse, um pouco mais alto.

— Eu quero a santidade — a igreja começou a repetir.

E ele gritou tão forte que a voz se riscou com rouquidão.

— EU QUERO A SANTIDADEEEE!

E a igreja repetiu aos berros.

— EU QUERO A SANTIDADE!

— MEU TELEFONE É SANTO, MEUS IRMÃOS! DIGAM COMIGO: MEU TELEFONE É SANTO!

E eles disseram.

— MINHA TV É SANTA!

— MINHA BOCA É SANTA!

— MINHA CAMA É SANTA!

— MEU RÁDIO É SANTO!

— MEU RÁDIO É SANTOOOOOO!

11

Todo policial sabe que algumas peças são fundamentais para o perfeito funcionamento da sociedade. As pessoas precisam de leis, de segurança e de um lugar onde tudo isso possa ir pro espaço. Uma cidade que se preze sempre tem um boteco como o Pinguim Canhoto, um ambiente seguro onde é possível esquecer da vida e falar de coisas que sua própria família condena (principalmente de coisas que sua família condena).

Diogo já estava sentado no Canhoto há mais de duas horas, havia entornado três cervejas, uma dose de tequila e outra bem mais caprichada de vodca com Martíni quando ouviu:

— Mais um dia na lista dos que não deviam ter amanhecido?

Diogo moveu a cabeça sem muito entusiasmo.

— Oi, Júlia.

— Posso sentar ou corro o risco de levar uma garrafada na testa?

Os dois riram. Andressa, esposa de Diogo, havia acertado uma moça no último baile da primavera. A menina (Juliana Garça) estava completamente bêbada e se jogou em cima de Diogo quando ele saía do banheiro. Infelizmente, Diogo não se mostrou apto a repelir o ataque.

— Não garanto nada.

— Paulão, vê uma Original pra mim — Júlia pediu ao homem das bebidas. — Dia difícil?

— Mais um.

— Fiquei sabendo do Eric De Lanno. Eu nunca imaginei que uma coisa horrível dessas pudesse acontecer em Terra Cota, ainda mais duas vezes.

— E na mesma família. Precisei trocar de camisa e acho que ainda tem sangue dele no meu couro cabeludo.

— Cara, que horror.

— E a pior parte é que o menino não estava com ele. Agora, com o pai morto... — Diogo segurou o copo, mas não bebeu dessa vez.

— Tá difícil, meu amigo. Muito difícil. No rádio também é uma bomba em cima da outra. Pensamos seriamente em cancelar o *Soltando o Verbo* com os ouvintes, porque ninguém mais aguenta tanta tragédia.

Diogo deu mais um gole em sua vodca.

— Não precisamos falar dos De Lanno se você não quiser — Júlia disse. — Mas se precisar desabafar... eu prometo que não vou colocar no rádio. — Ela riu. Ele fez o mesmo, sem muita habilidade.

— Não tem muito pra falar. Entramos na casa, localizamos o suspeito, e de alguma maneira ele usou minha arma pra fazer aquilo.

O garçom deixou a cerveja de Júlia. Ela ofereceu a Diogo, depois encheu um copo pra si.

Se conheciam desde o colégio, namoraram alguns meses, aquela coisa de amigos que não deveriam dormir juntos, mas acabam cedendo à ideia. Mesmo depois do rompimento, Diogo sabia que sempre poderia confiar nela.

— Encontramos um lote inteiro de pornografia na geladeira da casa. Parece que a dona da chácara não sabia de nada, mas essa parte da investigação ainda vai longe. Os técnicos ainda estão catalogando tudo, sujeira da grossa.

— Grossa de que jeito?

— Ruim o bastante pra foder o Eric por cinco vidas. Todo mundo nesse país sabe o que acontece quando um pedófilo cai na cadeia, eu acho que ele se matou por isso. Até o final do dia não tinham encontrado nenhuma gravação com o Eric diretamente envolvido, mas acho que é questão de tempo.

Júlia deu mais um pequeno gole, passou os olhos pelo bar tentando evaporar aquela última informação. Ela era do time que achava que a pedofilia deveria ser punida com tortura e castração por facas cegas.

— Alguma ideia de quem mais está envolvido nisso? Esses pornógrafos não costumam agir sozinhos.

— A única certeza é que essa nojeira vir à público não estava nos planos do Eric.

Parecia acontecer algum tipo de confraternização em uma das mesas. Gente falando alto, gente tirando fotos e se acumulando como uma colônia de formigas em volta de um torrão de açúcar. Toda aquela animação exagerada enquanto a GloboNews falava de uma nova onda de mortes no norte do país.

— Já pensou que não seria uma perda tão grande se a Covid tivesse vencido? — Diogo adotou um tom mais soturno.

— Vaso ruim não quebra, meu amigo, e alguns ficam mais duros no fogo. As pessoas se isolaram e se tornaram ainda mais egoístas do que eram antes. Todo mundo atrás das telas dos computadores. Todo mundo em sua própria bolha. Essa gente respira o próprio peido, Diogo, e se você não concordar com o cheiro, vão enfiar sua cabeça na merda deles. O Eric e a Giovanna são dois exemplos do que acontece nessa cidade. Cidadãos modelos, fim de semana na missa, uma loja lucrativa no centro. Até a cidade toda receber a verdade pelo telefone.

— O que você sabe sobre essa parte?

— Estou sendo interrogada?

— Ainda não. — Diogo recarregou o copo dela.

— Descobri um expert em telefonia. Ele ainda vai dar a resposta definitiva, se é que vai encontrar uma, mas levantou uma suspeita interessante.

— Posso saber qual é?

— Quebra de segurança via Bluetooth.

— E isso é possível? Nesse nível?

— Ele disse que é improvável, mas possível. Com um pouco de imaginação, isso também poderia explicar as interferências no rádio. Os dois sinais operam em radiofrequência.

Diogo deu um suspiro tão forte que precisou expandir o tórax. Sob o efeito do álcool, boa parte de seu estoque de paciência começava a morrer.

— O que está acontecendo com o mundo, Ju? Antigamente a gente podia sentar, falar umas merdas e ninguém ia pra forca. Agora é esse bando de demônio posando de santo pra todo lado. Governos de merda, essa doença que não acaba, e agora aparecem essas... coisas nos telefones das pessoas.

— É a Era da Indiferença, segundo o seu Milton Sardinha. Ou, como ele diz longe dos microfones: cada um cuidando do seu rabo.

— Seu pai é um profeta. Na minha casa somos indiferentes em menos de quinze metros quadrados.

— Não esqueceu de somar sua filha no perímetro?

— Yasmin ainda é uma criancinha. Às vezes ela aparece no meio das brigas e começa a chorar. Se todo esse estresse não faz bem pra mim e pra mãe dela, imagino o que faz com ela.

— O custo de um casamento em crise sempre é dos filhos. Minha mãe foi embora quando eu era menina. Demorei muito tempo pra aceitar que ela possuía esse direito, e que eu não tinha culpa. Lembro de me pendurar na mala dela, e do meu pai fumando sem parar. E — Júlia riu um pouco —, isso vai ser bizarro, eu me lembro que estava passando um filme de coelhos na tv, coelhos assassinos. — Ela começou a rir de verdade. Dessa vez, Diogo conseguiu rir junto. E só parou quando ouviu um sininho vindo de um celular.

— Relaxa, campeão, dessa vez é pra mim. Eu prometi ficar de olho na filha do meu irmão essa noite, ele e o seu Milton jogam cacheta na casa do meu tio uma vez por semana. Adivinha quem também foi embora no ano passado?

— Sua cunhada?

— Deve ser algum tipo de carma dos homens da nossa família. — Ela deitou o resto da cerveja na garganta. — Quer uma carona?

— Melhor não, eu chamo um Uber. Se a Andressa pegar a gente dentro do seu carro, é bem possível que voem umas garrafas.

Júlia chegou mais perto e o beijou na testa.

— Se cuida, campeão, essa cidade precisa de gente de verdade.

12

— Ai, eu não acredito que eu tô fazendo isso — Renata disse. Pela terceira vez.

— Ninguém tá acreditando — Beto Lira concordou.

A noite com pouca lua não ajudava a encorajar um gato. Os postes da cidade tentavam fazer a sua parte, mas o amarelo iodado das lâmpadas era bem pouco melhor que a escuridão total. Além disso, as ruas estavam vazias desde 2019, e ficaram um pouco mais depois do que aconteceu com o casal De Lanno. Diziam coisas por aí. Sobre crimes e maldades, sobre estarem sequestrando crianças para venderem seus órgãos — parte desses boatos, gerados por pais apavorados que fariam qualquer coisa para manter seus filhos por perto. O medo é uma coisa boa. Uma coisa boa muito útil.

A temperatura estava estranhamente baixa para o mês de novembro. Na tv, alguém disse que a culpa era de uma corrente de ar que veio da Patagônia, mas todo homem de Terra Cota apostaria uma das bolas que a verdadeira culpada era a serra. Aliás, andavam dizendo que a Serra dos Angoéra também era a culpada por ter morrido tanta gente na pandemia, pelos acidentes fatais na estrada, por faltar emprego na cidade e pelas interferências nos celulares. Segundo os políticos mais antigos da cidade, a serra tinha tanta culpa que era quase milagre não ter sido aterrada ou implodida de vez.

— Meu pai sempre fala que o seu Custódio é meio doido. — Beto quebrou o silêncio e ajustou o boné que só saía de sua cabeça durante o banho. — Ele conhecia o irmão dele, aquele que se matou. E se esse negócio de ser doido passar pelo sangue?

— Ele ajuda um monte de gente, se você quer saber. O Nelsinho Cabelo só consegue ter uma banda por causa do seu Custódio, e ele também fez todo o sistema de som lá da igreja e me deu um pedal de guitarra que ele mesmo construiu. Além de tudo isso, ele é meu amigo, então pode parar — Arthur avisou.

— E a gente é o quê? — Renata, que de vez em quando tomava as dores de Beto, disse.

— Ai, gente, que chato hein? — Mariana interferiu. — Sério isso? Era pra noite ser boa e não essa porcaria.

Com o puxão de orelhas, o quarteto seguiu em silêncio pelos próximos vinte ou trinta metros. Estavam em uma das ruas mais populares do centro e, principalmente naquele ponto — de cerca de três quarteirões —, a cidade refletia exatamente o ânimo de seus moradores. Um estado estacionário, pré-abortivo e comatoso. Muitas lojas haviam fechado nos piores meses da crise, e em alguns imóveis os cartazes de despedida e agradecimentos continuavam pregados nas portas.

Na Doceria Manhattan, o lembrete era: "A DOCERIA MANHATTAN AGRADECE A TODOS PELA DOÇURA DESSES VINTE ANOS, SAÚDE E PAZ AOS AMIGOS E CLIENTES". Na agência de Automóveis Luizinho, algo menos gentil: "ESTA LOJA NÃO SOBREVIVEU AO ISOLAMENTO SOCIAL, VÃO COMPRAR NO CONCORRENTE". Dois pontos comerciais depois, onde funcionava uma franquia de telefonia, havia somente uma foto do presidente da República, estava desenhada com um bigodinho nazista e suja com algo marrom que poderia ser bosta.

Já a Funerária Eldorado, gentilmente posicionada ao lado de um ambulatório particular, parecia ter sido tocada pelo Rei Midas. De acanhada, a coisa agora brilhava como uma árvore de Natal. Os mortos, outrora transportados em uma Veraneio 1998, agora recebiam o último translado de SUV.

— Seu Custódio não é louco — Renata se encarregou de continuar a conversa. — Conheço ele desde os cinco anos. Meu pai sempre ia na oficina quando alguma coisa quebrava lá em casa. Uma vez ele arrumou um ventilador de teto.

Os garotos ficaram calados, em uma espécie de silêncio respeitoso que era bem pior que levar um soco.

— Você sente falta dele, né? — Arthur perguntou.

— Às vezes. Quando eu lembro do tanto de presente que o meu pai me dava, da vez que nós fomos no Hopi Hari, daí eu fico com muita saudade. Mas eu também lembro dele indo embora sem falar nem tchau... aí eu fico com muita raiva.

— Onde ele mora agora? — Mariana perguntou.

— Acho que em Três Rios. Minha mãe conseguiu um advogado pra ele pagar pensão na justiça, mas aí ele ficou com raiva de vez. A última vez que eu vi o meu pai foi no meu aniversário, bem antes da pandemia. Acredita que ele trouxe a namorada nova dele? Minha mãe ficou louca, chamou ela de puta lambisgóia e acabou com a festa.

Todos em silêncio de novo, mas dessa vez Beto Lira deixou a risada sair em um som de peido. Todo mundo riu, e eles só pararam quando avistaram as três torres de transmissão. Todos sabiam o que tinha acontecido naqueles metais, todos haviam passado pelo menos uma vez para dar uma olhada. Durante o dia. *Obviamente* durante o dia.

— Será que ela ainda tá por ali? — Beto perguntou.

E dessa vez ninguém respondeu. E andaram mais depressa até chegarem na casa do velho Custódio.

13

Um homem esperto disse certa vez que só os loucos e as criancinhas dizem a verdade. O homem bem esperto provavelmente estava coberto de razão, mas ele esqueceu de incluir os velhos solteirões convictos nessa mesma conta.

Thierry estava sentado à frente de seu rádio valvulado, que agora dividia a mesa com uma garrafa térmica, um cinzeiro entupido e uma xícara cheia de café. No chão, tentando não se intoxicar com monóxido de carbono,

Ricochete tirava uma soneca — acompanhar o movimento daquele cursor estava se tornando um pouco cansativo, mesmo para ele. Thierry fez alguns avanços, bem poucos, mas a maior parte do tempo parecia um cego tentando encontrar todas as cores do arco-íris.

Para espantar o sono, um novo trago no cigarro e um bom gole no café.

O som que enchia a sala era desagradável, monótono, mas era principalmente esquisito. Thierry não era nenhum principiante na radiodifusão profissional ou amadora, mas o comportamento do rádio o deixava confuso. Para começar, não existia tanto sinal na banda de AM desde os anos oitenta. A FM trazia alguma fagulha desses eventos, mas era na AM que a coisa realmente pegava fogo, principalmente entre 880 e 890 kHz.

Mais um toque suave no botão de sintonia.

Em determinadas frequências, os autofalantes reproduziam um som rasgado, abelhudo como uma sirene, e geralmente só faziam isso a partir da meia-noite. Ocasionalmente, mais perto das duas da manhã, o sinal alternava o chiado com um bip agudo e contínuo seguido de uma desaceleração (como um vinil que perde energia de alimentação) e passava a ditar uma sequência numérica em português.

De repente, Ricochete se levantou e soltou um chiado fininho, quase uma reclamação. As orelhas estavam em pé, e quando ficavam daquele jeito era só contar até três para que ele saísse correndo.

— Te acalma, Rico. É só o rádio.

O aparelho valvulado tinha começado a bipar de novo.

Bip, bip, twinnnnn.

Rico reclamou de novo. Dessa vez ele não correu, mas caminhou até a porta da oficina e começou a farejar o rodapé. Cheirou até dar um espirro. Então os pelos de seu dorso se arrepiaram e ele começou a rosnar. Não demorou até a coisa evoluir e ele começar a arranhar o piso, como se pretendesse atravessar a porta pelo rodapé.

Thierry se levantou calmamente.

Rico ficou empertigado, às vezes interrompendo o arranha-arranha para dar uma cheirada no pequeno espaço que havia entre a madeira da porta e o chão.

— Tem um ratinho aí? — Thierry perguntou. O tom amigável estimulou Ricochete a continuar o serviço.

Os ratos andavam aparecendo bastante desde 2019. Thierry calculava que eles ficaram sem alimento na pandemia, então não tiveram escolha que não fosse perturbar os humanos. No mês anterior, por duas vezes, flagrou ratos em sua privada. Na primeira ocasião precisou matar o bicho, porque por mais que tentasse apanhá-lo com um baldinho, tudo o que o rato fazia era guinchar e tentar morder. Do segundo, quem cuidou foi Ricochete. O rato conseguiu pular da privada e Rico o apanhou em pleno ar. Foi uma mordida só. *Crack*. Coluna partida. Descanse em paz.

A porta dos fundos da oficina era uma coisa rústica que sobrevivera aos anos setenta. A trava de ferro, um vergalhão que atravessava a porta e se apoiava em dois batentes na parede, não estava em uso, mas Thierry nunca se importou em dar um fim a ela. Pesada como era, bastaria uma pancada bem dada para despachar um roedor para o céu.

— Chega pra trás, Rico — Ele cochichou e deslocou o cão com seu pé direito. Ricochete obedeceu, se afastou, mas se manteve de prontidão. Thierry ergueu o ferro e, bem devagar, puxou o trinco da porta para baixo. Então fez um movimento vigoroso (e surpreendente pelo seu preparo físico) e saltou à frente da porta aberta. Ao mesmo tempo, Ricochete acelerou as patas, e acelerou tanto que elas patinaram no piso de cimento queimado, como em um desenho do Scooby-Doo.

Thierry ainda teve tempo de ver quatro pequenos vultos correndo pelo seu quintal.

14 

— Tá combinado, eu não vou chamar o pai de ninguém. Mas o que vocês crianças estão fazendo na minha oficina a essa hora da noite? Que ideia é essa de invadir a minha casa, Arthurzinho?

— A gente não invadiu, seu Custódio — ele disse.

— Hum. Isso é bem estranho porque eu não ouvi ninguém tocando a campainha. Você ouviu, Rico? Ouviu alguma coisa?

O cachorro já estava novamente entregue ao tédio, deitado embaixo da cadeira onde Thierry gostava de se sentar.

Para se acalmar, Thierry apanhou um Hollywood de trás da orelha e o acendeu. Beto Lira começou a tossir assim que sentiu o cheiro da fumaça.

— Você — Thierry disse a ele.

— Eu?

— Seu pai é o dono daquela lojinha de sapatos mixuruca, não é? Aquela com nome idiota.

As duas meninas começaram a rir imediatamente, Arthur conseguiu se controlar mais tempo.

— A Gato de Botas é a maior loja de calçados da cidade, senhor — Beto explicou.

— Dessa cidade, certo? Isso não impressionaria um pardal. Mas vamos ao que interessa. — Deu mais uma tragada. Soltou na fuça do menino. — O que vocês vieram fazer na minha casa a essa hora da noite? Pegar mais uma gripe?

— A gente queria ouvir o rádio — Mariana explicou.

— E o que tem pra ouvir? — o velho perguntou. E olhou para Arthur Frias.

— Eu posso ter falado pra eles... alguma coisa — o menino explicou, encabulado.

— E...?

— Daquelas coisas esquisitas.

— E...?

— E que perto da meia-noite é o melhor horário pra ouvir e... que o senhor não ia se importar se a gente ouvisse porque o senhor é legal pra caramba e a gente não vai atrapalhar em nada.

— Arthurzinho, meu filho — o velho sacudiu a cabeça. — Depois de tanto tempo convivendo com você, eu nunca imaginei uma Maria Fuxiqueira.

— Ei! — Renata disse.

— Um *Zé* Fuxiqueiro... Tá melhor assim? Eu não falo por mal, mas sou velho, e os velhos falam do jeito que sabem e não do jeito que vocês, jovens, querem. E quem não gostar que fale como quiser lá dentro da *própria casa*.

— A gente só ficou curioso — Mariana assumiu a defesa do grupo. — Mas se o senhor ficou bravo, a gente pode ir embora. Não tem problema.

De repente eram quatro pivetes de cabeça baixa, olhos miúdos e ruguinhas na testa. De tão deprimente que era a cena, Ricochete saiu de onde estava e foi lamber a mão de Arthur. Renata começou a chorar. Não muito, mas ela sugava o nariz.

— Tá, tá... chega de sofrimento. O que vocês falaram pros seus pais?

— A gente não falou. A gente só trancou a porta do quarto e pulou a janela — Renata elucidou.

O velho olhou no rosto dos meninos, tirou o cigarro da boca e o apagou com a unha e um pouco de cuspe. O devolveu à orelha direita. Então reencontrou os meninos.

— Esse deve ser o pior plano que eu ouvi em toda a minha vida. Não é que tenha *um* furo, o plano *inteiro* é um furo. Estão com seus telefones, pelo menos?

— Eu tô — Mariana disse.

— Eu também — confirmou Beto Lira.

— Melhor. Quando o plano infalível de vocês falhar, eles vão ligar. E já que estão correndo todo esse risco desnecessário, vocês podem ouvir a porcaria do rádio.

Foi como dar dinheiro a um bêbado. Em menos de cinco segundos, os garotos se aglomeraram em volta do valvulado, zumbindo como quatro marimbondos felizes e dopados de ansiedade.

— Eu não vou obrigar ninguém a usar máscara e nem vou ficar sem fumar, mas se alguém espirrar, eu ponho todo mundo pra fora — Thierry avisou. — Vocês podem olhar, podem fazer suas perguntas estranhas, só não podem chegar muito perto. Eu já expliquei pro Arthurzinho o que essa belezinha — tocou a madeira do rádio — pode fazer.

— É só um rádio — Beto Lira disse.

— É só um rádio por onde circulam 600 volts com amplificação extraordinária. Você já viu um menino assado, rapazinho?

Beto Lira sacudiu a cabeça e todos se afastaram alguns centímetros.

— Por que ele tá aberto? — Arthur perguntou.

— Eu fiz umas adaptações. A primeira delas foi esse cabo que está indo lá pra fora da janela. No quintal, eu estiquei um fio muito longo, pra servir como plano de um sistema de antena. A parte elevada está no telhado, eu usei um guarda-sol velho forrado com folhas de zinco e papel alumínio.

— E essa plaquinha aqui? — o menino apontou.

Thierry sorriu. Se Arthur continuasse sendo tão bom observador, talvez pudesse aprender coisas mais interessantes do que a decoreba da escola.

— É uma mistura de casador de antenas com amplificador de sinal. Se funcionar direito, vamos captar estações do outro lado do mundo.

Thierry enfim puxou sua cadeira, e Ricochete, não tão confiante, foi para baixo de outra mesa.

— Que fique bem claro que se vocês querem ouvir o que não entendem, não é problema meu. Agora, se o pai de alguém bater na minha casa, eu vou dizer que vocês invadiram e que mentiram que eles sabiam de tudo.

— Tá, a gente já entendeu... — Beto Lira disse.

— Graças a vocês, meninos, passamos um pouco do horário, mas acho que essa piroca ainda vai funcionar.

Antes de tirar o rádio do stand-by — a terceira adaptação que fez no aparelho —, Thierry alongou os braços cansados com o peso do dia. Muita gente na cidade pensava que o trabalho dos técnicos em eletrônica era fácil, mas ficar o dia todo como um caranguejo, soldando e ressoldando aquelas benditas pecinhas cobrava um preço alto das articulações. Em noites mais frias como aquela, os ombros de Thierry pareciam corroídos por dentro.

— O que a gente vai ouvir, seu Custódio? — Renata perguntou.

Com toda a atenção que dedicava ao aparelho, o velho demorou a responder.

— Ele tá puto com a gente, é melhor ir embora — Beto disse.

— Não, moleque — ele deixou o rádio chiando e deu alguma atenção ao menino —, eu não estou nervoso com vocês. Pra dizer a verdade, eu e o Rico achamos muito bom ter companhia de vez em quando. Mas vocês precisam entender que, nos dias de hoje, um bando de crianças perto de um velho pode dar o que falar, ainda mais tão tarde da noite.

— Ainda mais em Terra Cota — Renata disse.

— Não é só aqui. E eu não culparia o pai de ninguém por pensar essas coisas indecentes. Vocês ainda são jovens pra entender esse tipo de porcaria, mas tem muita gente ruim por aí, gente que a idade só conseguiu piorar. Eu não sou nenhum tarado, mas isso não quer dizer que eles não existam. Tem que ter cuidado, entendeu? Tem que ter muito cuidado nos dias de hoje.

Agora havia um peso dentro da sala, dividindo espaço com um tipo raro de confiança. Assim como a intuição, confiar no outro era uma coisa valiosa, uma força que merecia ser preservada.

Então o rádio bipou.

15

Começou com um zumbido alto e estridente, que logo se exauriu, deixando apenas a cauda do eco no autofalante do rádio.

— Já vai começar de novo — Thierry explicou. No rosto dos meninos, havia uma mistura de confusão e receio.

— O que vai começar de novo? — Beto estava curioso.

O velho não se preocupou em responder. Um *buzz* bem mais grave já tomava conta do autofalante. O que evoluiu dele era um pouco mais sombrio e desagradável, uma forma de voz, bastante eletrônica, picotada e rudimentar. Parecia ser masculina e envelhecida. Definitivamente não era uma língua que alguém naquela sala fosse capaz de compreender.

— Isso é alemão? — Arthur arriscou um palpite.

— Pode ser. Alemão, russo... ou uma dessas línguas do oriente — Thierry respondeu. Depois, começou a tossir sem nenhum motivo aparente, e ficou nessa por uns dez segundos.

Aos olhos de Arthur, seu amigo estava mais magro. A pele parecia mais funda no rosto, e Thierry não esperava um cigarro apagar para acender o outro. Talvez, só talvez, ele estivesse exagerando com aquele negócio de rádio.

— É só a friagem da noite — disse.

Recuperado, levou a mão direita ao botão do cursor e os olhos ao visor, e continuou explicando.

— Não é o que estamos procurando, mas não deixa de ser estranho. Existem várias dessas rádios por aí. Ninguém sabe o que elas são, mas elas já estavam no ar nos anos oitenta, na época da Guerra Fria.

— Quando todo mundo achava que ia ter a terceira Guerra Mundial? — Renata perguntou.

— Quando passamos muito perto de uma guerra nuclear, mocinha. Naquele tempo todo mundo tinha medo, parecia que a gente ia pra cama e no dia seguinte ia acordar com um cogumelo atômico na nossa cara. Era um medo parecido com o que gente velha como eu sentiu dessa gripe, mas na Guerra Fria ninguém tinha máscara pra se proteger. Se aquelas bombas explodissem... ba-bau-Nicolau.

Ouvindo a gíria dos tempos do guaraná com rolha, Mariana e Renata sorriram.

— Esses sinais estranhos apareciam de vez em nunca, pelo menos aqui em Terra Cota — o velho seguiu explicando. — Você tinha que ter uma antena boa, um bom rádio, e ainda precisava da condição climática certa pra conseguir ouvir. Eu não vou explicar tecnicamente, mas se chovesse muito ou estivesse muito seco, ninguém conseguia pegar um sinal distante no Brasil.

— Tá tocando uma música? — Arthur perguntou.

— Parece que sim — Thierry concordou.

Contudo, não era uma música comum. Estava desafinando, fora de rotação, e se parecia bem mais com algo saído de uma caixinha de música de criança. Não era um som agradável, de jeito nenhum.

Mariana esfregou os braços.

— Eu não tô gostando disso.

— Nem você, nem eu — Thierry esticou o braço arrepiado a ela. — Nosso corpo não gosta desse som. Eu descobri outra coisa junto com o sinal principal, um sinal escondido que oscila em 18,98 Hertz, exatamente nessa frequência. Quase ninguém consegue ouvir, nossos ouvidos começam a trabalhar depois dos 20 hertz.

— Mas nosso corpo entende — Mariana concluiu.

Refugiado em outra cadeira, Ricochete também pareceu entender, e começou a choramingar assim que ouviu o próximo som. Era uma espécie de guinchar, muito distorcido, variando em um ou dois semitons.

— Chamam de frequência do medo. Os animais também sentem — Thierry fez questão de explicar. — Existe uma frequência como essa no rugido dos tigres, o som é imperceptível, mas faz a presa ficar paralisada. Algumas frequências deixam a gente mais apavorado. Outras podem dar dor de cabeça, dor de barriga, esse medo que vocês estão sentindo, não vem só do som do rádio.

— Credo — Beto Lira disse.

— Quem conhecia desses assuntos era meu falecido irmão. O Henry passava horas e horas modulando, tentando saber de onde vinham e o que eram os sons esquisitos do rádio. Eu era menino como vocês são hoje. O Henry chegou a trabalhar para uma agência do governo, eles faziam experiências com radiofrequências. Na época, todos os governos se achavam vítimas de espionagem... Henry trabalhava rastreando e decodificando sinais suspeitos.

— Aqui em Terra Cota? — Beto Lira perguntou, como se falasse de um pedaço de estrume.

— Mocinho, Terra Cota tem a maior montanha de quartzo desse país. Você sabia que o quartzo pode gerar energia elétrica quando é aquecido ou pressionado? Que ele é usado nos computadores, na fabricação do vidro e na fibra ótica? E uma das propriedades mais importantes do quartzo é, adivinha só: estabilizar frequências em transmissões de rádio.

— Rapaz... — Arthur Frias estava surpreso.

— E o que o seu irmão ouvia no rádio, seu Custódio? — Renata perguntou.

— Coisas sem sentido. Números, frases aleatórias, lembro de uma transmissão que tinha um pessoal gritando e o barulho de um trem... Tinha uma outra com um punhado de vacas mugindo. Que eu saiba, os números são a parte mais interessante pra quem estuda essas coisas, principalmente porque eles estão por aí até hoje.

— Mas se a Guerra Fria acabou... — Mariana começou.

— É por isso que muita gente ainda se interessa. Porque essas pirocas não fazem mais sentido, mas ainda estão rondando nosso planeta, aparecendo nos nossos rádios. Então, talvez, alguma coisa *ainda* esteja pra acontecer.

— Que tipo de coisa?

— Tá certo, lá vamos nós de novo. Se um de vocês fizer xixi na cama, eu não me responsabilizo, tão ouvindo? — Thierry acendeu um novo cigarro enquanto falava. — O pessoal aficionado nessas coisas, e meu falecido irmão era um desses, acreditava num negócio chamado A Mão do Soldado Morto. Era um tipo de tecnologia que ficava ativa mesmo que toda rede de comunicações do país fosse bombardeada. Parece que alguns países inventaram essa coisa para revidarem o ataque remotamente, sem ninguém precisar apertar um botão.

— Que horror — Mariana lamentou.

— Foi uma coisa boa. Graças a esse tipo de porcaria ameaçadora, todo mundo tinha medo de dar o primeiro tiro.

Como Thierry suspeitava, a brincadeira começava a perder a graça. Aquelas crianças vinham de uma geração muito mais segura de si, de um mundo absolutamente mais estável. Ser lançado de volta nos anos oitenta exigia certa adaptação. O que acabou acontecendo surpreendentemente rápido.

— Dá pra ouvir esses sinais em qualquer rádio? — Beto deu o primeiro passo.

— Na FM é muito difícil, aconteceu uma vez nos Estados Unidos, mas acharam que era uma transmissão falsa, uma pegadinha. Os sinais aparecem mais nas ondas curtas, no AM. E na televisão. — Thierry caminhou até uma das prateleiras. — Os aparelhos modernos acabaram com a chance das pessoas comuns descobrirem esses mistérios, mas antigamente — ele apanhou uma caixinha retangular de uns quinze por sete centímetros — a gente tinha isso aqui.

— O que é essa coisa? — Mariana disse.

— É um aparelhinho conversor de UHF. A gente precisava conectar essas biroscas na tv para sintonizar alguma coisa na televisão. Do jeito certo e na hora certa, era possível captar emissoras muito distantes, de rádio, inclusive.

Os meninos foram passando a coisa de mão em mão, como quem segura um fóssil. Arthur segurou por mais tempo, moveu o botão de sintonia, olhou como era a parte de trás do aparelho, onde se conectavam os fios.

A última a colocar as mãos foi Renata, que não demonstrou muito interesse. Ela entregou de volta à Thierry e ele guardou onde estava antes. Depois apanhou outro aparelhinho.

— Eu não sei se algum rádio moderno vai conseguir captar, mas pode ser que aconteça. Também estou trabalhando nisso aqui, é um aparelhinho pra seguir o sinal, um seguidor de frequências. Essa transmissão pode muito bem ser uma pegadinha de algum desocupado com excesso de criatividade, e com isso aqui a gente consegue encontrar o infeliz. — Thierry sacou a placa de circuito impresso que ainda recebia alguns componentes e exibiu aos meninos. Ainda estava pendurada ao invólucro por alguns fios (a caixinha era a carcaça de plástico de um multímetro chinês).

— E se não for? E se for coisa séria? — Arthur perguntou.

— Aí a história fica muito melhor, Arthurzinho. Na minha opinião, tem alguma coisa amplificando os sinais, trazendo de volta essas coisas velhas. O meu rádio é feito com válvulas, e elas têm um jeito esquisito de funcionar. As válvulas conseguem captar esses sinais que os rádios transistorizados não alcançam. Agora, escutem o que eu vou dizer e escrevam em um papel pra não esquecer: algumas coisas não valem a pena, principalmente para uma criança. Deixem o que foi feito pelos adultos para os adultos.

— Até parece — Beto bufou.

— Senhor Gato de Bosta, se o senhor ouvisse metade das coisas que eu ouvi, ia precisar dormir de fraldas. E ia cagar nelas.

— *Gato de Bosta* — Mariana repetiu aos risos.

Talvez ainda tentando convencer o menino, Thierry colocou o volume do rádio no máximo. A estática agressiva fez todo mundo se encolher, mas havia mais. Um som baixo, craquelado, então apareceu aquela sirene indecente que fez todo mundo prender a respiração.

Uooonnnnnnnnnnn.

Todos os garotos taparam os ouvidos ao mesmo tempo. De onde estava, Ricochete começou a latir, e Thierry Custódio aproveitou para apertar, em um outro rádio, o botão para gravar.

...minutos. Dezoito segundos.

Repete.

Oito minutos. Dezoito segundos.

[som agudo intermitente]

06... 08... 17... 21... 23... 36

06... 08... 17... 21... 23... 36

06... 08... 17... 21... 23... 36

[som agudo intermitente]

Oito minutos. Dezoito segundos.

Repete.

Oito minutos. Dezoito segundos.

[som agudo intermitente]

06... 08... 17... 21... 23... 36

06... 08... 17... 21... 23... 36

06... 08... 17... 21... 23... 36

[estática]

Antes mesmo do sinal desaparecer na estática, Thierry começou a ter uma crise de tosse daquelas, o que o fez reduzir o volume do aparelho e sentar um pouco. Os meninos estavam pálidos, os olhos vidrados no rádio. Arthur e Mariana já estavam de mãos dadas (algo que não durou muito).

— Isso é o que a gente estava procurando — Thierry se refez e cedeu um último pigarro. — Esse sinal é tão forte que pode estar vindo da casa do vizinho. Ou muito mais forte ainda se estiver vindo do outro lado do planeta — falou em voz alta, consigo mesmo. — Mas não faria sentido falarem em português...

Entre uma estática e outra, o rádio continuava ditando números.

— Ele fica repetindo isso — o velho explicou. — Às vezes dura um minuto, às vezes uma hora inteira.

— Que coisa assustadora — Mariana disse.

— O que são esses números? — Arthur perguntou.

Thierry soltou um risinho.

— Eles seriam mais úteis se você tivesse uma máquina do tempo. Ouvi mais de uma sequência, mas essa última, a que escolheu se repetir, foi o prêmio de uma loteria, e foi aqui em Terra Cota.

— Caramba — Beto Lira se animou.

— Não vai se animando muito, Gato de Botas. Os números ficam se repetindo sem parar, então a chance maior é de ter sido uma baita coincidência. Algum infeliz deve ter escutado e feito uma aposta. Eu tinha um amigo que costumava apostar na Loto pelas placas dos carros. Todo dia ele acordava e anotava as primeiras combinações, então ia lá e jogava.

— E ele ganhou? — Mariana perguntou.

— Só no bicho. E o prêmio foi tão mequetrefe que não pagou a conta da farmácia.

— Aguardando — Arthur disse baixinho.

— Eu não faço ideia do que eles estão aguardando. E antes que alguém pergunte, o negócio dos oito minutos é o tempo que a luz do sol demora pra chegar aqui na Terra. — Thierry explicou e desligou o rádio. — Acho bom ter matado a curiosidade de vocês, porque eu não vou fazer isso de novo. Agora é hora de ir pra casa, meninos.

— Pô, seu Custódio! Agora que tava ficando animado? — Mariana disse.

— Com ou sem animação, eu vou achar a piroca da chave do meu carro e levar vocês pra casa. Não vou ser acusado de cúmplice de pedofilia se algum tarado pegar vocês no caminho.

Beto, Mariana e Renata se encararam com alguma insegurança.

Quando Thierry se afastou para pegar as chaves, Arthur explicou: — Tá tudo bem, ele só é meio velho.

16

Foi uma noite boa. Jôsi conseguiu conversar com sua ex-cunhada e saiu da casa sem brigar. Brincou com seus sobrinhos, deu umas risadas, chegou o mais perto possível de se lembrar como era ter uma família de verdade. Ele também deixou cinco mil dentro do armário da cozinha, mas a dona da casa só encontraria o dinheiro nos dias seguintes, então não teria como devolver. "Dinheiro sujo", era como ela e o novo marido chamavam o que ele recebia da Boca. E que tipo de dinheiro era limpo? O da polícia que matava gente como ele? O dos políticos que pagavam para a polícia matar gente como ele? Ou a pensão mixuruca do irmão que continuava preso do CDP de Três Rios?

O "dinheiro sujo" tirou Jôsi de um cafofo e o mudou para a casa de tijolinho que ele dividia com Guaraná e outros dois parceiros. O aluguel dos rapazes era cuidar de sua segurança. Era difícil ocupar dois lugares ao mesmo tempo, e homens como Jôsi eram tanto bandidos quanto bons moços. Quando alguém levava uma dura da polícia, por exemplo, ele era ruim, porque se a polícia batia, era por causa de gente como ele. Já quando Jôsi pegava um moleque assaltando, desrespeitando morador trabalhador, e aplicava um corretivo, aí ele era um bom homem. Se pagasse uma reforma na escolinha de capoeira ou desse uma tinta na quadra de futebol, então? Era quase santo.

Mas o dinheiro do tráfico não trazia só notícias boas. Mais para o final da tarde, ele precisou dar uma ideia definitiva em um olheiro do Água Dura, um menino de quinze anos que trabalhava para ele desde os doze. Traidor. Corja. A pedido dos rivais, o garoto deu a um policial a entrega de um pacote grande. O policial ficou com o pacote e ainda levou o dinheiro do fornecedor, dinheiro que Jôsi precisou repor para não perder a parceria. Segundo o menino, o policial vendeu o mesmo pacote para os safados do Água Dura, pela metade do preço. O traidor ganhou um iPhone que agora estava com Guaraná.

Jôsi tomava a última cerveja da noite e fumava um cigarro. As costas doloridas estavam apoiadas no sofá, as pernas esticadas em um engradado de cerveja vazio. Guaraná entrou pela porta da frente, foi até o quarto e logo outro rapaz saiu com ele, ajustando sua pistola no bermudão. Também usava um moletom do Atlético Mineiro e um tênis Nike branco. O rapaz saiu e Guaraná se sentou ao lado de Jôsi.

— Como foi na Carlinha? — perguntou.

— Melhor que eu esperava.

— Ela te deixou vê os menino?

— Deixou, sim. Com ela do lado, mas deixou. Galo Cego não tava por lá.

Guaraná puxou um cigarro do bolso.

— Filtro branco... — Jôsi observou. — Isso aí é coisa de moleque.

— Diz que dá menos câncer.

— E tu vai viver pra ter câncer?

Os dois riram. Sabiam que a vida no crime não os deixaria chegar tão longe. Guaraná já tinha puxado cadeia, e tinha sido baleado duas vezes. Era uma puta sorte estar vivo sem uma doença ruim ou uma cadeira de rodas; sorte, aliás, que ele pensava nem merecer. Era o sentimento que de vez em quando o arrastava para a igreja de Belmiro Freitas.

— O pastor perguntou de você.

— O cara de pau do Freitas?

— Ele não é como os outro, Jôsi.

— Se eu tiver que dar dinheiro pra falar com Deus, prefiro ficar na minha casa. Falou da gente no sermão de novo?

— Ele nem é doido. Pastor falou dos milagre, das coisas que ele anda recebendo desde que ganhou na Loto. Tem coisa acontecendo com aquela gente, Jôsi. Olha aqui no meu braço, arrepia só de falar.

Jôsi deu mais um trago no cigarro.

— Gente como o Freitas explora a fraqueza dos outros. O povo tem necessidade, tem fome, o que a gente precisa é de emprego bom, de oportunidade, não de uma religião que promete a alegria pra *depois* da morte. Eu lá quero morrer pra ser feliz? Tu quer, prego? E se não tiver Deus nem porra nenhuma do outro lado?

— É... mas ele fala que tem. Pastor Freitas conversa com Deus no rádio. Hoje lá na igreja ele deu dinheiro de novo. Não foi muito, mas todo mundo que ouviu a palavra saiu com uma notinha de cinquenta. Ele podia tá pedindo dinheiro pro povo, Jôsi, mas tá é dando.

Jôsi quase engasgou com a fumaça.

— Tá falando sério?

— Aqui — Guaraná sacou sua própria nota do bolso. Jôsi a olhou com algum desprezo.

— Se ele não quer o dinheiro, o que esse filho da puta quer do povo?

17

Diogo acordou com o *bing-bing* de seu celular.

Sua primeira impressão ao abrir os olhos é que havia ingerido álcool-iodado na noite passada. A segunda, era que sua cabeça estava apenas derretendo por dentro. Ainda sofrendo todas as bençãos da ressaca, ele se sentou e forçou os olhos congestionados na tela brilhante do celular.

Deveria ter chegado mais cedo em casa, mas a verdade é que um bar pode ser tão recompensador e viciante quanto um antidepressivo. Depois de Júlia ter ido embora, um dos rapazes da delegacia apareceu no Canhoto e a conversa se estendeu até a uma. Depois chegou Edney Botossi, um dos três advogados criminais da cidade — o que puxou outras três cervejas. Quando Diogo se deitou na cama, Andressa pode ter dito alguma coisa, mas o cérebro intoxicado não fez questão de registrar.

— Caralho...

Pelo que dizia o celular, a coisa dita por Andressa foi um pouco mais séria do que ele calculava.

Preciso de um tempo e de um marido novo [...]

A Yasmin vai comigo para Três Rios, ficar com a família que ama ela de verdade [...]

— Puta que pariu...

Ele não estava exatamente chocado, Andressa já tinha saído de casa outras vezes, mas isso foi antes de Yasmin. E dessa vez o motivo não era somente ele e sua profissão vampírica, havia outro fator.

Andressa fez questão de repassar duas mensagens que recebera. Nas duas, Diogo estava perigosamente próximo à Júlia Sardinha. As fotos foram tiradas no Canhoto, poucas horas atrás. As imagens não deixavam dúvidas, mesmo sem muita definição e foco. No primeiro momento captado eles estavam abraçados, no segundo, um beijo dela em sua testa. Um dos problemas era esse: pela posição da foto, não dava pra ter certeza onde aquele beijo tinha acertado.

Seu desgraçado! Como você pôde? Com aquela sonsa? Você só vai ver a Yasmin quando ela sair da faculdade!

Precisava fazer alguma coisa. Talvez ir atrás das duas, tirar suas férias vencidas, fazer aquela maldita viagem para o litoral.

Não. Nem fodendo.

Quem ele queria enganar? Areia não servia pra ele. Água salgada, um pouco menos. O mais próximo que Diogo pretendia chegar de uma praia era dos quiosques que vendiam cerveja — e nem isso nessa manhã gloriosa onde o gosto de cevada podre na boca era mais presente que a saliva.

E a doce despedida:

Se vier atrás da gente, eu fujo para a Argentina!

— Merda.

Ainda estava com a aparelho na mão quando recebeu a próxima mensagem.

Não era de Andressa, mas da delegacia. Pra variar, havia algo inimaginável habitando o início de seu dia. Talvez Andressa ter tomado distância fosse a melhor solução possível. Como o pai de Diogo (que só de ignorância tinha sessenta anos) diria: o que você não escolhe, a vida escolhe por você.

— Podia ser pior — ele disse a si mesmo.

Um pouco inseguro, Braddock atravessou a porta e foi se achegando na cama. Notando o sorriso frouxo do dono, saltou sobre o colchão e começou a lamber seu rosto. Talvez fosse a cerveja, ou algum resto das porções que Diogo comera na noite anterior, ou talvez, com muita sorte, aquele bicho fosse o único habitante de Terra Cota que ainda era capaz de amá-lo.

Podia ser pior.

Podia?

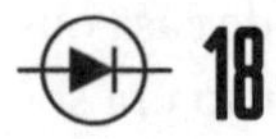 18

Diogo conseguiu chegar à delegacia vinte minutos mais tarde, às dez e dez da manhã. Ainda estava com a cara amassada e a cabeça dolorida, mas depois de meio litro de café, conseguiria se manter de pé até a próxima refeição decente.

Um dos policiais já o esperava no hall. Ao lado do homem, porém sentado, Zé Espoleta parecia um menino flagrado roubando.

— O magnata disse que só fala com você — o soldado explicou. — Quando a gente contou que você não estava, ele pegou um tijolo e ameaçou jogar nas viaturas.

— Puta que pariu — Diogo disse novamente. Pelo andar da carruagem, aquela palavra seria proferida muitas vezes até o final do dia. — Tá querendo ser preso, Espoleta? De novo?

Zé Espoleta sustentou os olhos no outro policial, era um sinal de que só abriria a boca quando estivesse sozinho com Diogo.

— Pode deixar que eu falo com ele, Maciel.

— Se precisar de mim dá um toque. — Antes de ir, Maciel deu uma olhada mais demorada em Diogo. — Tá tudo bem com você? Com as meninas?

— Na medida do possível.

O soldado riu e tomou a direção da porta. Pela cara de Diogo, o possível estava muito aquém da melhor medida.

— Agora pode dizer qual é a emergência.

— O senhor já até disse. Eu quero ser preso, seu Diogo. — Espoleta levou as mãos encardidas à frente do rosto e começou a chorar.

— O que você aprontou, Zé?

— Ai, meu Deus. Eu fico vendo o rosto dela, ouvindo a voz dela. Eu não aguento mais. Eu não tive culpa do que aconteceu com ela. Eu ainda tentei alcançar...

Com o escândalo, o pessoal da delegacia começou a se interessar. Diogo fez um sinal com as mãos, para que deixassem o homem se desesperar em paz.

— Respira fundo, meu velho.

— É a moça que se matou na torre, a Giovanna. Ela tá... Eu acho que ela tá comigo até agora. Tá grudada em mim.

— Zé, ninguém tá grudado em você. Essas reações acontecem quando a gente vê a coisa terrível que você viu, é coisa da nossa cabeça — Diogo explicou com gentileza. — A morte tem um jeito estranho de mexer com a gente. Tenho um colega que sonhava com um homem encapuzado e com patas de bode. Quando tirava o capuz, o homem era o falecido pai dele.

— Não era sonho, Dioguinho. Conheço você desde menino, eu não ia mentir uma coisa dessa. Ela tava ali, sim, com a cara esticada na minha televisão. Na primeira vez eu corri e dormi no quintal, mas ela continuou vindo. Enfiei o pé na tv e ela falou no rádio. Só pode ser ela... Meu Deus do céu, o que tá acontecendo comigo? Eu fiquei doido? Diogo, por tudo que é mais sagrado, me deixa dormir com os ladrão. Eu tô com medo, porra! Eu tô cagado de medo!

— Vou ver o que dá pra arranjar, tá certo? A casa de detenção fica sempre cheia, mas a gente avalia com o delegado. E pelo amor de Deus, não faz mais merda com você mesmo.

— Muito obrigado, seu Diogo. Muito obrigado mesmo — Espoleta sugou o nariz. — Eu tinha tanta certeza que o senhor ia ajudar que até pedi pra vizinha tomar conta do meu gato. Eu sou só um bêbado. Nunca fiz mal pra ninguém. Bom, eu dava uns tapa na Soledade, mas isso foi antes, quando ela deu pra aquele disgramado. Eu não sou um homem ruim. Não de tudo.

— Fica por aí até a gente resolver isso.

Zé Espoleta sugou o nariz e agradeceu.

Diogo foi até o balcão e o atravessou. Antes de seguir à sala de Plínio, passou pela garrafa térmica e apanhou outro gole de café. A ressaca ainda estava em um crescente, fazendo de tudo pra fechar seus olhos.

19

Durante seu programa, Júlia Sardinha recebia muitos telefonemas de ouvintes. Gente pedindo música, reclamando de algum problema na rede de esgoto, muitos ligavam apenas para ouvir sua própria voz saindo no rádio. Nas últimas duas semanas, o fluxo estava muito acima do esperado, a ponto de muitas ligações serem rejeitadas por Cleide Miranda, que há vinte e dois anos ocupava a função de secretária. Os interesses atuais também estavam diferentes, e em vez da trivial monotonia urbana, todas as novas conversas giravam em torno do inusitado. Animais com comportamento estranho, gente perdendo o juízo, adolescentes rindo e explicando que seus telefones recebiam mensagens e imagens pornográficas. Entre as dezenas de ligações, pelo menos cinco pessoas de diferentes áreas da cidade relataram ouvir um zumbido baixo e persistente, que era tão constante que elas não conseguiam dormir. Outras três relataram explosões, que sempre aconteciam no início da madrugada.

De certa forma, Júlia se sentia culpada pela onda de exageros. Sua experiência dizia que uma ligação sempre puxava a outra, então, era como se houvesse, entre os ouvintes e graças ao rádio e seu programa, essa necessidade cada vez maior de inventar histórias espetaculares.

Depois de encerrar outro bloco de músicas com a voz sorumbática de Leonard Cohen, Júlia já se preparava para receber uma nova ligação quando um zumbido alto e fino, semelhante a uma microfonia, entrou como uma faca em seus ouvidos.

— Porra! — ela tirou os fones do ouvido às pressas, já com uma bronca pronta para Adney.

O técnico de som parecia um pouco mais confuso que ela, espalmando uma das mãos enquanto a outra tentava, inutilmente, conter a interferência que rapidamente se expandia por todo sistema de som. Notando que o rapaz movimentava absolutamente todos os botões que encontrava na mesa de controle, Júlia deixou sua sala e correu até ele, na saleta anexa ao estúdio de locução.

Assim que saiu do isolamento acústico, Júlia ergueu os olhos para a caixa de retorno. Era um cubo Meteoro da década de 2000; ficava preso à parede por um suporte de aço, bem próximo ao teto. A interferência, que agora evoluíra a uma série de pulsos graves, era tão forte que arrancava argamassa dos pontos da parede onde as buchas e parafusos estavam afixados.

— Que merda é essa?

— Não faço a menor ideia, Jú, mas tomou conta da transmissão.

Como se respondesse à interferência, a lâmpada da sala mudou de brilho, oscilando algumas vezes e parecendo acompanhar o que acontecia com o som. Os dois olhavam para o bulbo, esperando que ele explodisse e promovesse uma chuva de estilhaços em suas cabeças (quando a lâmpada brilhava, ficava tão forte que era difícil manter os olhos nela).

— Misericórdia, Julinha. — Cleide chegou junto a eles e se enroscou em Júlia.

O som no autofalante do retorno aumentou absurdamente outra vez, da mesma forma que o brilho da luminária. A caixa emitiu um ruído rasgado e desgastado, alto e profundamente irritante. Logo depois, evoluiu a uma espécie de eco, como se alguém ou alguma coisa fizesse barulho dentro de um cano. O próximo som foi mastigatório e pastoso. Então mais microfonia. E algo que pareceu uma fita cassete sendo acelerada e devolvida à velocidade normal. O som fez isso algumas vezes.

O telefone voltou a tocar na recepção. Cleide encarou Júlia como quem pede autorização. Antes de recebê-la, correu para atender. Talvez a pessoa do outro lado da linha pudesse explicar o que acontecia naquela sala, ou talvez Cleide fizesse qualquer coisa para escapar daquela experiência e voltar ao mundo das telefonistas viciadas em Rivotril.

No lugar das pulsações, uma espécie de voz passou a domar o sistema de som. Soava nervosa, embora Júlia e Adney não entendessem uma palavra. A transmissão possuía algum chiado contaminante, mas ainda era perfeitamente audível. Parecia que alguém esperava uma confirmação, era o que o tom das frases curtas apontava a Júlia.

— De onde isso vem? — foi a próxima pergunta dela.

— Dona Júlia? — Cleide voltou e parecia ainda mais esbaforida. — Tem muita gente ligando, acho que aconteceu longe daqui também.

— Deixa no mudo até a gente descobrir o que é.

No áudio, começou o que pareceu uma sobreposição de vozes. Uma masculina bem grossa, outras masculinas mais suaves, e uma feminina. Elas soavam ao mesmo tempo animadas e inquisidoras, como se estivessem fazendo perguntas e cedendo respostas.

— Isso é russo? — Cleide perguntou.

— Eu não faço ideia — Júlia disse.

Agora, ouviam uma mulher rindo.

— Tá gravando essa coisa?

— Comecei a gravar assim que a gente perdeu o sinal.

A porta da sala de som se abriu mais uma vez.

Cleide caindo fora.

O rádio continuava fazendo coisas estranhas, o que vinha agora se parecia com uma conversa entre um homem e uma mulher. E não vinha sozinha, mas misturada a uma série de fragmentos de música, como se a voz feminina e estrangeira sobrevivesse a uma tentativa frustrada de sintonia. Havia muito eco e distorção. Então surgiu algo mais controlado, uma voz monótona e feminina, na mesma língua estrangeira. À Júlia, pareceu que ela ditava uma série de instruções.

E a maior surpresa ainda estava por vir.

Mais uma vez a microfonia fez todo mundo gemer e tapar os ouvidos, mas logo depois o ruído desapareceu e a voz surgiu limpa como um cristal, recitando pausadamente:

06... 08... 17... 21... 23... 36

06... 08... 17... 21... 23... 36

06... 08... 17... 21... 23... 36

[som agudo intermitente]

[estática]

— Caralho, o que é isso? — Júlia se perguntou. Diferente do resto da transmissão, aquela parte estava em português. Mesmo com Adney gravando, Júlia encontrou uma caneta e rabiscou a sequência na mão assim que ela voltou a se repetir.

[som agudo intermitente]

06... 08... 17... 21...

[estática]

06... 08... 17... 21... 23... 36

[estática]

Se você pretende... saber quem eu sou...

... eu posso lhe dizer...

A música de Roberto Carlos invadiu e se sobrepôs à transmissão espúria. Logo depois, chiadeira, e um silêncio completo ganhando a frequência.

— Voltou ao normal! — Adney gritou depois de alguns testes.

— Certeza? — Júlia ainda olhava para a caixa de retorno.

Adney sinalizou que sim com o polegar, já estava colocando os fones. Antes de retomar a locução, Júlia deu uma corrida até a mesa de Cleide. A secretária estava com um pequeno terço nas mãos.

— Liga pro meu pai e explica que tá tudo certo com a gente. E pede pra ele achar alguém que entenda russo.

20 

Doracélia sempre foi uma mulher de fé. Mãe de três filhos — e somente um com juízo —, seu amor pelo Salvador era o que lhe dava forças para seguir sem eles. O marido também havia caído fora bem antes dela ser diagnosticada, assim que o filho mais novo veio ao mundo (Dirlei no momento estava preso, agora com vinte e um anos). Com juízo, só mesmo o filho do meio, que preferiu estudar e se tornar engenheiro mecânico. Como as chances de arranjar um emprego em Terra Cota eram remotas, Evandro Luiz fez a vida em São Paulo, junto com a esposa e os dois filhos. Infelizmente, ele se esqueceu de sua mãe muito antes de se formar. O renegado era o mais velho. Desse, Doracélia não gostava nem de falar, e o tratava como um aborto crescido.

Os últimos dois anos foram duros com ela de todas as formas possíveis, mas conhecer a palavra do pastor Freitas trouxe um novo sabor à vida. Doracélia não era nenhuma das meninas assanhadas que queriam bem mais do homem do que do santo, mas compartilhar de sua esperança era o mais próximo que ela conhecia do céu.

Contentamento.

Essa foi uma das pregações mais bonitas do pastor. Ser contente com o que o céu provê, inclusive com os testes que o céu provê. Existe maior prova de fé do que viver o amor no sofrimento? Foi o que ela fez. Foi o que ela, corajosamente, escolheu fazer.

Seu pastor também precisou chegar ao fundo do poço para encontrar a luz, precisou ser testado e tentado até a renúncia da carne. Ao ouvir a história daquele homem, ela enfim compreendeu que estava no mesmo caminho, e que a única maneira de sentir a glória em todas as suas maravilhas era exercitando a paciência.

De tão bom, Freitas havia encontrado uma forma dela e de outras mães falarem com seus filhos presos, uma vez por semana. Ela só precisava gravar uma mensagem no WhatsApp, enviar ao pastor, e o bom homem encaminhava a mensagem até um mocinho da rádio da comunidade, que a colocava ao vivo no programa *A Hora do Cárcere*.

Mãe é uma palavra sagrada entre o pessoal que vive na penúria. Pai, não. Pai é qualquer coisa, pai é quem vai embora e logo é substituído por outro. Seu próprio pai, ela bem pouco conheceu. O que lembrava do homem era alguém carrancudo, sempre sujo de graxa, que vez ou outra fazia sua mãe gemer tarde da noite. Em outras, ele a fazia chorar, e o cheiro de bebida nele era tão forte que chegava a enjoar. Como muitos pais, aquele também foi embora, e coube à mãe ensinar os filhos a não se perderem ainda mais na vida. Graças ao bom Deus, ela era uma mãe.

Doracélia acreditava piamente que sua cura começou ao reencontrar o amor de seu filho mais novo, Dirlei, quando recebeu sua primeira carta. Dirlei dizia ter se convertido, e pedia para que ela orasse para ele continuar no caminho de Deus. Graças à possibilidade aberta por Freitas no rádio, ela pôde reatar com o filho e tirá-lo do caminho do Diabo.

Em sua casa, além do aparelho de celular (bem barato, parcelado em cem vezes), o único equipamento capaz de trazer a voz humana era o rádio. Pelo que o pastor dizia, era muito difícil encontrar algo decente na tv, então ela preferia não arriscar. Com o dinheiro da venda da antiga LG, ela deu entrada em uma máquina de lavar que ajudava e muito em seu sustento. Se isso não era um segundo milagre, ela viraria uma mosca branca.

O radinho, um National de um deck todo esculachado, ainda ficava na cozinha, rente à janela. Nessa posição ela podia ouvi-lo dentro de casa, e também enquanto trabalhava no tanque e na máquina de lavar, do lado de fora.

Seu milagre particular começou discretamente, bem ali naquele rádio. E, de tão frágil, ela quase o arrancou. Começou a nascer no autofalante, bem lembrava, um pontinho verde que cresceu e encontrou a parede atrás do rádio, como se fosse musgo, como se fosse uma hera. Uma verdadeira benção dos céus, Doracélia logo notou que quanto mais o vegetal crescia, melhor o rádio sintonizava. Rádios evangélicas locais de São José do Rio Preto, Araçatuba, Três Rios, Velha Granada, Fernandópolis... chegou inclusive a sintonizar uma emissora de São Paulo e outra do Rio de Janeiro.

Algumas vezes, quando o rádio realmente estava inspirado pelo espírito celestial, ele trazia números e vozes estranhas, coisas que aquela mulher simples não compreendia, mas que só poderiam vir da sabedoria divina. A língua dos anjos não era algo a ser traduzido, imaginava, a não ser que você fosse também um anjo. Mas a palavra podia ser sentida, absorvida, claro que sim. E como Doracélia percebeu, podia ser *degustada*.

Da hera frágil e fina, a estrutura verde evoluiu para uma pequena rama. Folhas verdinhas, viçosas e aveludadas. Folhas simétricas e engraçadas de seis lados. De pequena rama, ela se tornou a planta, e da planta emergiram as primeiras flores em cálice, que geraram frutos minúsculos e curiosos. Eles eram redondos como ervilhas, e espiralados em branco e preto; dentro do cálice, pareciam pequenos olhos. Em um dos cultos, o pastor Freitas pregou sobre o maná, um alimento dado aos israelitas enquanto eles cruzavam o deserto. Durante a pregação, o homem bom sugeriu que o alimento doce cedido aos peregrinos poderia se tratar de seiva, que ele também chamou de *exsudato,* e explicou que vinha de algumas árvores da região.

Depois do culto, assim que chegou em casa, Doracélia apanhou um dos frutinhos espiralados e, sem nenhum receio, o levou à boca. Doce como o mel, bem lembrava, e desde que aquele primeiro frutinho fora arrancado, os caules finos cresceram até se tornarem um cipó, que já envolvia boa parte do teto da cozinha. A planta não se incomodava com o calor do fogão ou com a vassoura que de vez em quando retirava as teias de aranha que a contaminavam, mas ela murchava a ponto de morte se perdesse seu principal nutriente: a palavra do rádio.

Cantarolando mais um dia de fé, Doracélia apanhou uma pequena flor amarela e também a comeu inteira. Contentamento. Doçuras. Cura.

Era disso que se tratava a palavra do céu.

21

Aquiles Rocha teve um dia cheio. Amanheceu na marmoraria, perdeu metade da manhã com seus advogados (os nojentos da telefonia queriam mais descontos como sempre), e ainda almoçou dentro da financeira. Só conseguiu chegar ao seu empreendimento preferido às três e quarenta da tarde. Pouco depois das cinco, ele ainda estava em frente à Rocha Veículos, com os braços cruzados acima da pança e os olhos fincados nas ruas. A concessionária não chegava a dar prejuízo, mas não podia ser considerada um rio de dinheiro desde 2017. O que a revenda de carros fazia de melhor era manter o network de Aquiles com a fauna urbana local. Em cidades como Terra Cota, um carro novo vale tanto quanto uma carta de apresentação. Um sujeito pode ser um pé-rapado, mas se ele tiver um bom carro, ele será um pé-rapado que merece atenção.

Naquela quinta-feira, Aquiles tinha alugado um sistema de som e colocado no pátio, com um locutor e duas meninas de minissaia distribuindo panfletos, para dar uma animada nos negócios. Agora, o pessoal tinha ido embora, e o som estava novamente a cargo da 88,8 MHz, a rádio de Milton Sardinha. Infelizmente, não era uma transmissão limpa, e o sinal parecia mais indeciso que o movimento das ruas do centro. A verdade é que as falhas de transmissão aconteciam com uma frequência cada vez maior, e Aquiles calculava que em muito pouco tempo algum infeliz colocaria a culpa em suas torres de transmissão. Ouvindo a chiadeira, ele rosnou de onde estava para Elizete, sua melhor vendedora e a única que manteve o emprego depois da pandemia:

— Querida, por favor, dê um jeito nessa joça.

Mesmo com seis horas de propaganda ao vivo e as meninas de minissaia, a concessionária não tinha batido nenhum recorde de vendas. Com o rádio fazendo aquele desserviço, a única garantia era piorar mais um pouco.

— Aquiles...? — Ouviu alguém o chamando. Por mais que Aquiles tratasse o sujeito como um tronco de árvore, o infeliz não conseguia deixá-lo em paz.

A primeira loja à direita da concessionária dos Rocha era a Sono Bom Colchões, era dela que emergia o corpo esguio de Nilton Brás. O homem devia pesar cerca de cinquenta quilos que, somados aos seus um metro e oitenta e dois de altura, o transformavam em algo próximo a um espeto de churrasqueira.

— Dá uma olhada aí no seu celular. — Nilton disse antes mesmo de chegar a Aquiles.

Rocha sacou o aparelho do bolso.

— O que é? Outra daquelas mensagens filha da puta?

O homem confirmou com a cabeça e se postou ao seu lado.

— Filmaram o Tonho da Lustra & Móveis se enroscando com uma das vendedoras. A mulher dele chega bem na hora.

— Coitado do Tonho. Além de ser pego com a boca na botija, precisou enfrentar o rinoceronte da Valentina. Não sei se eu quero ver isso.

Mas Aquiles viu, apenas porque era bom poder rir de mais alguém. Para homens como Aquiles, pior do que se foder, só mesmo se foder sozinho. A filmagem foi um pouco além do flagrante, e Valentina-Rinoceronte acertou Tonho-Lustramóveis com um abajur. O problema todo não foi o impacto, mas o fato de a luminária estar ligada. Tonho acabou levando uma descarga de energia enquanto sua assistente/amante fugia pela porta da frente da loja.

— Parece que ele tá bem, apesar do choque — Nilton esclareceu.

Em alguns segundos, Aquiles recuperou a carranca.

— Bem ninguém está. Não com a nossa cidade entregue às moscas.

— O povo tá assustado com essa Covid de novo. As ruas esvaziaram depois dessa nova cepa que deu na tv. Parece que mata menos, mas transmite mais.

— A gente devia meter outra passeata.

— É arriscado, Aquiles. Na última, meu movimento até piorou. Deve ter tido dedo dessa molecada desocupada. Depois que a coisa polarizou, tudo é motivo pra cancelamento. — Nilton explicou.

— Que diabo é isso?

— É a nova moda. Quando eles não gostam de alguma coisa, eles se organizam pra sabotar. Mas eles usam essa palavra aí, cancelamento. Aquele barzinho novo na Capitão Geraldo fechou por conta disso. Um segurança desceu a mão em um playboy, o playboy colocou na internet e pronto, os clientes secaram como quem fecha uma torneira.

— Só por que bateram em alguém? Manda eles cancelarem meu ovo, porra. E sobre a nossa passeata, o que essa gentinha esperava que nós fizéssemos? Que a gente fechasse tudo por dois anos? A gente ia comer o quê? Vento? Bosta?

— Pra eles tudo é culpa é do governo.

— Bando de retardados é o que eles são. O governo existe pra tirar dinheiro do povo e não pra distribuir. Isso é assim desde o tempo de Dom Pedro.

Ficaram calados de novo. Pela rua, alguns gatos pingados se aglomeravam para rir do que viam em seus telefones, mas o que mais chamava atenção de Aquiles era a quantidade de pessoas usando ternos ou saias compridas nos dois lados do calçamento.

— Abriram alguma igreja nova?

— Pessoal do Piolho, estão convocando todo mundo pra conhecer a igreja deles.

— E que porra essa crentaiada quer fazer com tanta gente?

— Aí é que fica interessante — Nilton Brás disse e não disse mais nada. À frente deles, um casal passava apressado seguido pelos dois filhos, dois meninos. As crianças também estavam de terninho, e tudo o que Aquiles conseguia pensar é em como eles se pareciam com dois pequenos defuntos.

— Eu vou precisar insistir muito ou você vai me contar o que sabe desse povo?

— O pastor deles, o tal de Freitas, diz que ganhou na loteria por causa do rádio, que foi Deus quem ditou os números pra ele.

Aquiles riu. Pensava em como a história se repete quando o assunto é fé.

— A Shirley — Nilton continuou explicando — contou que o doido varrido chegou a dar dinheiro nos cultos. Imagina a loucura que foi. Gente se pegando, gritando, uma coisa de louco. Agora ele mandou todo mundo espalhar a palavra na "cidade dos ricos", como ele diz.

— Bando de maluco.

— Malucos ou não, já tem gente ficando de pé na igreja.

Aquiles observou o vai e vem de pessoas. Nilton tinha razão, eles não chegavam a encher a rua, mas com certeza estavam ansiosos, parados com seus panfletos nas mãos, preparados para dar o bote em um desavisado. *Cobras de saias, ternos e gravatas,* Aquiles pensava.

— O negócio é torcer para o pastor não deixar todo mundo mais louco do que já está — Nilton Brás disse.

Aquiles ouviu, mas não enrugaria a testa por conta disso. Como todo Rocha nascido na região, ele sabia que a loucura coletiva pode ser uma pequena máquina de dinheiro.

22

Em um passado distante, Terra Cota havia sido um porto seguro para imigrantes, sobretudo a ex-soldados das grandes guerras. Parte da cidade ainda refletia essa miscigenação em suas construções, como o prédio onde funcionava a sede da prefeitura e o clube de campo Terra Cota — que não ficava no campo e era famoso por seu Baile da Primavera, que todo ano acontecia no verão. Ambas as construções tinham influência alemã na arquitetura.

O tradutor que Milton Sardinha conseguiu encontrar era um desses imigrantes, não um ex-soldado, mas um homem de paz. Pelo que Milton sabia, ele era o único capaz de entender russo na cidade. Júlia poderia ter procurado alguém da internet, mas como muitas pessoas nascidas no interior paulista, ela considerava o olho-no-olho uma coisa importante.

O Lar de Idosos Santa Dulce ficava a cinco quilômetros da saída ao sul da cidade, na estrada Vicentino Rocha, vulgarmente conhecida como "Estradinha do Pecado". Vista de fora, a instalação se parecia muito com qualquer uma das seis ou sete propriedades que existiam pelo caminho, com cercas vivas ornamentando a entrada e placas de boas-vindas com o nome de algum santo.

Júlia puxou o freio de mão e se esticou até o pequeno interfone da entrada.

— Oi, é a Júlia, Júlia Sardinha, eu liguei mais cedo.

Depois de um *pic!* mecânico, o portão de madeira se abriu e Júlia pôde entrar com seu Renault. Não havia muitos carros estacionados, apenas dois deles e também três motos — possivelmente, todos pertencentes a funcionários. Alguém da recepção explicou mais cedo que aquele não era um dia de visitas, mas que eles abririam uma exceção por se tratar de um pedido de Milton Sardinha. O programa *Os Anos Dourados*, roteirizado e dirigido pelo radialista, era uma espécie de unanimidade entre os velhinhos da casa de idosos, que se reuniam como mariposas ao redor do único rádio decente da clínica (um Gradiente fabricado em setenta e nove e reparado por Thierry Custódio pelo menos cinco vezes).

O interior da clínica de repouso a surpreendeu. A ideia que Júlia tinha do que ela chamava de "asilo" ainda estava sediada nos anos noventa, na instituição pública onde sua avó materna fora gentilmente depositada. No Asilo Municipal de Terra Cota, as enfermeiras eram sempre carrancudas, e os velhinhos eram tratados como móveis esperando o dia da incineração. Onde quer que se respirasse por lá havia um forte cheiro de urina, e quando existia um tabuleiro de damas, estava sem a metade das peças. Foi uma boa surpresa encontrar alguma coisa no mundo que melhorou com o passar dos anos.

O odor do Santa Dulce era um pouco carregado no pinho, mas muito melhor que o cheiro de muitos lugares. O primeiro hall era amplo, bem iluminado, havia uma boa tv segurando os olhos de três idosos que estavam por lá. Os sofás do cômodo não eram novos, mas estavam em bom estado. E existiam duas samambaias, incrivelmente viçosas, aos fundos da sala, próximas a uma grande janela.

— Oi, boa tarde — Júlia se aproximou do balcão de atendimento —, eu vim ver o seu Ary. Ary Müller.

— Pode preencher esse formulário pra mim, querida? — a mulher de terninho azul explicou, já estendendo uma folha de sulfite. — Tudo bem com seu pai?

— Tá sim. Ele passou um perrengue com a história da Covid, mas está cem por cento de novo.

— Seu Milton é fortão, sempre foi — a mulher riu.

Não era nenhuma jovenzinha, e à Júlia, aquele riso pareceu esconder muita coisa. Algo que ela realmente preferiu não descobrir.

— Prontinho. — Júlia entregou a folha preenchida de volta.

A mulher apanhou a prancheta, destacou a folha e a deixou sobre a mesa. Entregou um crachá com a palavra "Visitante", que Júlia imediatamente prendeu à sua camiseta preta do Foo Fighters.

— Pode seguir pelo corredor até o final. Você vai encontrar outra porta, é só virar à direita e sair no gramado. Seu Ary fica a maior parte do tempo na estufa, mexendo nas plantas dele.

Júlia agradeceu de novo e tomou o corredor de paredes creme e piso emborrachado verde. Passou por uma porta — havia uma maca do lado de dentro do cômodo, a idosa sobre ela assistia a uma reprise de *Selva de Pedra* —, depois por outra, que lhe pareceu um escritório, da gerência do lugar, provavelmente, e na terceira porta, à direita, acabou parando de caminhar. Era uma área destinada a tv e rádio. A tv estava desligada, e o rádio sofria uma espécie de interferência. Ao redor do aparelho, um grupo de cinco idosos parecia não se importar, e continuava tentando ouvir o aparelho sem que ninguém tocasse no botão de sintonia. Um dos velhinhos estava com um bloquinho e caneta nas mãos.

— Dona Júlia? — Alguém a interceptou. Um rapaz que vestia branco. — Precisa de ajuda?

Ela não se incomodou em perguntar como ele havia descoberto seu nome. Em cidadezinhas como Terra Cota, algumas profissões ganham uma estranha importância. Bancários, políticos, radialistas, médicos... até mesmo alguns farmacêuticos. Para quem não se dá bem no anonimato, o interior ainda é uma ótima escolha.

— Se a gente tentar mexer no rádio, eles brigam — o rapaz explicou. — Jaime — apresentou-se. Júlia apertou a mão dele.

— Já descobriram o que o rádio tem de tão interessante?

— Não são as músicas — ele riu. — Começou com a dona Eulina, a de xale escuro. Ela andou falando que ouvia o filho morto, daí já viu, todo mundo quis ouvir.

— E ouviram?

— Quer saber se eles ouvem gente morta? — Jaime riu com mais vontade. — Essas coisas não existem, moça. E se existirem, não é coisa de Deus.

Júlia preferiu não perguntar mais nada sobre o assunto. O que não impediu o rapaz de perguntar a ela:

— A senhora é crente em Deus?

Aquela era uma pergunta delicada. Em Terra Cota ou qualquer outro lugar no território brasileiro, uma resposta muito sincera sempre trazia dor de cabeça. Júlia escolheu devolver com outra pergunta:

— E tem como duvidar?

— Graças a Deus, né? — O rapaz se deu por satisfeito e a conduziu pelos próximos passos.

— Seu Ary fica lá fora o dia inteiro. — Apontou para a porta. Depois da saída havia um jardim pequeno, repleto de flores. Júlia não saberia nomear todas as plantas que via, mas reconhecia rosas, hibiscos e orquídeas, além de uma porção de flores coloridas, de arbustos baixos, as mesmas que ela via pelos canteiros da cidade.

— Essas plantas bonitas que a senhora tá vendo? É tudo arte dele. Dizem que antes do seu Ary, a única coisa verde daqui era a alface do almoço, agora dá até gosto de ver. Seu Ary tem a mão santa.

A estufa ficava mais para o final do gramado. Era bastante improvisada, artesanal, mas era sólida e cumpriria seu papel. Assim que chegaram a ela, o rapaz fez uma mesura que colocou Júlia à sua frente.

— Seu Ary? Essa é a moça que veio falar com o senhor.

Como ninguém respondeu, o rapaz reforçou:

— Seu Ary?

— Aqui, rapaz. — A voz velha emergiu de algum lugar entre as prateleiras de flores. De onde estava, Júlia só enxergou um chapéu de palha se deslocando entre as plantas.

Conhecendo alguns alemães, ela imaginou uma pessoa bem mais alta, mas o homenzinho enrugado que se aproximava devia ter pouco mais de um metro e sessenta. Já os olhos eram exatamente como ela imaginava, azuis de doer de inveja.

— A rapaz não encheu seu cabeça com as conversas de Deus dele? — Além de falhar com os artigos, Ary puxava terrivelmente nos érres, enrolando a língua com vontade.

— Deus ama o senhor, seu Ary — o enfermeiro replicou.

— É fácil me amar, eu não ficar dia inteiro falando a nome dele. Agorra já pode ir e deixa o mocinha comigo, ya?

— Júlia — ela estendeu a mão e se apresentou, Ary a apertou enquanto o enfermeiro ia embora.

— Por que que um mocinha tão jovem quer perder tempo com uma velho?

Júlia sorriu.

— A experiência nunca me tomou tempo.

O velho riu também, mostrando dentes originais e até que em bom estado.

— Mocinha esperta.

— Quando se mudou pra nossa cidade, seu Ary?

— Já faz tanta tempo que ela é mais minha que de um monte de gente. Acho que eu tinha uns quinze anos.

Júlia acariciou uma orquídea que estava à sua frente, impressionada com sua beleza.

— Sempre trabalhou com plantas?

— Nain, nain. Quem trabalhava com elas erra minha mulher, Polina Cunitz, que depois virrou a senhora Müller. Ela que ensinou a segredo das plantas. Minha Polina erra seca por dentro, por isso que ela gostava tanto das plantas. Pra ter uma monte de criancinhas. Criancinhas verdes, amarrelas e cor-de-rosa.

Júlia não notava rancor na voz de Ary, mas havia um certo azedume, um pequeno senso de injustiçamento. Algo que ele atenuou apanhando sua carteira e sacando uma fotografia.

— Aqui ela, minha Polina.

Júlia apanhou o retrato. Polina era uma mulher bonita. O rosto liso como porcelana, cabelos escuros, um olhar tímido e ao mesmo tempo cheio de intensidade.

— Erra uma grande mulher. Naquela tempo, por causa do guerra, ninguém do Polônia aceitava um alemon. E ela casou comigo.

Júlia devolveu o retrato e o velho deu uma nova olhada. Passou o dedo polegar sobre o papel, com uma saudade terrível de se ver. Por fim ele devolveu o retrato à carteira.

— Eu já trabalhei pra sua pai, sabia?

— É mesmo?

— Ah, sim. É mesmo. Eu também entendia de rádio. Lembro que a senhorrita era pequenina e berrava o dia inteiro, só parava quando tava com sua papá ou ouvia a voz dele na rádio. Erra engraçado porque crianças geralmente se dá mais com mãe.

Júlia sorriu, mas preferiu não seguir com o assunto. Quase todas as memórias que tinha da mãe eram confusas ou ruins, não valia a pena ressuscitá-las.

— Explicaram para o senhor por que eu vim? Da nossa gravação na rádio?

— Ya. Se eu lembrar do língua, eu ajudo a entender. Sabia melhor antes, já esqueci muito como fala.

— Eu consegui passar pro meu celular. Prefere ouvir com o fone? Se o senhor quiser, eu tenho um aqui.

— Nain. Colocar coisas no orelha é muito ruim. Parrece até abelha na cérrebro.

Enquanto Júlia apanhava o aparelho, Ary abriu um espaço na prateleira de madeira, para que ela pudesse apoiar melhor o smartphone. Depois de alguns ajustes, o Samsung estava reproduzindo a transmissão pirata no viva-voz. O velho ouviu um pouco, coçou a barbicha branca do queixo e balançou a cabeça de um lado para o outro. Fez isso mais duas vezes.

— Onde foi que grravou esse, mocinha?

— O sinal invadiu a transmissão, nosso técnico começou a gravar assim que percebeu o que tinha acontecido. Foi muito estranho... principalmente porque pra conseguir tomar nosso sinal desse jeito a pessoa precisaria ter um transmissor muito forte, ou estar aqui mesmo, na cidade.

— Humm — o velho resmungou.

— Conseguiu entender o que eles falam? Pareceu algum tipo de instrução pra mim.

— Esse coisa não pode ter acontecido. Pode colocar de novo?

Júlia fez isso e o velho manteve a confusão no rosto. Ary chegou a se inclinar na direção do aparelho, seus olhos estavam estáticos. Só quando terminou de ouvir pela segunda vez, ele se afastou do telefone. Olhava para o Samsung como se o aparelho fosse uma cobra.

— Seu Ary? Tudo bem?

— Quando a passado acerta a gente no cara sempre machuca um pouco. Eu já vai explicar. Me dá um minutinho, ya?

— Quer se sentar?

— Nain. Tá tudo bom — ele disse, mas apanhou um lencinho verde do bolso e secou a testa antes de continuar. Também acariciou uma orquídea, como se pudesse reencontrar o equilíbrio através dela. Talvez pudesse. — No tempo de moço eu tinha um amigo muito bom, ele também gostava de rádio. A gente passava horras ouvindo, modulando, conversando disso. Era outra vida, uma vida onde a amizade tinha valor. Esse amigo fazia experriência com antena, todo tipo de teste. Um dia ele recebeu um transmissão esquisita, do outrro lado da mundo. De algum jeito, a senhorra trouxe pedaços dessa primeirra conversa. A voz que aparece no fundo é eu. E se a senhora ouvir com muito atenção, tem uma risada de mulher. É da minha Polina. Ela tava ali porque falava russo perfeito; eu entendia um pouco, mas não falava bem como ela. Tudo nós tava animado, mas no fim foi uma conversa chata. Erra uma grravação. Por isso Polina riu de nós quando Henry tentou conversar. Só que naquela dia, num tinha nada em português, tudo erra em russo.

— Por que alguém faria isso? Gravar a conversa de vocês e retransmitir esse evento específico? E ainda acrescentar uma segunda transmissão?

— Eu não faz ideia — Ary deu de ombros.

— Mas o senhor sabe o que a mensagem diz?

Ary acabou pigarreando, tossiu uma vez e se recompôs.

— Era só uma monte de número também. A gente pensou que erra coisa da exército lá deles. Falava a monte de númerro e repete e executa. Não fazia sentido.

— Eu quero saber quais são.

Um pouco irritado com a insistência, o velho suspirou. Mas acabou dizendo a ela em um só fôlego:

— 16, 18, 03, 39, 88, 75.

Da forma como ele disse, pareceu ter aquilo decorado. Memorizado, apesar de tantos anos.

— Deixa eu marcar aqui. — Júlia apanhou uma caneta e fez o velho repetir. — Isso é muito estranho — disse em seguida.

— Mocinha, rádio nessa cidade sempre foi estranho... O mocinha ainda é nova, mas quando eu tinha meus trinta anos, ouvia o rádio na burraco do mina de cristal. Sabe o mina?

— A mina de quartzo do Baíra?

— Isso, esse. A gente só prrecisava encostar o cabeça no pedrra. Era como se a rádio começasse a tocar pelos nossos dentes — ele bateu contra os dentes da arcada inferior. — Minha Polina falava que era a cristal que tinha lá na fundo do terra. O pai dela trabalhava lá embaixo, no mina, minha Polina ia levar o comida pra ele. Polina gostava de ir, tinha umas flor bonitas que só crescia lá. Isso foi muito antes do chuva matar uma monte de gente lá dentro.

Júlia estava calada. Ser invadida por uma transmissão pirata russa gravada no Brasil de mil novecentos e bola já era esquisito, mas aquela conversa parecia um diálogo escrito por Rod Serling. Todos sabiam da inundação da mina, das mortes, até mesmo das histórias de fantasmas... e no fim das contas ninguém dava muito crédito ao que ouvia. Havia certo exagero, algo que sempre acontece em cidades pequenas.

— Quer saber o que é mais esquisito ainda? — o velho deu corda ao assunto.

— Não tenho certeza — ela riu. Em seguida se corrigiu. — Quero sim, o que mais o senhor tem pra mim?

O velho fez um sinal flexionando o dedo indicador, que o fez parecer um menino de cinco anos, e foi saindo da estufa. Para Júlia, deixar aquele lugar era uma ótima notícia, o ar quente e denso a estava fazendo molhar as costas da camisa.

Caminharam até uma casinha de madeira do lado de fora, um depósito rudimentar de ferramentas, muitas delas usadas em manutenção de jardins. Não chegaram a entrar. O velho parou alguns passos antes, à esquerda, onde existia uma bica d'água que devia ter a sua idade. O ferro fundido estava ali há tanto tempo que a ferrugem havia desistido dele.

— Quando eu era moço, vinha aqui pra namorar com a minha Polina. Não tinha nada aqui, nem casa, nem jardim, nem asilo de velho. Aqui erra tudo pasto, matagal. Mas o bica tava aqui.

— Tem alguma coisa errada com a água?

O alemão riu.

— Sempre tem... Mas não é isso que eu querro mostrar. Primeiro — ele se abaixou o quanto era possível naqueles mais de noventa anos de esporões na coluna —, vamos molhar o mão.

Ele fez e ela repetiu. O velho também molhou o rosto, e ao vê-la fazer o mesmo, esclareceu: — Essa parte é só pra refrescar.

Surpreendida pela piada, Júlia riu e secou o rosco com a camiseta. Enquanto sentia o vento fresquinho pinicando o rosto, se apanhou imaginando como seria o mundo onde aquele homem viveu. Sem internet, sem telefones celulares, sem quase nada que roubasse a atenção às outras pessoas. Talvez fosse um lugar melhor. Apesar das guerras, apesar da ignorância, apesar de todo o resto que diziam ter melhorado.

— Antes a gente precisava esperrar o tempestade vir pra acontecer. Coloque sua mom no bica e esperra um pouco.

Júlia aproximou a mão molhada, e antes mesmo de tocar no metal, sentiu algo estranho que a fez se afastar. Era uma vibração. Como se o próprio ar ao redor da torneira estivesse vibrando.

— Não vai matar o mocinha, mas pode arrepiar os pelinhos do brraço.

— Se o senhor garante... — Júlia se encorajou e segurou a parte da bica usada para bombear a água. — Opa! — Tirou-a logo em seguida.

O velho Ary riu.

Ele não diria isso a uma moça, e ela não confessaria isso a um velho, mas a pele vibrava de um jeito diferente com o toque ao metal. Toda a pele. Principalmente as partes mais sensíveis e ocultas da pele.

— Agorra você pode saber o nome do bica: Bica da Pecado.

O rosto de Júlia corou pra valer. Agora também entendia o nome daquela estradinha.

— Tenta fazer de novo, mas agorra concentra na ouvido. A sensação é estranha, mas não é tão ruim. Se prreferir, fecha as olhos.

Estranho pra caramba já estava, mas Júlia decidiu experimentar.

Sem a visão, o mundo embaixo das pálpebras se tornou cálido e vermelho. Os demais sentidos foram se amplificando depressa, ocupando os espaços que faltavam. Júlia sentiu um pouco de medo. De olhos fechados, somos obrigados a confiar no outro, algo que Júlia e muitas outras pessoas desaprenderam durante os últimos anos de Brasil.

Não levou muito tempo, ela começou a ouvir.

Era um som discreto, fino, que variava de intensidade de acordo com a força que ela colocava sobre o metal da bica.

— O que é isso? — perguntou.

— A agudo sempre existiu, mas antes era uma coisa muito, muito rara. Minha Polina ouviu umas duas vezes no vida, e eu tinha ouvido umas quatrro, até o metade do ano. Quatrro vezes em quase cem anos.

Júlia abriu os olhos e secou as mãos no jeans.

— Já descobriram o que é? De onde vem?

— Ninguém sabe e ninguém se interessa. Mas eu sei que a água desse bica nasce lá na morro da Serra Angoerra. E o povo fala que passava pela mina de crristal, para dar de beber aos homens que trabalhavam lá. Eles falava coisa do mina. Eles tinha medo de ficar sozinho lá embaixo.

Júlia nada disse, mas passou as mãos sobre os braços.

— Eu não acredito nesse coisa de diabo e assombrração, mas se existisse mesmo, devia morrar lá embaixo. Aquele fundo da terra não é um bom lugar, mocinha. Nunca foi, nunca vai ser. Pode fazer suas perguntas pra quem quiser, mas fica longe daquela fosso.

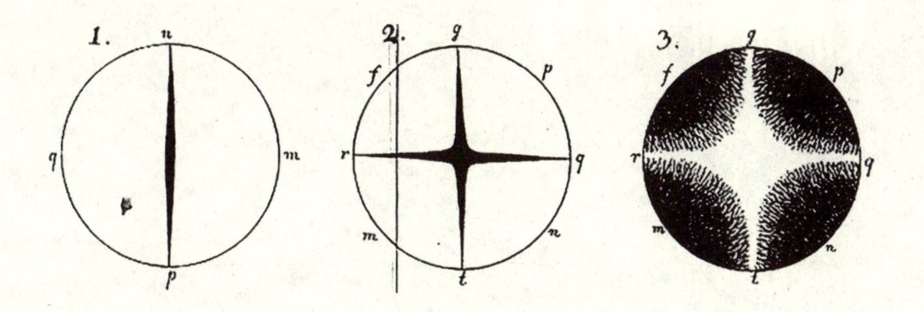

We hear the word
We lose ourselves
But we find it all

Nós escutamos a palavra
Nós nos perdemos
Mas encontramos tudo
("Aerials" — System of a Down)

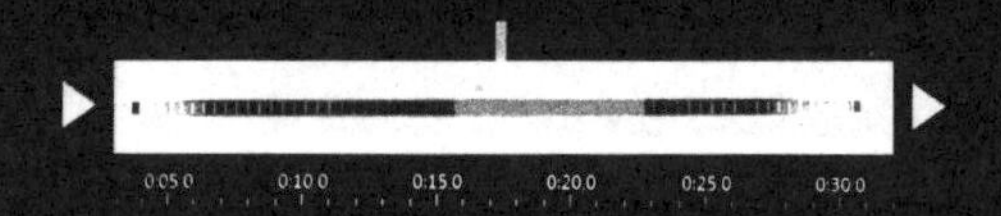

— Alô? Quem é que tá falando? É da rádio do Milto?

— É sim, querido ouvinte, mas seu Milton só chega mais tarde. Você está participando do *Soltando o Verbo*, com a Júlia Sardinha, então se tem alguma coisa presa nessa garganta, aproveita pra botar pra fora!

— É. Eu tenho sim, mas é que o seu Milto é um bom homem, então eu pensei que ele podia ajuda nóis aqui em casa.

— Bom, eu não o sou homem, mas sou filha do homem e não sou má. Por que não conta pra gente o que está acontecendo?

...

...

— É o meu filho, dona. Meu filho do meio. O Aristide tá numa bebedeira que não acaba desde que perdeu minha nora. Ela morreu de gripe e ele nunca mais foi o mesmo. Eu achei que ele tava entrando nos eixo, mas agora ele deu pra falar com a falecida. O Tide fica o dia inteiro com o rádio no ouvido e uma pinga na mão, invocando o nome da morta. A gente aqui em casa não sabe mais o que faz. As criança só chora.

— É... Qual é seu nome, meu querido?

— É Ditinho. Nome de batismo é Benedito, mas ninguém me chama assim.

— Ditinho, acho que no caso dele, o melhor caminho é procurar ajuda médica. Todo mundo perdeu alguém nessa pandemia, e a recuperação pode ser dura demais pra algumas pessoas.

— O Tide não aceita. E agora que tá falano com a falecida, ele nem deixa nóis chegar perto. Minha neta tentou pegar o rádio e ele deu nela, acertou um tapão bem na cara da menina. O outro menino foi defendê e ele pegou uma faca, quase aconteceu uma tragédia. Eu não sei o que fazê... E às vezes, creideuspai, ele fala com tanta certeza, que eu acho memo que ela tá ali, morta e dentro do rádio. Mas isso não é coisa de Deus. Não pode sê. Pode?

— Seu Ditinho, se faz mal pro seu filho, não pode ser bom.

— Não é bom, não. As parede treme, as coisa quebra no armário, teve até um pastor benzendo aqui em casa. De noite, quando tá tudo quieto, os animal chora lá no quintal, chora que nem criancinha. [...]

PARTE 3

NÚMEROS E REALIMENTAÇÃO

High Frequency AM/FM • 220V/88,8Hz

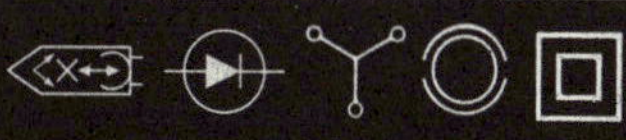

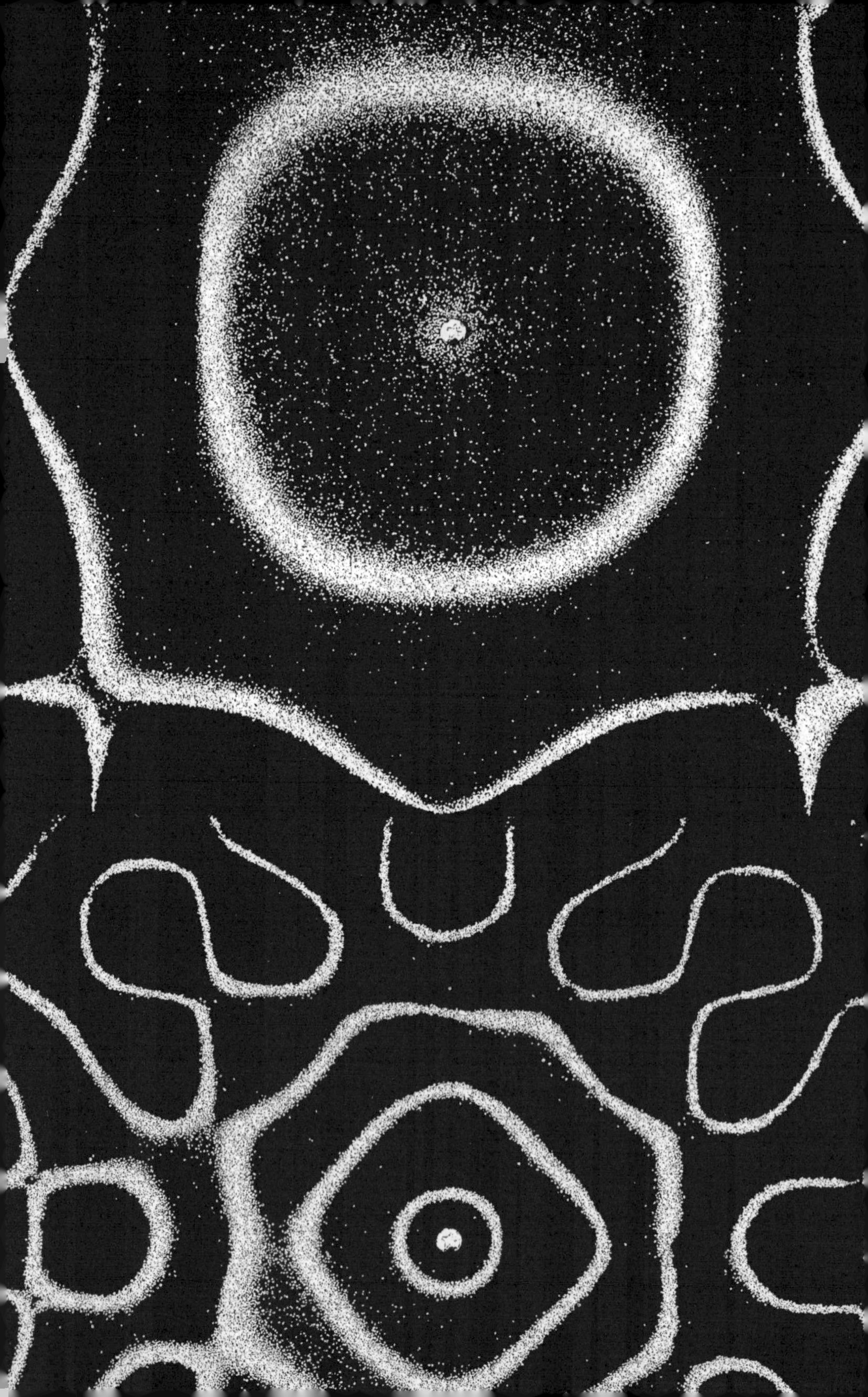

1

Duas vezes por semana, Doracélia acorda às três e quarenta da madrugada para semear as bençãos do céu. Ela ora até quatro e meia, veste um agasalho e apanha sua pequena cesta de flores. Também se previne com o guarda-chuva estampado com dezenas de rostos de Jesus Cristo. Nesses dias sagrados, ela se sente tão feliz que suas pernas chegam a fraquejar.

O sol ainda não saiu da cama, mas as ruas da comunidade parecem iluminadas e seguras. Sentinela, o cão que decidiu ser o vigia noturno da última rua antes da ponte, ladra para a mulher das flores, mas ela o afugenta com um abano da barra da saia longa.

Algumas vezes, o frio da madrugada encontra o caminho até suas pernas, e nesses segundos ela se sente viva, plena e boba, como a adolescente sem miolos que cedeu ao pecado e engravidou de seu primeiro filho. Nessas raras ocasiões, Doracélia não pensa em sujeiras e fornicações, ela sabe que tais pecados não viriam do céu. Aquele vento cheio de contentamento só podia ser assoprado pelos pulmões de Deus.

As ruas vazias possuem uma beleza ímpar. O calçamento parece mais limpo, o asfalto mais escuro, os morcegos se arriscam sem medo entre as copas das árvores. Nas madrugadas, pouquíssimos carros atrapalham o ir e vir das pessoas de uma calçada à outra. Não existem crianças se perdendo entre a euforia e o grito, e até mesmo a maldade parece sentir preguiça de atacar alguém.

Perto do centro, o odor das damas da noite é tão forte que chega a entorpecer a mente. Doracélia não se importa, na verdade até aprecia. Se o Todo Poderoso dedicou aquele perfume às flores, então é certo que todos cheirem! Que arfem até a completa perda dos sentidos! Ela mesma sorri e arfa o ar, tão profundamente, que inicia uma crise de tosse, rapidamente contida.

Uns poucos comércios estão abertos nas madrugadas, entre eles a banca de jornal de Euclides Gaijuds, que fica a cem metros da igreja católica comunista. Doracélia sempre passa pela banca e pede o preço dos jornais. Ela os leria? Claro que não. Mas quando o homem se vira, ela aproveita para depositar um pouco de seu milagre nos arranjos de flor que ele faz. É sua maneira de espalhar as bençãos do senhor, através daquele pequenino milagre em espiral. Agradecida, ela sai, e na distância acena com as mãos carregadas de mais sementinhas.

Com o dia já raiando, faz questão de cumprimentar todo e qualquer passante, e a cada aceno, mais um pouco da vontade do céu se derrama sobre a terra.

É bem possível que as pessoas que não a conheçam a considerem uma mulher sem juízo ou tempero, mas do que os ignorantes sabem? Eles não conhecem suas lutas, a miséria que ela experimentou; nenhuma daquelas pobres almas predestinadas ao inferno imagina que o Bom e Justo a havia livrado de um câncer.

Aos poucos, a cidade inteira cresce com as cores do céu.

O jardim do hospital, o anteparo das igrejas, cada canteiro que o prefeito mandou plantar nos cruzamentos e rotatórias a fim de embelezar sua administração corrupta. Era assim que os impuros agiam, perdendo o juízo para a ganância, para as vaginas, para os falos e buracos e línguas e...

— Deus seja louvado! — ela diz quando seu ódio interno floria novamente.

E acena para um policial que não parecia nada feliz em acordar tão cedo.

 2

Diogo tentou falar com Andressa pelo menos seis vezes, três delas no mesmo dia em que ela deixou a cidade. Sua cunhada de Três Rios animadamente atendeu a última ligação, disse que elas chegaram em sua casa e pediu um pouco de paciência...

"... e pra deixar sua irmã em paz,

"... e que ele a estava fazendo sofrer e,

"... bláblábla, bláblábla."

E ele não sofria? Ele não teve sua filha arrastada sem ter chance de se despedir? Quem precisava ficar olhando para aquela maldita porta de geladeira cheia de desenhos coloridos? Quem estava condenado ao silêncio de uma casa que perdeu sua criança? Que perdeu sua vida?

Não, ele não merecia a clemência de um mundo que aprendeu a não reconhecer qualquer sofrimento que não venha do elo mais ameaçado da corrente. Pais não podiam amar como as mães, não tinham esse direito. Homens eram amaldiçoados desde o berço.

Já do outro lado da cama, Diogo não sentia tanta falta. O hemisfério de Andressa se resumira ao setor de reclamações matrimoniais há muito tempo. Não havia paixão, e o amor era tão frouxo que chegava a ser descartável.

Sem nada novo que o animasse, o jeito foi recorrer ao seu maior vício: trabalho.

Em mais um início de manhã estranhamente pálido e quente, o investigador estava na Padaria Fresquin comendo um pão na chapa quando sua caixa de mensagens bipou. O remetente era alguém que ficou muito conhecido nos últimos meses. O número 83858. Ao lado do investigador, alguns frequentadores da mesma padoca também conferiram seus aparelhos. Uma dessas pessoas era Genuíno Guanabara, franqueado da rede de postos de gasolina Cobra de Fogo, muito popular na região. Genuíno desbloqueou seu celular, o afastou para driblar a hipermetropia e exclamou:

— Eita ferro...

Em seguida olhou para Diogo, como quase todos os outros clientes que conferiram aquela mesma mensagem.

— Puta merda — Diogo disse e largou o pão pela metade.

Diogo chegou à delegacia em sete minutos, e o delegado Heriberto Plínio já estava longe. Em seu lugar, Diogo encontrou um vespeiro de jornalistas e curiosos, e o olhar incrédulo e mortificado dos policiais e demais funcionários do pequeno departamento. A aglomeração era tanta que Diogo precisou contornar o prédio e entrar pelos fundos, depois de passar um rádio a outro agente que franqueou sua entrada.

— Caralho, que merda — disse assim que entrou. — A coisa era de verdade?

— Perdi a esperança quando o Plínio saiu do estacionamento queimando pneu.

— Caralho, CARAAAALHO! — Diogo gritou ao fim. — Debaixo da nossa fuça, Dimas? Da *minha* fuça? Como assim? Como a gente não viu?

Com a voz aumentada, o pessoal começou a dar mais atenção do que devia a Diogo. Todo mundo sabia de sua amizade pessoal com o delegado, algo nada favorável naquele momento.

Na frente do prédio, o tumulto era tanto que as portas precisaram ser fechadas, mas em quase todos os vidros havia uma câmera posicionada.

— Manda isolarem a dois metros da porta, Rosana — Dimas pediu à outra policial da recepção. — Daqui a pouco um filho da puta desses quebra o vidro e se corta, e a culpa vai ser nossa. E você vem comigo — apontou para Diogo.

Passaram pela sala que costumava ser de Plínio e seguiram até a próxima, onde havia um aparelho de televisão. Já havia um cabo USB espetando a tv a um celular.

— Já vi essa desgraça três vezes e ainda não consigo acreditar — Dimas disse.

Enquanto Diogo se sentava, Dimas soltou a gravação.

Era noite, não estava muito claro, mas a gravação feita à distância não deixava dúvidas. O Delegado Heriberto Plínio estava à frente do que parecia ser a fundação de um prédio. No nível mais baixo, havia cimento fresco sendo continuamente despejado em uma armação, ao lado, três pessoas deitadas e amarradas com as mãos às costas; queixos apoiados no concreto sólido da beirada do fosso. Além delas, havia mais pessoas com o delegado, um dos homens usando o fardamento da polícia. O rosto do sujeito apareceu em um relance, de longe, mas Diogo teve a impressão de que o conhecia.

Na gravação esse homem aparece de costas, conversa com Plínio, o som do maquinário e a distância da gravação encobrem as vozes. O carro de Plínio está a uns cinco metros do fosso, com os faróis acesos. Ao lado dele, existe um Mercedes na mesma condição. Mais recuado, na estrada de acesso, um terceiro carro, apagado.

De repente um dos corpos amarrados se move (de alguma forma, a pessoa conseguiu erguer o braço direito). Plínio ergue sua arma e atira naquele braço.

— Caralho — Diogo disse. Uma coisa era a versão reduzida do celular, outra, era um disparo em full hd.

A câmera oculta ainda força um zoom, então o homem fardado começa a jogar as pessoas amarradas na piscina de concreto. Um, dois e três (o dois é uma mulher, Diogo não conhece nenhum dos três). Plínio chega mais perto, se inclina e derruba seus óculos no fosso sem querer. Parece dizer alguma coisa e abre os braços, os devolvendo com vigor ao lado do corpo.

No fosso, as bocas das vítimas estão escancaradas, o cimento mancha os dentes e os corpos se agitam mesmo estando amarrados. Eles não afundam com facilidade. Caem e se reerguem. Se reerguem e voltam a cair. O homem de fardamento apanha uma tábua longa e resolve o problema, os forçando para baixo. O último homem afunda mais depressa, mesmo sendo o mais leve.

A câmera continua no fosso de concreto. A máquina continua despejando. Os homens continuam esperando.

Um homem usando um terno com risca de giz e máscara de esqui sai pela porta da Mercedes e se aproxima de Plínio. Eles conversam, existe alguma intimidade, um toque no ombro do delegado. O que pareceu uma gargalhada de Plínio vem em seguida. Comprovando o laço de confiança, o delegado segue abraçado ao sujeito até chegar ao carro. O homem entra, a Mercedes avança e a filmagem termina.

— Já demos uma busca pela placa da Mercedes — Dimas explicou. — Rodrigo Cavaleiro, aquele nosso colega que o Plínio levou pra igreja e depois trouxe pra polícia. Ele é o cara que aparece de costas na gravação.

— Achei que fosse. Já pegaram ele?

— Só o corpo. Pra não ter erro, acertaram na cabeça três vezes.

Dimas foi até a tv e apanhou o celular. Puxou uma cadeira ao lado de Diogo.

— Eu sei que é difícil, ainda mais pra você. Ninguém podia adivinhar, irmão. O Plínio vivia falando de Deus pra todo mundo, nem beber ele bebia mais, eu podia imaginar qualquer coisa, menos uma merda desse calibre.

— Conheço ele desde moleque, eu batizei a filha dele, caralho. Alguém falou com a Janaína?

— Ela ligou pra gente. Plínio telefonou do carro, disse que precisava sair da cidade e que não ia voltar tão cedo. Falou que era armação e mandou ela cair fora com a menina.

— Tira as duas de lá, mas deixa alguém colado nelas. A gente pode se antecipar e colocar três homens de olho na casa, de preferência alguém que não goste do Plínio, alguém que não facilite pra ele.

— Acha que ele vai voltar? Depois da gravação ter vazado?

— Não. Mas se a família dele corre perigo, a coisa muda de figura. Plínio pode estar metido com gente maior do que ele, eles vão tentar se garantir, da mesma forma que se garantiram com o Cavaleiro. O Plínio sabe disso.

Filosoficamente, existem três mundos dividindo uma mesma existência humana. O dos velhos, onde a felicidade é improvável; o dos adultos, onde a felicidade é impossível; e o mundo das crianças, onde a felicidade é capaz de se manifestar em sua plenitude.

Para Arthur Frias, felicidade era estar perto dos amigos, e ela seria ainda maior se todos estivessem cercados por algo muito mais empolgante do que a realidade de uma cidade plantada na casinha dos fundos do terceiro mundo.

Verdade seja dita que nem ele ou seus amigos gostavam de ver pessoas morrendo e sendo mortas — ou fazendo coisas indecentes em seus telefones —, mas quando o assunto era o que acontecia com o rádio, a animação era tanta que Arthur Frias mal conseguia controlar sua respiração. Desde o encontro noturno com Thierry Custódio, ele e os garotos não falavam de outro assunto. Quando não falavam do rádio, estavam ouvindo o rádio, e quando não estavam ouvindo o rádio, estavam vasculhando a internet em busca dos segredos mencionados por Thierry Custódio. Em menos de uma semana, Arthur e Mariana descobriram pelo menos seis rádios fantasmas — embora a maioria delas só pudesse ser acompanhada por gravações antigas no Youtube ou em um site dedicado, o WebSDR Twente, onde é possível ouvir quase todas as frequências de rádio. Algumas transmissões (ou fragmentos delas) os garotos reconheceram das gravações, mas outras, as que realmente preocuparam e assustaram Arthur, apareceram tão esporadicamente quanto um acaso.

Sabrina Frias espiou pela abertura da porta e encontrou o filho ao lado daquela coisa velha de novo. De repente ela sentiu saudades de quando precisava implicar com o Playstation 4 ou o consumo exagerado de celular.

— Pensei que já tivesse dormido. — Sabrina foi entrando. Depois repetiu a pergunta que já havia feito pelo menos dez vezes. — Essa coisa é mesmo segura?

— É, mãe, é sim. É só um rádio.

— Um rádio valvulado, e seu pai disse que essas coisas podem machucar.

— Mãe, até a parede machuca se a gente enfiar o dedo na tomada.

Sabrina sentou na cama e bocejou. Já passava das onze, geralmente seus olhos começavam a pesar antes das dez e meia.

Desde que as aulas foram interrompidas, Sabrina desistiu de implicar com os horários do filho. Em sua cabeça, não fazia sentido ainda manter uma rotina rígida em um mundo que poderia — voltar a — virar do avesso no dia seguinte. Além disso, as pessoas (principalmente as crianças) tinham o direito de fazer o que mais gostavam em suas casas uma vez que foram privadas, por tanto tempo, de todo o resto. Quando as aulas voltassem à normalidade sem ameaças de interrupção, ela não só acompanharia como direcionaria o rebanho mirim, mas só no próximo ano.

— Não que seja da minha conta, mas quanto você pagou por essa relíquia? Eu sei que o seu Custódio é seu amigo, mas ele também é um homem velho e deve gostar de dinheiro.

— Ele me deu. Bom, dar assim, ele não deu, mas ele emprestou.

— E o que essa maravilha tem de tão especial?

Arthur pensou um pouco antes de responder.

— Deixa pra lá, mãe, é coisa nossa. Você não vai entender.

— Jesus Cristo, meu filho, não me trate como um fóssil.

— Você não devia falar assim das pessoas velhas.

— E você não devia mudar de assunto. — Ela riu. Depois o acotovelou. — Anda logo, Tutu, qual é o grande mistério?

— Eu conto se você não me chamar mais de Tutu.

Acordo firmado, e Tutu explicou o que *pôde*, e levou menos de cinco minutos. Explicou sobre os rádios valvulados serem mais sensíveis a sinais fracos, sobre as emissoras fantasmas, também mostrou as anotações que tomou em suas pesquisas, o que ela achou bastante avançado para alguém tão jovem (Sabrina sabia bem do que estava falando, seu cargo como coordenadora de educação exigia esse nível de conhecimento). Ela também foi discreta e econômica em demonstrar seu orgulho, porque esse tipo de coisa é o que faz os meninos ficarem longe de suas mães bem antes de eles arranjarem uma namorada.

— Perto da meia-noite fica mais forte — Arthur continuou. — A gente não sabe por quê. O seu Custódio falou uma mentirada de ionosfera e nuvem de eletricidade, mas eu acho que ele também não faz a menor ideia.

— E o que você ouviu de mais interessante em tudo isso?

— Umas coisas. — Arthur desviou os olhos para a direita, não muito, só um pouquinho. Mas foi suficiente para a mãe perceber que ali tinha coisa. Sem insistência, elas não demoraram a emergir. — Do jeito que o rádio fala, parece até que ele responde pra gente.

— Credo, filho, deu até um arrepio.

— Em mim também. E se fosse coisa do rádio, você ia sentir até os pelinhos do nariz querendo sair pra fora. Seu Custódio falou que tem uma frequência que causa esses arrepios, ele falou até que tem uma frequência que faz a gente fazer cocô. Ele e o irmão dele, aquele que morreu, montaram um aparelho para uma feira de escola, parece até que saiu em uma revista. Acho que o nome da coisa era oscilador disentérico.

— Meu Deus, que horror.

— Ele falou que o diretor precisou correr pra não se cagar todo, e que um amigo dele não conseguiu nem correr pra isso. E aí mais gente começou a passar mal de verdade e não tinha banheiro pra todo mundo. Seu Custódio falou até que não teve aula por dois dias, para as tias conseguirem limpar toda aquela bosta.

Sabrina riu tanto que precisou secar os olhos. Possivelmente rir dos incidentes fecais dos outros não era a coisa certa a se fazer perto do filho de onze anos, mas pelo amor de Deus, eles estavam falando de uma caganeira coletiva...

— Seu Custódio falou que algumas transmissões fantasmas deram sinais de inteligência.

— Sério? E ele disse como isso aconteceu?

— Pelo que eu entendi, o rádio dá umas interferências quando quer responder, mas é tudo em código. Eles usam músicas, números, até o som de animais e de desenho animado. Seu Custódio acha impossível que alguém um dia consiga traduzir tudo.

— Decodificar?

— Isso, é, decodificar. Ele também diz que pode ser espionagem.

Sabrina levou a mão até a antena do rádio. A estática reagiu a ela. Logo depois, surgiu um som sibilado, como o de uma serpente, no autofalante. Ela recolheu a mão depressa. Sabrina não diria ao filho, mas sentiu que se provocasse aquele rádio, seria eletrocutada.

De repente o quarto pareceu bem mais frio. O volume do rádio pareceu mais alto, e é sempre dessa forma que o medo se instala. Medo verdadeiro não é quando você vê algo que não entende, mas quando entende um perigo que não é capaz de ver.

— Mãe, você acha que alguma coisa, ou... alguém, pode mesmo falar com a gente pelo rádio?

— Não é pra isso que o rádio serve? — ela tentou soar divertida, apesar do agouro instalado no quarto.

— Mãe...

— Tá, eu entendi. — Sabrina conteve a gracinha. — Eu acho muita pretensão do ser humano querer explicar tudo. Pelo que eu conheço da vida, muitas coisas não podem ser explicadas na velocidade que a gente quer. Antes da energia elétrica, se alguém descrevesse um aparelho de televisão, passaria por maluco. Quando seus avós eram jovens, falar com vídeo pelo celular era coisa do James Bond. Quem sabe o que existe do outro lado, meu filho? Ou o que vai surgir no futuro?

— Na internet, tem gente que jura que fala com gente morta. E tem gente que acredita que as vozes no rádio sejam civilizações evoluídas, que vieram pra ajudar a gente.

— E eles dizem que ajuda é essa?

— Cada um fala uma coisa, mas a maioria diz que é pra gente melhorar de vida. Melhorar a sociedade, curar doenças, essas coisas. Se alguém, por exemplo, vamos supor que existisse uma doença, e o rádio desse a receita pra cura, você ia acreditar nele?

Aquela ela era uma pergunta difícil.

Curas eram prometidas aos montes. No rádio, na tv, nos consultórios médicos e no quintal da velhinha da esquina. Mas em quantas dessas pessoas ela conseguiria legitimamente acreditar? Pelo que sabia, quando o mundo mais precisou de uma cura, ela chegou atrasada, e o saldo foram mais corpos do que se conseguiu enterrar.

— Depende da doença e do preço a pagar pela cura — ela enfim respondeu. — Mas eu daria uma chance se pudesse falar com a sua avó mais uma vez.

— Mesmo sem ter certeza de que era ela de verdade?

— Sabe, meu filho, algumas vezes a gente precisa acreditar pra tornar a coisa real.

— É. Acho que é uma boa dica — Arthur riu e decidiu desligar o rádio.

5

Gideão atravessou a casa feito um foguete. Entrou pela cozinha, passou pela sala e chegou ao quarto. Fez o caminho de volta enquanto enfiava um revólver na cinta.

— Que aconteceu, véio? — Marta perguntou a ele.

— Um dos boi ficou louco. Se não der fim, vai machucar os outros.

Marta ainda disse alguma coisa, mas seu homem já se afastava pela grama.

Naquela manhã, havia uma estranha cerração tomando conta dos pastos. Longe de trazer o sol, o novo dia despertou cinza e carrancudo. Os girassóis estavam de novo olhando para o chão, perdidos na névoa densa que distorcia o contorno dos pés. De sua varanda, Marta via apenas o esboço do marido. Gideão caminhava depressa pelo pasto, praguejava, vez ou outra parava e olhava ao redor, aparentemente assombrado pelo que a cerração não o deixava enxergar.

6

Um boi louco era um grande perigo a outros animais e aos tratadores, Gideão bem sabia. Ainda se lembrava de quando um boi transtornado matou seu irmão mais velho, naquelas mesmas terras. Adalberto tinha dois anos a mais que Gideão, morreu com treze, empunhando a varinha fina que usava para tocar os animais. Com a tragédia, o pai por muito pouco não perdeu seu próprio juízo. Gaspar Vincenzo matou o animal minutos depois, o destrinchou ali mesmo, no meio daquele pasto, e ofereceu a carne a quem estava por perto. O coração ele mesmo comeu, parte dele, assim que o tirou do animal.

Gideão já conseguia ouvir os barulhos do bicho. Uma mistura de mugido com grito de gente.

Antes de se decidir pelo revólver, Gideão tentou apartá-lo de uma das vacas. O boi reagiu furiosamente, mordeu-o no braço, baixou a cabeça e riscou o chão com os cascos. Gideão saiu do curral a tempo, mas o boi acertou o gradil com tudo. Depois voltou e acertou uma das vacas. A pancada com a cabeça foi tão forte que ela ficou no chão.

— Ooooooôõ! — Gideão disse, antes de entrar.

Também havia cerração no espaço reservado ao gado, mas ainda era possível ver os animais com alguma clareza. O boi transtornado estava à direita, ao lado da vaca que ele derrubara. Ela ainda se movia, mas continuava no chão — o boi a ameaçava com a cabeça se ela tentasse levantar. Em seus setenta anos, Gideão nunca havia visto nada parecido. Era o medo que a mantinha ali, deitada como um pedaço do pasto.

— É sua última chance, boi. Sai de perto dela e eu não preciso matar você.

O bicho estrebuchou. Não como um boi, como um cavalo. O animal tinha raiva nos olhos, mas acima de tudo, também tinha medo. Quem conviveu com animais por tanto tempo sabe interpretar seus sinais, e aquele coitado estava apavorado.

Gideão chegou mais perto e adotou um tom mais manso, sem sacar o revólver.

— Deixa ela, deixa... Ela tá prenha. Você não quer matar a mãe e um bezerrinho. Você é um bom boi. Deixa eu cuidar de você. — Gideão foi seguindo de braços espalmados.

O boi bufou, mas não demonstrou agressividade. A vaca se levantou e tombou de novo. Na segunda tentativa, ela ficou de pé, deu dois passos lentos, depois correu. Os outros animais a receberam em silêncio — eles nem se moveram.

— Essa foi a coisa certa. Agora eu vou tocar eles daqui, e ocê pode ficar com o curral todinho, até a gente arrumar ajuda. É um bom acordo, num é?

Bem devagar, Gideão foi girando de costas, os braços descendo, os olhos se distraindo do bicho.

Nos primeiros dois passos, olhou de relance para trás. O boi continuava parado; uma estátua de couro e carne. Não olhava para ele e, em um bufar, um bocado de cerração deixou seu focinho. Gideão avançou mais um pouco e retomou a confiança. Era só um animal, um bicho sem maldade como todos os outros que Deus colocou no mundo. O dono daquele curral estava a dois passos da saída quando ouviu um trote.

— Porcaria!

Um homem do campo sabe que não consegue vencer um animal como aquele. Nem no porte, nem na corrida. Mesmo assim, Gideão correu o que pôde, correu até seus pulmões secarem e suas pernas ficarem moles. Tombou no chão, fadigado até o último nervo. E viu a criatura se assomando como uma montanha de músculos e raiva sobre ele.

Então ouviu o estouro.

7

A cerração já era uma lembrança quando Gideão e Marta voltaram ao curral, dessa vez na companhia do veterinário Péricles. Ela ainda explicava, apesar das interferências do marido, o que havia de fato acontecido mais cedo.

— Ele tava bem ali, doutor, perdido pro boi quando eu cheguei. Não tive o que fazer que não fosse dá um tiro no bicho.

— Achei que ele tinha vortado a si — Gideão explicou. — Não fosse a Marta, ele tinha me machucado feio, até mesmo matado. E o milagre maior foi a garruchinha véia conseguir sortar um tiro.

— Foi a vontade de Deus. — Marta se benzeu. Gideão não a contrariou dessa vez. Que fosse vontade de qualquer um se ele continuasse vivo.

— E os exame do sangue que o senhor tirou da outra vez? Deu no quê? — Gideão perguntou.

— Um pouco de anemia, mas nada que explique esse temperamento.

— E teve mais caso por aí, seu Péricles? — Marta perguntou.

— Tem casos na cidade inteira, dona Marta. Não vi nada parecido com esse boi, mas tem muito bicho desorientado, é como se eles tivessem perdido o senso de direção. Parece um pouco pior com os peixes, no criadouro do Alfredo Moraes, ele perdeu um lote inteiro de corvina, mais de cem peixes.

— E morreram de quê? Conseguiram saber? — ela perguntou.

— Se comendo.

— Creideuspai. — Marta se benzeu de novo.

— E o negócio do rádio? — Gideão recordou. — A Coisinha ainda não gosta dele.

— Com os animais da clínica, não fez muita diferença. Eu ainda vejo uma relação, mas é como se acontecesse em algumas estações específicas do rádio. É difícil saber... os animais reagem a quase todas as variações do meio ambiente.

— E o rádio faz isso? — Marta perguntou.

— Em algumas condições, faz, sim. Descobriram em monitoramentos da vida selvagem que os animais se comportavam de maneira diferente quando tinha algum aparelho por perto. Mesmo quando os bichos não conseguiam ver, eles ficavam rodeando as câmeras, como se sentissem a presença dos transmissores. Um rádio algumas vezes pode funcionar como um oscilador, que é um tipo discreto de transmissor.

No curral, os animais continuavam aglomerados, se movimentando pouco e em blocos, olhando para o boi morto como se esperassem o mesmo fim.

— Notaram alguma coisa nova na propriedade? Barulhos, alguma coisa que perturbasse os animais?

— Barúio aqui? — o velho riu. — A última novidade foi quando o Bostonaro ganhô e os vizinho gastaram meia caixa de rojão.

Ouvindo o verbete, Marta acotovelou o marido enquanto Péricles se abaixava para avaliar o animal morto. O tiro acertou pela orelha e entrou direto no crânio. Talvez não tenha sofrido muito. Com algum esforço, Péricles conseguiu abrir um pouco da boca do bicho. Tinha uma coisa amarelada escorrendo, junto com uma saliva grossa e malcheirosa. Da coisa amarelada, o veterinário retirou uma pequena bolinha espiralada.

— O que é isso aqui?

— É mato. Cresce que nem tiririca — Gideão disse.

— Começou na frente de casa — Marta explicou melhor —, eu até achei que era flor boa porque era bonitinha. Ela cresce se enroscando em tudo, grudou na fiação elétrica que o senhor precisava vê. É bem capaz de ter vindo parar aqui na sola da nossa bota. Ou em bico de passarinho, vai saber...

— Eu nunca vi dessa planta por aqui — Péricles disse. — Talvez faça mal pros bichos.

— Faz nada. Tirando essa semente, o resto é docinho que nem cipó de São João. Docinho como méli — Gideão explicou.

O veterinário limpou as mãos na calça.

— O que o senhor vai fazer com a carcaça?

— O jeito é perder. A gente não sabe o que o bicho tem, então é melhor não correr o risco de envenenar alguém.

— Eu quero retirar o conteúdo estomacal pra analisar. Descobrir se foi alguma coisa que ele comeu.

Bem baixinho, para que Péricles não a ouvisse, Marta perguntou o que tanto ele tinha acabado de falar. Gideão respondeu, e a voz alta passou muito longe da discrição da esposa.

— Ele vai estrebuchá o bicho pra ver o que tem dentro.

8

Mário Frias já estava acostumado a pedidos inusitados — com as roupas brancas exigidas pelo laboratório onde trabalhava, quase sempre o confundiam com um médico —, mas a solicitação de Péricles Solovato o apanhou de surpresa. Desde que o veterinário chegara, há uns dez minutos, os dois conversavam na sala de espera do laboratório.

— Tá me dizendo que isso aí é vômito de boi?

— Não é vômito, é conteúdo estomacal. Quebra essa pra mim, Frias, eu pago à vista.

O Laboratório Emílio Chagas era conveniado ao veterinário, então exames básicos como hemograma, urina, fezes e até mesmo análises microbiológicas mais simples não eram cobrados além da taxa mensal. Já uma análise completa naquele nível... bem, era outra história.

— O problema é que eu não tenho certeza do que você pretende encontrar. Eu posso encomendar uma análise toxicológica extensa, vai custar caro, mas eu posso fazer. O caso, Péricles, é que eu não quero tomar seu dinheiro pra olhar o vômito de uma vaca.

— É boi.

— Por que não facilita a nossa vida e a minha consciência e diz exatamente o que estamos procurando?

Péricles coçou a barba por fazer. Do jeito que a cidade estava se comportando, qualquer boato podia se tornar um novo caso de polícia. Gideão e Marta eram seus clientes, mas também eram pessoas amigáveis e discretas. Ele não gostaria de expô-las. Muito menos ser o causador de uma interdição de sua propriedade.

— Apareceu uma planta estranha no pasto do Gideão.

— O dos girassóis?

— Ele mesmo. Os animais andavam nervosos fazia tempo, e os exames não deram em nada. Hoje de manhã, um boi começou a atacar outros animais do curral. O animal chegou a partir pra cima do velho, mas dona Marta derrubou o bicho com um tiro. O problema — ele enfiou a mão no bolso da jaqueta e tirou um raminho — é isso aqui. O boi tinha dessa planta na boca e no estômago. Se for veneno, eu vou ter um problemão pra resolver com o velho. E acho que com todas as propriedades vizinhas.

— Por causa de um boi?

As duas atendentes do laboratório começavam a se interessar pela conversa. Péricles apanhou Frias pelo braço direito e o levou a uma distância mais segura.

— Essa coisa tá pra todo lado. Encontrei na plantação de girassol, nos vasos da casa, tinha uma moita em algumas cercas da estrada. O velho disse que a coisa é doce, então ele e Marta devem ter enfiado na boca também.

— E aqui na cidade?

— Na torre tem. Nas três torres, inclusive naquela que a Giovanna se matou. Essa coisa está se espalhando, Mário. E eu não faço ideia do que ela pode fazer.

— Mas se o velho enfiou na boca...

— Pode ser que em pequena quantidade não faça estrago, mas vale a pena correr o risco? Com a avaliação do conteúdo estomacal, podemos mensurar uma possível toxicidade e alertar as autoridades.

Mário Frias ajeitou os óculos. Eles sempre se embaçavam com a máscara.

— Eu tenho um amigo trabalhando em Três Rios, o laboratório deles tem aparelhos muito superiores aos daqui. O Carlos Herber faz todos os exames que nós não temos capacidade de fazer, exames complexos como oncologia genética e paternidade vão direto pra eles. O resto — fez um sinal com os dedos, sinalizando dinheiro — a gente encaminha pro Fleury, em São Paulo.

— Isso seria uma mão na roda, meu amigo.

— Deixa o vômito e essa amostra comigo. Se tiver alguma coisa perigosa nessa plantinha, alcaloides, alucinógenos, cianureto — riu —, você vai saber até o final da próxima semana.

— Não sei como te agradecer, Frias, não sei mesmo.

— Você deu cinco anos a mais pro nosso Cocker. Ninguém acreditava na remoção do tumor, mas você foi lá e fez. Ele morreu, sim, mas morreu de velho. Acredita em mim, doutor — tocou os ombros de Péricles com um tapinha amigável —, estou feliz por ter me procurado.

9

Todos os seres humanos que viveram o suficiente compreendem que os momentos felizes só existem para intervalar as desgraças da vida.

Até aquele meio de tarde, Iago Cantão vivia seu momento positivo. Ele tinha dinheiro para si, conseguiu aumentar o salário dos funcionários, comprou uma retroescavadeira e um caminhão para sua própria empresa cuidar da demolição e do transporte dos materiais de construção. Se a coisa continuasse boa como estava, no próximo ano ele montaria seu próprio depósito e, com um pouco mais de sorte, conseguiria o contrato para construir a nova sede da prefeitura. Ah, como era bom respirar o fumo dos escapamentos e sorrir para o progresso.

Iago estava em frente ao seu novo case de sucesso, o condomínio Campos da Duquesa, quando avistou a picapinha peidorreira de Adailson Pinota erguendo fumaça nas ruas terraplanadas do loteamento.

Quando se tratava de dar más notícias, a picapinha peidorreira andava muito mais depressa. Com isso em mente, Iago respirou fundo duas vezes antes que seu homem de confiança descesse do carro e perguntasse:

— Não viu seu telefone, chefe?

Iago tateou os bolsos da calça e pareceu demorar a se lembrar.

— Vixi... Deixei no carro. Nem bateria deve ter mais. Seu Duque passou aqui mais cedo apavorando todo mundo com uma ameaça da Ambiental.

— Ela tá viva, seu Iago.

— Ela quem, filho de Deus?

— A Lúcia Louca.

Iago retesou o rosto. Que tipo de relação problemática ainda poderia existir entre seus negócios e aquela mulher?

— Ficou tudo certo com a papelada. Quem tinha que receber pela venda, já recebeu. Se ela estava viva e foi dada como morta, o problema não é mais nosso. Aliás, nunca foi. Que eu me lembre, os parentes ficaram felizes com o que foi pago por aquele mausoléu.

— O senhor não tá entendendo. É melhor o senhor vim comigo, seu Iago.

10

O trajeto demorou metade do tempo usual, porque assim que Adailson contou o resto da história, Iago pediu a chave da Saveiro e testou todos os limites do acelerador.

— Tá entendendo o que eu falei agora? Ela podia ter morrido. — Adailson se justificou novamente assim que estacionaram. Iago já descia do carro.

A antiga casa de Lúcia Louca estava praticamente no chão. Havia tijolos, telhas e entulhos por todo o terreno. Também existia parte de um fogão, e uma porta serrada ao meio, além de algumas tábuas e vigas que um dia fizeram parte do telhado. Sobre a pilha de demolição, um dos homens se apoiava em uma pá, queimando a pele sob o sol das três da tarde. Ao lado do homem, as únicas duas paredes que sobreviveram às marretas. Não havia cobertura, apenas duas paredes formando um ângulo reto.

— Ela tá lá embaixo, mas se eu fosse o senhor não chegava muito perto. — Adailson explicou ao patrão. — Ela arranjou um vergalhão e tá pronta pra atacar.

— Dona Lúcia é uma mulher confusa. Só isso.

Às costas de Iago, Adailson se benzeu. Confusa era uma palavra muito bonita para definir Lúcia da Conceição. Se ele mesmo não tivesse sido bem rápido, já estaria cego do olho direito, com uma possibilidade razoável de ter um destino pior.

Iago seguiu pelo caminho mais plano possível e conseguiu chegar ao funcionário mais próximo das paredes.

— Ela tá embaixo da casa, seu Iago — o homem disse. — Tinha uma porta com grade e tudo escondida no chão, a doida assentou piso por cima da madeira. O Pézão só viu quando começou a quebrar.

Iago passou pelo funcionário e se adiantou até o buraco.

— Vai devagar aí. A gente viu o ferro, mas ela pode ter mais coisa.

— Não corre o risco de desabar não?

— Com o tanto que nóis bateu, já era pra ter caído.

Iago se agachou próximo ao que mais parecia um calabouço e filtrou a luz do dia com as mãos. Na posição que o sol estava agora, não incidia no buraco, então não era possível ver muita coisa.

A madeira já havia sido separada da grade do calabouço. Agora, restava só o metal. Tinha um pouco de ferrugem, mas aparentemente estava em bom estado. Havia um cadeado grande na fechadura, também um pouco enferrujado. Iago apanhou um pedaço de tijolo e bateu algumas vezes na grade, o metal tilintou e reverberou. Um pouco de poeira desceu, a luz incidiu sobre ela formando um pequeno retângulo.

— Dona Lúcia? Me nome é Iago, sou o responsável aqui pela obra. Acho que eu não preciso dizer, mas a gente não sabia que a senhora estava aí embaixo. Por que não sai pra gente conversar melhor? A senhora tá bem?

— Não vai adiantar falar com ela — o homem com a pá explicou.

— Dona, a gente só quer ajudar. A senhora não pode ficar aí embaixo, o chão pode cair na sua cabeça.

Nada de resposta novamente. Sem reclamações, sem agressões, nem mesmo um suspiro.

— Dona, olha só, a gente vai quebrar o cadeado e entrar aí. Só queremos ajudar, tá certo? — Iago explicou de novo. Em seguida: — Me empresta essa pá, Carlão.

O homem de uniforme se esticou e entregou a ferramenta.

— O senhor não devia arriscar, não. Essa mulher tem parte com o... — Carlão fez um chifre com as mãos.

Iago não fez questão de rebater o discurso e se levantou. Moradores de cidades como Terra Cota precisam de alguém para levar a culpa pelo que não resolvem sozinhos. Quem melhor que o Diabo?

Iago empunhou a pá e a desceu com precisão. Como o cadeado não se rompeu, ele se abaixou e o colocou em outra posição. Bateu de novo. Voltou a se abaixar. Na terceira tentativa, o cadeado emitiu uma faísca e cedeu.

— Segura pra mim — ele devolveu a pá a Carlão.

— O senhor vai de mão limpa?

— Ela é só uma mulher velha. A não ser que Lúcia tenha um revólver, acho que eu consigo me garantir. Só me dá uma mão na descida. — As escadas usadas na obra estavam no caminhão, em frente ao terreno, mas Iago calculava que a descida de um equipamento poderia assustar ainda mais a mulher.

Carlão se abaixou, apoiou o braço direito no chão e deitou o esquerdo na abertura. Iago esfregou as mãos no entulho para que ela não deslizasse sobre a pele do outro e desceu.

Piscou os olhos algumas vezes.

Leva algum tempo para a visão se acostumar com a penumbra e, por segurança, Iago ficou rente à parede, fazendo o possível para antecipar, com os ouvidos, qualquer aproximação da mulher. Segundo os rapazes, Lúcia estava armada com uma espécie de lança. Que ela era doida a ponto de usá-la, já era fato consumado.

— Dona Lúcia? — disse, se esforçando para conseguir localizá-la.

Iago já conseguia enxergar razoavelmente, mas não havia rastros de uma mulher armada. O que via, no entanto, era igualmente... estranho. À frente da parede direita, escavada no barro como as demais, havia uma prateleira de metal. Sobre ela, dois rádios Microsystems — Iago não via um daqueles desde os anos noventa —, dois celulares um pouco mais novos e uma tv Semp de tubo. Não havia tomadas nem fios visíveis. Na tela da televisão, alguém escreveu o número 8 com tinta branca. Também havia símbolos ao redor, Iago não fazia ideia do que significavam. Um dos mais curiosos era um sistema binário, 11001010010. Estava acima do número 652 e abaixo do número 3122.

O salão escavado era extenso; pelo que calculava, poderia tomar mais da metade da casa. Aqui e ali havia latas de tinta, molduras, pequenas estatuetas de gesso e cimento. Iago deu mais atenção a uma delas, uma galinha vermelha. Ao lado da galinha, havia a estatueta de um menino vestido como um cigano, coberta de poeira.

— Dona? A senhora não pode ficar aqui embaixo — seguiu avançando —, não é seguro.

De fato, não parecia nada seguro. Não havia argamassa, cimento ou tijolos, nas paredes ou no teto. Como os funcionários de Iago diriam mais tarde: "a coisa foi cavada na unha". No chão, restos de comida se misturavam com a terra varrida. Ossos de galinha, restos de arroz, marmitas de papel alumínio. Duas garrafas de refrigerante vazias. Em outro canto, dezenas de garrafinhas de água mineral e embalagens vazias de batata frita e outros salgadinhos. Pelo menos vinte pacotes estavam vazios pelo chão, o restante estava intacto, organizado em fardos. Iago avançou mais um passo e se deteve. A mulher estava em um canto mais escurecido, protegida parcialmente por uma lona preta. Estava encolhida, descabelada, continuava totalmente imóvel, como se acreditasse não estar sendo vista.

— Solta esse ferro, dona Lúcia. Eu vim pra ajudar.

Iago deu mais um passo e ela estocou o metal. Iago ainda estava longe, sequer recuou.

— Ninguém sabia que a senhora estava viva, dona. A senhora tá aqui embaixo desde quando?

Ela pareceu tentar falar, mas de início, a garganta não funcionou.

Tentou mais uma vez e a garganta emitiu um ruído rasgado, contido e picotado, como a de uma criança que aprendeu a brincar com a própria voz.

Em uma nova tentativa, conseguiu dizer:

— 17... 36... 08... — Mais uma pausa. — 23... 21... 06.

— O que é isso?

Em vez de responder, Lúcia ergueu o dedo fino e encardido para o teto daquele fosso. Depois deixou a lona cair de lado.

A camisola clara estava suja e rasgada. Havia terra no rosto e nos cabelos. A pele parecia engordurada propositalmente. Pelo estado das unhas dos pés, ela não as aparava há meses. A unha do mindinho se assemelhava a espora de uma ave. As pernas estavam finas como braços, ela fedia a urina e fezes.

O dedo desceu e o braço esquerdo se ergueu, e Lúcia apontou, trêmula, para a parede onde estavam os aparelhos eletrônicos antigos. Os olhos estavam arregalados, o queixo apertado, cheio de bolinhas.

— Vamos sair daqui — Iago se movimentou em direção a ela. Lúcia apertou o ferro em suas mãos e o colocou paralelo a seu peito, como um soldado.

— Tudo bem, eu não vou forçar a senhora — Iago espalmou as mãos.

E ela começou a correr.

11

Diogo não acreditava muito na sorte, mas nos últimos meses, ele não poderia se dar ao luxo de duvidar do azar. De repente, todo problema da cidade parecia ter uma única rota da qual ele era a linha de chegada. Para começar, ele não tinha mais esperanças de que Andressa voltasse para casa com sua filha. E, se pensasse nisso por mais de dez minutos, chegaria à conclusão que era melhor assim.

Seguindo a lista, o caso dos De Lanno despencou em seu colo e a coisa continuava tão misteriosa quanto no começo. O casal estava morto e enterrado, mas o menino havia evaporado e as investigações sobre o material pornográfico não chegavam a lugar nenhum. Sebastiana, dona da propriedade, alegou que não sabia de nada e que Eric estava usando sua propriedade furtivamente (vindo de uma advogada, a informação ganhou muita credibilidade na polícia).

Na terceira colocação, chegava o pessoal da cidade que começava a se aglomerar na delegacia graças ao novo impulso de Milton Sardinha, que sugeriu em seu programa de rádio que hackers criminosos estavam roubando dados dos telefones celulares da cidade (obviamente, ele não esqueceu de citar os exemplos do casal De Lanno e do delegado que foi flagrado cimentando gente viva).

E Diogo ainda tinha que lidar com os malucos de plantão.

Primeiro foi Zé Espoleta, que exigiu ser preso e parecia feliz e satisfeito por estar comendo a gororoba requentada da casa de detenção. Depois, alguém fez um boletim de ocorrência contra João Bússola, que andava perturbando a paz do pessoal da igreja evangélica do Morro do Piolho, e já tinha invadido dois cultos. Agora, a bola da vez era Lúcia Louca ressuscitada, que por muito pouco não foi soterrada por uma retroescavadeira.

Para começar seu novo dia, Diogo escolheria qualquer coisa que não fosse falar com uma mulher sem juízo, mas por algum capricho do universo que só seria compreendido posteriormente, a única coisa que ela disse foi um sussurro de seu nome.

Manicômio é uma palavra forte, mas se existia palavra mais justa para definir o São Leopoldo, ainda não havia sido colocada nos dicionários. A Casa de Amparo a Deficientes Mentais Peixoto e Gabeira (era o que ainda estava escrito na fachada e no CNPJ) ficava em um dos bairros mais antigos da cidade, que, diferente do centro, escolheu encolher. Segundo informaram a Diogo, Lúcia estava por lá desde o dia anterior, e a única coisa que ela disse — duas vezes — foi o nome completo do policial.

O investigador tocou o interfone sem ser atendido. Obteve mais sorte nas palmas — graças a um grito do mocinho de cadeira de rodas que estava na varandinha da frente. Depois do grito, não demorou para aparecer alguém. Diogo se identificou rapidamente e ouviu da mulher:

— Vamo entrando, moço. A dona que o senhor veio ver está mais calminha hoje.

A enfermeira com as chaves do portão tinha idade para ser mãe dele. Tinha constituição forte, principalmente nos braços, mas a idade era comprovada pelas manchas nas mãos, causadas pela exposição exagerada ao sol. Ela toda era muito branca, menos nos cabelos, provavelmente tingidos de preto.

— Preciso usar máscara? — ele perguntou.

— Acho que todo mundo precisa, mas por aqui a gente não usa desde a vacina. Os pacientes não gostam, eles têm medo.

Ela tomou a frente e ele manteve a máscara no bolso traseiro da calça. Rapidamente chegaram no local em que o rapaz de cadeira de rodas estava.

— Você chamou a Maria, foi? — ela perguntou quando passou por ele. O mocinho se contorceu todo a fim de sorrir, o que de fato conseguiu. Um riso bem mais verdadeiro do que Diogo conseguiria executar nos últimos dias.

— Ela chegou muito perturbada, deu o que fazer pra acalmar. O pessoal da obra precisou agarrar à força. Ela tentou fugir e mordeu feio o braço de um dos moços. Pelo que eu entendi, ela tentou correr e o rapaz teve que segurar. O senhor é parente?

— Não, mas eu conheço a dona Lúcia.

— Conhecia a irmã também? A peste que morreu?

— De vista.

— A Lucinha ficou desse jeito por causa da outra. De tanto a Eugênia fazer ruindade com ela.

— Ruindade?

— Deixava trancada no armário, batia, às vezes amarrava na cama. A Lúcia deve ter deixado a realidade aos poucos, desligando pra não voltar mais. De tão ruim, ninguém quis a Eugênia. Duvido que se um homem quisesse ela, a peste ia ficar cheirando a saia dos padres.

Passaram pela pequena recepção — uma saleta com duas janelinhas protegidas com grade — e avançaram por um corredor de cimento queimado de uns dois metros de extensão. Nas paredes, Diogo notou fotos de antigos internos. A loucura tinha certa inocência nos olhos, uma pureza confusa.

— Moço? — A enfermeira o chamou. Diogo estava dando atenção ao último quadro. Um rapaz novo, de bigode de Clark Gable e cabelo engomadinho.

— Seu Peixoto — a enfermeira explicou. — Ele fundou essa clínica e acabou internado nela. Complicado, né?

— Bastante — Diogo concordou. — É um mundo estranho.

Passaram por duas portas fechadas, uma aberta, outra fechada (banheiro, dizia a plaquinha), e chegaram a uma porta com trancas extras. A enfermeira começou a destravá-las.

— Ela precisa ficar presa?

— É por precaução. Ela chegou muito agitada. A gente conhece a Lucinha faz tempo, dois médicos daqui chegaram a examinar, a pedido da Eugênia. Eles falaram que Lúcia tinha umas manias, essas coisas que algumas pessoas não conseguem parar de repetir, além de ser bipolar feito uma pilha. Mas fora isso era tranquila.

A enfermeira abriu a porta de vez e Diogo reviu a mulher que ele conhecia da infância. Na época tinham medo dela, ele e os outros meninos.

Lúcia estava de banho tomado. Vestia uma camisola folgada e olhava para as grades da janela aberta. Os cabelos cinzentos estavam soltos e jogados à frente dos ombros pontudos. Havia bastante luz no quarto, o que talvez contribuísse para a palidez exagerada da pele, mas Diogo imaginou que a maior parte da culpa era mesmo a falta de sol. Nos braços pálidos, havia vários ferimentos não muito profundos, alguns em forma de cruz. Também números, espalhados pela extensão da pele.

— Vai querer que eu fique? A única regra é ninguém se pegar pelo cabelo. — Do modo como a enfermeira Maria disse, não pareceu uma piada.

— Eu me viro com ela.

— Vou ficar perto da porta.

Diogo agradeceu e a enfermeira saiu. A porta se recostou de novo. Diogo continuou de pé, mantendo certa distância, o suficiente para poder se defender de uma surpresa agressiva.

— Não sei se alguém explicou para a senhora, mas eu sou da polícia. Também não tenho certeza se a senhora falou o meu nome ou não, mas foi o que disseram. Eu vim por isso, porque me chamaram.

A mulher continuou sem movimentos. Mesmo a respiração parecia monótona e contida. Os olhos continuavam focados para além das grades que, por bem ou por mal, a transformavam (mais uma vez) em uma prisioneira.

— Você consegue falar?

— É claro que eu consigo. Com quem eu quero. — Lúcia pigarreou. — Quando eu quero.

Antes de continuar, ela engoliu a garganta seca e tossiu. Falar, podia. Mas pelo jeito não era um hábito.

— Me lembro de você — Lúcia disse, da mesma posição. — Você é filho do moço dos girassóis. Ele e a mulher foram viajar. Chegaram na cidade oito meses depois e contaram que você nasceu na viagem. Ninguém acreditou.

— Descobri que era adotado aos doze anos.

— Melhor ter um bom pai postiço que um pai ruim de verdade. Seu pai de sangue ia confirmar isso se ainda estivesse vivo. — Ela sorriu. Os lábios mostraram dentes pequenos e amarelos.

— O que sabe sobre meu pai biológico?

— Do que uma mulher louca sabe?

Antes que Diogo pudesse pensar em uma resposta, ela já estava falando de novo.

— Seu rosto nunca saiu da minha cabeça. Já faz tempo, uns moleques me cercaram na rua. Eu tinha passado um mês trancada em casa. Desde criança eu evito a rua, por causa das pessoas e das doenças delas. Naquele dia eu precisei sair na marra, porque a demônia da Gigi proibiu os vizinhos de me ajudarem com o mercado. Era Carnaval, os meninos usavam fantasias, daquelas malfeitas, de super-herói. Eles me rodearam e começaram a xingar. Um de roupa verde derrubou minha sacola de compras, o Batman pisou nas batatas que caíram. Lembro dos tomates sendo pisados pelo Super-Homem, tudo destruído, parecia sangue. O moleque de Batman começou a chutar o que sobrou na sacola. Aí você chegou e bateu no Super-Homem. Os outros ameaçaram revidar, mas você pegou um pedaço de tijolo e eles saíram correndo.

— E você também correu — Diogo disse —, eu me lembro.

— Posso ser louca, mas de besta eu não tenho nada.

Ficaram em silêncio de novo. Alguém deu um grito esganado dentro da clínica. Diogo se sobressaltou e levou a mão ao coldre. Lúcia não se moveu. Nem mesmo piscou os olhos.

— Fizeram alguma coisa com você naquele buraco? Coisas ruins?

— Não era um buraco. Era um lugar sem dor. Um lugar seguro.

A fim de não perder aquele vislumbre de sanidade, Diogo foi até a janela, ficando de frente para ela. Lúcia continuou como estava, os olhos lá longe, o atravessando, chegando ao além.

— Alguém estava ameaçando a senhora?

Os olhos enfim encontraram Diogo.

— Ameaçada eu sempre fui, moço, desde que eu nasci.

Ela respirou fundo, bem fundo.

— Comecei a sonhar ainda bem novinha, tinha coisa de seis, sete anos. Eu era uma tonta, contava tudo pra minha irmã. A Gigi sempre me odiou, eu era a filha mais nova, precisava de mais atenção da mãe e a mãe me dava.

Minha irmã me botava medo, fazia rezar, eu tinha que ajoelhar em uma tábua de milho. Ela mesma colou os grãozinhos, um por um. E eu ajudei, sem saber que era pra mim.

— Soube do que aconteceu com a sua irmã?

Lúcia matou o sorriso e rapidamente seus olhos mudaram; as pupilas ficaram tão pequenas que quase desapareceram.

— Gigi me contou que tinha morrido. Os outros contaram o resto. É por isso que eu chamei o senhor aqui.

12 

Pela expressão que rapidamente ganhou o rosto de Diogo, ele só tinha uma certeza: Lúcia estava com a mente tão clara quanto um vazamento de petróleo.

— Não me olha com essa cara, moço. Todo mundo na cidade sabia que eu via as coisas ocultas, e tinha gente, como a minha irmã, que sabia que eu conseguia falar com elas.

— Por isso que você foi praquele buraco?

— Lá embaixo é mais quieto. Em cima eu podia sentir, mas era como o cheiro da chuva antes da chuva cair, era uma impressão. No silêncio do fundo da terra é diferente; no escuro as coisas misteriosas conseguem falar mais alto.

Lúcia cedeu a uma pequena pausa, como se de repente o corpo tivesse se lembrado de sentir cansaço. Ela passou as mãos pelo rosto e pareceu se dar conta pela primeira vez que sua pele tinha muitas rugas. Foi o que Diogo pensou.

— Faz uns três anos, eu comecei a ter uma dor de cabeça de trincar os ossos. Tomei uns comprimidos, coloquei um pano frio na testa e fiquei de cama. A dor não passou, e doeu tanto que me fez chorar. A claridade doía, machucava. Foi aí que a minha cabeça se encheu desse chiado, igualzinho um rádio fora de estação. Desde esse dia ela não parou mais de doer. Shiiiiiiiii — ela fez o mesmo barulho. — O que eu podia fazer? Eu só queria um lugar escuro pra me livrar da dor. Como o lugar não existia, eu cavei um buraco e entrei nele. No começo era pequeno, do tamanho de um caixão. Eu só ficava sem dor naquele buraco, no escuro. Com o tempo eu fui cavando mais e jogando a terra na privada, na pia, enfiando em saco, onde dava. Quanto mais cavava, mais feliz eu ficava. Às vezes eu ouvia as notícias enquanto fazia isso, pra me distrair da chiadeira. Um dia as coisas misteriosas saíram da minha cabeça e foram falar no rádio. Às vezes, eu ouvia tanto tempo que desmaiava, e se eu desmaiasse, eles gritavam comigo no sonho, até eu acordar e voltar para o rádio. Tem gente achando que as coisas estranhas são novidade, mas elas tão aqui faz tempo, moço.

Diogo ouvia e avaliava. Conhecia um mentiroso pelo cheiro, e aquela mulher acreditava em cada sílaba que dizia.

— Ficou muito tempo lá embaixo?

— Tanto tempo que perdi a noção do tempo. Tô pele e osso desse jeito porque comia pouco, se eu comesse demais, a dor voltava. Parecia que tinha um treco vivo no meu estômago, apertando e me torcendo por dentro. Já a água fazia bem. Eles gostam da água.

— Quem são eles, Lúcia?

— O povo do Infinito. — Nesse ponto da conversa Lúcia olhou ao redor, como quem se garante depois de contar um segredo. — Estão pra todo lado. Ali, aqui... lá em cima. Ouvindo o grito da mãe, eles acordaram depressa. Estavam ouvindo a gente esse tempo todo. Ouvindo e aprendendo. Eles acham que sabem o que é bom e ruim. O que pode ser melhor ou pior.

— Lúcia, eu não estou entendendo.

— Ninguém entende, eles não querem que a gente entenda. Mas se você chegar em casa e ligar o rádio e deixar chiando... se você só fechar os olhos e deixar o barulho te arrastar lá pra baixo... Vai dar medo, sei que vai, mas depois o medo passa. Então você ouve. E se eles quiserem, você vai entender o que ouviu.

— Lúcia, isso não é razoável.

— Claro que não. E de que serve a bosta do razoável? De que serve viver em um mundo seco? Que faz pouco de você? — ela juntou as mãos acima das pernas. Apertava forte. A musculatura tremia.

— Por que me chamou?

— Minha irmã chamou. A Eugênia deixou um recado no rádio da minha cabeça, um recado pra você. Pode ser uma coisa boa, uma coisa que você queira, mas eu tenho pra mim que aquela porca nem depois de morta parou de se meter na vida dos outros. Como é que pode existir gente assim, moço? Gente que não cansa?

— Conheço gente de todo tipo, mas poucas conseguem falar com os mortos.

Lúcia riu.

— Mocinho esperto. Quer ouvir o resto, né? Quer sim.

Diogo se sentiu meio idiota. Se Lúcia fosse mesmo louca, possivelmente era uma louca bastante sagaz.

— Eu vou passar pra você, moço. Mas tem duas coisas: eu não entendi o que está escrito, e eu coloquei o papel em um lugar secreto.

— Eu posso buscar, é só me dizer onde está.

— O papelzinho tá bem aqui. Eu enfiei na bunda, fiquei com medo de alguém roubar.

Diogo não conseguiu se manifestar.

— Ele sai fácil, então se o senhor puder virar de costas, eu puxo o saquinho de volta. Só não vou fazer na sua frente.

Diogo continuou encarando a mulher e, assim que Lúcia se moveu, ele gritou por ajuda.

13 

Péricles coçou a cabeça e deu mais uma olhada no resultado dos exames. Ele era um veterinário, sabia interpretar laudos clínicos, mas estava um pouco confuso com o que acabara de ler pela terceira vez.

Frias, sentado à sua frente, parecia ter a mesma opinião. Estavam no consultório de Péricles há cerca de meia hora.

— Se não se tratasse do Fleury, eu apostaria em uma cagada.

— Caralho, Frias, eu tô apostando do mesmo jeito. Se estivéssemos falando da Floresta Amazônica, mas, porra, a mata mais alta de Terra Cota virou pasto em mil novecentos e cinquenta. Como é possível que ninguém conheça essa planta?

— É improvável, mas não é impossível. Todo mês aparece alguma espécie nova nas revistas de biologia. Sapos, gafanhotos... plantas, então, nem se fala. Não é que esses achados sejam assim tão raros, o caso é que, se você parar pra pensar, quantas pessoas estão procurando?

— Pensando assim faz algum sentido.

— A chance de erro é muito pequena, Péricles. Eles enviaram um laudo do Elias Gleyser. O Gleyser é filiado à USP, um dos institutos de botânica mais respeitados da América Latina.

Péricles bateu os dedos polegares, ritmando sobre a mesa.

— Se é mesmo uma espécie desconhecida, devíamos batizar com o nosso nome.

— Ou com o do velho.

Os dois sorriram devagar, se esforçando para fazê-lo.

— Esporos... — Péricles disse. — Então essa plantinha se espalha com a velocidade do vento. E o fato de — apanhou o papel para reler — "apresentar resistência à variações térmicas e à desidratação" pode explicar como está infestando a cidade tão rápido. Agora o fototropismo adaptável e a reação positiva a radiações... Além da carga de tungstênio e molibdênio, isso é bem estranho. Acho até que é mais estranho que uma planta se reproduzir tanto por sementes quanto por esporos. De onde essa coisa veio?

— Quem sabe? Não faz muito tempo, a gente quase foi dizimado por uma doença dos morcegos. É o mundo novo, meu amigo, é a globalização. Hoje em dia, qualquer um pode descer de um avião e espalhar uma nova versão do Apocalipse.

— Eu ficaria mais feliz se isso explicasse o que aconteceu com os animais daqui. Podemos considerar a morte do boi dos Vincenzo um caso isolado, mas tem alguma coisa acontecendo com todos eles, Frias, com animais de diferentes espécies. Nunca vi nada parecido.

— Na verdade, eu tenho um chute. — Frias puxou o papel sobre a mesa e colocou seu indicador sobre uma das palavras sublinhadas.

— Feromônios? — Péricles inqueriu. — Segundo o laudo, essa parte não é conclusiva.

— Péricles, escute seu amigo. Quando alguém diz "forma isomérica compatível com diversos feromônios", eles querem dizer que é um feromônio não catalogado. Ou um grupamento não específico. É raro, mas um feromônio que influencie diferentes espécies não é algo que nunca tenha sido visto. Isso explicaria o nervosismo dos animais, qualquer animal sob excitação sexual fica mais violento, e um pouco mais se estiver em grupos confinados. E nossa linda florzinha em formato de cálice ainda tem açúcar e o odor agradável, o que coloca sua função atrativa em uma escala muito maior. Ela pode ter vindo de qualquer lugar, mas depois que germinou... Uma planta com essas qualidades, que se reproduz por esporos, sementes e resiste a agentes externos? Bom, ela foi feita pra tomar conta da Terra.

— Vou precisar ter uma nova conversa com o velho.

Frias juntou os papéis sobre a mesa.

— Por que não espera um pouco? Os laboratórios pediram novas amostras, os resultados podem ajudar a explicar melhor, e de uma vez por todas, o que realmente é essa planta e os riscos envolvidos. Falar em suposições com alguém como Gideão pode deixar o homem ainda mais nervoso. Isso não vai ajudar ele nem os bois.

— Minha maior preocupação é a saúde daqueles dois, e não só deles. A gente não sabe quase nada e essa porcaria já está pra todo lado. Ótimo que não seja um veneno, mas dá uma olhada no calçamento quando voltar pra casa. Elas ocuparam o lugar do mato, Frias. E quer saber de outra? Não são só os bois que adoram comer essa coisa. Hoje cedo, eu vi dois cachorros se atracando. Eles não estavam disputando um bife ou uma fêmea no cio, mas uma moita dessa plantinha.

— Diz pro velho atear fogo no que encontrar. Só tira da cabeça dele que a culpa do que aconteceu com o boi é da planta. Se Gideão espalhar que esse mato tem algum tipo de veneno, a coisa vai virar uma bola de neve. Daqui a pouco a vigilância sanitária aparece e embarga o pasto de todo mundo.

— E o que eu falo pro homem?

— Só o que a gente sabe: é uma erva daninha e se espalha como fofoca.

14 

Das coisas que Marta apreciava na roça, a tranquilidade noturna costumava ser a mais querida. Enquanto o sol estava a pino, era só trabalho, trabalho e mais trabalho. Aprontar o café da manhã, pensar no almoço, cuidar das criações, dar uma varrida na casa e colocar as roupas de molho; isso quando não acontecia de alguém aparecer de surpresa e ela ter que voltar pro fogão correndo. Sim, porque, na roça, não dar comida a um visitante é como cuspir na sua cara.

Eles vieram aos montes depois da tragédia com seu filho mais novo. O ir e vir dos conhecidos na propriedade chegava a ser irritante, era como se todo mundo quisesse experimentar o sal do choro deles. E quando a poeira da tragédia se assentou e o povo parou de aparecer, Marta ficou sozinha e magoada, pensando que a cidade a tratava como um mau agouro de saias. Foi preciso bastante tempo para que o coração se acalmasse e ela entendesse que a maior parte daquelas pessoas, sobretudo as mais jovens, não conseguia lidar tão bem com a morte. Elas apareciam, estendiam as mãos em condolências, e depois corriam, como se o sofrimento fosse algo contagioso.

Sozinha no quarto que não era mais de ninguém, Marta podia se lembrar dele. A cama ainda tinha um pedacinho do seu filho. Gustavo dormiu por dezenove anos naquele mesmo colchão. Gustavo, seu pequeno milagre. E, como todo milagre, ele foi rapidamente requisitado por Deus.

Gustavo Ricco Vincenzo nasceu tardiamente, um "temporão" como se dizia na região. Meses antes de descobrirem a gestação, o médico da família disse que Marta não conseguiria engravidar porque tinha o "ovário murcho". Quando Gustavo começou a se expandir na barriga, ela já tinha adotado um menino e passado dos quarenta anos, e mesmo assim a gravidez foi como um passeio no pasto. Nada de enjoos, nada de dor nas pernas, nada daquilo que chamavam de depressão. Até parecia que Deus estava guardando tudo de ruim para despejar de uma vez só.

— Perdoa Deus, se eu tenho esses pensamento terrível, o Senhor deve saber como dói perder um filho. Se, mesmo assim, eu pareço exagerada, pergunta pra Nossa Senhora que é mãe, ela vai saber como eu me sinto.

Naquele horário, o rádio ficava ligado baixinho, porque assim que Marta terminava suas conversas com Deus, ouvia a transmissão da missa da cidade de Acácias, uma das poucas emissoras católicas veiculadas na região.

— A gente dá a vida e nunca tá pronta pra ver ela ser tirada. Eu peço perdão pelo meu egoísmo e rogo pra que o Senhor, em sua infinita sabedoria, cuide bem dele, do meu menino. Eu sei que ele já tá por aí faz um tempo, mas ele ficou muito tempo comigo, então é meu dever de mãe interceder por ele.

O rádio deu uma chiadinha. Marta pediu licença a Deus e abaixou o volume. Até o início da cerimônia, a emissora Missão Divina tocava algumas músicas instrumentais, de vez em quando interrompidas por propagandas do comércio local ou da própria emissora — as inserções variavam muito de volume.

— Como eu tava falando com o Senhor, meu Gutinho sempre foi um bom menino, e como o Senhor sabe, ele gostava um pouco demais das mulher dos outro. Então perdoa pelas cerca que ele fez uma ou outra pular. Eu sei que ele não fazia por desrespeito, no caso dele era uma fraqueza, um vício.

"Sabe, Senhor, eu ainda não acredito que ele morreu naquele rio. Nosso menino nadava que nem peixe, então só pode ser aquela maldição, da tal viúva lá de Três Rios. Se pelo menos o irmão tivesse do lado... Eu roguei muito pra eles não ir... mas o Gutinho era teimoso que nem o pai dele. Foi muito duro ver ele inchado e sem cor daquele jeito. Eu sei que já pedi isso demais, mas cuida dele pra mim aí no céu. Eu tenho fé que no dia da minha morte é ele quem vem me buscar, só que até lá ele tá aí sozinho, sem mãe nem pai, então consola ele por nós. Ai, meu Deus, me perdoa, mas eu queria tanto ter tido mais tempo com ele. Quando é que essa saudade vai passar? Vai passar um dia? — Marta deixou a primeira lágrima rolar."

Acabou deixando a dor vencer e apertou um pequeno lenço florido entre os dedos. Era difícil conter o choro, mas essa tristeza talvez passasse bem longe de uma emoção a ser contida. O choro libertava.

Mãe.

Marta girou os olhos para a direita e foi tudo o que fez em um primeiro instante. Já o rádio perdeu de vez a sintonia e começou a chiar. Sobre a cômoda, a chama da vela que sempre ficava acesa nas orações chicoteou duas vezes, como se tivesse sido assoprada, ou deitada de propósito.

— Misericórdia — Marta se benzeu.

Os ruídos que o rádio fazia agora não eram agradáveis. Ainda existia o chuvisco, mas Marta ouvia sussurros, distorções, ecos imersos em alterações bruscas de volume. Com toda aquela comunhão de sons, ela rapidamente descartou o que pensou ter ouvido. Mãe era uma palavra importante, mas curta, e se parecia com *mão*, e se parecia com *não*. Mesmo assim, ela precisaria confirmar o que ouviu para recuperar a paz. Marta o fez bem baixinho, para que Gideão não pudesse ouvi-la.

— Gutinho?

E repetiu.

— Meu filho?

Mãeeeeee... aqui...

Tô aqui mããããe...

...minha mãeeeeeee.

— Santo Deus! — Marta se levantou em um pulo e cruzou as mãos ao peito com força suficiente para amarrotar o vestido. Em seguida, correu até a porta e a trancou com chave. Voltou na mesma velocidade para a cama, tremendo, ofegando, se esforçando para secar o rosto. O rádio foi arrastado para seu colo, como se fosse uma criança.

— Filho! Filho de Deus, é você mesmo quem tá aí dentro?

Mas havia a consciência.

— Quem tá brincando comigo? Quem tá fazendo essa indecência?

Sou eu. O bezerrinho...

— Meu Deus, meu Deus... — Marta recomeçou a chorar. — Muito obrigado, meu Deus — disse, em súplica, inclinando o rosto em direção ao teto. Havia tanta alegria naquele rosto, tanta felicidade, que o choro era quase um borrão. — Meu filho, ô meu filho amado, eu senti tanto a sua falta. Seu pai também, ele é duro que nem uma casca de torresmo, mas ele te ama como eu amo, ama do mesmo tanto. Eu tenho tanta coisa pra falar... Mas no fundo é só saudade.

Você pediu...

...Eu vim.

Você é boa. Eles ouviram.

— Eles?

Do céu...

— Nossa Senhora e Jesus, filho? Eles tá aí com você?

São vinte e uma horas e quinze minutos, queridos ouvintes da 102,3, hora da Missa das Nove. Um oferecimento de Toninho Gerber Soluções Agrícolas e Casa de Carnes Piedade. Nessa noite de fé e agradecimentos, a missa será celebrada pelo padre Cleber Henrique Inácio. Desejamos a todos que Deus derrame suas...

— Não! — Marta bateu no rádio, desesperada, e o sacolejou.

Moveu o botão de sintonia e voltou a sacudi-lo. Em segundos, uma nova seleção de ruídos riscou o autofalante, infelizmente, nada parecidos com o que ela experimentou antes. Marta continuou movendo o cursor de um lado a outro, um pouco depressa demais.

— Filho! Cadê você, filho? Fala com a sua mãe, meu anjo, fala com a mamãe de novo!

— Marta? — A voz de Gideão se elevou do outro lado da porta.

Marta olhou na direção da porta, mas não conseguiu tirar as mãos do rádio. Temia que, se fizesse isso, não conseguiria ter a mesma sorte.

E as mãos dele, de Gideão, começavam a forçar a fechadura.

— Marta? Tudo certo aí dentro?

— Tá, sim — ela disse de onde estava. — Eu fechei a porta sem querer.

— Pois abra!

— Porcaria! — ela praguejou baixinho. Desligou o rádio e, depois de um carinho que evoluiu a um benzimento, o devolveu ao móvel. Aprumou os cabelos, também passou as mãos pelo rosto. Antes de chegar à porta, Marta ainda se conferiu no pequeno espelho que havia pendurado na mesma madeira.

— Precisa ficar apressando desse jeito, homi? — foi dizendo ao abrir. — O que eu podia tá fazendo?

— E eu sei lá? Só fiquei preocupado, uai. Não precisa virar uma onça por causa disso.

Ela passou por ele e seguiu até a sala.

— Num vai nem ouvi o resto da missa do padre Clébio? — Gideão perguntou, parado à porta como um vaso de lírio.

— Perdi o temperamento pra falar com Deus.

Gideão ficou onde estava, confuso como um passarinho derrubado do ninho. Mas se naquele momento ele pudesse ter visto o rosto da esposa, reencontraria a mulher feliz que não via há quinze anos.

15

O café da manhã ainda estava na mesa quando Júlia Sardinha recebeu a mensagem de Tales Veres. Se precisasse ser muito sincera uns poucos segundos antes, diria que o homem tinha se aproveitado de sua hospitalidade e colocado Terra Cota no último lugar da sua lista de prioridades.

Dessa vez marcaram encontro na sede da rádio. Júlia estava com o tempo na reserva, nas próximas horas teria que tocar seu programa, terminar duas reportagens para o Tribuna Verde e dar uma força para o pai nos *Anos Dourados*, porque seu Milton Sardinha exagerou na torcida pro Mengão e perdeu a voz.

Ela estava colocando alguma coisa empoeirada do Engenheiros do Hawaii quando Adney acionou a lâmpada vermelha da sala acústica. Do outro lado do vidro temperado, o rosto carismático de Tales cedeu um pequeno olá mudo a ela. Júlia sinalizou para que o expert em telefonia entrasse. Enquanto isso, apertou alguns comandos no painel de som e foi tirando os fones dos ouvidos.

— Como estamos indo, dona Júlia? Sua secretária estava me atualizando sobre os últimos acontecimentos — Tales disse e assoviou, reforçando sua surpresa. — Parece que vocês tomaram um susto e tanto.

— Me mostre uma secretária que fala pouco e eu mostro um político decente — ela sorriu. — Senta aí, seu Tales. A cadeira não parece grande coisa, mas é confortável.

Tales empurrou gentilmente um microfone condensador que estava na direção de seu rosto e ocupou a cadeira.

— Tem companhia na narração do programa? — acabou perguntando.

— Na verdade, a companhia sou eu. Quem manda no pedaço é meu pai, o grande e inigualável Milton Sardinha. Pelo menos é o que ele acha.

Tales riu.

— Seu pai rodava a região no meu tempo de moço. Como a gente falava na época, ele "dava som". Milton fazia a região inteira, de Terra Cota à Velha Granada. Até os anos noventa não existiam empresários de carreira aqui no interior, seu pai era o homem que colocava gente boa pra tocar nos bailes.

— Meu pai sempre trabalhou como uma formiga. Eu mesma, sendo filha e dividindo alguns programas com ele, só vejo seu Milton com hora marcada. E ele ainda tem os compromissos no bar, no Porão, o senhor conhece a história... Mas diga aí, seu Tales? Por onde começamos dessa vez? O que traz pra mim?

— Fiquei curioso com a tal transmissão fantasma, se incomoda se falarmos disso?

Júlia esfregou os braços. — Ainda é um assunto que me arrepia.

— Estou vendo.

— Foi como se tudo perdesse o controle, inclusive a gente. — Ela sorriu. — Os equipamentos começaram a gerar microfonia, as luzes piscaram, e do nada apareceu um som grave, tão alto que começou a afetar a construção. Não caiu o teto nem nada disso, mas algumas trincas das paredes aumentaram. Acho que eu não ficava tão perplexa desde que era criança.

— E não foi pra menos, pelo que você está contando.

— Foi assustador pra caralho. E, pra fechar com chave de ouro, ouvimos uma transmissão em russo que foi feita há uns cinquenta anos. Meu amigo... foi sinistro. Você vai querer ouvir a história toda?

— Estamos aqui pra isso. — Tales assumia um tom cada vez mais pensativo.

— Tem um velhinho aqui da cidade envolvido. Ele disse que essas vozes na transmissão estrangeira eram dele e de um amigo, eles eram ligados em radiodifusão amadora, pelo que eu entendi. A esposa do velhinho, do seu Ary, também estava por lá no dia. Uma transmissão ser captada com cinquenta anos de atraso, uma conversa de duas vias, já seria bem estranho, mas a mesma transmissão ainda ditou duas sequências de números, com seis dezenas cada uma, uma sequência em cada idioma. A primeira, que era da transmissão original em russo do seu Ary, tinha relação com a sequência de Fibonacci. Não sei se está familiarizado com ele e com a proporção áurea.

— Mais ou menos.

— Bom, resumidamente a proporção é uma constante matemática. Se a gente colocar isso em um desenho, um gráfico, a proporção de ouro forma uma espécie de espiral que está espalhada por todo o universo. Na casca dos caracóis, na organização das sementes do girassol, nas abelhas, ela consegue até mesmo prever a genética dos coelhos. Se a gente for mais longe, vamos descobrir que essa espiral também existe na formação das galáxias e no movimento dos ventos, existe em tudo o que é considerado matematicamente perfeito.

Tales levou a mão à barba um pouco mais crescida e deixou os olhos perderem o foco. Pareceu absorto, concentrado em si mesmo. Júlia achou melhor abreviar o momento de contemplação.

— Se tiver alguma explicação, seu Tales, estou louca pra ouvir.

— Desculpe — ele voltou a ficar atento. — Acho que todo mundo já ouviu falar nessas transmissões antigas que vez ou outra avançam no tempo, mas com esse homem da cidade envolvido, e com uma transmissão se sobrepondo à outra... Bom, isso já me deixaria com a pulga atrás da orelha, e ainda temos o problema com os celulares na mesma Terra Cota.

— Você vê alguma relação? — Júlia mesmo completou.

— Eu vejo um sinal de inteligência humana envolvida nos dois casos, nos telefones e no sinal de rádio. A transmissão do seu Ary poderia voltar como um fenômeno de realimentação, mas isso seria no estado original. Da forma como ela chegou, com inserções, só pode ter sido manipulada.

Antes que Júlia pudesse continuar a conversa, a luz vermelha da sala de locução piscou outra vez. Ela pediu um instante, tirou os olhos de Tales e narrou:

— Obrigado pela companhia, querido ouvinte! Agora vamos de "Pra ser Sincero", mais um super clássico dessa sessão mais que especial de Engenheiros do Hawaii. Sinceridade nesse país seria muito bom, né não? Fiquem ligados aí, que daqui a pouco rola um sorteio do último trabalho do nosso incansável Humberto Gessinger.

— Boa escolha — Tales disse quando ela colocou os fones no pescoço.

— É, sim... eu era mais a praia do Ultraje a Rigor, mas hoje em dia prefiro ficar surda. Onde a gente parou?

— Eu falei sobre alguém ter lançado essas transmissões de propósito. E foram duas sequências de números. Você só falou a primeira.

— Sim, sim, faltou a cereja do bolo. Bom, pra encerrar a loucura, uma voz feminina dita os números de uma loteria que saiu aqui em Terra Cota, no meio da pandemia. É a parte em português.

Os olhos de Tales se apertaram.

— Isso é mais que um indício para uma inteligência envolvida. É um berro.

— E o que isso significa?

— Vai depender do objetivo dessa inteligência. Depois do que aconteceu com os celulares, eu duvido que seja uma coisa boa. Você vai entender melhor quando eu mostrar o que descobri.

Tales abriu sua pasta e sacou seus óculos (um modelo com aro caramelo que o lançava de volta à guerra do Paraguai). Da mesma pasta, sacou alguns papéis. Tales deu uma vista em todos e os reorganizou antes de começar a explicar.

— Infelizmente, a questão dos vídeos vazados continua sendo um mistério. Não conseguimos relacionar nada com o Bluetooth, e não existe sombra de uma explicação técnica, mas pelo menos as empresas morderam a isca. Estão investigando.

— Aleluia.

— É um pouco cedo pra comemorar. Pelo que eu conheço da tecnologia dos celulares, o vazamento de dados pode ser obra de algum moleque entediado ou de chantagistas profissionais, e nos dois casos os eventos desaparecem assim que as investigações mais sérias começam. Se eles param, as investigações técnicas param na sequência. O que resta, as empresas empurram para a polícia, que tem um orçamento bem limitado para esses casos.

— Tá falando sério?

— Seríssimo. Investigar custa dinheiro, a tecnologia dos celulares muda a cada minuto, um problema de hoje já nasce sendo de ontem. Pra dizer a verdade, essa gente está bem mais preocupada com a concorrência. Até o ano passado, tínhamos a hegemonia da Apple e da Samsung. Agora, a Xiaomi cresceu 83%, entrou na briga e derrubou a Apple para o segundo lugar. E a Vivo e a Oppo vêm babando pra ameaçar todo mundo. Esse pessoal não se importa com o que não balança suas ações, e se a gente levar em conta que o problema ocorreu em *todas* as marcas de smartphone que tivemos acesso...

— Então não é problema de ninguém... — Júlia completou. Tales assentiu.

— O que eu vou mostrar agora não tem uma relação direta com a telefonia, mas com o rádio; frequências e ondas de rádio. De alguma forma, elas vão de encontro ao que aconteceu com vocês aqui no estúdio.

Tales espalhou alguns papéis pela bancada e Júlia chegou mais perto. Depois de uma rápida olhada, ela recolocou os fones, apertou um botão na bancada e conversou com o técnico Adney, pedindo para que ele deixasse as músicas rolando na sequência.

— Esses gráficos — Tales explicou quando ela retirou os fones — são pontos de convergência de ondas de rádio. Quando falei com um amigo sobre o problema dos telefones e mencionei Bluetooth, ele me direcionou para esses estudos. São anomalias radiofônicas. Mas pra falar delas você precisa abrir bastante a sua mente. Está com tempo e disposição pra aprender um pouco de astronomia?

— Ainda tenho que tocar dois programas ao vivo, mas por você eu dou um jeito. E eu já sei que a gente tem nove planetas e um sol. — Ela sorriu. — Aliás, são oito planetas, né? Despromoveram Plutão, pelo que eu me lembro.

— Isso mesmo. Plutão é considerado um planeta anão desde 2006. E pode ser que eles mudem de ideia de novo. A verdade é que o universo é tão vasto, Júlia, que os estudiosos mal conseguem entender nossa vizinhança. E, mesmo sem entender, eles continuam de olho no que pode existir lá em cima. Bom, esse é nosso ponto de partida: lá em cima. Entre 2019 e 2021, os telescópios encontraram um evento raro que deixou os estudiosos desconcertados, pelo menos a maior parte deles. Não foi exatamente um evento ao acaso, mas uma coisa que eles estavam procurando, mesmo que não esperassem encontrar tão cedo.

— E o que era?

— Eles não sabem. — Tales deu um sorriso divertido. — No espaço, existe uma série de eventos que funcionam como aberrações, coisas que não deveriam estar ali, agindo daquela forma. Os astrônomos não sabem exatamente o que procurar, ou onde, mas sabem varrer o universo em busca dessas anomalias.

— Tudo bem, já entendemos que os astrônomos têm muito tempo ocioso — Júlia brincou.

— Um tempo razoável e, pelo que eu percebi, menos dinheiro do que precisariam para encontrar as respostas. Mas alguns deles conseguem um bom patrocínio das empresas privadas. Google, o Meta do Zuckerberg, o império crescente de Elon Musk adora uma novidade... Essa gente que já toma conta do nosso futuro e do nosso espaço. Mas vamos ser práticos. Boa parte dos novos equipamentos de detecção e emissão espacial disparam e recebem ondas de rádio, além de Infravermelho, UV, Raios Gama... Aqui podemos citar o SETI, um sistema de telescópios que busca inteligência extraterrena desde os anos setenta, e o Fast, o maior e mais potente radiotelescópio do mundo, construído na China. Existe também um conjunto de telescópios SKA, telescópios de supervarredura que rastreiam frequências. Segundo esse meu colega, o projeto é uma parceria entre a Austrália e África do Sul. Os nomes dos telescópios de cada país são ASKAP e... — Tales precisou confirmar nos papéis — MeerKAT, com as três últimas letras em maiúsculo.

— Tales, estou maravilhada, mas não entendi porra nenhuma.

— Já vai entender — ele riu. Depois apontou uma das páginas A4 que puxou para cima dos papéis.

— Depois de 2019, se iniciou no Askap da Austrália o projeto *Busca por Fenômenos Variáveis e Transientes*. O projeto tem esse nome porque os eventos procurados variam em velocidade e quantificação, e como existem em pulsos não constantes, eles são transientes, eles vêm e vão. O que os astrônomos fizeram foi montar um projeto para estudar eventos desse tipo, e foi aí que eles encontraram alguma coisa muito, muito interessante.

— Entre janeiro e setembro de 2020, no centro da Via Láctea, a Askap identificou um evento inexplicável. Um ponto do universo que brilhava, apagava, brilhava de novo, e podia ser mais ou menos intenso, que era o que eles esperavam encontrar mesmo. Mas o que mais chamou atenção foram as ondas de rádio detectadas na frequência de 888 MHZ. Elas eram *polarizadas*, ou seja, na mesma direção: do emissor até a Terra, pelo menos naquele momento em que foram detectadas. Ondas polarizadas e *espiraladas*, o que é ainda mais raro.

Júlia perdeu o relaxamento do rosto.

— Tales, não sei se tem alguma relação, mas a gente modula em 88,8 MHZ. Acho uma puta coincidência. No mínimo.

— Eu não descartaria nenhuma possibilidade nesse momento. Essas coisas são raras e mal compreendidas, até hoje foram detectadas umas poucas dezenas de eventos desse tipo, e a maioria vinha de pulsares e algumas estrelas altamente magnetizadas. E agora é que a coisa vai arrepiar.

Júlia se ajeitou, atenta.

— Como eram ondas de rádio, eles acionaram também o MeerKAT, da África do Sul, pra tentar descobrir do que se tratava e recuperar o sinal captado via Askap. No MeerKAT, o fenômeno ficou ainda mais estranho, e foi observado cerca de quinze minutos a cada semana, e isso é muito pouco comparado ao que havia antes. E depois disso a fonte desapareceu, de um dia pro outro. Simplesmente sumiu. Os astrônomos tentaram rastrear por raios X, infravermelho, sem novidade alguma. Ainda podiam ser pulsares, estrelas magnetizadas, e essa possibilidade em aberto se estende em uma infinidade de outras coisas, ou seja, ninguém sabe o que é. E entre esse não saber todo, surge a hipótese mais impressionante, dona Júlia Sardinha: a possibilidade de inteligência alienígena.

— Porra, tá falando sério?

— Não sou o único. Existe uma teoria que postula que a vida é imperativa no Cosmos, isso significa que sempre que existirem condições satisfatórias, a vida encontra uma maneira de se manifestar. Eu sei que ondas de rádio e civilizações que possam compreendê-las e manipulá-las são ainda mais difíceis que aceitar, mas se considerarmos a infinitude do universo e as infinitas possibilidades de vida... por que não?

— Mas se isso for verdade...

— Que o fenômeno é verdade, é verdade. Você pode confirmar na internet. Mas a gente não pode se animar tanto assim com todo o resto. Eventos parecidos já foram detectados antes. Acho que em 2015, muita gente estava convencida que a estrela de Tabby era uma nave, e no final das contas não era nada melhor que uma pedreira interestelar.

Júlia puxou os papéis para si, apenas pra dar uma olhada. Obviamente não resultou em uma compreensão surpreendente, mas ela notou algo que fisgou seus olhos como se fosse um arpão. Em um segundo, seu rosto pareceu perder todo o humor que carregava, e ela levou outros três para conseguir perguntar:

— O que é isso aqui, Tales? — apontou com o dedo.

— O nome do satélite?

— Não, esses números — meteu o dedo com mais força no papel.

— É o nome do evento. Eles batizaram de ASKAP J173608.2-321635. O número é uma coordenada padrão, ela marca onde surgiu o fenômeno. Fazem dessa forma para qualquer outro astrônomo conseguir focar suas lentes no mesmo ponto da galáxia. O pessoal especializado trata só como ASKAP J17.

— Caralho, Tales... — Júlia estava um pouco vermelha.

— Perdi alguma coisa?

— Esses números. Eles estão fora de ordem, mas... — ela correu pra apanhar uma caneta. — Tales, joga no seu celular o número da loteria de 2020... melhor, procura *prêmio loteria Terra Cota,* coloca no Google.

Com a agitação de Júlia, ele nem questionou.

— Tem que ser isso, Tales, tem que ser. Esses números apareceram na nossa transmissão pirata, em 88,8 MHZ! Eu já estava me convencendo que era qualquer desocupado repetindo números e assustando todo mundo, mas... — ela virava as páginas da agenda sem paciência. A agenda quase ia para o chão a cada puxada.

— Achei — Tales disse. — Vou dizer pra você: 06... 08... 17... 21...

— 23 e 36 — ela mesma completou.

Júlia correu de volta à bancada, trouxe uma caneta e escreveu seus números da transmissão, os mesmos da loteria, logo abaixo do nome batizado pelos astrônomos. Depois foi separando eles em dezenas, nos dois papéis. Colocou um zero à frente do 6 no nome do Askap, e ligou as dezenas iguais com traços, com a mesma caneta.

06/08/17/21/23/36

17/36/08/23/21/*0* 6/35

— Coincidência? — ela perguntou, a mão estava tremendo.

— Tá, isso ficou mesmo muito estranho. Mas ainda falta o último nú...

Tanto o telefone de Tales quanto o de Júlia biparam ao mesmo tempo. Como o dele estava à mesa, foi o primeiro a dar uma olhada. Tales perdeu toda a expressão do rosto quando percebeu a nova peça do quebra-cabeças.

— O nosso remetente. Tá bem aqui. É o número que falta na identificação do Askap. O 83858. É só tirar os três números 8!

— Que são a frequência dos telescópios. E os números da nossa emissora — Júlia completou. A voz monótona, deslizando para sair. Estava resistindo a aceitar sua própria conclusão. É sempre assim quando alguma coisa muito grande atropela nossa pequena vida, nós nos encolhemos ainda mais.

Júlia ainda tentava se recuperar da surpresa quando Adney, o técnico de som, invadiu a sala de locução. Estava afoito, respirando depressa, os cabelos despejados pra todos os lados da testa.

— O telefone, Júlia! — disse. — O telefone tá entupido de gente! Tem coisa acontecendo lá fora!

— O que foi agora, cara?!

— Anda, Júlia! Vem também, seu Tales! A gente precisa ver isso!

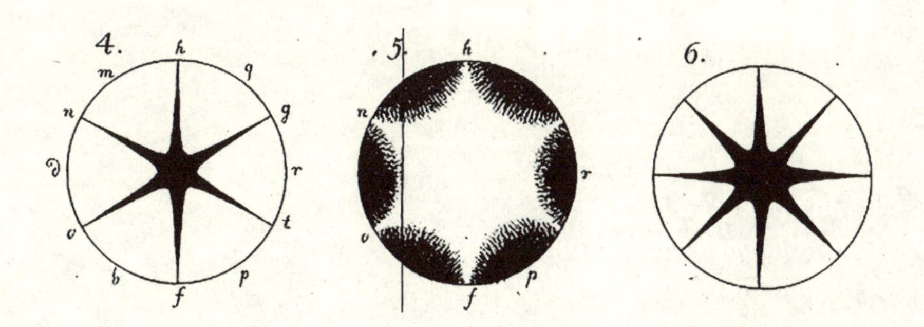

If you think it's a pack of lies,
I saw it happen with my own eyes
A million miles from the milky way

Se você acha que isso é um monte de mentiras
Eu vi acontecer com meus próprios olhos
Um milhão de milhas da Via Láctea
("Zero Zero UFO" – Ramones)

[...]

— Então, aqui é a Glaucynara, com ispylon no i. Eu quero mandar um recado pro Edyelson.

— Solta o Verbo, Glaucynara-com-ispylon, o que tá pegando com o seu Edyelson?

— Olha aqui, seu safado! Você me embuchou e depois caiu fora, e agora tá todo mundo falando que o Enzo é a sua cara. Eu só tô falando aqui pra você saber que o meu pai vai colocar você no pau e pedir pensão! E eu não tenho medo dos seus coleguinha traficante, não, vai pagar pensão porque o menino é a tua cara, o juiz vai vê isso na mesma hora que olhar vocês dois junto!

— Mas que coisa feia, Edyelson! A Glaucynara-com-ispylon soltou o verbo com toda razão! Onde já se viu não pagar pensão, meu nobre? Procura ela e resolve essa bucha, Edyelson! Nesse país, pensão dá mais cana que imposto de renda!

— Dona Júlia? Posso falar outra coisa?

— Pode sim, minha linda, solta esse verbo aí! Você está na 88,8, a rádio que escuta você.

...

...

[respiração profunda]

— É que eu sei que você é safado, Edyelson, mas é que eu ainda sinto uma quentura quando penso em nóis dois juntinho. Volta pra vê o Enzo e nóis sê uma família de novo. O pastor falou que os dia do fim tão chegando, então nem deve adiantar eu pedir pensão. Mas nóis ficar juntinho ia ser gostoso. De repente fazê uma irmãzinha pro Enzo... Volta pra mim, paxão, vamo ser feliz antes da volta de Jesus Cristo.

[...]

PARTE 4

DISTORÇÃO MODULADA

High Frequency AM/FM • 220V/88,8Hz

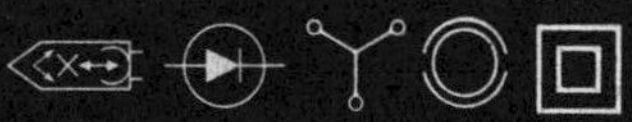

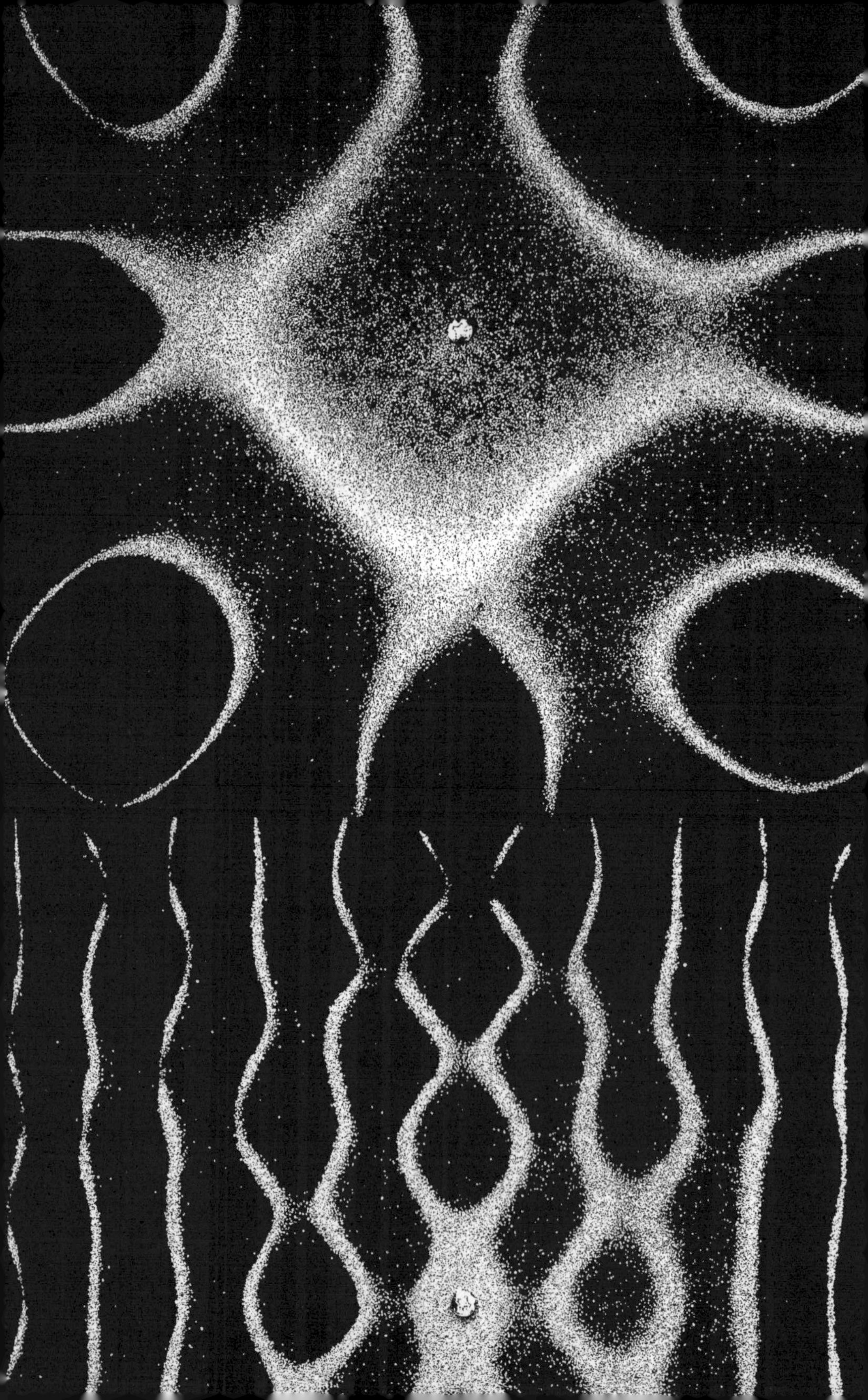

1

Quando elas chegaram, muitos pensaram em uma tempestade. Elas eram tantas, e estavam tão próximas, que o céu chegou a ficar escuro. Quando elas gritaram, muita gente correu para se esconder. Entrando em seus carros, batendo portas e janelas em suas casas, invadindo os comércios e as agências bancárias do centro. Dez minutos depois, a cidade toda se confundia entre continuar escondida ou apreciar o espetáculo.

Estavam por todos os cantos, em todas as direções, sobre todos os telhados.

Em frente à Padaria Fresquin, uma dúzia de velhos cervejeiros se obrigou a abandonar seus copos e esticar os olhos, se perguntando o que diabos aquelas criaturas verdes e barulhentas estavam fazendo nos fios de alta tensão de todo quarteirão. Do outro lado da rua, em frente à mesma padaria, Júlia Sardinha, Tales Veres, Cleide e Adney acabavam de aparecer na calçada e, não podendo dizer nada melhor, Tales proferiu:

— Puta merda! — Ria como uma criança.

— De onde elas saíram? — Júlia perguntou, sem conseguir se divertir tanto.

Para onde quer que olhasse, enxergava dezenas de maritacas. Os bichos verdes estavam no asfalto, nas árvores, nos toldos, nas antenas, estavam gritando nos comércios e em cima de todos os carros. Estavam no chão e no ar, e algumas disparavam voos rasantes enquanto outras pousavam na cabeça das pessoas como se dissessem: "quem manda agora é a gente!".

Em poucos segundos, crianças se armaram com paus e vassouras, gritando e batendo nos bichos sem causar muito efeito. Quando eles acertavam alguma ave (muito mais por sorte do que por precisão), rapidamente eram perseguidos por um bando novo. Incrivelmente, parecia se tratar de uma brincadeira para as duas espécies — embora as crianças estivessem perdendo feio.

Entre todas as pessoas confusas e presas naquele evento antinatural, um homem conseguia chamar a mesma atenção que a gritaria histérica das aves.

Com o pedido de prisão de Zé Espoleta (lavrado por ele mesmo), Betão Cata-Vento rapidamente assumiu o posto de pau d'água número um da cidade, recebendo as doações dos munícipes e se mantendo mergulhado no "mé" que herdara de seu antecessor. Agora, Cata-Vento estava no teto de uma Eco Sport preta, rodando de braços abertos, como as hélices de um helicóptero. A cordinha encardida que prendia firmemente uma garrafa de cachaça 29 à sua cintura já estava pela metade. Grudadas no homem, mais maritacas do que era possível contar. Penduradas pelas costas, agarradas ao paletó puído, subindo nas calças e se aninhando nos cabelos. Betão ria como um menino, os dentes de tártaro emergindo dos lábios inchados, os olhos fechados para não serem confundidos com duas azeitonas. Algumas aves se agarravam nos ombros e bicavam gentilmente as orelhas de Cata-Vento, o que fazia o homem rir ainda mais.

Tales disse alguma coisa que Júlia não conseguiu entender e começou a rir mais alto. A barulhada das maritacas era enlouquecedora. Todas gritando ao mesmo tempo, esvoaçando, fazendo as pessoas gritarem de volta. Do outro lado da rua, uma mulher atravessou o asfalto correndo e caiu de cara no chão. Um dos velhos cervejeiros da padaria fez menção de ajudá-la, mas, longe do equilíbrio perfeito, acabou perdendo a vaga de herói para um soldado da polícia. Um carro freou a centímetros dos dois, o policial gritou alguma coisa. O motorista desviou dele e continuou mais devagar pela rua.

— Fala mais alto, não consegui entender! — Júlia disse a Tales.

— Eu tô imaginando quando elas resolverem fazer cocô!

2

Casas de detenção são lugares tristes, insalubres e solitários.

Assim como os presídios de segurança máxima, são considerados por muitos o atestado social de que alguns indivíduos não merecem viver em sociedade. Mas para Zé Espoleta, a cadeia representava uma ótima escolha habitacional. O que não o impediu de dizer:

— Por que você não beija o meu cu, Monte Azul querido?

Se existia um homem que Espoleta odiava com todas as suas forças, seu nome era Cibélio Monte Azul: o policial que, usando toda a sutileza do Noroeste Paulista, "enfiou a pistola" em sua esposa.

Desde seu internamento voluntário, Espoleta passou dias felizes e plenos na casa de detenção. Tinha segurança, sua santa cachacinha pra tomar (cortesia de um dos carcereiros), fez amizade com os outros presos, e, além disso, ele tinha um teto, uma privada (coletiva em parte de sua estadia, mas que agora era só dele) e mais de duas refeições por dia. Deus tenha piedade, se existia uma vida melhor, ele só experimentou na infância.

Então aquele canalha ressurgiu das cinzas.

Espoleta não sabia se Cibélio tinha sido convidado ou se aquela era mais uma amarga coincidência em sua vida. A última notícia que teve de Monte Azul, o saco de bosta registrado na força policial do estado de São Paulo, veio em 2017, e dizia que ele estava em serviço em Três Rios desde 2013. Desde então, seu desejo mais profundo era que Cibélio Monte Azul tivesse morrido de tanto coçar o cu com serrote e sido enterrado como indigente em uma vala coletiva.

Cibélio encontrou a cela de Zé Espoleta perto das oito da manhã, e desde então ele vinha provocando o homem. Sua parte preferida era falar de como ele mandou ver na patroa e que ela finalmente tinha "encontrado um pau de verdade".

Mas, voltando ao presente, Cibélio não gostou nada de ser convidado a beijar cu nenhum, não.

— Tá valentão, hein, trapo velho. O que você aprontou dessa vez? Espingarda de chumbinho?

— Tô aqui porque eu quero. Eu só não sabia que tavam deixando entrar qualquer um.

Cibélio chegou mais perto.

— Isso... me dá motivo. Da última vez não me deixaram moer você, mas adivinha só, o país mudou. Hoje em dia eu posso entrar aí no seu galinheiro, pisar no seu pescoço e ninguém vai perguntar o que aconteceu com o frango.

— A gente não tá sozinho. — Espoleta olhou para a cela da frente. Havia dois rapazes nela, e os dois viraram de costas quando ele os mencionou.

Cibélio riu.

— Eu estava de férias, pescando no Choroso e passando uns dias com a minha mãe, então ouvi no rádio que você viu aquela puta da De Lanno mergulhando de cara no concreto. Sabia que eu já trepei com ela? Pois é... aquela vagabunda não era tão boa como a Soledade, mas dava pra passar umas horas.

Os olhos de Espoleta se inflaram depressa. O que doía não era a parte ruim, mas a parte boa. O que ainda o machucava era não saber *o motivo* de ter sido passado para trás por um incidente da natureza como aquele. Seria a farda? O pau? A automática na cintura? Espoleta ainda se lembrava das manhãs sóbrias e silenciosas, manhãs onde ele acordava com um sussurro no ouvido direito e podia fazer amor com ela. Ainda doía, sim. O passado bom. O amor. O lado bom de sua vida com Soledade iria doer pra sempre.

— Cala essa boca. — Zé se afastou das grades. — Eu não quero perder meu tempo com você. Nosso assunto já foi resolvido.

— Assim você me magoa, mousse de pinga. Eu só vou sair dessa cidade na semana que vem, então a gente tem bastante tempo pra matar a saudade. — Cibélio voltou a se afastar e recostou o corpo na parede que dividia outras duas celas. Cruzou os braços.

— Eu gostava dela, seu bêbado de merda. Gostava pra caralho. Depois do que você fez, a Soledade nunca mais falou comigo. Por que você acha que eu fui pra Três Rios? Fui atrás dela, porra. E quando eu encontrei, ela fugiu de novo.

— Eu não sei onde a biscate se enfiou — Espoleta informou. — E, se eu soubesse, não ia contar pra você. Ela sentia medo. Achava que você ia matar ela e a menina.

Cibélio sustentou o olhar nele.

— Você sabe, sim. Não é possível que não saiba. Você tem uma filha com ela.

— Grande bosta! A Sol nunca me deixou ser pai da menina. Ela sumiu, seu bafo de bunda. A Soledade virou fumaça, nem pensão ela pediu.

— E se eu te contar... Caramba... Eu sei de *uma coisa*, Zé... — Estalou a língua e os olhos encheram de malícia. — Mas não sei se você aguenta. Não sei mesmo. Eu descobri uma coisa da sua filha. Com a genética dela... sabe como é. A coitadinha pode ter herdado alguma sujeira da mãe... Tipo a vontade de ser puta.

— Deixa a menina fora disso!

— Ela não é menina faz tempo, pinto murcho. Sua menininha virou puta com dezessete anos. Da última vez que eu soube dela, a Rute tinha dezenove e estava morando em uma zona em Três Rios. Eu pensei em ir lá, fazer uma visita — Cibélio bombeou a virilha e riu mais um pouco. — Acabou que não fui. É meio errado isso de foder com a enteada.

— Mentiroso filho da puta.

— Deixa de ser mal-agradecido, Zé. Eu tive a consideração de vir aqui e contar tudo. — Espalmou as mãos com cinismo. — Você é quem estragou a vida dela, Euzébio. Eu podia ter dado estudo pra menina, uma vida boa, decente. Mas você tinha que acabar com tudo.

O rádio de Cibélio chiou em seguida e, antes que o policial o atendesse, Espoleta se afastou e se encolheu, como se tivesse ouvido o relincho do Diabo.

Cibélio não deixou o movimento passar batido. Aumentou o volume do rádio e chegou mais perto da cela. Espoleta se encolheu mais um tanto.

— Então é verdade, você tá se cagando de medo do rádio. Quando contaram que você andava vendo a De Lanno na televisão, achei que fosse mentira. Porra, Euzébio, até um cérebro cozido como o seu precisa ter um limite.

— Não tô com medo de nada, não tô nem aí. Eu nem ligo! — Espoleta disse. E seu corpo reagiu de modo contrário. Em vez da vermelhidão costumeira, o rosto estava ficando cada vez mais suado, branco, havia uma saliva espumosa crescendo nos cantos da boca.

Cibélio silenciou o rádio transmissor e manteve o riso no rosto, então virou as costas e partiu.

Os passos continuaram se afastando como um relógio velho, enquanto ele assoviava uma melodia aguda e desinteressante. Espoleta se debruçou na grade.

— Isso, cagão! Vai embora mesmo! Vaza daqui e não volta nunca mais!

Espoleta ainda ouviu uma porta se abrindo e algumas palavras borradas pela distância. Também ouviu o riso inconfundível (ria como um asno) de Cibélio Monte Azul. Vinte segundos depois, escutou os passos voltando.

— Deve ser meio entediante ficar aí dentro. — Cibélio retornou à frente da cela. Trazia um rádio na mão, uma velharia alaranjada movida à pilha. Sorrindo, deixou o aparelho no chão.

— Tira essa bosta daí! Cê não sabe com o que tá mexendo! Tira isso ou...

— Ou o quê? — Cibélio sacou a arma e apontou para ele. — Vai fazer o quê, seu merda? Vomitar em mim?

Havia uma janela alta na cela onde Espoleta estava, um dos poucos pontos de iluminação na sala de detenção provisória. Três pássaros verdes entraram e se empoleiraram na abertura.

— Mas que porra é essa? — Cibélio indagou.

Espoleta se aproximou do buraco e começou a chamar as aves, rindo como um bêbado alegre e estalando os dedos na direção delas. Em vez de amedrontado, parecia feliz de novo. Cibélio não podia deixar isso acontecer. Aquele alambique não tinha o direito de rir.

O policial ligou o rádio e o deixou fora de sintonia. Colocou o volume no talo.

— Não! — Espoleta imediatamente se voltou a ele. — Não faz isso!

— Manda um alô pra Giovanna, seu bosta.

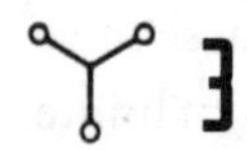

Em seus vinte e poucos anos, Jôsi já tinha visto muita coisa. Que se inclua aqui um punhado de mortes, duas decapitações, além de alguns fenômenos inexplicáveis que ele presenciou no terreiro de Mãe Clemência, uma médium muito famosa na região. Agora, se alguém dissesse que sua cidade seria invadida por um bando de pássaros verdes, ele compraria um caminhão inteiro da nova droga.

Jôsi chegou ao "escritório" pouco antes da molecada da rua de baixo encontrar a diversão. Quinze minutos depois, já do lado de fora da Boca, ele e Guaraná continuavam sem condições de entender aquele circo.

— De onde veio esses bicho, Jôsi? Como pode ter tanto?

Do alto do Piolho, a vista era bem mais impressionante. Elas chegaram como uma nuvem de andorinhas, embora bem menos organizada. Uma grande confusão verde que, da distância onde estava, lembrou um enxame de gafanhotos. Em segundos, elas dominaram toda a parte rica da cidade. Em dez minutos, um segundo grupo se destacou e encontrou a comunidade.

— Sei lá de onde veio — Jôsi respondeu. — Mas se tá fazendo os menino rir, então eu rio junto.

Uma das menores crianças do grupo, uma menininha com a camisa agarrada da Peppa Pig, brincava com uma maritaca mais mansa. Diferente das outras do bando, a ave preferia ficar no chão e bem perto da menina, saltitando como uma galinha. A menina ria de se esganar.

— Isso não tem jeito de sê coisa boa.

— Puta merda, Guaraná, ô bicho agourento.

— O patrão pode chamar de agouro, mas eu mandei um dos menino dar ideia lá no Água Dura.

— Alguma coisa pra gente se preocupar?

— Só o silêncio. O menino chegou falando que deixaram ele andar suave, que ninguém fez pergunta, parecia até que não tinha ninguém olhando. Só que ele viu morador ressabiado, boteco vazio, tinha pouca gente na rua. Eles tão entocado, Jôsi, e o patrão sabe que o nome disso é planejamento.

— A gente tá preparado. Se um daqueles cu de frango chegar perto, vão receber o que merecem.

Uma ave passou voando e Guaraná a espantou com os braços.

— Pastor Freitas falou no culto que o Dia da Justiça tá perto. Primeiro começa a morrer gente, depois os celular entrega os podre do povo, e teve aquele negócio de gente morta falando no rádio. Eu tenho é medo de acordar um dia e dar de cara com Jesus Cristo.

— Preocupa não. Se Jesus descer em Terra Cota, ele vai preso muito antes de chegar aqui em cima.

Um dos pássaros pousou no cabo da .12 que Guaraná sustentava. Ele a endireitou, a ave deu um saltito na direção da mão.

— Esse trem vai me bicar.

— Vai nada — Jôsi disse. Em seguida, estendeu o dedo. — Dá o pé, dá?

A maritaca não o fez imediatamente. Preferiu bicar, muito de leve, a pele do dedo indicador de Jôsi. Guaraná riu. — Ela gosta do patrão.

E devia gostar mesmo, porque Jôsi logo a sustentava no dedo. Com a outra mão, ele apanhou um amendoim descascado do chão, que estava por ali desde a sagrada cerveja do início da tarde, e colocou entre os dentes. Levou a mão que sustentava a ave até bem perto do rosto. A maritaca inclinou a cabeça, desconfiada, mas logo apanhou a semente. Enquanto ela comia, Jôsi ergueu a mão e ofereceu o ombro, ao que a ave também obedeceu.

— E aí? Pirata Jôsi ou não?

4

Todo homem do campo conhece a pequena diferença que separa um animal de Deus de uma praga infernal: se come a parte do homem, então é praga.

Foi o que levou Gideão Vincenzo a apanhar sua espingarda e "atirar pra matar", como se diz na roça. Matar, ele não matou ninguém; Marta intercedeu em favor das vítimas já no segundo tiro, evocando todas as ameaças do matrimônio. Contrariado, o velho voltou para a casa, e tudo que lhe restou foi discar os três números dos Bombeiros.

— É o fim dos tempo — ele resmungou de volta à esposa, pisando duro no capim ressecado.

Desde que aquelas sementinhas em espiral começaram a crescer nos pastos, a grama sentia falta do que sempre foi dela. Enquanto o pasto secava, a porcaria em formato de cálice parecia adubada pelo próprio Deus. Sem contar que Marta, mulher sempre muito sóbria e temperada, agora vivia assoviando pelos cômodos, como se existisse ouro na sujeira que as plantas deixavam pela casa. O pozinho que saía das sementinhas estava pra todo lado, e nem mesmo uma vassoura ela permitia.

— O que eles falaram? — Marta perguntou a ele.

— Ninguém atendeu.

— Tem que ter paciência. Só não acho certo matar um bicho tão bonito. E desde quando bombeiro cuida de passarinho?

Gideão cuspiu de lado.

Era bom com a terra e com um monte de outras coisas, mas se tratando do ser humano, ele era mais travado que um trator sem diesel.

— Eles têm que cuidar das pessoa — ele explicou. — Imagina só um monte de bicho verde nas rua, invadindo os prédio, bicando as criancinha, obrando pra todo lado. E imagina se um avião resolve passar bem agora por cima da nossa cidade? Um helicóprio?

Marta não costumava dar o braço a torcer com facilidade, mas concordou.

Mais uma vez, o homem balançou a cabeça. Se continuasse com aquilo, teria um torcicolo antes da noite chegar.

— A gente precisa dar um jeito nelas. Ainda sobrou rojão das festa junina?

Um grupo de seis aves passou voando por eles. Gideão praguejou, mas elas passaram por ele de novo, como se o provocassem. Escolheram pousar em uma goiabeira que de goiaba não tinha nem brotos.

— Bicho verde dos inferno! — ralhou.

— Te aquieta, homi. Dá uma olhada no que elas tão comendo.

Gideão viu, mas, assim como a esposa, dificilmente dava o braço a torcer. As maritacas estavam interessadas na tal plantinha que andava competindo com o pasto. Estavam comendo pra valer, até chegar à raiz. Com aquele número de pássaros, elas fariam em poucas horas o que Gideão não conseguiu fazer em quase uma semana.

— Elas ainda são dos inferno? Ou viraram graça de Deus? — Marta quis saber.

Gideão mastigou a dentadura, estreitou os olhos e decretou:

— Tomara que elas coma até o zóio virá do avesso.

50

Cibélio ficou meia hora do lado de fora da casa de detenção, se deliciando com o céu tingido de verde e o desespero das pessoas. Ele estava de férias, afinal, não era problema dele se a cidade implodisse. Depois, voltou a pensar em seu amigo. Esperava que o infeliz surtasse de vez perto do rádio, mas, se isso não resolvesse, Cibélio tinha o plano B, que incluía um passeio mágico pelas margens do Rio Choroso.

Ninguém se opôs ao plano A com o rádio, pelo contrário, o mesmo agente que garantiu que ninguém passasse perto do xilindró até que Cibélio resolvesse seu assunto, conseguiu o aparelho radiofônico. A chegada das maritacas ajudou um bocado, afinal de contas, enquanto Zé Espoleta gritava, a cidade inteira estava atordoada e olhando pra cima. Da casa de detenção, praticamente todos estavam do lado de fora, exceto os homens detidos e dona Zulmira, que nunca via nada ou sabia de nada. Seus negócios eram o café e o chão da DP, e três vezes por semana os banheiros usados pelos policiais na casa de detenção provisória.

— E aí, alambique, amansou? — Cibélio disse da porta e seguiu avançando devagar pelo corredor. — Meus camaradas me ligaram assim que você se instalou. Na sinceridade, eu nem lembrava seu nome, mas o pessoal daqui nunca esqueceu o que aconteceu. Aí pensei: é muita falta de educação não fazer uma visita.

Silêncio.

— Espoleta? Vai me dizer que morreu por causa de um radinho? — Cibélio falava um pouco acima do tom normal, tentando compensar a estática do rádio e a agitação às portas da casa de detenção. Algumas pessoas se assustaram com as aves e acabaram se acumulando ali. Ainda falavam alto. — Trapo velho?

Se aproximou sem uma resposta. Na certa o imbecil tinha dormido.

— Mas que filho da puta... — Cibélio disse assim que botou os olhos na cela vazia. Vazia, não, porque existiam algumas maritacas desfiando o colchão. Puto da vida, ele girou o corpo em cento e oitenta graus e encontrou os outros dois presos. — Cadê ele? Cadê aquele lazarento?

Os rapazes não responderam. Um deles deu de ombros. O outro soltou um risinho.

Cibélio sacou a arma (que não devia estar com ele dentro daquele espaço, cooperação policial, todo mundo conhece a história. Mexeu com um, mexeu com todos. Ninguém viu, ninguém se mete) e apontou para o risadinha.

— Tá achando graça, craquento? Cadê o filho da puta?

Os detidos espalmaram as mãos. Eram apenas garotos, provavelmente não tinham mais de vinte, vinte e cinco anos. O que ria, agora estava de cabeça baixa. O que deu de ombros parecia ter visto muitas armas como aquela, então se ajoelhou e laçou as mãos às costas. — Ele saiu, seu policial — explicou. — Não tinha nem chave pra ele, ele tava aqui porque queria.

Cibélio segurou os olhos no infeliz. Quis atirar nele apenas para se acalmar. Todo bom policial conhece o preço de se distrair em um confronto, mas Cibélio não se considerava nessa situação, principalmente pelo seu oponente ser um bêbado com mais de vinte anos de prática. Assim, quando ele sentiu alguma coisa riscando seu pescoço, mal reagiu.

Às costas dele, Espoleta segurava uma faca de serra, uma faca de pão que ele surrupiou do refeitório. Estava lubrificada com algo que parecia óleo, mas era somente a gordura do pescoço de Cibélio Monte Azul. Não havia sangue em um primeiro instante. Já no momento seguinte, quando Cibélio tateou a coisa quente que enxarcava sua camisa cinza, suas mãos saíram vermelhas.

Logo, o sangue jorrava sem preguiça, alcançando cerca de um metro de distância nas primeiras bombeadas externas. O cérebro já não conseguia pensar direito, a musculatura ia cedendo em diferentes pontos. O pescoço, se tornando incapaz de ajudar a boca a articular as palavras certas. E o que aquela boca diria? Que era mentira? Que a menina de Zé havia crescido, casado e hoje morava na capital? Ou a boca de Cibélio confirmaria que ela ganhava a vida de uma maneira que nenhum pai conseguiria se orgulhar?

Sem se importar com a resposta, Espoleta montou cavalo na barriga do homem e fez outro talho em sua carne. Ele não queria ouvir nada que saísse daquela boca imunda, então a desarticulou de vez, serrando o encaixe da mandíbula. Aquele homem tinha roubado tantos anos de sua vida, tinha roubado tanta *vida*, que seria impossível uma reparação.

— Morre, desgraçado! Só morre! — Zé Espoleta grunhiu. E ouviu o tiro.

Foi rápido. Uma punção gelada na nuca, um brilho intenso em formato de cone, a queda na escuridão. O rádio parando de chiar e o segundo policial conferindo se havia alguma chance de Cibélio ou Espoleta estarem vivos.

Não havia.

6

Na mesma noite, Freitas se refugiou em sua igreja. Estava ouvindo a palavra do céu pelo rádio quando ouviu o primeiro trovão sacudir as nuvens. E ele riu.

Disseram que não choveria mais do que pequenas gotas até o final de dezembro, mas do que os homens sabiam? A mesma previsão do tempo também disse que choveria na semana anterior, "chuva seguida de vendavais", e tudo o que se viu foi um orvalho fino que não chegou a incomodar um grilo.

— Tu és sábio, ó Senhor dos céus. Se for Tua vontade, que venha um outro dilúvio.

Como se respondesse a ele, o céu se iluminou de tal forma que a igreja pareceu voltar para a hora mais brilhante do dia.

— Amém, Glorioso! Amém!

E o céu esbravejou de novo, testando a resistência das trancas das portas. O vento prometido chegou com duas semanas de atraso, mas ali estava ele, surrando portas e janelas, assoviando pelas frestas, erguendo a poeira que escapou das vassouras.

Freitas caminhou apressado até a porta, e, sem pensar duas vezes, a abriu.

Não precisou fazer força alguma, o vento se encarregou de jogar as madeiras para o lado de dentro.

— Estou aqui, Pai! — o pastor abriu os braços frente a tormenta.

Do lado de fora, não havia ninguém para testemunhar sua fé. E que assim fosse feito, já que seus assuntos com o céu não eram de interesse daquela gente.

O vento canalizado entrou com tamanha força que empurrou Freitas de volta. Ele resistiu, propulsando o corpo e se agarrando às fileiras de cadeiras. Agora, já não era só vento. Era areia, sujeira, água. Era vontade.

Longe de temer, Freitas sentia-se refrigerado no espírito, energizado.

— Vem! Encontra Tua morada em mim! — o homem riu escancarando os dentes.

A camisa marcada na pele, a pele marcada nos ossos.

Mais um clarão do lado de fora.

De onde estava, Freitas pôde ver um rio de energia se espalhando no céu, um sistema vascular, uma raiz. E, uns poucos segundos depois, havia apenas o ruído selvagem de um trovão distante. A chuva havia descido, a água fez o que precisava ser feito.

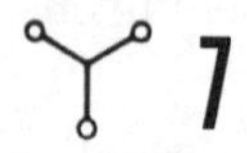

7

Por volta das oito da manhã do dia seguinte, sob uma chuva insistente, Espoleta ganhava uma cova sem identificação no Cemitério Municipal. Enquanto isso, todos os oficiais e principais personalidades da cidade que ignoravam seu falecimento atendiam ao chamado urgente da prefeitura e compareciam ao salão triangular da câmara de vereadores de Terra Cota. Conselheiros municipais, bombeiros, líderes civis e dois membros da própria Defesa Civil. Também alguns associados do Rotary Club, Lions Club e autoridades dos Filhos de Jocasta. Em poucos minutos de reunião, o grupo de pouco mais de cinquenta pessoas fazia mais barulho que as centenas de maritacas do lado de fora do prédio.

Quem tinha a palavra agora era Milton Sardinha, que além de locutor de rádio e presença social marcante na região, ocupava o cargo de secretário, uma espécie de porta voz entre os Filhos de Jocasta.

— Calma, gente, vamos manter a calma.

Milton já era o terceiro homem ao microfone, e tudo o que os dois primeiros conseguiram foi confessar o próprio espanto com a chuva e a situação das maritacas. Em vez de espantar as aves, a tempestade da noite anterior só serviu para excitá-las ainda mais. Célio Lumarte, da Defesa Civil, chegou mais longe, e propôs instalar um estado de calamidade pública, ao que todos gritaram palavras bem pouco gentis. Um dos mais exaltados talvez fosse Aquiles Rocha, que mandou o homem interditar o próprio cu. Em seguida, foi a vez do delegado de polícia substituto, Sérgio Linhares, ocupar o microfone. Ele se apresentou aos mandachuvas da cidade que ainda não o conheciam e garantiu que a ordem seria mantida "sem assaltos ou saques no comércio, mesmo que houvesse a necessidade do uso da força". Ninguém acreditou. Então a palavra voltou a Milton Sardinha.

— Calma, minha gente, pelo amor de Deus, tenham calma! — Milton pediu um pouco mais alto, chegando bem perto do microfone. Tão perto que o sistema de som gerou uma microfonia.

— Essa doeu — Sérgio Linhares lamentou. Ao prefeito, que estava a seu lado, coube apenas um esgar dolorido do rosto, algo que vinha fazendo bastante desde o episódio laríngeo de sua filha.

Milton se afastou do microfone e confirmou com o rapaz do som — o bom e velho Adney, que também cuidava da sonoplastia da igreja católica —, se estava tudo ok. Mesmo tendo confirmado, Milton tocou a cúpula do microfone antes de prosseguir.

Tum-tum.

— A única concordância geral é que precisamos tomar uma providência com essas aves, e já me parece um ótimo começo. Eu não entendo mais de maritacas do que entendo de mecânica de foguetes, então vou passar a palavra pro doutor Péricles, acho que quase todo mundo conhece a fama que precede o homem, então vamos dispensar as apresentações.

Um pouco sem jeito, Péricles Solovato assumiu o microfone, repetindo o ritual de tocá-lo na cúpula.

— Bom dia, pessoal. Se é que alguém conseguiu dormir essa noite. Acho válido começar pelo que me deixou mais curioso: de onde elas saíram.

— Começo bem meia-boca, hein doutor? — Aquiles Rocha disse, enlaçando a barriga com os braços. Péricles o ignorou.

— Entrei em contato com pesquisadores e autoridades no assunto, e até hoje não existem casos relatados de uma invasão parecida. Não de maritacas, e não nos últimos trezentos anos.

— A gente quer saber é como espantar essa disgraça! — rosnou Ermínio Celestino. Ermínio era dono de uma franquia da rede Supermercados Piedade, parte das aves decidiu se abrigar em seu galpão de estoque. O prejuízo em um só dia já rondava a casa dos cem mil.

— Para espantar "essa disgraça", como bem disse nosso amigo Ermínio, precisamos saber o que atraiu esse bando para a nossa cidade. Resolvida essa parte, garanto que elas irão embora e não vão voltar.

— É o desmatamento, porra! — disse Augusto Onofre Filho, vereador e ex-prefeito de Terra Cota. — Vocês elegeram aquele maníaco, deixaram o homem colocar fogo na Amazônia, o que esperavam? As bençãos divinas?

— Por favor, vereador... — o prefeito em gestão interrompeu o que fatalmente culminaria em um discurso. — Com todo o respeito, o senhor acha mesmo que essa lambança aviária é culpa do nosso presidente?

— *Seu* presidente, porque em mim aquele psicopata não preside porra nenhuma!

E mais uma vez a aclamação tomou conta do auditório. Os homens rapidamente se lembrando do que andava entalado em suas gargantas, as mulheres tentando fazer o possível para que a coisa não evoluísse a um quebra-quebra. E foi uma delas que subiu pelas escadas laterais e pediu o microfone a Péricles.

Diferente dos seus antecessores, Sabrina Frias não testou o microfone com os dedos, mas com um grito:

— ORDEM!

Assustados, os homens foram se entreolhando, pensando em reagir, mas acabaram se calando bem rápido.

— Meu Deus, gente, vocês estão se comportando como gladiadores! Não é dessa forma que resolvemos nossos problemas. Eu tenho minhas opiniões, meus partidos, amo algumas pessoas e consigo odiar a outras, mas nesse momento precisamos de um pensamento coletivo e não dessa... queda de braço.

— Ah pronto, agora vamos levar esporro da professorinha... — Aquiles rateou.

— Professora sim, e também coordenadora municipal de ensino. E se o senhor não estiver disposto a levar um processo, é melhor me tratar com respeito. A mim e a todos que estão nessa sala.

No piso quadriculado, Aquiles não se opôs, tampouco concordou, mantendo todo o cinismo possível em suas bochechas infladas.

No púlpito, a coordenadora devolvia o espaço cedido à Péricles, e se mantinha ao seu lado.

— Obrigado, Sabrina. Minha gente, a questão do desmatamento infelizmente é bastante pertinente, mas não precisamos chegar na Amazônia pra falar desse assunto. Aqui mesmo na cidade, tivemos um massacre do habitat natural dessas aves, graças ao novo condomínio do grupo Piedade. Não sabemos se esse foi o estopim da migração, mas vimos algo parecido em Assunção, mas com rãs e em um número muito menor. Em Acácias, onde uma multidão de pardais arruinou uma plantação de jabuticabas, também foi parecido.

— Tinha que ter o dedo podre do Hermes — Sabrina Frias disse.

Péricles continuou.

— Tirar essas aves da nossa cidade pode não ser tão simples, principalmente porque as maritacas não podem ser caçadas ou exterminadas legalmente.

— Ah, que ótimo. E lá vamos nós de novo, reféns do Ibama — o prefeito reclamou e lançou os olhos ao novo delegado. O homem não se moveu, o que deu a entender que ele só tinha um lado: o dele.

— Não é o caso de sermos reféns ou não. Essas aves não fazem o que fazem de propósito. Elas vieram até aqui por instinto, ou por desabrigo. O que eu quero dizer é que, atraídas por alguma coisa ou não, é bastante natural que animais silvestres procurem as cidades quando têm seus ninhos destruídos.

Samantha Bugatta, também da Defesa Civil, ergueu o braço de onde estava. Péricles sinalizou que ela subisse, mas Samantha preferiu falar do térreo.

— Acho que todo mundo com bom-senso entende que esses animais são tão vítimas quanto a gente, mas a coisa está ficando muito feia muito depressa. Elas comeram a fiação de energia em diferentes pontos da cidade, invadiram supermercados e residências, minha mãe tem uma lojinha no centro e elas rasgaram mais da metade das roupas à venda.

— A Comunidade do Piolho também está sem energia, e tivemos um problema ainda maior no hospital — disse Dr. Mauro Lajes Sobrinho, que além de cardiologista ocupava a presidência do Lions Club. — A gente não sabe se foram elas ou a chuva, mas as pessoas estão perdendo o controle.

— Sim — Samantha concordou. Percebendo a confusão de alguns, ela mesma explicou: — Algumas aves invadiram a UTI, uma delas mordeu o respirador de um homem. As enfermeiras conseguiram socorrê-lo a tempo, mas se essa invasão continuar, é quase certo um surto de infecção hospitalar.

Maritacas podem transmitir psitacose, que geralmente causa febre, calafrios e muita tosse, mas em um paciente imunodeprimido... a coisa pode evoluir para o pior. O que eu acho, Péricles, é que talvez estejamos em um dilema de espécies. Se forem elas ou nós, precisamos escolher um lado.

Péricles respirou fundo. Tão fundo que o microfone captou seu suspiro. Sendo veterinário, era naturalmente um defensor dos direitos dos animais, mas Samantha Bugatta tinha certa razão. A espécie humana extermina ratos, formigas e escorpiões, em alguns casos liberamos a caça de animais silvestres — e em outras exterminamos a nós mesmos. Não era uma boa hora para a hipocrisia.

— Podemos tentar fogos de artifício, explosões, fazer barulho de alguma forma. Não costuma resolver tão rápido, mas se espalharmos os fogos em pontos-chave, pode dar certo. — Péricles sugeriu.

— Puta merda, eu não tô ouvindo isso — Aquiles disse e tomou a direção do púlpito. Subiu depressa, apesar de seus cem quilos. — Me dá licença, doutor — disse ao veterinário, já o deslocando do microfone.

Raspou a garganta.

— Vocês sabem o tamanho da chuva que deu ontem? Minha gente, caiu tanta água que o rio Choroso transbordou em dois pontos, tanta água que a enxurrada tirou árvores do chão e alagou parte da reserva! Se aquele bando de passarinho de Satanás resistiu a isso, o meu conselho é que cada um pegue uma arma e resolva do seu jeito. Tijolo, revólver, um pedaço de pau serve, qualquer coisa que mate essa corja de papagaios. Ou vocês preferem ficar no escuro e cobertos de bosta?

— Que horror — Sabrina disse.

— É um bom argumento — o delegado Linhares deixou escapar e deu de ombros.

— Se não acreditam em mim, deem um passeio na cidade — Aquiles prosseguiu. — O Morro do Piolho já está sem luz, o Colibris perdeu trinta por cento do bairro; no centro da cidade, mesmo com a chuva, tem mais merda no asfalto do que gente. Eu vou dizer uma coisa, meus amigos, se somos nós contra elas, eu vou torcer pra gente.

Sem esperar a repercussão de suas palavras, Aquiles deixou o microfone e começou a descer do púlpito. Ajustou as calças na metade do caminho, chegou ao centro do auditório e complementou:

— Vocês podem continuar com esse teatrinho, chamar o Ibama e mandar a porra da polícia ambiental prender todo mundo, mas sabem que eu tenho razão.

8 ◎

Na mesma tarde, Diogo precisou de quarenta minutos para convencer Sérgio Linhares a não interromper as buscas pelo menino Hector De Lanno. Apesar dos protestos, a posição de Linhares para essa situação era clara e simples.

— Eu não posso sacrificar o batalhão no meio desse pandemônio pra encontrar um menino desaparecido há mais de duas semanas. E você sabe tão bem quanto eu que estamos por nossa conta até darem um jeito na estrada.

— Me ajuda nessa, Sérgio, a gente ainda pode encontrar o menino. Ele pode estar vivo.

Linhares o encarou com uma expressão curiosa, que logo seria traduzida pela boca.

— Tem certeza de que seu foco é o menino?

Diogo respirou fundo.

— Ele era seu amigo, Diogo, a gente sabe como funciona.

— Não é nisso que estou pensando. O Plínio já se fodeu, ele é outro departamento. Podia ser minha filha, Sérgio. Ou o seu. O Hector tem a mesma idade dos nossos filhos.

Era um bom argumento, um que fez o novo delegado afrouxar a gravata.

— Uma semana, Diogo. Eu deixo correr, mas você está sozinho nessa.

— Tá falando sério? O que eu posso fazer sozinho?

— É pegar ou largar, e se for largar, eu fico muito feliz em ter sua ajuda na serra. A chuva derrubou duas barreiras, a coisa por lá está fora de controle. Mais cedo, um caminhoneiro sacou um revólver pra tentar passar na marra.

— Eu vou encontrar o Hector.

Diogo já estava se levantando e deixando a sala quando seu celular tocou uma única vez. Ele o sacou do bolso, leu o número e soltou outro suspiro.

— Mais problemas? — Linhares se interessou.

— Só pode ser. Faz quase quinze anos que o meu pai não fala comigo.

9

Diogo desceu do carro, deu uma olhada na porteira e se lembrou de quando ficava pendurado naquelas mesmas madeiras, sentindo o vento, respirando a poeira da estrada. Foram bons anos, mas ele não servia para aquela vida simples, sempre soube que não. Da varanda, logo surgiu seu pai. Vestia a calça de sempre, a expressão fechada de sempre, só mesmo a barba havia mudado, crescido e ficado mais branca. Sem sair da varandinha, Gideão disse:

— Tá aberta, é só empurrar.

Diogo ainda pensou novamente se deveria fazer aquilo. Algumas coisas talvez devessem permanecer como estavam. Doía menos, agredia menos, do que adiantava reacender uma brasa para segurá-la nas mãos?

Tomando a decisão por ele, Braddock pulou para o banco da frente e se esticou na janela, o que arrancou um pequeno sorriso do velho. Assim que o carro estacionou, o cão correu para a varanda. Gideão deu um bote na coleira e o forçou pra baixo, não precisou fazer mais para controlá-lo. Sabia lidar com bicho. Na opinião de seu filho, lidava muito melhor com bicho do que com qualquer ser humano.

Diogo caminhou até a varanda. Gideão não se mexeu.

— Tarde — foi tudo o que disse.

— Vai passear, Braddock. — Diogo disse ao cão. Como se o compreendesse, o pastor saiu trotando. — Ele precisava sair um pouco e como eu vinha pra cá...

— Eu gosto de bicho.

Como dois conhecidos, as mãos se tocaram, mas a o cumprimento não passou disso.

— Sua muié ligou pra Marta esses dia. Acho que as duas conversaram quase uma hora. Como tá a menina?

— Tá uma mocinha. A Andressa precisava pensar um pouco nas coisas dela, ela logo volta pra casa.

— Pela conversa da Marta, se você não for buscar, elas não vorta não.

— Me ligou depois de tanto tempo pra falar da Andressa?

Gideão pigarreou.

— É a sua mãe. Ela tá lá no quarto do falecido. Passa o dia inteiro lá, com aquela joça de rádio ligado.

O velho foi entrando e Diogo o seguiu. Usaram a porta da frente, tratamento que só era dispensado a gente estranha.

A casa estava exatamente como da última vez que Diogo a viu. Três poltronas individuais, um tapete de carneiro, uma estante na parede. Na estante, a tv Philips, o pequeno três em um da Sony, fotos da família. Também uma foto de Diogo, que ele desconhecia. Foi tirada em uma cerimônia da polícia. Um retrato recortado dos jornais.

Os dois avançaram até a cozinha, passando ao lado de um quadro de Diogo ainda menino. No novo cômodo, Diogo notou a pilha de louças sobre a pia. O chão também estava empoeirado, era possível sentir os grãos estalando enquanto caminhavam. As cadeiras não estavam paralelas à mesa, mas bagunçadas. Coisinha, a calopsita, deu um grito.

— Tá tudo bem com a mãe?

— Tem vezes que ela não quer saber da louça.

Diogo notou algo perto da janela da cozinha, na parede sobre a pia. Chegou mais perto e passou os dedos sobre a planta que se fixava ali. Não havia muito dela, mas sua existência naquela cozinha chamava atenção.

— Essa praga tá pra todo lado. Lá fora as maritaca deu jeito, mas as pranta vieram pra dentro. Sua mãe não deixou eu tirar.

Diogo tocou uma das flores e esfregou as mãos na calça, a fim de tirar a poeirinha que saiu da planta. Em seguida, apanhou um copo que estava por lá e se serviu no filtro de barro. Era estranho estar naquela casa outra vez, mas não chegava a ser tão ruim quanto esperava. Coisinha deu mais um grito em seu poleiro e Diogo foi até ela. A ave se aproximou como se não recebesse atenção há um bom tempo.

— Liguei procê porque tô preocupado com a Marta.

— A mãe tá doente?

— Às vezes parece que tá.

— Pai, se você não falar o que está acontecendo, eu não vou adivinhar.

— Tô arrumando um jeito de não parecer sem juízo, e de não fazer o mesmo com a sua mãe.

Gideão apanhou um maço de cigarro do bolso da camisa, inverteu a embalagem e deixou sair dela um tubinho e um isqueiro pequeno, que usou para acender o tubinho. O pai preferia os palheiros, e só fumava daqueles quando estava muito nervoso.

— Cê ainda pita?

— Parei.

— Fez bem de parar. Sua mãe nunca gostou que você pitasse.

Com o cigarro aceso, o velho deixou a cozinha e foi até a varanda. Diogo o seguiu.

Gideão olhava para o pasto, que aos olhos de seu filho parecia desbotado e sem vida. Não era só a cor amarelada da grama ou a invasão das ervas daninhas, era *a coisa antiga* que o fez deixar aquela casa. Ela ainda estava lá. Aquela ausência.

— Eu lembro de você e do seu irmão brincando no pasto. Cê não tinha muita paciência, mas ele vivia colado em você, que nem carrapato.

— Se eu soubesse o que ia acontecer, tinha grudado nele de volta.

— Você fez o melhor que podia, às vezes isso é tudo o que um homem pode fazer. Quando eu rilhava com ele, você defendia, entrava na frente e tudo. Uma vez vocês dois roubaram um cavalo, ele caiu e quebrou o braço; você assumiu a culpa sozinho, e a ideia tinha sido dele. Depois aconteceu o que aconteceu. Não foi culpa sua.

— Não foi o que você disse.

— Eu era outro homem, e você era um cabeçudo. Não foi justo tirar a chance deu ter uma netinha.

— O senhor tem meu endereço.

— Mas eu não tinha o convite.

Sem nada melhor a falar, os dois voltaram ao silêncio. É o que resta do desgaste das relações, a companhia e a boca fechada. Mas não foi pra isso que Diogo aceitou aquela convocação.

— Cadê a mãe?

— No quarto do seu irmão. Ela fica ali o dia inteiro, e se eu tento entrar, ela rixa comigo como seu fosse um lobisomi. Até aí eu não tava tão preocupado, porque o doutor já tinha falado que ela ia ter altos e baixo a vida inteira, principalmente quando chega época das festa. Mas ontem de noite eu acordei sem a Marta na cama. Levantei na ponta do pé, a porta do quarto do Gustavo tava só encostada. Creideuspai, Diogo, ela tava... — o velho se benzeu pelo pecado que logo diria — ela achava que tava... falando com o seu irmão morto.

Diogo prendeu o ar e deixou alguns segundos dentro dele, depois o soltou inflando a boca, como se precisasse daquilo para não implodir de vez. Quanto tempo fazia que ele não se lembrava daquelas pessoas? Daquela dor?

— Tem umas coisas estranhas acontecendo na cidade, pai.

— Sempre teve, mas agora é com a sua mãe.

O velho continuava uma lixa. O que, de certa forma, fez com que Diogo se sentisse em casa.

— Senti sua falta, velho. Não sempre, porque você não é mole, mas às vezes eu sentia saudade.

O velho engoliu a garganta com tanta força que ela deu um estalido. Secou os olhos.

— Pois eu não. Qué dizê, um filho deve respeito ao pai, então o pai sente menos saudade, se for um bom pai.

— Vem cá, seu Gideão. — Diogo chegou a ele e o abraçou.

No início, foi como abraçar um toco, um pedaço de madeira morta. O velho continuou com os braços caídos, com a coluna reta, os olhos no pasto. Mas depois do primeiro esforço, ele se agarrou ao filho com tanta força que as costas de Diogo estalaram.

— Senti sua falta, fio duma égua — o velho disse.

— Também senti a sua, cavalo.

Diogo o beijou no rosto e o velho o apertou mais forte. Assim que se apartaram, o velho deu uma boa olhada nele.

— Tá com cara de cansado, precisa dormir direito. Deu uma emagrecida. Cata logo esse carro e vai buscá elas, um homem precisa da sua muié.

— Não tá funcionando, pai, já faz um tempo. Essa pandemia só mostrou o que a gente já sabia. Eu e a Andressa estamos competindo e não nos ajudando. Não tem como dar certo.

— Fio, escuta teu pai. Casamento não é fácil pra ninguém, se fosse fácil, a gente não precisava assinar tanto papel. Agora vem pra dentro, eu não chamei você aqui pra me meter no seu casamento. A gente tem que dá um jeito na cabeça torta da sua mãe.

10

Diogo bateu na porta e Marta apareceu na abertura. Entre todas as coisas que ela pensou em dizer, a frase que encontrou palavras foi: — O que o seu pai andou fofocando?

Ela estava um pouco mais magra do que ele se lembrava, mas, fora isso, era a mulher que sempre foi. Diferente do marido, Marta encontrava Diogo pelo menos duas vezes por ano, o que só deixou de acontecer no período da quarentena.

Diogo a beijou, pediu sua benção, depois perguntou:

— Mãe, que negócio é esse com o rádio?

Marta não respondeu, mas seus olhos teriam queimado a pele de Gideão se ela tivesse esse poder. Percebendo que a coisa estava ficando feia para o seu lado, o velho Gideão pigarreou, passou a mão pela barba e disse:

— Eu preciso dá um jeito nos porco, cêis dois se entende aí.

— Pai...

— Deixa ele — Marta disse, abanando a mão e segurando o braço do filho na sequência.

O velho saiu ligeiro. Ele já tinha feito mais do que pensou ser capaz. Estava feliz em ver o filho, mas não foi uma coisa fácil. Quando as brigas começam pequenas e terminam grandes, já é bastante difícil encontrar um fim, e aquela começou enorme.

— Precisa perdoar o seu pai. Ele não fez por mal.

— Mas ele fez e doeu do mesmo jeito. Eu não tive culpa do que aconteceu com o Guto. Fiquei com ele o dia inteiro, quando saí ele estava vivo, e então... A senhora conhecia ele, o Guto gostava de beber. — Diogo respirou fundo de novo. — Com esse negócio de pandemia, passei meses lembrando de tudo aquilo, de como eu tirei ele daqui e arrastei pra aquela desgraça de rio. Se eu pudesse voltar no tempo e trocar de lugar com ele, já teria feito.

— E aí eu perdia você e ficava com ele? A dor seria a mesma.

— Seria?

— Não é porque você não saiu de mim que eu sou menos sua mãe.

Diogo aproveitou o momento e chegou mais próximo ao rádio, sentando na cama.

— Como isso pode ser verdade? — perguntou a ela sem precisar explicar mais nada. Marta também se sentou.

— Deus faz ser verdade.

— Deus, mãe? E onde Deus estava quando ele se afogou?

Marta fechou o rosto de uma maneira que só mesmo uma marreta seria capaz de amaciá-lo. Mesmo os lábios se enrugaram.

— Você tem seu direito de viver sem fé, mas, dentro dessa casa, se falar de Deus desse jeito, eu é que vou ficar sem falar com você.

— Mãe, a senhora precisa admitir que isso não faz sentido, isso não é possível.

— Se tivesse ouvido, você ia saber que é possível. É ele, Diogo, é ele, sim. Diz que tá com saudade, que lá onde ele tá é meio frio. Eu pedi pra ele pra se pegar com Deus e Nossa Senhora, enquanto eu e o pai não somos chamado pro céu.

— Liga o rádio, mãe.

— Ligar?

— É, mãe. Se o Gustavo está usando o rádio como microfone, eu também quero falar com ele.

— Não é assim que acontece. Não é toda hora.

— Eu quero testar. — Diogo fez menção de ligar o rádio, mas Marta colocou sua mão sobre o botão.

— Não faz isso. Você não tem esse direito.

— Acho que eu tenho, mãe. Eu estava lá quando aconteceu. Eu ouvi de vocês que tinha deixado ele morrer. Ouvi que era pra eu sumir dessa casa e não voltar nunca mais. Então, se eu estou aqui, tenho todo direito de falar com ele ou acabar com essa loucura de vez.

Aos poucos, Marta afrouxou a mão. Estava tremendo um pouco.

Diogo ligou o rádio em seguida.

11

A coisa começou a chiar e não parou mais. Diogo avançou e retornou o curso completo da sintonia mais de três vezes, e o rádio não trouxe nada além de mais barulho. Ao lado dele, Marta alternava entre a serenidade e a agonia. Se aquele rádio falasse, dependendo do que falasse, poderia significar que ela fora enganada, e que seu filho falecido nunca voltou a habitar aquele quarto. Se ele não falasse, traria a suspeita de que ela estava mesmo ficando louca e ouvindo vozes que nunca existiram.

— Deixa que eu tento — ela se encorajou.

— Tem certeza?

— Ele veio pra mim, então eu é que preciso fazer.

Trocaram de lugar e, assim que Marta tocou o rádio, ele sintonizou uma estação. Não era nada como uma voz ou algo que Diogo pudesse reconhecer como tal, mas uma música italiana.

— Começa assim às vezes — ela disse, a mão no botão e o olhar atento. — Parece que as músicas trazem ele pra cá. Tem vez que é música, tem vez que é um chiado diferente, quase nunca começa de primeira.

Marta se benzeu, juntando as mãos e fechando os olhos. Ficou assim por vários segundos. Quando terminou de se concentrar, reabriu as pálpebras e disse:

— Filho, teu irmão tá aqui hoje, ele veio conversar com você.

O rádio chiou de novo. Sua mãe olhava para algum ponto da janela entreaberta, apenas para ter algo onde se concentrar. Isso lhe trouxe uma impressão horrível. Aquela não era Lúcia Louca, era sua mãe, era penoso vê-la naquele estado.

— Filho, é a mãe — Marta voltou ao rádio. — É a mãe, bezerrinho.

Dessa vez a música italiana diminuiu aos poucos, e logo cedeu espaço a uma microfonia. Não era muito alta, mas algo residual, uma presença. Marta voltou ao botão de sintonia, também moveu a antena, na direção da parede que fazia divisão com a cozinha. Houve um *ploc* e um ruído cheio de eco, bastante desagradável e distorcido.

Então aconteceu.

Mãe.

— Glória a Deus, meu filho! Que bom que você tá aqui.

Mãăe. Saudade, mãe.

— Guto? — Diogo deixou a cama, ajoelhou no chão e se posicionou na frente do rádio.

Mããe. Você não é a mãe.

— Pode apostar que não — ele agarrou o aparelho. — Quem é você? Por que está fazendo isso com ela? — Diogo inqueriu.

Mããããe.

— Você não é o meu irmão, quem é você?

— É a distância, filho, seu irmão tá lá no alto, nos braços do Pai.

— Escuta aqui, cara, eu não sei como você me ouve, mas anota o recado: eu vou te buscar e enfiar na cadeia. Vou pegar todos vocês. Essa é a nossa cidade e vocês não vão foder todo mundo. Não vão, tá me ouvindo?

— Não, Diogo! Não! — Marta gritou. Estava chorando, tentando apanhar o rádio.

Nós ouvimos vocêêsss agora.

Nós.

A estática voltou a encher o aparelho.

Diogo não perdeu mais tempo e o retirou da tomada. Marta chorava com as mãos unidas.

— Não precisa sentir vergonha. — Diogo manteve o rádio consigo, enrolando o fio de energia ao redor dele. — Essa gente é assim, mãe. Eles não sabem o mal que fazem.

— *É ele*, Diogo, é o seu irmão. Eu sei que é ele.

Diogo colocou o rádio em cima do guarda-roupa e se ajoelhou em frente à mãe. Tomou as mãos dela nas suas. Marta chorou um pouco mais, depois esmoreceu.

— Quem são eles? — ela perguntou.

— Bandidos, estelionatários, gente que vive da miséria dos outros. Eu não vou tirar o rádio da senhora, mas fica longe dessa coisa. A gente não sabe quem está do outro lado, mas não é o Guto. Nunca foi o Guto.

— Mas ele fala umas coisa que só seu irmão sabia.

— Essa gente está brincando com a cidade inteira, mãe. Com os celulares, com a televisão, pessoas estão morrendo e se machucando e isso não tem nada a ver com o meu irmão.

— Tem certeza? Tem certeza que não era ele?

Diogo não queria mentir, mas como matar o filho daquela mulher pela segunda vez? Como retirar ele de sua vida, mais uma vez?

— Se for o Gustavo... se de *alguma* forma for ele, eu vou descobrir.

12

Enfermeira Anna tinha cinquenta e cinco anos e pesava cento e vinte quilos. Sua pele negra parecia uma pérola de tão brilhante, e se alguém colocasse qualquer um de seus pacientes em risco, mesmo sendo um médico, ela mesma providenciaria outro leito. Anna era mãe de oito filhos, cinco dos quais ainda viviam com ela. Não tinha marido e, sinceramente, estava bem feliz desse jeito.

No dia em que as maritacas invadiram a cidade, a enfermeira foi chamada às pressas para acolher um homem na recepção do ambulatório. Assim que chegou perto dele, pensou que o coitado estivesse sofrendo algum tipo de mutação para se tornar um cigarro. Ele estava magro, meio encardido, e tinha o cheiro de um cinzeiro molhado. Mas bastou meia dúzia de palavras e dois dias de maca para que eles se tornassem bons amigos. Como amigos falam pelos cotovelos (ela, um pouco mais), Anna acabou descobrindo depressa que os únicos seres vivos importantes na vida do senhor Tubinho eram um cachorro e um menino de onze anos chamado Arthur Frias. Sendo a cidade de Terra Cota menor que a cabeça de um alfinete, ela logo identificou o menino pelo sobrenome, e avisou aos pais que seu velho amigo ficaria muito feliz em receber uma visita.

No final do segundo dia de internação, quando Thierry foi para o quarto, ela mesma foi recepcionar o menino.

Encontrou Arthur ao lado da mãe, que todo mundo na cidade conhecia das reuniões de pais e mestres das escolas públicas. O cargo de Sabrina não exigia que ela estivesse presente nas escolas, mas ela fazia questão de aparecer. Mesmo que fosse uma ou duas vezes a cada semestre, estar por perto dos professores e alunos era uma injeção de ânimo. Os problemas eram muitos, claro que sim, mas de certa forma Sabrina se alimentava com o ato de encontrar soluções para eles.

— Eu posso ir junto? — Sabrina perguntou a Anna.

Com uma empatia rara, Anna olhou para o menino antes de dar qualquer resposta.

— Acho que eu prefiro ir sozinho, mãe. O seu Custódio não gosta muito de gente.

Sabrina deve ter sorrido, mas a máscara no rosto não permitiu ter certeza.

— Se o seu amigo não gosta de gente, ele disfarça muito bem — Anna pontuou. — Mas vocês podem tratar de seus assuntos masculinos enquanto eu espero com a sua mãe no corredor. Podemos fazer desse jeito?

Os dois concordaram e Anna puxou a fila, passando por uma porta de plástico e recebendo o fluxo de ar negativo que emergia da ala de internações. Sabrina não gostou nada de precisar ir até o hospital com uma infestação de maritacas e uma nova cepa de Covid sendo anunciada na tv, mas, de certa forma, ela compreendia que devia isso ao velho; devia ao seu próprio filho. Nos meses mais duros, apesar dos riscos, Thierry recebia o menino e passava algum tempo com ele.

Como foi combinado, o garoto foi o único a entrar no quarto.

Thierry estava de olhos fechados, com uma agulha enfiada no braço, recebendo medicação. Assim que ouviu a porta, ele se virou na direção do menino e o sorriso cresceu em seu rosto.

— Olha só quem tá aqui — disse.

Arthur se aproximou devagar, nunca havia estado em um hospital antes, não daquele jeito. Seu amigo estava deitado em uma cama, mais magro do que nunca, branco como as persianas da janela.

— Quando o senhor vai pra casa? — perguntou. Era uma boa pergunta, uma que resumia o bláblábla que ele e o velho abominavam.

— Eu não sei ainda, Arthurzinho, mas pode demorar um pouco.

Artur se encorajou a chegar mais perto do braço espetado de Thierry Custódio. Havia hematomas na pele, e ele se sentiu muito mal por isso, sentiu como se ele mesmo tivesse feito aquelas marcas.

— A enfermeira não tem culpa. Minhas veias são uma piroca.

Arthur ficou mais um tempo olhando e olhando, sem saber o que dizer, embora a pergunta estivesse bem ali, quase implorando pra sair da boca.

— Por que não me conta dos passarinhos? — Thierry sugeriu.

Isso fez o menino rir.

— Tá todo mundo meio louco na cidade. O Beto disse que o pai dele perdeu um dinheirão na loja porque de algum jeito elas entraram lá e roeram um monte de sapato.

— Senhor Gato de Bosta deve ter ficado bem chateado — Custódio disse. — E o resto dos meninos? Estão todos bem?

— Tão, sim. A gente foi na casa do senhor um monte de vezes, eu até perguntei na casa do seu vizinho, aquele que era da polícia, mas ele não sabia de nada.

— Aquele corno não sabe nem o próprio sobrenome. Foi muito de repente, eu precisei sair correndo ou ia ter um piripaque no chão da oficina.

— Tomei um susto quando ligaram lá em casa. O que o senhor tem?

— Eu sou mais velho que a mentira, Arthurzinho. E gente velha às vezes enguiça.

Foi o que bastou para que eles começassem a rir. O velho, um pouco mais, e enveredou em uma daquelas tosses feitas de cigarro.

— Eu tenho um probleminha genético. Não é coisa que se diga "nossa, ele vai morrer amanhã", mas de vez em quando a coisa fica feia. Andei me alimentando mal, fumei demais, agora estou pagando o preço.

Ficaram em silêncio de novo porque, de repente, não havia nada de bom para dizer.

— A gente ainda tá ouvindo o rádio, igual o senhor ensinou. A Renata falou que ouviu alguém falando do fim do mundo, mas eu acho que era só um programa desses de igreja. Aí no outro dia as maritacas apareceram e eu fiquei em dúvida. Tem até gente falando com gente morta!

Thierry estreitou os olhos e chegou a virar o pescoço. Tentou se levantar, mas acabou desistindo.

— Aquela coisa no rádio não é boa.

— Por que não?

— Porque nada que só faça o que a gente quer presta bom serviço. As coisas que eles falam são mentiras, eles fazem a gente acreditar no que eles querem. Eu me afastei de você e dos meninos por causa dos aparelhos, isso foi bom?

— E se eles estiverem falando a verdade?

— Não pode ser, Arthurzinho. Quando a gente morre, a gente acaba. Acaba ou vai pra outro lugar, mas nós não ficamos aqui dando conferência. O rádio fingiu que era o meu irmão, nós dois sabemos que não é possível.

— Mas ele falou com a voz dele?

— Com um pouco de dedicação, alguém pode falar como o Henry, até pensar como o Henry. Escuta, rapaz, quero sua promessa que você e seus amigos vão ficar longe dessas transmissões, pelo menos até alguém descobrir o que elas são de verdade. Eu pensava como vocês, que era uma coisa boa e especial, tanto acreditava que fiz aquela birosca pra encontrar o sinal... Eu quero que você não pense mais nisso, nunca mais.

— Eu fico longe dos rádios, se o senhor prometer voltar pra casa.

Com alguma dificuldade, Thierry esticou o braço. O menino apertou sua mão, meio desengonçado.

— Eu não posso prometer uma coisa dessas, mas prometo que vou me esforçar.

Arthur sorriu, aquela era a melhor notícia desde que entrara no hospital. Thierry era muito teimoso, então, se ele quisesse mesmo alguma coisa, era bem capaz de conseguir.

— E o Ricochete? Quem tá cuidando dele? — Arthur perguntou.

— Ele ficou na casa da dona Marlene, a vizinha da frente, a que tem um carrinho vermelho.

— Se o senhor quiser, eu posso ficar com ele. Só até o senhor sair.

— Você também pode ficar com ele caso eu não saia. O Rico gosta de você e dos seus amigos, ele gosta até do Gato de Bosta.

Os dois riam de novo como se tivessem a mesma idade. Thierry parou primeiro, mas só porque começou a tossir outra vez.

— Eles falaram quando o senhor volta?

Os dois se olharam com a cumplicidade que só os amigos de verdade podem ter. E foi com essa mesma cumplicidade que o velho respondeu:

— Eu não quis perguntar.

13

Júlia vinha pensando em marcar uma conversa com Diogo desde seu encontro com Tales Veres. O problema é que depois que as maritacas apareceram, todo o resto deixou de ser prioridade. A polícia estava sendo exigida na cidade toda, além disso, ela mesma tinha sua própria carga de trabalho dobrada porque todo mundo queria saber o que estava acontecendo em Terra Cota. No final das contas, quem recebeu a chamada foi ela, e Diogo insistiu em falar com o velho Ary pessoalmente.

— Elas chegaram até aqui — Diogo disse, já no carro, assim que avistou a clínica.

Júlia ainda não conhecia a urgência daquele passeio, mas aproveitou o trajeto para contar parte do que havia descoberto com Tales Veres. Ela esmiuçou muitos detalhes, mas foi econômica sobre um suposto envolvimento de inteligência alienígena. Diogo era do time que acreditava que todo evento inexplicável tinha um ou mais dedos humanos envolvidos, possibilidade que ela mesma ainda não descartava. Para insistir naquele ponto específico e implausível, *vida extraterrena*, ela ainda precisava de muitas evidências e algumas respostas.

No lar de idosos não havia tantos pássaros quanto no centro da cidade, mas o número era suficiente para cobrir boa parte do telhado. A velha antena VHF/UHF acima das telhas estava toda torta, despromovida a uma espécie de poleiro. As aves também se acumulavam nas cercas vivas, na fiação aérea, e em todas as janelas da construção.

Avançando pela entrada, Diogo as notou sobre silhuetas de carros e motos, emergencialmente cobertos por lençóis. As aves usavam a placa com o nome da clínica como um outro poleiro, e elas sequer se perturbaram quando Diogo e Júlia passaram a menos de um metro da estrutura.

— Os passarinhos foram o melhor evento desde o último aumento da aposentadoria — a atendente disse a Júlia, pouco antes de entregar o crachá a ela.

Diogo suspirou baixinho. Não conseguiria pensar o mesmo nem se dobrassem seu salário.

Liberados pela recepção, avançaram pelo corredor e tomaram o trecho pavimentado que cercava o gramado. A área não era muito grande, mas acomodava com folga uma mesa de plástico e três cadeiras, e ainda os protegia da garoa que estava indo e vindo desde o início da semana. Assim que chegaram a Ary Müller, Diogo se apresentou. O velho o cumprimentou de volta. Depois estendeu a mão à Júlia.

— Eu preferia falar com vocês onde não tem enxirrido — olhou para a esquerda, onde o enfermeiro de Jesus, Jaime, mantinha a pose de soldado —, mas os maritacas fizeram ninhos no estufa e não querro atrapalhar. Elas são engrraçadas.

— Se o senhor diz... — Diogo não se segurou.

— Ya. Eu diz. Mas o que vocês moços querrem desse vez? Vierram me prrender?

Diogo relaxou um pouco e tentou sorrir. Estava tão cansado que os músculos não obedeceram.

— Lembra que eu trouxe aquela gravação que precisava traduzir?

— Eu acha difícil esquecer.

— Bom, eu tenho um amigo que é especialista em telecomunicações, e nós descobrimos algumas coisas novas — Júlia explicou. — Como o Diogo é quem está comandando as investigações sobre essas anomalias nos telefones e no rádio, eu achei interessante ele ouvir o senhor.

— E o que o mocinha quer saber de mim além do que já contou prra ele? — Ary manteve os olhos estreitos.

Júlia retirou uma folha de sulfite do bolso traseiro da calça jeans e a colocou sobre a mesa. Passou as mãos para que o papel ficasse reto.

— Númerros? Eles já estavam aí do outra vez. O que eu faz com esse? Joga na bicho? — o velho riu.

— Se ninguém *já* tivesse acertado na loteria com eles, seria uma ótima ideia — Diogo explicou.

— Esses números são a segunda sequência daquela transmissão que eu trouxe pro senhor ouvir, a que estava em português. Depois da nossa conversa, eu descobri que essa mesma sequência premiou uma loteria aqui na cidade. E se a gente mudar a ordem das dezenas, elas também são um tipo de endereço, um ponto de emissão de ondas de rádio em algum lugar do centro da nossa galáxia.

— E alguns desses números foram encontrados nos telefones envolvidos em crimes e nos quadros de uma mulher que acredita falar com os mortos — Diogo explicou. — E é isso que eu vim fazer aqui.

Ary parecia bem pouco chocado, e não parecia em nada surpreso ou assustado.

— E vocês acham que a velho Ary é um terrorista alemon que foi casado com um espiã polonesa. Faz sentido... — Ary deixou uma expressão muito sóbria permear seu rosto. Riu em seguida.

— Seu Ary, a gente não quer perturbar a sua paz — Júlia disse —, mas o senhor viveu nesse lugar a vida toda. Se souber de alguma coisa, qualquer coisa que possa ajudar... nos dar uma direção.

— Ahhh, eu gosta de ter companhia dos moços. O problema é que eu não sabe de nada. Eu só repete, como uma papagaia. Não precisa prrender eu por isso.

— Ninguém vai prender o senhor, mas por que ocultou da Júlia os detalhes sobre Henry Mattos Custódio? Era esse o nome do seu amigo, não era? — Diogo disse. — Acho que o senhor sabe que ele se matou em 1987. E a esposa do senhor, Polina Cunitz Müller...

— Ela sumiu bem antes. Ya. É verdade. Mas eu não matei minha Polina, senhor policial. Ou o Henry. Eu só não gosta de falar nisso.

— Vão me explicar o que está acontecendo ou posso esperar no carro? — Júlia disse.

Ary e Diogo mal ouviram, eles ainda se encaravam como dois cachorros grandes separados por um portão pequeno.

— Seu Ary? — Júlia reforçou.

— Se vocês querrem saber se isso já aconteceu antes, a resposta é nain. Non desse jeito. Nóis recebemo os numerros e Henry descobriu que erra uma constante de matemática, um numerro perfeito, como ele falava. Henry descobriu que o sinal vinha de algum lugar da Monte Ural, alguém do Rússia falou isso pra ele. Depois daquele transmissão, o Henry pegou o mesmo sequência em outras línguas. Primeiro italiano. Depois holandês. Até japonês. Nóis três fomo ficando obcecado com o rádio, e eu fiquei obcecado que amigo Henry e minha Polina tinha um caso um com outro. Ela ficava tempo todo falano com ele pelo meu rádio, às vez saía e voltava tarde da noite, ficava cada dia mais estranha. Um dia brrigamo feio, eu com ela. Ela saiu e não voltou. O polícia procurrou na cidade e no mato, procurraram na região inteira. Até na margem da rio e no mina a gente procurrou. No fim, preferiram pensar que ela foi emborra.

Ary olhou para o gramado, tentando encontrar alguma beleza que rompesse a feiura daquelas lembranças. Algumas vezes era muito ruim falar do passado.

— Desde dia que ela sumiu, eu não falei mais com Henry. Nem no enterro eu fui.

Júlia apanhou a mão direita do alemão. — Tem gente se machucando, seu Ary, gente que não merece.

— Ah, vocês moças bonitas conseguem tudo o que querrem de um velho feio.

Ary raspou a garganta e tirou uma carteira de cigarros da camisa. Acendeu um deles com destreza e encarou Diogo.

— Coisas estranha sempre aconteceram nessa lugar, policial, e ninguém teve o trrabalho de anotar nos livro. Quando cheguei, conheci gente velha, gente negra que nasceu escrava e trabalhou no lavoura. Eles já falavam sobre o mina, ninguém deles chegava perto da lugar. Até os índio daqui falava. Tinha uma mulher que contava sobre um menininha que entrou lá e voltou diferente, falando língua que ninguém conhecia.

"O menina sabia de coisas que ninguém sabia, como acontece agorra com esses telefone, só que naquele tempo não tinha disso. Ela sabia da vida do padre da igreja, sabia da vida dos avós, ela podia falar se ia chover ou não. Menina falou dos cometas caindo do céu e trrazendo justiça divina.

"Diz que aqui era tudo mais alto, aqui, Cordeiro e Três Rio. Três Rio acabou esmagado, como se Deus tivesse pisado no terra pra acabar com ela. Cordeiros sofreu menos. E Terra Cota queimou até que o terra esfriasse de novo, e ganhou o serra. Um dia alguém disse que o menina era mentirrosa e que falava pela boca da Diabo. Então levaram ela pra igreja e ela nunca mais saiu. Acho que muita gente ficou feliz quando ela parou de viver. Eu não sabe se isso tudo é verdade, mas era o que o povo velho falava."

Diogo continuou o encarando.

— Tem mais?

— No ano que Brasil ganhou o Copa no Suécia, um homem desapareceu lá embaixo, no mina. Lembro dessa história porque ele erra podre de rico, e povo falava que ia dar dinheiro pra quem achasse ele. Eu ficava imaginando descer lá com minha Polina e pegar a recompensa.

— E encontraram ele? — Júlia perguntou.

— Só as roupa. Camisa, calça, meia e sapato. Povo falou que ele atravessou para outro lado, eles tinham um nome pra isso... mas eu não lembro. Também falarram que mataram ele pra ficar com a dinheiro, o que parecia mais certo. O que eu sei, o que a idade ensinou, é esperar a chuva ir embora em vez de sair no tempestade.

— E ver gente morrendo no temporal? É certo? — Diogo inqueriu.

— Eu nunca enfrentei o que não podia ver, seu policial. Nem seco, nem molhado. É por isso que eu tenho mais de noventa anos. Mas vocês são gente nova, então deve fazer o que gente nova faz: bestêrra.

Diogo continuou analisando Ary. Precisaria de alguma coragem para se expor à próxima pergunta. Acabou decidindo fazê-lo de uma forma mais discreta.

— Algumas pessoas estão dizendo que falam com gente morta pelo rádio. Sabe alguma coisa sobre isso?

— O memo que o povo fala. Se aconteceu antes, o Henry pode tê visto, mas depois que a minha Polina sumiu, eu preferri não saber mais nada. Henry continuou se envenenando com as coisa que ouvia na rádio, começou a trabalhar pro governo, ficou doente. Um dia me contaram que ele fez aquela coisa horrível com ele mesmo, e a rádio nunca mais falou com ninguém. Igual eu acho que não tem mais nada pra falar com o senhor também.

Diogo sacou um papelzinho do bolso.

— Só mais um favor, seu Ary. Recebi esse papel de... — *dentro do ânus de uma mulher louca? Não, definitivamente não* — ... um dos meus informantes. A pessoa acredita que é uma pista sobre um crime que estamos investigando. Eu só preciso que o senhor traduza pra mim.

— Nain, nain, eu não quero me meter em crrimes. Eu possa falar de coisas velhas e de pessoas que não estão mais nesse mundo, mas não quero levar um tiro no meu carra de cem anos. Já chega o que aconteceu com a Henry.

— Talvez o senhor queira saber que a vida de uma criança depende disso.

O velho sustentou o azul intenso de seus olhos no rosto imutável de Diogo.

— *Scheisse...*

14

Todo garoto sabe que certas coisas se resolvem melhor com as portas fechadas. Foi assim que, naquele meio de tarde, Arthur aproveitou a ausência da mãe e do pai e, por garantia, rodopiou duas vezes a chave na fechadura. Ele não faria nada de tão errado, ou algo que pudesse envergonhá-lo caso levasse um flagrante, mas certas coisas são tão difíceis de explicar que não vale a pena correr o risco.

Arthur passou alguns dias indo ao hospital, conversando com as enfermeiras, tentando descobrir a verdade sobre o que acontecia com seu amigo Thierry Custódio. Infelizmente, o mundo tinha essa mania de poupar as crianças de quase tudo, então o que ele ouviu habitava a esfera do "não se preocupe com isso, ele logo irá pra casa". O que Arthur via, no entanto, era um homem cada vez mais magro, indisposto, que perdia a linha de raciocínio entre uma confabulação e outra. Quando Arthur fez sua última visita, Thierry se esqueceu que precisava pedir para ir ao banheiro e fez xixi na própria roupa. Foi nesse mesmo dia que ele apagou e não acordou mais.

Sem conseguir falar com seu amigo, Arthur precisou conseguir algumas informações na internet, e depois de conferir se não corria nenhum risco de vida fazendo todas aquelas... bem... inovações tecnológicas, era chegada a hora dos primeiros testes.

O relógio marcava três e trinta e quatro da tarde quando ele terminou de passar a última fita isolante nos fios. Arthur não tinha muita experiência com a fita, e muito menos com ferro de solda, e isso explicava as três novas bolhas emergindo em dois dedos da mão direita.

À frente de Arthur, sobre um pequeno banco de madeira que ganhou um reforço maior e retangular de MDF no assento, o rádio valvulado parecia um cadáver aberto. O rádio estava sem o tampo, com toda placa e componentes à mostra. Ao lado do cadáver, e já alimentado por uma fonte de alimentação de 9v, estava o pedal de distorção que Arthur ganhou de presente de Thierry Custódio. Entre eles, um monte de fios.

No começo dos experimentos, ouvir o rádio era interessante. Era tudo novo, um pouco assustador, e todo dia acontecia uma coisa nova e empolgante. Nos últimos dias, porém, quando ele realmente tinha um objetivo, as estações e transmissões estranhas começaram a rarear, e mesmo quando resolviam aparecer, era algo esporádico e errático, que consolidava a suspeita de que o sinal estava ficando mais fraco.

Bem, Thierry Custódio havia dito que pedais de distorção deformam a onda, mas que eles também tinham várias etapas de *amplificação*. Com essa informação em mente, Arthur vasculhou a internet em busca de alguma maneira de conectar a etapa amplificadora de seu pedal ao receptor de sinal das válvulas. Começando pelo Brasil, varreu o site handmades.com.br (um dos maiores do mundo quando o assunto é a tecnologia de pedais de guitarra), depois passou uma tarde entre os estrangeiros *The Gear Page*, *General Guitar Gadgets* e *Runoff Groove*. No segundo dia, visitou o *DIYstompboxes*, o *Freestompboxes* e, já bem tarde da noite, encontrou o pai de todos, o invencível *Tonepad* — onde, inclusive, fez download de vários projetos em PDF.

Arthur acabou encontrando a resposta em um site de eletrônica de pedais italiano em desuso, na postagem de um usuário que relatou descobrir acidentalmente como receber transmissões de diferentes frequências em seu amplificador valvulado. Obviamente, ele levou um tempão para traduzir a página, mesmo com a ajuda do senhor Google, e ainda não tinha muita certeza se não tinha entendido alguma coisa errado. Em inglês ele conseguia ser razoável, mas o italiano era um idioma misterioso.

Fosse como fosse, Arthur precisava de respostas e, acima de tudo, precisava ajudar seu grande amigo. Thierry Custódio faria o mesmo por ele, tinha plena certeza, e mesmo que fosse diferente, Arthur tentaria ajudá-lo mesmo assim.

— Tá certo, povo do rádio, eu não sei quem vocês são ou o que vocês querem, mas eu preciso falar com vocês — Arthur disse. O fio em suas mãos tremia tanto que seria quase um milagre conseguir encaixar os plugues da tomada de primeira.

À frente, as quatro válvulas do rádio refletiam um pedaço de seu rosto. Estava assustado, claro que sim. Na verdade, Arthur estava tão apavorado que precisava se concentrar um pouco ou a bexiga deixaria vazar tudo.

— Lá vamos nós — ele disse e...

... achou melhor pegar um alicate em vez de segurar a tomada com as mãos. Aproveitou também para secar bem as palmas no lençol da cama, porque com as mãos molhadas de suor como estavam seria ainda mais fácil levar um choque. Com as mãos devidamente secas e um alicate segurando a ponta da tomada, Arthur voltou a aproximar o conector do bocal da tomada.

— Que Deus me ajude — ele murmurou e fez o que precisava ser feito.

PUFF!

O estalo alto como um tiro ecoou do rádio.

Arthur saltou para o lado e diminuiu a abertura dos olhos. Fungou o ar tentando encontrar algum vestígio de cheiro de queimado. Avaliou se o stand-by da tv ainda estava ligado. Bom, pelo menos ele não destruiu a elétrica da casa.

— Caramba — acabou dizendo, assim que botou os olhos no rádio.

As válvulas não estavam com a cor alaranjada que sempre ficavam ao serem alimentadas pela energia. Elas estavam vermelhas, de um tom muito escuro, quase tendendo ao vinho. Se aquilo era forte ou fraco, Arthur não fazia ideia, mas era muito diferente, com certeza. E onde estava o som?

Um pouco receoso, Arthur tocou rapidamente o botão de sintonia. Nada de choques, mesmo com a mão nua, então talvez fosse seguro.

O ponteiro de sintonia já estava perto de onde costumava captar os sinais, próximo a frequência de 880 kHz. Usando toda delicadeza possível, Arthur fez o ponteiro ir e vir algumas vezes, e colocou o volume do rádio no máximo. Havia algum som, mas era só chiado, e um chiado que parecia não ter forças para animar o rádio.

Arthur já estava quase se dando por vencido quando lembrou de algo que aconteceu com a sua mãe naquele mesmo quarto. Agora sem receio de se transformar em um menino-torrada, ele levou a mão direita até a antena e a colocou entre os dedos.

Houve um pequeno choque, sim, mas o espanto com o retorno do som foi tão grande que ele nem mesmo notou.

Era algo parecido com o que ele imaginaria ser vácuo. Um som tubular, oco, como se estivesse preso em um cano. Imersos no som mais grave, havia outros, e um deles se parecia com assovios humanos. Não totalmente humanos, mas era como se fossem misturados ao ruído de grilos raspando as pernas, gafanhotos noturnos. Havia muito eco e sujeira, mas concentrando um pouquinho os ouvidos, também havia música. Ouvindo aqueles ruídos, Arthur se lembrou de um filme antigo, *Contatos Imediatos do Terceiro Grau*. Ele ficou morrendo de medo de uma cena, e foi justamente por conta da música, que lembrava um pouco do que ouvia agora. Era uma mistura de eco, vácuo e ruído de fundo, e o resultado era muito mais definido do que a chiadeira convencional do rádio.

— T-tem alguém aí? — a voz trêmula saiu enquanto mantinha uma mão na antena e a outra no dial, com medo de perder o sinal.

Foi nesse momento que a lâmpada do teto acendeu sem que ninguém precisasse tocar no interruptor. A tv também piscou, e o interior do rádio se iluminou de vermelho de tal forma que Arthur realmente pensou que fosse explodir.

— Tem alguém aí que pode me ajudar? — ele reformulou a pergunta. E o rádio gritou cheio de eco e distorção.

Simmmmm.

15 

Como no dia anterior e no dia anterior a ele, Aquiles Rocha chegou em seu empreendimento mais querido e se trancou no escritório. Não aguentava mais ouvir falar em maritacas, advogados e telefones, e estava bem menos disposto a encarar as ruas vazias do centro. Agora, aqueles passarinhos malditos estavam roendo suas três torres de transmissão. Santo Deus, não era suficiente aquela fogueteira da De Lanno pular lá de cima, não bastava ele ter que gastar com novos portões e cadeados, Aquiles ainda precisava lidar com a praga verde.

Assim que chegou na Rocha Veículos, sua vontade foi vomitar. Por algum novo mistério incompreensível da natureza, metade daqueles diabos verdes decidiu cagar em seus carros. Um dos veículos de maior valor no pátio, uma BMW preta, estava *branca* de tanta merda. O Toyota branco ao seu lado, também 0 Km, não havia mudado totalmente de cor, mas graças ao cocô ele agora lembrava sorvete de flocos.

Aquiles deu cinquenta paus para dois meninos que vigiavam a rua e mandou que eles limpassem os carros. Para garantir o serviço, deixou a mosca-morta da Elizete de olho nos meninos. Foi divertido por um tempo, apreciar os desgraçadinhos limpando a bosta e assando as mãos no sabão industrial. Uma pena que o tonto do Nilton Brás tenha percebido a movimentação e aparecido com o palavrório sem sentido de sempre. Jesus, por que algumas pessoas gostam tanto de falar?

Agora Aquiles estava com seus melhores amigos, ele mesmo, as pedrinhas de gelo do frigobar e meio copo de uísque.

Toda aquela conversa mole com os mandruvás da cidade o deixou cansado. Não só cansado, mas com o saco explodindo de tão cheio. O que precisava acontecer para aquelas pessoas reagirem? Serem devoradas vivas como em um filme do Hitchcock? Ou atacadas por um bando de piranhas voadoras? Uma nova gripe?

— Bando de retardados — resmungou.

Depois, mais um gole no uísque. Sem nada melhor pra fazer, Aquiles Rocha foi ver um pouco de pornografia no celular. Sempre que uma mulher o confrontava, ele se vingava dela na pornografia. Meio que botava elas todas no mesmo puteiro mental. Se o pinto ainda funcionasse direito, talvez fosse em um puteiro de verdade, mas, da dureza das rochas, ele só tinha o sobrenome. Ultimamente, para ter uma ereção respeitável, só ganhando uns cinco minutos de boquete, e dona Adriana não gostava de fazer isso toda vez. *Gostar* de fazer, mesmo, ela nunca gostou, mas antes de ser promovida à esposa, ao menos se esforçava. Muitas vezes ele pensava que tudo podia ser um problema com os joelhos — na juventude, joelho pra fazer boquetes; na velhice, joelhos pra pedir perdão a Deus pelos boquetes do passado.

— Pai?

A voz do outro lado da porta era daquele porrinha que tinha seu sobrenome.

— Era o que faltava.... — Aquiles resmungou e foi fechando o grupo mais proibido de seu WhatsApp. Sorveu mais um gole de seu uísque.

Talvez se ficasse quieto, bem quieto mesmo a ponto de nem respirar, aquele indigesto fosse embora. Puta merda, porque diabos um homem faz um filho? Pra gastar dinheiro? Pra perder a esposa? Pra morrer de desgosto?

— Pai, eu sei que você tá aí. A Elizete me mandou entrar.

Todas as alternativas anteriores, Aquiles se respondeu mentalmente.

E se levantou.

Deu uma ajeitada nas bolas, colocou o uísque na mesa e disse:

— É melhor o senhor ter vindo pra deixar minha parte nos seus lucros. Falando nisso, cadê a porra dos meus relatórios? — Aquiles abriu a porta. E, imediatamente, recuou um passo. — Cuidado com isso aí, Ique, essa merda pode disparar sem querer.

Ícaro Rocha estava descabelado, os olhos vermelhos e inchados, tinha um pouco de sangue na camiseta branca.

— *Não vai ser* sem querer — ele esticou o braço.

Pelo que Aquiles conhecia dos homens perigosos de verdade, eles não ameaçavam. Isso o encorajou a perguntar:

— Se essa arminha apontada é por causa da sua empresa, pode ficar com aquela bosta. Eu não faço questão.

Ícaro recuou um pouco, apanhou um celular do bolso com a mão livre e o jogou na mesa, ao lado do uísque.

— Tá desbloqueado, é só olhar o primeiro vídeo.

— E por que eu deveria fazer isso?

— Pra morrer sabendo o motivo.

Aquiles espalmou a mão direita e deu as costas ao filho.

Pegou o celular do moleque na mesa. Não havia um rosto na tela, mas uma gravação em fundo preto. Aquiles apertou o play.

Ouviu sua voz, depois ouviu a voz de Adriana. Eles falavam de como não viam a hora de ficarem juntos de vez. Aquiles reclamava "eu tenho nojo daquela velha, quando ela põe a mão em mim, minha vontade é sair correndo".

A velha em questão era a mãe do rapaz armado à sua porta.

"Calma, a gente logo vai ficar junto."

"Ela não vai nem saber de onde veio", Aquiles riu. Depois, sons úmidos, gemidos leves. "Fica tranquila, eu estou com um pressentimento. Quando ela bater com as dez, a gente espera a coisa esfriar e se junta em... sei lá... uns seis meses."

"E se demorar? Aquela vaca tem saúde."

"Demora nada, ela anda indo no médico."

— Se não quiser ouvir mais, eu falo. Você acerta tudo com o Ednaldo pra que pareça um assalto. Você matou ela, seu filho da puta.

— De onde isso veio?

— E isso importa? Já está na mão da cidade toda.

— Nada disso é verdade, Ícaro. Eu amava a sua mãe, precisa acreditar em mim. Cadê o meu rosto nessa gravação? Ou o da Adriana?

— Tem mais meia dúzia de gravações do cara que você contratou. Um polícia.

Aquiles continuava de costas. Como aquele porrinha sabia de tudo aquilo ainda era um mistério, mas o caso precisava de uma solução urgente.

Ainda de costas, sem que o Ícaro pudesse perceber, ele deixou o celular e apanhou o copo de uísque. O segurou firme nas mãos, ciente que não poderia errar. Com o movimento certo, o moleque ficaria cego por um ou dois segundos, tempo suficiente pra incapacitá-lo de vez. Havia uma arma dentro da escrivaninha do escritório, para situações de emergência que nunca chegaram a acontecer. Não precisava matar o infeliz, um tiro no braço resolveria. Depois, uma boa conversa sobre como a vida pode ser dura ou extremamente lucrativa. Ícaro era ganancioso, ainda havia uma chance de reverter a merda, mesmo se tratando da mãe dele.

— Filho, escuta aqui, isso aí é armação, estão tentando me prejudicar.

— Olha pra mim, assassino.

Aquiles segurou o copo e se virou de uma vez, entornando o álcool no rosto do filho. Mas antes de virar, um milésimo de segundo antes de virar, uma das pedrinhas de gelo se chocou na parede do copo, alertando Ícaro do que aconteceria a seguir.

Ícaro girou de lado e escapou de grande parte do álcool, mas Aquiles improvisou e se lançou à frente, se atracando contra ele. O revólver de Ícaro estava entre os dois, a coronha na mão do rapaz, mas era o dedo de Aquiles que estava no gatilho e no pulso que sustentava a arma.

— Solta isso! Não precisa ser desse jeito! — Aquiles disse.

— Você não vai... fazer comigo o... que... fez com ela!

— Moleque, é a última chance, se soltar agora eu não meto você na cadeia! É isso o que eu vou fazer, tá me ouvindo? Vou plantar você... tão fundo, que vão precisar de uma escavadeira pra tirar!

BAMM!

O primeiro disparo lavou a parede lateral da sala de vermelho, direto na têmpora esquerda de Ícaro. Os olhos ainda encararam o pai, surpresos, um pouco antes de perderem o foco. O corpo vergou, desceu e ficou. Um fio vermelho escorreu do canto da boca. O pé direito ainda tremeu duas vezes.

A arma continuou na mão, que de alguma forma retesou a musculatura depois da perfuração do crânio. Aquiles tentou tirá-la, mas foi impossível. Os dedos de Ícaro pareciam aço.

— Puta merda, Ícaro! Eu avisei, não avisei?!

Um filho é um filho. E por mais que um filho queira matar você, Aquiles precisou de uma boa golada de uísque para administrar a notícia. Em seguida, apanhou o Samsung e o meteu no bolso. Passou a mão pelo rosto ensanguentado.

Ainda faltava arranjar um motivo para Ícaro tentar matá-lo. Se bem que, depois de atropelar aquela velha, era fácil entender que o garoto não jogava mais com os onze em campo. Era trauma. Ele ficou maluco. Isso somado à quantia certa convenceria os policiais.

— Pai? — a voz de Ícaro saiu melada, quase um suspiro.

— Ah, puta merda...

Bamm, bamm, bamm!

16

Diogo ouviu a notícia de mais uma morte pelo rádio com certa anestesia. Pelas suas contas, desde o atropelamento de Eugênia da Conceição, já se somavam mais de vinte corpos. Nenhuma surpresa com os assassinatos constantes da periferia, mas homens como Aquiles Rocha não costumavam abreviar suas participações no planeta Terra. Segundo informaram, Ícaro Rocha ainda estava vivo, mas as chances de continuar respirando eram mais frágeis que a honestidade da família.

O investigador ainda tinha dúvidas se deveria estar sozinho dentro daquele carro, mas depois de sua última conversa com Linhares, qualquer ajuda no caso de Hector De Lanno estava fora de cogitação.

A pista extraída de Lúcia Louca era o nome de um santo polonês, escrito na mesma língua polaca. São Gabriel de Białystok, que o velho Ary Müller explicou conhecer graças à "sua Polina". Como não existia uma igreja dedicada ao santo no Brasil, sua esposa sempre deixava algum docinho quando ia na igreja católica da cidade, e pedia para os santos brasileiros levarem até o *seu* São Gabriel, o que veio da Polônia.

Diogo já rodava por mais de vinte minutos de estradas de terra.

Um pouco antes da área de reserva ambiental havia uma antiga fábrica de beneficiamento de quartzo, já abandonada. Nos anos onde a reserva não estava protegida pela lei, havia uma segunda mina na região, operando a poucos quilômetros da fábrica. Quarenta anos depois da desativação, não existia mais sinal visível da escavação, mas a fábrica de superfícies São Gabriel ainda estava lá. Essa parte não coube ao velho Ary explicar, Diogo fez suas pesquisas por conta própria, assim que deixou Júlia na sede da Rádio Cidade.

Embora não acreditasse que existisse alguém além dele mesmo em cinco quilômetros de perímetro, Diogo parou o carro na estrada, a cem metros da construção, e desceu com uma arma na mão. Também preferiu chegar mais perto do prédio se esgueirando pela vegetação, a fim de não ser visto ou, um pouco pior: levar um tiro.

A única parte demolida da São Gabriel mostrava tijolos duplos, talvez por isso o restante ainda estivesse de pé. O teto, muito diferente das estruturas zincadas das fábricas mais modernas, também era feito de vigas e telhas, como um telhado comum — pelo que Diogo via, parecia tão resistente quanto as paredes. Não deixava de ser estranho uma construção com aquela idade ainda estar em tão boas condições. O problema não era o desgaste causado pelo tempo, mas o fato do imóvel estar no Brasil, onde qualquer construção com algum tempo de desuso passa a ser pilhada pela população local.

A entrada principal se dava através de um grande portão de aço, já corrompido na originalidade pela ação da ferrugem. Diogo não chegou nem perto dele, preferindo circundar o prédio pelo mato alto até encontrar um acesso secundário.

Estranhamente, as maritacas não estavam por perto. Até então, aquele era o único ponto da cidade em que Diogo não as viu. Elas foram rareando à medida que o carro se afastava da área urbanizada de Terra Cota. Para

Diogo, a explicação mais simples é que talvez não existisse alimento disponível, a não ser que elas se decidissem a comer a cana-de-açúcar das propriedades circunvizinhas. No caso da fazenda de seu pai, mesmo longe da cidade, os girassóis poderiam explicar a atração. Ou mesmo aquela plantinha esquisita que infestava os pastos.

Havia marcas pelo capim alto, como se alguma coisa tivesse tombado e amassado aquele colonião. Com o silêncio do mato, qualquer estalar de dedos soava como um tiro, e as suspeitas se tornaram fato quando Diogo ouviu as primeiras vozes. Ainda assim, naquela distância, ele não compreendia o que diziam. Pareciam vir da direita de onde estava, mais aos fundos da construção.

Avançando um pouco mais depressa, ele atravessou uma área descampada de uns três metros, passou pelo que sobrou de um trator, e conseguiu chegar a uma das paredes laterais. Havia um contêiner apodrecendo ali, com grandes lascas de uma tinta amarela suja e ressecada se soltando como asas de barata. Alguns metros à frente do contêiner, na mesma parede, havia a segunda entrada que ele ansiava encontrar, e era uma porta de madeira sem qualquer reforço. Diogo mudou de direção e colou seu ouvido a ela para confirmar as vozes que ouvira anteriormente.

Certo, ele tinha uma possível pista, uma forte intuição, mas não havia nada de lógico naquela expedição impulsiva. Mesmo com as informações que ele recebeu de Lúcia e Ary, aquela batida estava bem mais próxima da impossibilidade e do autoengano do que da razão. Os donos daquelas vozes podiam ser pessoas das redondezas, um bando de adolescentes querendo fazer merda em paz, até mesmo compradores daquele mausoléu. Mas onde estavam os carros dessas pessoas? Como eles chegaram até ali?

No fim das contas, não era uma conversa, mas uma transmissão de rádio com a voz de Milton Sardinha. Agora Diogo não ouvia mais a voz da locução, mas uma música de gosto discutível que falava sobre amantes e cerveja quente. Tendo em mente que onde havia um rádio, havia alguém para ouvi-lo, Diogo se afastou da porta.

Um pouco tarde demais.

— Solta a arma, campeão — alguém disse às suas costas. Diogo fez menção de virar o corpo e imediatamente sentiu algo pontiagudo pressionando sua nuca. — Nessa distância eu não erro.

17

O homem armado conduziu Diogo até os fundos da antiga fábrica, de onde ganharam acesso ao interior por uma terceira porta, de ferro. Não havia cadeado ou nada que lembrasse uma tranca, estava apenas recostada, o que fez Diogo se sentir bastante idiota. Se tivesse continuado pelo mato e avaliado todo o perímetro em vez de se precipitar, talvez ainda estivesse em vantagem. A sala onde foi inserido tinha cerca de três metros quadrados, e estaria vazia não fosse por uma enorme esteira mecânica em apodrecimento e outros dois homens armados. Diogo conhecia um deles.

— Prestígio?

— Nem me olha com essa cara, a gente precisa se virar.

Jessé das Graças, também conhecido como Prestígio, era um ex-soldado da polícia. Havia sido "realocado" depois de uma denúncia de extorsão. Prestígio tinha o hábito de plantar cocaína em alguns playboys da região e cobrar o abafamento do caso dos pais. Acabou mexendo com o cara errado — o filho de um deputado federal. Como a polícia de Terra Cota não era exemplo a ninguém, ficou por isso mesmo; o rapaz foi liberado, o caso foi desprezado, e o policial, apenas transferido. Prestígio acabou sendo expulso dois anos depois, ao repetir a dose em Gerônimo Valente, uma cidade próxima da região.

— O que eu faço com ele? — o homem que conduzia Diogo perguntou.

— Leva pros fundos. O negócio dele não é com a gente — Prestígio disse. — Boa sorte aí, Diogão, vai precisar. — Prestígio riu. — Mané...

Ainda sob a mira do revólver, Diogo atravessou a porta que levava à uma segunda sala; sem oportunidades de reação. Assim que avistou o outro lado, percebeu como induzira a si mesmo a acreditar em suas próprias mentiras. Dizer ao velho Ary que o recado de Lúcia tinha alguma relação com o paradeiro do menino Hector De Lanno era mais uma prova disso, perseguir uma pesquisa rasa sobre o nome de um santo era a outra. Mas ali, atravessando aquelas portas sob a mira de uma automática, também ficou claro o que Diogo realmente estava buscando, o que ele realmente *queria* encontrar. Linhares tinha razão.

Heriberto Plínio estava amarrado a uma cadeira. Vestia apenas uma cueca escura e parecia ter apanhado por cinco dias seguidos. O olho esquerdo estava obliterado pelo inchaço, a boca arrebentada havia perdido alguns dentes. O nariz estava achatado, expandido pelo rosto. Plínio também tinha cortes nas pernas, como se tivesse sido açoitado com um chicote. Da mão direita — presa à cadeira por cordas e também por dois garrotes usados em coletas de sangue — faltavam o dedo médio e o anelar. O sangue ainda insistia em pingar por eles e nutrir algumas moscas. O homem suava tanto que parecia ter sido içado de uma piscina.

À frente de Plínio havia um sujeito vestido com uma capa de plástico alaranjada e um capacete protetor, equipado com uma película de acrílico à frente do rosto; tudo respigado com sangue. Sob a capa, vestia terno e gravata. Tinha certa idade, e Diogo não conseguiu não pensar que ele poderia ser tanto o participante misterioso do ménage com os De Lanno quanto a testemunha ocular das três pessoas soterradas pelo ex-delegado ali amarrado.

— Que tipo de merda aconteceu aqui? — Diogo perguntou.

Plínio apenas revirou os olhos. O homem com capa de plástico sinalizou alguma coisa com as mãos à escolta de Diogo.

— Diogo Ricco Vincenzo — disse em seguida. — Seus amigos disseram que você era obstinado, mas não achei que fosse idiota.

— Eu avisei que vinha pra cá — Diogo disse. — Se eu não voltar, eles virão.

— Claro que virão. E não vão encontrar nada melhor que o seu sangue seco no chão. Você não faz ideia da sujeira que isso faz... Possivelmente Deus só inventou o sangue pra convencer a humanidade a matar menos... — Riu.

Depois do choque de encontrar Plínio, Diogo conseguia reparar mais detalhes naquele circo grotesco. Havia muita coisa errada em pouco menos de quatro metros quadrados. As paredes em um verde intenso, o chão tingido de vermelho, mas o mais chocante era a mesa de instrumentação de aço inox. Diogo identificou serras cirúrgicas, alicates de elétrica comuns, vidros cor de âmbar, um pedaço de cabo de aço, algo que poderia ser material de sutura. E havia agulhas grandes e cromadas, umas seis ou sete, boa parte delas já sujas de sangue.

— O que ele fez dessa vez? — Diogo precisou perguntar.

— Ele *não* fez. Mas como poderia chegar a fazer, nos garantimos. Pode parecer cruel da nossa parte, mas todos os associados sabem como a história termina, todos concordaram com os termos. Inclusive o seu amigo.

— Por isso os De Lanno preferiram se matar?

— Quem sabe? Quem pode prever o futuro ou entrar na cabeça do outro com precisão? Se eles tivessem seguido com suas vidas, talvez encontrássemos uma utilidade melhor. Aquela família constituiu um enorme desperdício para todos nós.

O homem deu as costas a Diogo. Retirou a capa, depois o capacete, e sacou um pequeno pente dourado do bolso da camisa. Passou pelos cabelos. Ele não os tinha em boa quantidade, os fios eram desnutridos e tingidos de preto. Por mais frustrante que pudesse parecer, o monstro era apenas um homem. Ordinário de tão comum.

— Já ouvir falar em Epiteto?

— Quem?

— O filósofo — o homem ordinário sorriu. — Epiteto era escravizado por um dos secretários mais cruéis de Nero, o imperador romano. Era constantemente torturado, chegou a ter uma perna quebrada e, mesmo assim, o pobre coitado alegava ter uma vida plena e feliz. Epiteto dizia que não existe a possibilidade de sermos vítimas de uma outra pessoa, que nós só podemos ser vítimas de nós mesmos. Tudo é disciplina, policial Diogo, tudo se trata de como disciplinamos nossas mentes. Sem disciplina, só existe a garantia do sofrimento.

— O que aconteceu com Hector De Lanno? Que tipo de disciplina vocês exigiram de uma criança de seis anos?

— Eu posso contar a você, mas eu também tenho uma pergunta.

— Vai se foder.

— Tem certeza, policial? Pode doer muito mais em você do que em mim. Ou pode doer nele. — O homem apanhou uma das agulhas sobre e mesa e a limpou com uma flanela, olhando para Plínio. — Como chegou até aqui, investigador? Ninguém conhece esse lugar, nem mesmo nosso amigo Plínio.

Plínio gemeu alguma coisa, mas não conseguiu articular a frase. Possivelmente estava com a mandíbula esfacelada.

— Nesse tipo de negócio precisamos mudar de instalação com alguma frequência.

— Que tipo de negócio?

Como se tivesse ouvido aquela pergunta muitas vezes, o homem comum foi direto ao ponto.

— Entretenimento.

Diogo ouviu algo parecido muitas vezes, em filmes e séries de tv de qualidade discutível. Na vida real, só viu algo parecido na cidade de Três Rios. Pelo que ouviu, a gravação de assassinato no matadouro de Hermes Piedade era um caso isolado, e a maior parte das fitas que a polícia encontrou da mesma fonte só mostrava eventos comuns dos moradores da cidade. Já o caso do Matadouro Sete era real, todo policial sabia.

— Quem paga por uma merda dessas?

— Quem já pagou por todo o resto, policial. Gente que só reencontrou o prazer perdido no corpo dos outros. Essas pessoas não têm nome, elas são o arcabouço da sociedade. Estão em todos os lugares, injetando seu dinheiro, puxando as cordas das marionetes, nos mantendo vivos.

— E o menino?

— Hector está a salvo. Nós tínhamos um negócio com os De Lanno, e no nosso acordo não havia a presença do menino. Você pode nos chamar de monstros, mas não somos desonestos, não existe interesse no sofrimento da criança. Hector De Lanno vai voltar andando pra casa.

— Conversa! Eu vi o que vocês escondiam naquela geladeira velha.

— Nós? Ou seria Eric De Lanno, policial?

Diogo se calou. Não havia garantias que Eric não fosse o responsável.

— Como chegou até nós?

O som do rádio agora estava muito baixo, mas o aparelho estava por lá. Era um cubo de uns trinta centímetros por quinze, uma caixa chinesa com Bluetooth, rádio e entrada USB. Diogo apontou para ela com os olhos.

— Alguém ouviu no rádio — disse.

Esperava ser ridicularizado, espancado, furado por uma agulha, mas não foi o que aconteceu. Em vez disso, homem ordinário fechou a expressão, apanhou a caixa de som e a colocou à frente de Diogo. Depois teclou o botão de sintonia até o autofalante começar a chiar.

— O que espera que eu faça? — Diogo perguntou.

— Melhor fazer alguma coisa, policial. Nesse negócio não pode existir erro. Ou consigo minhas respostas ou o senhor vai se juntar ao seu amigo Plínio. Se foi o rádio que delatou essa base, eu também quero falar com ele. Sabe, policial, gente do meu ramo aprendeu que a palavra "impossível" não faz sentido nesse mundo, e faz um pouco menos nessa região. Se o senhor disser que uma mariposa verde limão será o novo Jesus Cristo, eu vou começar a lavrar o evangelho.

Plínio se agitou, como se estivesse finalmente acordado. Começou a forçar a cadeira e a gemer, e um monte de sangue novo saiu pelos cotos dos dedos. Contrariado, o homem ordinário respirou fundo e caminhou até a mesa de instrumentação. Perdeu alguns segundos por lá, como se decidisse por uma das ferramentas. Chegou a tocar em algumas.

— Ele está quase morto, deixa ele em paz.

— Vamos colocar de outra forma, policial. Se você não me der respostas, faço esse *quase* deixar de existir. Pra vocês dois.

Homem Ordinário continuava perto da mesa. Oscilou entre um alicate, um fórceps e uma das agulhas. Enfim se decidiu pelo que parecia um chicote de aço com giletes em sua extensão.

— Tudo bem, policial. Mas garanto que isso aqui vai fazer você sofrer mais que Jesus Cristo — exibiu a coisa a Diogo.

Foi quando o rádio começou a falar.

18

Mete o pé, Figueira! Agora!

Homem Ordinário não sabia quem era Figueira, mas Plínio e Diogo o conheciam desde 2018. Figueira também era policial. Natural de Trindade Baixa, chegou transferido depois de quebrar o nariz de um outro soldado, que o injuriou com racismo.

Aproveitando o microssegundo de confusão promovido pelo rádio, Diogo partiu para o corpo a corpo com o homem armado às suas costas. As mãos estavam juntas, Diogo o chutou no saco. Ainda em condições de luta, o sujeito efetuou dois disparos. Os projéteis passaram longe de Diogo, abrindo um buraco na parede e outro no teto. Diogo também ouviu um terceiro e um quarto disparo quando derrubou o sujeito com uma tesoura nas pernas e deu uma chave de braço, que acabou desarmando a criatura de vez. Com tantos tiros pipocando, esperou a dor perfurante em alguma parte de seu corpo, mas ela não veio. Em vez disso, ouviu mais cinco disparos, dessa vez dos fundos da sala. A essa altura, o oponente só gemia, estava com o braço direito arruinado. Diogo tomou a arma e a apontou para Homem Ordinário. Homem Ordinário também tinha uma arma apontada pra ele. A mesma arma que acabara de enfiar duas balas no crânio de Heriberto Plínio.

— Solta essa porra, vagabundo! — Diogo exigiu.

— Diogo, não atira nele! — Era a voz de Figueira. Não pelo rádio, mas aos fundos da sala. Diogo mal a computou.

— Solta a arma — Diogo repetiu a Homem Ordinário.

— Você sabe o que vem agora, policial, você já viu esse filme. O melhor é atirar em mim.

— Não precisa ser assim.

— Precisa, sim. Você não conhece essa gente. Se tiver sorte, nunca vai conhecer.

A mão ordinária subiu e o cano encontrou a têmpora.

— Não!

Homem Ordinário deixou de existir.

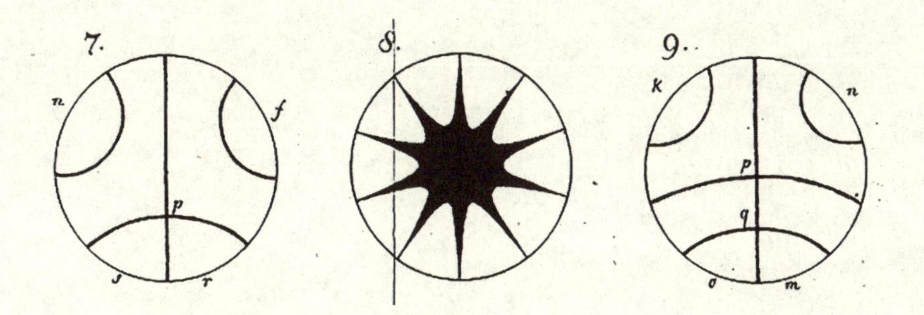

Oh, and we were gone
Kings of Oblivion
We were so turned on
In the mind-warp pavilion

Oh, e estávamos longe
Reis do Esquecimento
Estávamos tão ligados
No pavilhão da mente deformada
("The Bewlay Brothers" — David Bowie)

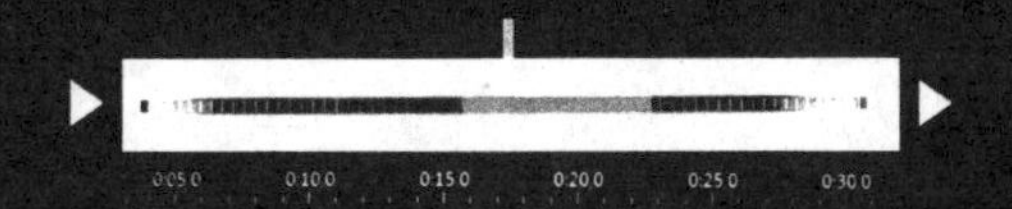

— E vamos pra mais um *Soltando o Verbo*, dessa vez com um lembrete dessa voz que vos fala, Júlia Sardinha. O negócio é o seguinte, gente linda de Terra Cota, eu sei que tudo está muito estranho na nossa cidade, mas dias melhores virão. Vocês me conhecem e eu conheço vocês. Nós já sobrevivemos a inundações, a governos que nos tiraram do mapa e a tragédia que foi o coronavírus. Perdemos nossos entes queridos, nossa esperança, mas muitos de nós continuaram firmes e fortes, acho até que mais fortes do que estávamos antes. Então, a primeira mensagem nesse *Soltando o Verbo* é minha: fiquem atentos, porque a terra ainda não parou de tremer. E vamos nessa, Adney. Bota o povo na linha.

...

— Alô? É da rádio?

— É sim, minha amiga, aqui é Júlia Sardinha e você está no *Soltando o Verbo*! Com quem eu tenho o prazer de falar?

— Com a Mirian.

— Pois pode soltar o verbo, dona Mirian!

[respiração profunda, tosse, crianças gritando ao fundo]

— Eu vou soltar, sim. Vou soltar porque essa gente sem luz que ouve a senhora precisa encontrar o caminho de Deus Todo Poderoso. Conheço muita gente que trata o Nome de Cima com desrespeito e é por isso que essa cidade tá sofrendo desse jeito. Todo mundo se diz muito bonzinho, mas ninguém vive uma vida de santidade. Eu quero convidar quem quer ser salvo pra visitar a igreja do pastor Freitas, do pastor *Freitas*, não é a outra! Fica lá na comunidade. Quando vocês cansarem de dançar com o Diabo, vão lá falar com ele. Eu não acho que vocês mereçam as bençãos, mas o céu é muito bom e muito melhor do que eu, então vocês ainda têm tempo de se livrar das garra do pecado.

— Muito bem, dona Mirian...

— Eu ainda não terminei.

[mais tosse]

— Por mim, vocês podem queimar no fogo do inferno junto com as suas criancinha, ou morrer de doença ruim e ver o pai e a mãe secar que nem uma maçã largada no tempo. Ele tá vindo, Ele que mora no céu. E eu oro pra Ele não perdoar quem não atender o último chamado. GLÓRIAAA! *[...]*

PARTE 5

POEIRA E REVERBERAÇÃO

High Frequency AM/FM • 220V/88,8Hz

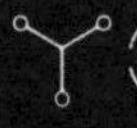

1

Depois de ser impedido de visitar Thierry Custódio no hospital, Arthur Frias invadiu sua casa. Invadiu, não, invadir pode ser exagero, mas ele apanhou a chave da casa na vizinha (dona Marlene, carrinho Fiesta vermelho) e, com a desculpa de pegar mais ração para Ricochete antes de levá-lo para casa a pedido do dono, entrou na oficina de Thierry pelos fundos. Voltou para casa com um cachorro, metade de um saco de ração e um detector de frequências caseiro.

O próximo passo foi convencer seus melhores amigos de que aquele aparelho os levaria à fonte (e uma possível solução) de todos os problemas de Terra Cota. Acreditar piamente, ninguém acreditou de verdade, mas sair de perto do estresse e da ansiedade dos adultos (e daquela bagunça verde) valia qualquer esforço. As maritacas invadiram três das quatro escolas da cidade, então as aulas estavam novamente suspensas, some isso a pais estressadíssimos com o prejuízo causado pelos bichos e temos uma espécie de reprise de alto orçamento do lockdown da Covid.

Com tudo acertado, os garotos apanharam suas bicicletas e caíram na estrada. Esse negócio de bicicleta e crianças pode parecer um pouco ultrapassado, mas as bikes ainda são o principal meio de transporte em grupo quando você não sabe o ponto de chegada ou não tem idade para gastar com um Uber.

Ainda era bem cedo quando passaram pelo centro da cidade e pelas torres de transmissão. Nesse último ponto, Renata apontou para a planta que se enroscava nas grades e agora tomava as torres por inteiro. Ela havia estado naquele mesmo lugar há poucos dias com a avó (que sempre deixava flores no pequeno memorial construído pelos populares para Giovanna De Lanno), e a plantinha estava apenas nas bases. Era até bonitinha, cheia de cálices e sementinhas espiraladas, nem parecia com aquele cipó cheio de espinhos que ela via agora. Por alguma razão, as maritacas adoravam aquela planta, e havia tantas delas em alguns pontos que mal se enxergava o vegetal.

Chegaram à estrada pouco antes das onze da manhã.

A Serra dos Angoéra, trecho asfaltado em quarenta e dois pelo lendário prefeito Rubião Gerson da Conceição (que, entre outras coisas bem pouco memoráveis, ergueu uma estátua em homenagem a si mesmo que seria derrubada durante seu processo de renúncia), era a parte mais perigosa do trajeto. Uma via de mão única, frequentada por caminhões de cana-de-açúcar e motoristas septuagenários com cataratas severas e carteiras de habilitação vencidas. A estrada continuava interditada alguns quilômetros à frente, mas os caminhões carregados de cana ainda trafegavam das propriedades locais até a refinaria de açúcar mais próxima. As crianças seguiam em fila indiana, se mantendo no acostamento, tão perto da encosta quanto era possível. À frente do grupo, Arthur Frias dividia os olhos entre a estrada e o seguidor de frequência. Atrás dele, Mariana cuidava do transporte de Ricochete, sendo seguida por Renata e Beto Lira.

— Vai demorar muito? Minhas pernas tão queimando! — Beto reclamou.

Além do fato de aqueles primeiros quilômetros de estrada serem bastante íngremes, o acostamento estava em péssimo estado, sem contar os buracos na própria pista, que obrigavam os motoristas a desviarem rapidamente dos furos, ocupando parte do mesmo acostamento.

— Eu já falei que essa foi a pior ideia de todas? — o mesmo Beto disse.

— Três vezes — Mariana respondeu a ele. — Se você falasse menos ia pedalar bem mais. — Na cestinha da bicicleta, Ricochete latiu como se completasse a bronca. Trazer o cãozinho foi ideia de Arthur, que só desgrudava dele na hora de tomar banho.

De repente todos se calaram, notando que Arthur Frias tinha parado de pedalar. O menino golpeou o aparelho duas vezes enquanto o resto do grupo se aproximava.

— Que foi? — Renata perguntou um pouco antes de chegar a ele.

— Quebrou? — Beto Lira quis saber.

— Não sei ainda, mas esse troço não tinha feito isso até agora.

Os meninos circularam Arthur para olharem o aparelho.

A coisa que Thierry construiu se parecia muito com um multímetro analógico, e inclusive aproveitava a carcaça retangular de um. A diferença principal era o circuito interno e uma pequena antena telescópica, adaptada à caixinha de plástico.

— Tá indo de um lado pro outro — observou Mariana.

— E agora? O que a gente faz? — Renata perguntou.

— A gente volta pra casa, e vocês nem precisam me agradecer pela melhor ideia do dia. Se eu tivesse sonhado que a gente ia andar tanto, nem tinha topado vir junto. Eu já tô com o saco doendo de tanto bater no banco — Beto fez questão de explicar.

Mariana suspirou.

Arthur parecia distante da conversa, pensando em algo um pouco mais produtivo do que simplesmente virar as costas e ir embora.

Ele saiu da beirada da pista, se escorou no morro e elevou um pouco o aparelho, ficando na ponta dos pés. Deu uma nova olhada no mostrador. Em seguida o abaixou e colocou rente ao seu pé direito. Sem nenhum novo resultado, tornou a dar batidinhas no mostrador de acrílico.

— E se a gente tentar do outro lado da pista? — Renata sugeriu.

— Ahhhh, pronto — Beto bufou. — E depois a gente faz o quê? Pula do barranco? Nem acostamento tem do outro lado, meu!

Arthur não atravessou, mas chegou bem perto do final do acostamento e esticou o braço na direção da pista. Os olhos cravados na agulha, o braço praticamente imóvel para não causar nenhuma influência no movimento do ponteiro. A agulha parecia um pouco mais estável, mas ainda havia oscilação.

— A gente devia voltar — Beto insistiu. — Eu nem falei lá em casa que ia demorar tudo isso. Minha mãe vai ficar puta comigo se eu não almoçar com ela e a minha avó. E se ela fica puta, eu não tenho final de semana.

— Nossa, que *problemão*, hein? E o que você vai fazer no final de semana? Caçar maritaca? — Mariana retrucou.

— Aaaaai, gente, eu não aguento mais vocês dois. — Renata se meteu dessa vez.

E Ricochete começou a latir na cestinha.

Mentalmente blindado da nova discussão, Arthur concentrava os olhos no movimento de vai e vem da agulha. Pareceu ficar ainda mais estável com um pequeno passo à frente.

Concentrado como estava, aquele era um bom momento para uma coincidência terrível. Também ignorando totalmente esse detalhe mórbido, o motorista de um enorme caminhão de cana (enorme mesmo, com duas carrocerias), ganhou um pouco mais de velocidade depois de ultrapassar um Fusquinha vermelho. Longe de imaginar que as garras do destino se abriam a ele, Arthur ficou onde estava.

— ARTHUR!

2

— NÃÃÃOOO! — Renata gritou, tapando os olhos para não precisar ver o sangue.

Já Arthur arregalou os dele e foi como receber um soco quente e carregado de sujeira. Um segundo antes do golpe de vento, Arthur sentiu unhas em seu braço. Enquanto era arrastado, viu o alambrado vultuoso crescendo em sua direção. Só depois ouviu a freada do caminhão, que chegou a andar somente com as rodas do lado direito por alguns metros. O chiado do freio ainda rasgava o silêncio da serra quando ele finalmente respirou de novo.

— Puta merda! Puta merda! Puta merda! — Beto repetia sem parar. Estava tão pálido que se alguém acendesse seu cabelo, ele queimaria como uma vela. No corre-corre, Beto Lira segurou a bicicleta de Mariana, enquanto a menina correu pra puxar Arthur Frias de uma morte quase certa.

— V-você tá bem? — Mariana perguntou, nervosa e ainda se agarrando à cintura de Arthur. Ele respirava depressa, sem controle. Fora isso, não movia qualquer músculo que ela pudesse sentir.

— Eu tô vivo?

Renata chegou a eles e estendeu sua mão. — Tá, sim, mas foi por pouco.

Arthur se levantou e ajudou Mariana a fazer o mesmo. A garota se ergueu e limpou a própria roupa e depois as mãos.

O motorista do caminhão desceu e, à distância, deu uma olhada nos meninos. Beto Lira fez um positivo pra ele. Com a confirmação que estavam bem, o homem tirou o boné cabeça, coçou os cabeços avermelhados, e voltou a subir no caminhão.

— Como é que a gente agradece quando alguém salva nossa vida? — Arthur perguntou à Mariana.

Ela riu, corando um pouco as bochechas. — Não fazendo de novo? — ela respondeu e corou ainda mais. Os olhos um no outro, de repente parecia que eles...

— Vocês não vão se beijar, né? — Beto revirou os olhos. — Não aqui, no meio da estrada, e depois dele quase virar carne-moída, certo?

Foi o suficiente para arruinar qualquer possibilidade romântica. Para sacramentar, o caminhão buzinou longamente antes de sair, quase levando os quatro a uma parada cardíaca coletiva.

Para a surpresa de todos, assim que o caminhão seguiu seu caminho, Arthur executou uma façanha ainda pior e correu para o meio da pista, trazendo o que restou do aparelho de volta ao grupo.

— Acho que esse é o fim — Beto se adiantou. Sem perder tempo, empurrou a bicicleta para Mariana e apanhou a sua. Já estava montando nela e tentou puxar o bonde: — Se a gente voltar agora, ainda dá tempo de salvar o meu final de semana.

Ninguém além de Beto se moveu. Ao lado de Arthur, já de volta ao acostamento e com o aparelho em mãos, Renata e Mariana tentavam consolá-lo.

— Seu Custódio vai fazer outro. O importante é que você tá bem — Renata disse.

— É, essa cidade não vai parar de ser esquisita tão cedo — Mariana reforçou.

Arthur olhava para o horizonte. Estava feliz por estar vivo, mas, pra ele, a perda do aparelho significava um pouco mais.

— Isso não podia ter acontecido. Agora ele não vai ficar bom.

— Tá falando do seu Custódio? — Renata perguntou.

— Arthur Frias, eu conheço essa cara. O que você está escondendo da gente? — Mariana o pressionou.

Dizer a verdade seria doloroso. Arthur não foi nada leal, e a traição entre amigos é coisa que só um Judas faz. Os amigos confiaram nele, pegaram suas bicicletas e toparam cair na estrada, tudo isso para animá-lo depois que ele voltou do hospital. E Arthur usou da boa-fé de todos eles como bem quis.

— É o seu Custódio. Ele continua entubado.

— Também, fuma feito uma chaminé — Beto estava impossível.

— Não é isso. Ele tem um defeito no coração. Seu Custódio vai morrer.

— Alguém disse isso? — Mariana perguntou.

— Por que não contou pra gente? — Renata o encarava preocupada.

— Não foi ninguém do hospital, foi o rádio que me disse.

— Como é que é? O rádio falou com você? — Beto se inflamou. — E quando a gente ia ficar sabendo? Quando um caminhão *desfiasse* seu corpinho? Ou o *nosso*?

— Não obriguei ninguém a vir comigo, tá bom? E não foi do jeito que vocês estão pensando — Arthur esclareceu —, foi mais como o começo de uma conversa. O rádio começou falando, mas logo ficou na chiadeira.

Mas aí ele soltava um *ploc*, um estalinho, quando a resposta era sim, e apitava quando era não. Quando eu perguntei se tinha jeito de curar ele, a resposta foi sim.

— E aí o *rádio* mandou a gente vir pra cá? — Beto perguntou.

— Mais ou menos.

Todas as crianças olhavam para Arthur agora. Esperavam uma resposta.

— Eu não sei direito. Mas o rádio sintonizou sozinho e começou com um desses programas de igreja. Falava de cura, de encontrar a palavra... tinha um monte de gente falando que tinha se curado, gente daqui de Terra Cota. Eu pensei que fosse um recado pra mim.

— E você por acaso pensou em como ia curar ele à distância? Sem trazer ele? — Mariana parecia não acreditar no que ouvia.

— Eu tentei perguntar, mas as válvulas esquentaram tanto que começaram a estourar, uma por uma. A voltagem deve ter ficado muito alta, chegou a derreter o pedal que eu estava usando para melhorar o sinal.

— Pedal? — Beto esganiçou. — Você colocou aquela lata velha que usa na guitarra no rádio?

— Já não importa mais. A última coisa que eu ouvi foi o homem falando de bençãos, de cura. Ele falou que ia levar todo mundo da igreja lá pra esse lugar de Deus, e eu achei que o lugar fosse onde o sinal do rádio era mais forte. Eu já tinha ouvido mais gente falando dessa igreja. A moça que faz faxina em casa mora lá no Piolho, ela contou pra minha mãe que uma mulher se curou de câncer, e que o pastor fala com Deus pelo rádio.

— E você acreditou nessas barbaridades? — Mariana perguntou com o rosto franzido.

— Não interessa, não vai adiantar mesmo. Eu precisava do detector para encontrar essa gente e ajudar o seu Custódio. — Arthur deixou os restos mortais do aparelhinho caírem no chão. Ele não o jogou, apenas deixou cair, como algo que não precisasse mais existir. — Vai ver, nem era nada disso e eu entendi só o que eu quis entender.

— Ou vai ver a gente ainda tem uma chance — Renata sorriu.

E Ricochete começou a latir.

3

Existem muitas formas de encarar o inexplicável. Um evento surpreendente da natureza, uma coincidência impensável, um encontro desmerecido com a sorte. De todas essas muitas formas, umas das mais precipitadas se configura na escala dos milagres, das intervenções divinas — justamente a direção tomada pelo pastor Belmiro Freitas. As aves tornaram o céu escuro e plantaram a loucura na terra, os celulares trouxeram a luxúria e a podridão das articulações humanas às massas, pessoas morriam dia após dia em circunstâncias criminosas. A própria serra que dava acesso à cidade estava desmoronando. Se aquilo não era o sinal que ele estava aguardando, talvez devesse esperar chover dinheiro.

Quando as aves surgiram com uma tempestade verde e barulhenta, Freitas estava ministrando em sua igreja. *Coincidentemente*, falava no culto sobre as sete pragas do Egito que, segundo suas palavras, "esfregou na cara de um bando de infiéis do que o inferno era feito". E se isso aterrorizou as pessoas e as ajudou a se convencerem de vez da santidade do homem? Se isso levou a congregação a segui-lo ainda mais cegamente?

No mesmo dia, a pior tempestade do ano desabou sobre o solo castigado de Terra Cota. Casas cederam no Piolho, pessoas foram soterradas, houve troca de tiros em uma tentativa de invasão do morro por uma facção criminosa rival.

Embalado pelos sinais do final dos tempos, Freitas estendeu o sermão do dia seguinte até o início da madrugada, e o pastor falou por tanto tempo que suas cordas vocais se extenuaram e ele precisou interromper a pregação duas vezes. Longe de estarem cansados, seus fiéis mais ardorosos continuaram em vigília, orando e orando, transpirando e tremendo e ofegando, e sentindo uma espécie de êxtase que somente o cansaço extremo, do corpo e dos sentidos, seria capaz de proporcionar.

Naquela mesma madrugada, a poucas horas do amanhecer, Freitas emergiu de seu descanso com uma nova epifania. Era chegada a hora. Ele deveria partir e encontrar o Criador, deveria atrair quantos seguidores pudesse e conduzi-los até a morada dos céus na terra, onde edificaria sua nova igreja.

Dias depois, quando os fiéis foram informados da sagrada missão daquele homem, muitos se ofereceram para ajudá-lo, e coube a Doracélia agremiar e convencer quantas outras pessoas pudesse para aquela nova e derradeira peregrinação. Mais uma vez, as pessoas conduzidas pelo céu foram para a cidade e distribuíram as boas novidades a quem estivesse disposto a conhecê-las. Mais uma vez, a voz do pastor ecoou da rádio comunitária do Piolho para o resto da cidade.

Entre os fiéis, a própria Doracélia era considerada um milagre. Quem a viu com menos de cinquenta quilos, equilibrando o corpo sobre duas varetas, logo atribuía sua saúde restabelecida a alguma intervenção milagrosa. Intervenção, essa, que Doracélia fazia questão de confirmar em detalhes a todos aqueles que se juntassem ao grupo para compartilhar as boas graças do Senhor.

Antes das sete da manhã do dia da partida, os fiéis já abarrotavam a pequena igreja. Entre as fileiras, Doracélia ministrava a cura que, graças a ela, crescia por toda a cidade. Ela não acreditava mais no poder da maldade ou das garras do Diabo, mas não podia duvidar daqueles pequenos ramos verdes que a resgataram da morte.

"Bom dia, irmã."

"Bom dia, amada irmã."

"Que dia glorioso Deus preparou para nós!"

Em resposta aos sorrisos acolhedores e desmascarados, Doracélia estendia as mãos cobertas da comunhão divina. Ramos verdes, flores amarelas, sementes espiraladas. A boa nova que veio do céu.

— Dona Dóra! Dona Dóra! — um dos rapazes quebrou a paz momentânea atravessando a igreja como um velocista.

— Se acalma, homem de Deus! — ela sorriu para ele. Mesmo os dentes de Doracélia estavam revigorados no esmalte e na cor.

— É eles, dona Dóra!

— Por que não pensa na paz de Deus e me conta o que aconteceu?

— Eles, dona Dóra! A bandidagem, o tráfico! Os coisa ruim fecharam a saída e não vão deixar ninguém passar. Parece que tem rolo lá com o povo do Água Dura. Tem mais de trinta agora, tudo armado e com as camiseta enrolada na cara. A senhora sabe que eles fazem isso pra matar gente.

— Nós vamos passar, meu querido. Confia em nosso Senhor.

— Mas, dona Dóra, passar de que jeito? Crivado de bala? A senhora mais do que ninguém sabe o que esse povo faz.

A expressão de Doracélia disse o que a boca economizou. Os olhos brilharam, estreitos, novas rugas apareceram na fronte. O sorriso largo cedeu a uma expressão dura e afiada.

— Tem mais alguma coisa que você queira me dizer, Elias? — sibilou. A imposição corporal de Doracélia, rígida como um ferro, foi tão evidente que o rapaz chegou a se afastar um pouco.

— Perdoa, dona Dóra... Eu fiquei meio nervoso. É que eles tão lá, tudo com arma na mão.

Doracélia manteve o olhar frio nele, esperando um desvio, um ato de rendição — o que logo aconteceu. Só então o sorriso se refez de verdade, e as mãos acariciaram a pequena cesta de flores. Sem precisar de ajuda, com uma só mão, ela rompeu um dos ramos e levou até à boca. Mordiscou uma folhinha e estendeu o restante ao rapaz.

— Confia na Glória. Confia no poder da benção.

— Confio sim, irmã Dóra — ele abocanhou a rama com uma compulsão quase equina. — Tamo na bença. — Apanhou mais um pouco de planta, empurrando outro talo verde para dentro da boca.

O povo do Piolho era a mistura exata de penúria e esperança, então, quando a congregação de Freitas começou a percorrer as ruas, entoando cânticos e distribuindo flores, muita gente foi até a calçada para saudar o cortejo. Durante aqueles poucos minutos de encanto, não existiu religião, política ou times de futebol, não existiu trabalhador ou bandido, nem nada que os separasse.

Conduzindo a procissão que aumentava a cada esquina, Freitas mantinha o mais absoluto silêncio. Sob o braço esquerdo, não uma bíblia, mas o chiado de seu velho rádio vermelho. Por todo o trajeto, pessoas que conheciam Belmiro se atiravam a seus pés, tocando aquele rádio, aquele homem, e agradecendo pelas graças que ainda haveriam de receber.

Depois da chegada das aves, a notícia do homem milagroso, do profeta do novo Apocalipse, se espalhou sem controle pela comunidade. Era isso o que o desespero sabia fazer de bom — exagerar tudo.

A massa de pessoas comandada pelo pastor estava a menos de duzentos metros da primeira barricada quando se ouviu um tiro. Como abelhas protegendo a rainha, mais de quinze fiéis se aglomeraram ao redor de Belmiro Freitas. Ele não pareceu notar, não murmurou críticas ou agradecimentos, tudo o que fez foi olhar para o céu e dar um novo passo na terra.

A cem metros, era possível ver a barreira. Pilhas de pneus queimando, duas carcaças de carro tombadas, cerca de vinte ou trinta rapazes armados. A julgar pela estatura, havia pelo menos cinco crianças entre eles. Através da abertura das camisetas enroladas, olhavam fixamente para o cortejo, mais precisamente para o homem que carregava o rádio. Muitos integrantes do tráfico o admiravam — de longe, mas admiravam. Freitas não era como os outros, ele não mandava, ele pedia. Ele não punia ou julgava, ele acolhia.

Estavam a cinquenta metros quando as primeiras armas se ergueram.

— Daqui ninguém passa hoje! É pro bem da gente! — um dos rapazes gritou. Era Guaraná, um dos poucos sem cobertura no rosto, assim como seu líder, Jôsi. Os dois estavam de camiseta e bermudão. Jôsi usava uma guia de Exu, as contas pretas e vermelhas brilhando por cima da camisa do time do Terracotense Futebol Clube.

— Ninguém vai parar o povo de Deus! — alguém do cortejo gritou. Uma voz masculina que não era a do pastor.

Freitas colocou o rádio no chão, uniu as mãos à frente do corpo baixou o queixo, uma posição de humildade.

— Estamos indo morar na Glória — explicou —, e não existe impedimentos em nossa caravana salvadora. Não é tarde pra vocês, queridos irmãos. Nunca será tarde para aquele que se arrepende de todo coração e aceita a palavra do céu.

— Ninguém aqui tá arrependido, santidade — um dos meninos mascarados disse. Jôsi começou a rir.

— Escuta o menino, pastor. Ninguém se meteu na sua igreja, é só não se meter com a gente. Se nós tamo fazendo isso, é pra não deixa nenhum sujo tomar o que é nosso.

— Nosso? — Freitas ergueu o semblante. — E o que de fato é nosso nesse mundo de Deus?

— Se for dele, depois nóis devolve — Guaraná provocou. — Por enquanto a gente toma conta.

— Ninguém precisa se machucar, pastor — Jôsi disse. — A gente sempre cuidou do povo, vai continuar cuidando, hoje não é um bom dia pra ficar na rua. Volta pra igreja e espera as coisa acalmar. A gente precisa dar um pouco de instrução pros covarde do Água Dura.

— Não, filho, não é assim que vai ser. Eu vou seguir com meus irmãos, e se você der um único tiro, o céu vai encaminhar a bala.

Jôsi fez um sinal muito discreto com os dedos, ao que todos os rapazes apontaram suas armas.

— Pra desviar todas essas bala, Deus vai precisar de mais gente.

Freitas apanhou o rádio do chão e o recolocou sob o braço. Já estava avançando um passo quando ouviu alguém gritar às suas costas.

— Josiel da Silva Santos! Pare com isso agora mesmo!

A multidão foi se abrindo, como o Mar Vermelho reagindo a Moisés. À medida que a mulher avançava, corpos eram realocados para o lado sem esforço algum, como se houvessem ensaiado aquele balé. Jôsi quase não a reconheceu. Ele sabia que a mãe estava doente, ouviu algo sobre a sua recuperação, mas o que acontecia ali não encontrava explicação em seu cérebro. Quando ele saiu de casa, ela ainda tinha saúde e treze anos a menos, e nem naquele tempo parecia tão jovem quanto agora.

— Agora não é hora, mãe. Volta pra casa.

Doracélia não se deteve. Ela continuou caminhando na direção das armas, de peito aberto, com sua cesta de flores nas mãos e um sorriso nos lábios — mas havia certa inconstância naquele sorriso, uma espécie de imprecisão.

— Vem cá, filho. Dá um abraço na sua mãe.

A arma de Jôsi não cedeu, mas algumas se abaixaram. Mãe é mãe, e é um pouco mais mãe em boca de bandido.

— Faz muito tempo que a gente não se fala. Já é hora disso acabar, Josiel. Se você quiser, a gente não passa, mas não nega um abraço pra tua mãe.

Naquele momento, Jôsi se sentiu muito mal, o pior dos filhos. Doracélia sempre disse que ele servia ao demônio. E, naquele momento, Jôsi acreditou. Ali estava ela, forte e saudável, esperando um abraço do filho bandido.

— A senhora tá bem? Tá mesmo curada? — Ele baixou o fuzil.

Doracélia o envolveu em seus braços. Jôsi sentiu vontade de chorar, mas algo dentro dele não permitiu. Intuição? Sexto sentido? Fosse o que fosse, ele parecia saber que aquela mulher não era mais a sua mãe.

A certeza chegou quando uma bala perfurou seu estômago.

Com as duas mãos no ventre, Jôsi se afastou e sentiu mais um tiro, dessa vez do lado esquerdo do peito.

Doracélia exibia aquele sorriso. Segurava a arma que tomou da cintura do filho.

— Você vai encontrar o Senhor, Josiel. Ele vai interceder em meu nome.

— Intercede nisso daqui, filha da puta — Guaraná disse e deu o primeiro tiro.

Naquela tarde, dezenove tiros atingiram Doracélia, e o que sobrou nos pentes e tambores foi disparado contra a congregação de Belmiro Freitas. Ensandecidos, os fiéis desarmados partiram para cima dos traficantes, usando bíblias, unhas e dentes como arma. Quem viu acontecer, contou que os corpos caíam e Freitas caminhava entre os mortos. E que nenhuma bala, soco ou pontapé foi capaz de atingi-lo.

Apenas com seu rádio embaixo do braço, ele atravessou o mar de ódio e seguiu pelas ruas esvaziadas, seguindo o chiado divino, até que deixou sozinho a favela.

5

Júlia tinha acabado de fechar mais um bloco de notícias com o novo confronto entre traficantes no Morro do Piolho quando Cleide a avisou que Mário Frias e Péricles Solovato a aguardavam na recepção. Ela não imaginava que tipo de assunto aqueles dois teriam a tratar, mas se apressou com a próxima sequência e os mandou entrar na sala. Dá última vez que um veterinário e um biólogo se juntaram em Terra Cota, o resultado foi a interdição da fábrica de tintas Polakko, que andava tingindo o rio Choroso com seus pigmentos.

Os dois chegaram à sua sala com as máscaras e continuaram com elas. Júlia concordava com o uso, mas com três doses de vacina e tudo que vinha acontecendo, deixou os visitantes à vontade.

Péricles guardou a dele, mas Frias preferiu manter a proteção no rosto.

— Gente, desculpa ser direta desse jeito, mas o que vocês dois estão fazendo aqui?

— Quando olhou seu celular pela última vez, Júlia? — Mário Frias perguntou.

— Acho que antes de entrar no ar — respondeu enquanto sacava o aparelho do bolso. Imaginava que os dois homens tivessem tentado falar com ela, mas não. Nada de sinal, nada de mensagens. — Estou sem sinal.

— Você e a cidade toda — Frias explicou.

Ele e Péricles se encararam com uma estranha cumplicidade. Frias chegou a coçar de leve o próprio pescoço. Seja lá o que precisava dizer, era algo delicado.

— Gente, eu moro em uma cidade que foi exposta pelos avessos e invadida por maritacas — disse ela. — Vai logo, acho que posso aguentar. Aconteceu alguma coisa com o meu pai?

— Foi ele que mandou a gente, Júlia. Milton disse que você ia ajudar — Péricles explicou.

— A internet está oscilando desde hoje cedo — Frias assumiu —, e quase todas as funções dos celulares dependem dela. Os dados móveis pararam há uma hora, e parece que a internet também. Ainda não sabemos se a culpa é das maritacas ou das plantas, mas as torres de telefonia, todas as três, estão verdes de tanto passarinho.

— Sem contar a fiação dos postes — Péricles completou.

Júlia ergueu a mão para interrompê-los e saiu rapidamente da sala para confirmar a situação da internet com Adney. Voltou bem rápido.

— A internet já era. Essa planta é aquela com as sementes estranhas? O que ela tem a ver com o sinal?

— Ela se adere a qualquer tipo de transmissão de energia. A planta é uma espécie invasora, ao que tudo indica — Frias continuou. — Ninguém sabe de onde veio, nem o pessoal especializado.

— A nossa secretária, a Cleide, que atendeu vocês, comentou alguma coisa sobre as torres. E teve uma moça que ligou pra gente e falou que tinha gente comendo essa planta, foi no nosso *Soltando o Verbo* da semana passada. Achei que ela fosse doida.

— Se ela comeu essa plantinha, pode ter ficado doida por isso — Péricles sugeriu. — Faz um tempo que eu comecei a notar animais se comportando de forma estranha. Eles estavam mais agitados, ansiosos com alguma coisa. Da ansiedade, eles passaram a um estágio de medo, e dali saltaram para a agressividade. Pedi pro Frias examinar essas flores porque os animais estavam comendo essas coisas.

— Tudo bem, tô acompanhado. Mas já que é urgente, vamos direto ao ponto. A planta é venenosa?

— Segundo os laboratórios, não. Nas primeiras análises descobrimos que ela se espalha como poeira e mexe com os ânimos dos animais, mas, até aí, sem pânico — Péricles explicou.

— E...? Gente, vamos resumir — a falta de urgência dos dois estava começando a irritá-la.

— Nanotecnologia. Essas plantas possuem estruturas mecânicas microscópicas dentro delas. Estão escondidas nas folhas, no sistema de reprodução, até nas flores. São como robôs, Júlia. Vivos.

— Isso é sério? — com os braços cruzados, o olhar aflito da jornalista pulava de Frias para Péricles.

— Júlia — Péricles saltou ao assunto principal —, com a internet capengando e sem celular, você é nossa maior chance de avisar as pessoas pra ficar longe dessa coisa. Não sei o objetivo dessa... *forma* de vida, ou de onde isso veio, e não saber é assustador pra caralho.

— Vocês têm prova de tudo isso?

— Trouxemos os laudos. Podemos explicar detalhadamente tudo o que descobrimos, mas, *por favor* — Péricles continuou —, peça para as pessoas ficarem longe dessa planta. E para manterem seus animais ainda mais longe.

— Claro, a gente faz isso, mas sem as torres e a internet, só com o sinal principal, não vamos chegar muito longe via rádio.

— Mas vamos com a língua do povo, Júlia. Esse tipo de notícia se espalha depressa, é o que a gente espera.

Júlia puxou os papéis para estudar uma maneira de dizer o que precisava sem causar uma nova onda de loucura na cidade. Assim que botou os olhos em um dos cabeçalhos do laboratório Fleury, alguma coisa se conectou em seu cérebro.

— Eu li uma reportagem no ano passado sobre a medicina do futuro, acho que foi na época mais difícil do coronavírus, eles citavam a nanotecnologia como um possível controle bacteriano e viral daqui a... sei lá... cinquenta anos. Existe alguma possibilidade dessa nanotecnologia da planta estar curando as pessoas?

Frias coçou o nariz por cima da máscara e ajustou os óculos embaçados.

— Se o nosso maior problema for esse, eu vou ficar muito feliz.

6

O plano de Arthur Frias continuava parecendo estranho e incompleto, mas quando se tem menos de doze anos, os pontos falhos são a maior parte da diversão. Foi dessa forma que os quatro amigos atravessaram a pista, deixaram suas bicicletas na encosta e arriscaram quebrar pernas e braços na descida do barranco.

O que Renata avistou antes da descida não foi um peregrino milagroso ou o povo do céu surgindo das nuvens, mas o rosto transtornado de João Bússola. Ele apareceu na pista, olhou para sua bússola dourada e desceu pela mesma encosta, sem pensar duas vezes.

Houve muito pouca discussão em segui-lo ou não, porque o objetivo agora era embarcar nas ideias de Arthur Frias e dar alguma esperança a ele. É o que os amigos verdadeiros fazem, não é? Apoiam uns aos outros?

Descer as encostas não foi tão difícil quanto eles esperavam, e mesmo o tombaço que rolou Beto Lira por alguns metros só serviu para fazê-los rir. Na verdade, quase todos caíram em algum momento, e com o barro formado pela chuva dos últimos dias, logo se via quatro crianças besuntadas de lama. Com Renata, o preço foi um pouco mais alto, porque ela caiu de costas e seguiu escorregando, já perto do final da descida (não havia nada em suas costas que não estivesse completamente marrom).

João Bússola seguia vinte metros à frente — ele desceu praticamente rolando, então chegou no platô antes de todo mundo. Surpreendentemente, o homem continuava com a bússola em suas mãos, firme, como se fizesse parte de sua carne.

— Pra onde ele tá indo? — Renata perguntou.

— Do jeito que é doido, a gente vai andar até Três Rios — Mariana ofegou.

Não estava muito fácil avançar por aquele terreno. Onde não tinha lama, o mato estava alto, e o chão, irregular, então era quase um milagre ninguém ter se machucado feio até ali.

— Aleluia — Mariana disse assim que o solo mudou de cor. Agora, não havia mais matagal, o terreno era arenoso e duro, recheado de pedrinhas pequenas e brilhantes. Beto Lira sabia do que se tratava.

— É quartzo — ele se abaixou e apanhou um pedrisco um pouco maior, do tamanho de uma bolinha de gude. — Meu pai vinha aqui quando era menino, ele e os amigos dele. Eles procuravam as pedras grandes e vendiam lá em cima, na estrada.

— E por que ninguém mais vem? — Mariana perguntou enquanto se abaixava.

— Lei de preservação. Mas meu pai diz que tudo isso aqui tem dono, e que o cara está só esperando o terreno valorizar pra vender pelo dobro do preço.

Renata tinha outra ideia.

— Eu acho que é porque morreu gente. Todo mundo já ouviu falar da inundação. — Uma pausa, e baixou a voz. — E do resto.

— Sempre achei que fosse mentira — Mariana olhou para os amigos.

— A parte dos fantasmas deve ser, mas morreu gente afogada de verdade.

— Ele parou — Arthur disse, alheio à conversa.

João Bússola estava à frente do que parecia apenas uma nova encosta, uma montanha. Estava de pé, alternando a atenção entre a bússola e a rocha coberta por vegetação. Na frente dele, só tinha isso mesmo: pedra e mato. Mato no chão, mato escalando a pedra, mato se misturando com mais mato. Então João deu um passo e atravessou.

E Arthur correu em sua direção.

— Arthur, espera! — Mariana gritou e saiu correndo. Ricochete foi atrás dela e rapidamente a ultrapassou, seguindo na direção de Arthur e do rochedo. Em segundos, eram quatro crianças e um cachorro correndo pelo platô de cristais. Arthur seguia na dianteira, Ricochete em seu calcanhar, Mariana logo atrás. Beto Lira gritava para que esperassem por ele quando Renata encontrou a ponta de uma pedra e rolou pelo chão de caquinhos.

Ela reclamou de dor assim que parou de rolar. As mãos já estavam sobre o joelho em carne viva. Beto vinha correndo na direção oposta, voltando até ela.

Arthur e Ricochete tinham acabado de atravessar pela mesma parede de mato e rocha atrás de João Bússola.

Mariana viu os dois sumirem bem diante de seus olhos, sentiu o corpo inteiro se arrepiar e ficou sem saber o que fazer. Embora quisesse ir atrás de Arthur, achou melhor ficar onde estava até ter certeza de que a amiga estava bem. Mancando um pouco e amparada por Beto, Renata chegou a ela em alguns segundos.

— Vai atrás deles, a gente espera aqui — Beto disse.

Mariana assentiu e correu até a pedra. Puxou o mato com as mãos, tateou, empurrou.

— Gente, não tem como passar! — ela gritou. — Só tem pedra aqui atrás! — Ela continuava enfiando as mãos entre as folhas, procurando a abertura por onde Arthur, Ricochete e João Bússola haviam atravessado. Não parecia possível, tudo o que havia ali era uma rocha e vegetais ordinários e agressivos, os únicos capazes de existirem naquele lugar.

Pensando em todos os filmes que assistira na vida, imaginou que aquela encosta pudesse esconder uma passagem secreta. Era o que acontecia nos filmes, não era? E os filmes sempre se baseavam em alguma coisa. Que ela soubesse, essas passagens nunca se abriam com força, mas com jeito. Mariana começou a tatear a rocha com mais gentileza, e não demorou a sentir uma espécie de tremor, uma vibração. Em poucos segundos, aquela mesma agitação bagunçava seus cabelos, seus pelinhos do braço, seus poros. Era como se o movimento não viesse de fora, mas nascesse dentro dela, de algum lugar sob a pele. Mariana enxergou em sua mente aquela mesma rocha se tornando líquida e transparente, então viu uma silhueta do outro lado. Uma coisa brilhante e escamada que parecia ter alguma coisa estranha no rosto, uma deformidade. Era como se os olhos não existissem, como se a própria pele fosse um cobertor fino, feito de escamas, se acomodando sobre os ossos. Mariana sentiu um impulso horrível de cair no choro e puxou a mão com força. Voltou correndo até Beto e Renata, chorando, e gritou antes mesmo de chegar a eles:

— A gente precisa de ajuda!

7

Tales estava sentado sob o grande toldo da Casa do Sorvete Galvão, a única sorveteria gourmet da cidade, se refrescando com um belo sundae e olhando o vai e vem das aves. Ele não tinha muito mais o que fazer na cidade depois de sua conversa com Júlia Sardinha, tampouco podia se distrair com seu celular, ou voltar para casa, com a estrada impedida como estava. Assim que percebeu a falha dos celulares, Tales fez uma ligação do telefone fixo do hotel para o escritório em Três Rios. O pessoal atendeu normalmente, testou a rede e definiu o problema como uma interrupção na retransmissão das torres. A maior suspeita dele ainda eram as aves.

Tales olhava para elas com certo apreço.

Mesmo se considerando um homem alinhado com os tempos modernos, era bom voltar alguns anos. As ruas seguiam empesteadas de pássaros, mas as crianças estavam do lado de fora das casas, os homens e mulheres estavam conversando sem precisar de um telefone, havia uma espécie de retorno à vida natural.

Por isso, quando o céu pareceu explodir em um ruído seco, ensurdecedor e ecoante, e dezenas de pássaros começaram a cair, ele se sentiu ludibriado.

Sem saber como agir, Tales ficou onde estava, observando a chuva de aves mortas e a revoada das que escaparam com vida. Elas não saíam organizadamente, mas em franco desespero, esbarrando umas nas outras, se bicando, quebrando seus pescoços. Com a altura que muitos pássaros despencavam, suas carcaças funcionavam como pequenas bombas verdes. A lataria dos carros e a gritaria dos pedestres rapidamente compuseram uma nova fanfarra. *Boom, tshiii, bam-bam! Ahhhh!*

Um pássaro caiu na cabeça de um homem e ele desmaiou. Outro acertou um cachorro, que saiu ganindo como se tivesse sido atropelado. Dois carros tiveram os para-brisas estourados só naquela rua, a poucos metros de Tales Veres.

Aos poucos, ele se ajustou à nova onda loucura e colocou mais uma pazinha de sorvete na boca.

Era engraçado. O sorvete também era verde. De pistache.

Segundos depois do estouro, Júlia passou queimando os pneus em frente à Casa do Sorvete Galvão, Tales ainda acenou, mas ela não notou o amigo sob a marquise. Pouco antes de chegar àquele ponto, o carro havia sido bombardeado por uma maritaca morta. O bicho caiu e atravessou o para-brisas, por sorte acertando o lado do carona.

O Renault chegou à delegacia em alta velocidade, estacionando com uma fritada dos pneus. Júlia avançou a pé, mas precisou empurrar um mar de curiosos e proteger a cabeça para conseguir vencer as escadas, a chuva de maritacas e chegar perto do balcão de atendimento. Depois, precisou gritar para tentar atrair a atenção de algum policial, mas foi solenemente ignorada. Eles ainda estavam no salão, mas longe do balcão e bem mais interessados no que acontecia do lado de fora. Lentamente, os pássaros paravam de cair, mas seus corpos estavam por toda parte. Uma menina, vestida de rosa da cabeça aos pés, chorava em meio a um amontoado de cadáveres verdes. Uma idosa parecia paralisada pelo choque, estática, protegida por uma sombrinha amarela toda torta.

— Preciso de ajuda! Tem alguém aqui que pode me ajudar? — Júlia voltou a gritar no hall.

Notou que um grupo de policiais deixava a área interna às pressas, e praticamente agarrou um deles pela camisa.

— Cadê o Diogo? Eu preciso falar com ele!

O homem pareceu surpreso, mas não a repreendeu pelo exagero.

— Se ele já não saiu, deve estar no estacionamento.

Júlia passou pelo policial e entrou correndo na parte interna da delegacia.

— Ei! Você não pode entrar aí, não! — o escrivão disse.

Júlia o ignorou. Como todo jornalista que se preze, ela conhecia o interior de uma delegacia. Daquela e de outras duas na região. Não foi difícil chegar à saída dos fundos que dava acesso ao estacionamento das viaturas.

Ela passou pela porta enquanto Diogo arrancava com seu carro.

— DIOGO! — ela gritou.

E o carro continuou andando.

— CARALHO, DIOGOOOOOO! — gritou outra vez. Já ofegante, levou as mãos nos joelhos.

E a luz de freio se acendeu.

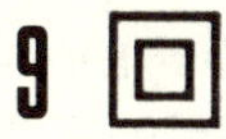

— Júlia?

Ela já estava entrando no carro.

— Vai pra mina, Diogo, eu explico no caminho.

— Mas tá chovendo passarinho!

— Vai chover sangue de criança, se você não me escutar.

10

Estavam saindo da cidade e tomando uma das estradinhas vicinais que formavam a teia entre as pequenas propriedades rurais quando Júlia conseguiu se explicar. Até então, toda a atenção deles estava em não bater o carro — algumas aves ainda estavam caindo, e havia centenas acumuladas pelo chão. O Corolla dançava como se estivesse sobre o barro, mas era outra coisa.

— Recebi a chamada de um ouvinte faz uns vinte minutos, uma mulher pedindo ajuda. Ela explicou que apareceram três crianças sujas de lama na casa dela, chorando e pedindo pra chamar a polícia. Tava uma gritaria danada, um dos meninos tinha desaparecido. A mulher tentou ligar para o 190, mas cansou de esperar, imagino que as linhas congestionaram depois da chuva de pássaros. Alice é ouvinte da rádio, ela sabia que eu estava no *Soltando o Verbo*, então telefonou pra conseguir ajuda.

— Descobriu quem são os meninos?

— A criança que desapareceu é Arthur Frias, os outros são a filha do Aquiles Rocha, o menino do dono da Gato de Botas e uma outra menina, Renata Germana. A filha do Aquiles contou que viu alguma coisa na antiga Mina do Baíra, um tipo de... monstro. Coincidência ou não, o pai do Arthur e um veterinário estiveram no estúdio mais cedo, pedindo pra eu alertar a população pra ficar longe daquelas plantas que apareceram pra todo lado.

— Merda... Meu pai andou comendo aquelas porcarias, ele e a minha mãe. Essa coisa é perigosa?

— Cara, você vai precisar ter muita fé na ciência pra ouvir essa parte.

— Vou me esforçar. — Ele acelerou mais fundo e fez a curva para a esquerda.

— O Péricles, o veterinário, descobriu que alguns animais estavam ficando raivosos depois de comer essas plantas. Ele e o Frias mandaram amostras para dois ou três laboratórios. O problema já seria grande se fosse um caso de intoxicação, mas é um pouco pior.

— Pior que veneno?

— Nanotecnologia, Diogo. A explicação técnica é complexa e eu não entendi metade do que eu li, mas são robozinhos que só podem ser vistos no microscópio. Robôs microscópicos que obedecem a uma inteligência programada. Eu vi as fotos de microscopia eletrônica dessas coisas, eles se parecem com vírus, com a cabeça de cubo, mas têm uma espiral que liga o corpo e as perninhas; ninguém me contou, eu vi. O laudo dizia que as plantas têm alta concentração de molibdênio e tungstênio, e eu descobri que a indústria usa esses elementos pra mudar as propriedades do ferro. Se você juntar essas informações com o sinal de rádio desconhecido e as pessoas tendo curas milagrosas, a coisa ganha um outro sentido.

Essa foi a parte mais complicada daquela conversa, e Júlia precisou de mais dez minutos de extremo desconforto para explicar sua teoria. Como falar com seriedade sobre algo que há muito tempo vem sendo atirado às margens do ridículo? Quando ela terminou, coube a Diogo dizer:

— ETs? É disso mesmo que estamos falando?

— Não do jeito que mostram no cinema, mas o que mais pode ser?

— Júlia, pode ser qualquer coisa. De anarquistas entediados até uma ação de marketing bizarra. Não seria a primeira vez.

— E os telefones? O rádio? Não existe nada que explique o que vem acontecendo em Terra Cota.

— Você chegou a pensar que podem ser justamente os telefones que estão causando tudo isso? As interferências no rádio, a loucura das pessoas... Quem sabe o tipo de tecnologia que eles estão usando agora?

— Tales Veres saberia. E os telefones não sabotariam a si mesmos. Diogo, tem alguma coisa lá fora, lá em cima, atacando a gente. É uma explicação possível, sim, ainda mais com tudo o que ouvimos do seu Ary, sobre o rádio e aquela mina.

— Pra mim, ainda parece loucura — disse. Mas por um segundo ele pensou em Lúcia Louca e nas coisas que ela havia contado. *Estão pra todo lado. Ali, aqui... lá em cima. Ouvindo o grito da mãe, eles acordaram depressa.*

— Vamos supor que isso seja mesmo possível. O que essa inteligência, essa *coisa*, quer?

— Não faço a menor ideia, mas se as crianças disseram a verdade, João Bússola e o menino desapareceram bem na frente delas, atravessando uma parede de pedra.

— Eu não quero perder outro menino porque não tenho muita imaginação. Onde exatamente Arthur Frias desapareceu?

— A gente não consegue chegar lá com o carro, mas tem o acesso pela Mina Velha, a entrada fica do lado oposto de onde o garoto evaporou. Diogo, nós ouvimos as mesmas coisas do seu Ary. Tem alguma coisa lá embaixo.

— A única coisa que espero encontrar lá embaixo é o menino. Vivo, de preferência.

Diogo continuou dirigindo, apertando os dedos no volante e fazendo pular o osso da mandíbula. Estava com olheiras profundas, parecia mais velho do que estava há alguns dias.

— Eu sei que as últimas semanas não têm dado trégua, mas tá tudo bem com você?

Diogo continuou calado, fez uma curva mais fechada e os pneus ergueram poeira da estradinha.

— Acho que não. Perdi minha família e de repente descobri que moro em um lugar cheio de gente da pior espécie. Em Terra Cota, quem não é monstro, serve à vontade dos monstros. — Tomou uma nova rota, outra estradinha de terra. — Meus grandes amigos são corruptos, assassinos e ladrões, existe uma organização criminosa lucrando com o sofrimento das pessoas, crianças estão desaparecendo sem que a gente possa fazer nada. Sem contar a minha mãe... dona Marta anda falando com meu irmão que morreu afogado há quinze anos.

— É um bom jeito de perder o juízo — Júlia tentou ser divertida.

— A gente perde a esperança primeiro. Que tipo de podridão as pessoas que você mais confia ainda escondem? Se aparecesse uma nave soltando raios na cabeça dessa gente, eu acharia merecido.

— Ainda tem pessoas boas por aí. O problema é que elas estão acuadas, tem muita gente com medo de servir de lenha pra uma nova fogueira. Essa organização que vocês descobriram, ela tem alguma relação com o delegado Plínio ou o que aconteceu com os De Lanno?

— É o que deu pra entender. Eu decidi seguir a pista do seu amigo Ary e dei uma batida por conta própria na antiga fábrica de quartzo. O Plínio estava lá, torturado, quase morto. O desgraçado que comandava o show meteu duas balas nele quando o surpreendemos, depois se matou. Eles tinham algum tipo de sistema remoto que apagou os rastros do que estavam fazendo, tudo o que conseguimos foram mais quatro corpos pra jogar na terra, dois deles, policiais. O resto dos capangas eram de segurança privada, gente contratada recebendo o dobro pra não fazer perguntas. Já o filho da puta que apagou o Plínio deixou todo mundo confuso. O nome do cara era Carlos Ariano, tinha uma concessionária de máquinas agrícolas em Três Rios. Sem ficha na polícia, pai de família, conta discreta do banco. Não faz sentido.

Diogo fez mais uma curva e diminuiu a velocidade do carro.

— Eu podia ter morrido naquela fábrica. Minha sorte foi que o Linhares, o novo delegado, colocou dois policiais na minha cola. Ele tinha certeza que eu estava acobertando o Plínio. E a minha ex-mulher me mantendo longe da minha filha com o mesmo nível de confiança. É muito problema sem solução, Júlia, isso acaba com a saúde mental de qualquer um.

— Seu Milton sempre diz que existem cinco formas de lidar com os problemas. Saber a causa, saber a solução, especular, inovar, e a maneira mais certeira de todas: deixar o problema de lado. Às vezes, a solução não aparece porque ainda não existe, então o único jeito é esperar. Você não pode esperar que um motor à gasolina funcione sem que a gasolina seja inventada, entende?

Do carro, já conseguiam ver a entrada da mina, um buraco no morro coberto por tábuas e pregos. Todo mundo sabia que aqueles pedaços podres de pau não limitavam o acesso de ninguém. Mesmo com todas as lendas ruins que cercavam a mina, era possível que dezenas de crianças de Terra Cota tenham sido geradas bem ali.

Diogo estacionou o Corolla rente à cerca de mourões e puxou o freio de mão. A quantidade de cristais na terra formava uma clareira próxima à entrada, mas havia uma vegetação espessa até chegar a ela, impossível seguir com o carro.

— O problema do menino a gente resolve hoje — ele disse e desceu do Corolla.

11 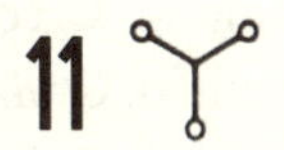

Como Diogo imaginava, o isolamento da entrada da mina era mais uma das mentiras contadas na cidade. As madeiras grossas estavam lá, pregadas com cravos de mais de dez centímetros e amarradas com arames, mas logo abaixo havia duas garrafas de vinho e dezenas de guimbas de cigarro. Também os restos de uma fogueira e pegadas no chão terroso. Profundas e bem marcadas, feitas por alguém pesado. Como sobreviveram à garoa fina que ia e vinha há semanas, talvez fossem recentes.

Diogo as avaliou rapidamente e começou a tocar as madeiras, procurando um jeito de entrar. Júlia também começou a tatear as tábuas, todas estavam meio frouxas e soltas.

— Será que existe alguma chance de... você sabe. — Ela deu de ombros de leve, olhando para ele de soslaio. — Eles existirem?

— Se você me perguntasse no mês passado, eu teria uma boa resposta, mas agora, depois de tudo o que vem acontecendo... Achei. — Ele sacudiu uma madeira mais solta que as outras.

Diogo seguiu tateando a parte suspeita até encontrar o prego que ainda a prendia às demais. Estava totalmente solto; o metal saiu sem precisar de força. Para conseguir uma abertura, bastou retirar outro prego, da tábua ao lado, e girá-las em sentido anti-horário. Da abertura de cerca de meio metro, um sopro de ar quente o obrigou a virar o rosto.

— Testa a lanterna antes da gente entrar — Diogo pediu. Os policiais da cidade estavam em estado de alerta desde que as aves começaram a se interessar pela fiação elétrica. Sabiam que uma pane elétrica era questão de tempo se elas não fossem afugentadas. As lanternas sempre estavam com eles.

Diogo foi o primeiro a entrar e sustentou a abertura. Júlia atravessou em seguida, aproveitando a luz que entrava pelo acesso. Quando Diogo soltou as tábuas, ficou um pouco mais escuro, mas as lanternas ainda dariam conta do recado. Júlia nunca teve medo do escuro, mas não diria o mesmo das coisas que o escuro esconde. No momento ela pensava em todos aqueles pequenos seres cheios de perninhas que ela odiaria encontrar.

— É melhor do que eu esperava — Diogo comentou.

O chão era de terra batida, mas bastante plano. No teto, havia restos de uma fiação abandonada, alguns fios ainda estavam presos a ganchos de metal. O corredor era largo, tinha pelo menos dois metros de um lado a outro. O madeiramento dos trilhos usados nos carrinhos de transporte de carga ainda existia, já o aço e os dormentes poderiam ter sido roubados.

— Existiam planos de fazer um parque temático nessa área, acho que foi na gestão do prefeito 'di Cicca, do velho — Júlia lembrou. — Se tivesse saído do papel, Terra Cota teria um dos maiores parques do país. Eu nunca soube o que deu errado, mas ouvi alguma coisa sobre instabilidade do solo.

Diogo estava iluminando o chão alguns metros à frente. Notando o feixe de luz de Júlia chegando mais perto, ele explicou:

— É a mesma pegada lá de fora. Sapato social ou uma bota.

— Tá sentindo esse cheiro? — ela se distraiu. Aproveitou para iluminar o caminho à frente. O foco de luz encontrava uma parede terrosa a uns dez metros. — É cheiro de ferro?

— Eu ia dizer óleo, mas acho que é a mesma coisa, cheiro de máquina — Diogo redefiniu.

Com o silêncio momentâneo, foram capazes de ouvir um leve chiado. Parecia distante de onde estavam.

— Tá ouvindo?

— Ouvi, sim — confirmou Júlia —, mas já parou.

Diogo deu alguns passos à frente. Júlia o seguiu de perto. Agora pensava nos bichos com patas peludas.

Em certo ponto ele parou e manteve o foco do lado direito do corredor.

— "Infinita é a presença..." — Júlia leu em voz alta. A inscrição estava cavada na terra, pintada com algo branco que poderia ser cal. Era bem grande, ocupava quase dois metros de extensão. Havia uma pequena espiral desenhada ao lado das letras. Também uma seta ascendente.

— "... que nos conduz aos céus" — Diogo completou. Depois leu o número escavado logo abaixo.

1,618.

— A proporção perfeita — Júlia disse.

— Como assim?

— É uma proporção matemática que tem relação com a sequência Fibonacci. Eu acabei estudando um pouco do assunto depois da transmissão pirata e da conversa com o seu Ary. A sequência começa no zero ou no número um, assim...

Júlia se abaixou e apanhou um pedaço de pedra. Começou a riscar os números na parede: 0, 1, 1, 2, 3, 5, 8.

— É só você somar dois números sequenciais e colocar o resultado como o próximo.

— Treze?

— Isso aí. E, quanto maior o número, sempre que você o divide pelo número antecessor imediato, mais próximo o resultado fica de 1,618, a proporção áurea. Muitos acreditam que esse número represente a perfeição na natureza.

Júlia foi distraída por um ruído metálico, dispersado, o som de um diapasão. Era bem discreto. Logo outro tom apareceu, depois mais outro. Não era desagradável, apesar de não haver explicação para existir naquele lugar.

— Vem — Diogo seguiu um pouco mais depressa e dobrou à direita. E se deteve outra vez assim que iluminou as paredes.

12

— É a mesma planta — Júlia observou ao iluminar alguns ramos. Estavam cada vez mais mergulhados nas sombras, experimentando a escuridão quebrada apenas pelo feixe de luz da lanterna.

O vegetal havia crescido e composto uma parede viva. Era como uma hera, fechada a ponto de cobrir toda a área que podiam ver do corredor escavado. A planta também estava no teto, formando a mesma trama compacta de folhas e caules verdes. Por esses caules, havia um sem número de flores, tão variadas na cor quanto na forma, embora houvesse, discretamente, um certo padrão. As folhas verdes, por exemplo, formavam figuras de proporções quase perfeitas, mesmo de diferentes formas e tamanhos. Júlia se interessou mais por uma flor arroxeada. Do miolo da flor, emergiam apêndices amarelos, em formato de T, oito deles. Ao lado, a próxima flor lembrava uma unha longa, e outra, a cabeça de um louva-a-deus. Diogo dava atenção a uma flor que parecia muito com um pequeno homenzinho, um hominídeo rosa com cabeça em forma de martelo. As florescências mais comuns, sem exceção, apresentavam as pétalas em espirais ou círculos; como as rosas.

— Essas espirais... elas seguem a sequência de Fibonacci também, e os números da transmissão do seu Ary vieram da espiral perfeita de Fibonacci. Olha só pra essas plantas. Tá vendo como todas elas são simétricas e organizadas?

— Algumas parecem animais — ele também observou. Estava ao lado de uma flor que lembrava o rosto de um macaco. Ao lado dessa, havia uma estrutura cujas pétalas lembravam lagartas. Diogo seguiu avançando, reconhecendo novas organizações e formatos, até que seu pé direito esbarrou em alguma coisa no chão. Ele baixou os olhos lentamente, seguindo o brilho da lanterna.

— Meu Deus, olha só essa coisa — disse depois de afastar parte da cortina de folhas que cobria o artefato.

Era uma estrutura floral, de cor quase vinho, aveludada, tinha mais de um metro de envergadura. Estava bem baixa, encaixada entre o solo e a parede. Havia um morcego semidecomposto aderido ao centro dela, parecia colado a uma infinidade de pedúnculos. O cheiro era terrível, e tanto podia vir da carcaça apodrecida quanto da própria planta.

— Como essas coisas conseguem crescer aqui embaixo? — Diogo indagou. Não era nenhum especialista, mas, vivendo a infância toda no campo, sabia que qualquer planta precisava de um pouco de sol para prosperar. E mesmo que não fosse o caso, um vegetal adaptado à escuridão teria dificuldades em se desenvolver na presença da luz, como ocorria nas torres de sinal e no pasto de Gideão.

— Está mais fresco aqui, não está? — Júlia perguntou, enquanto observava o que parecia ser uma versão expandida das flores de cálice e espiral que cresciam na superfície. Na mina, o cálice tinha quase dez centímetros, e em vez da semente existia um pedúnculo, todo espiralado em tons de vermelho e verde.

— Está mais frio, sim — Diogo concordou mecanicamente e lançou o foco de luz à frente. Até onde ele foi capaz de enxergar, plantas e flores cobriam tudo.

Júlia também iluminou na mesma direção, mas, por alguma insegurança, olhou para trás, para onde deveria ter ficado escuro sem a iluminação artificial.

— Diogo, apaga a lanterna.

— Aqui?

— Apaga.

Mesmo sem entender o que Júlia queria com aquilo, ele obedeceu.

— Cacete — disse, espantado.

— Que coisa mais linda — Júlia redefiniu.

No escuro, as folhagens assumiam uma tonalidade brilhante e fluorescente. Não era algo que emergisse da totalidade das folhas e flores, mas de suas nervuras. O efeito era como um mapa fluvial constituído de pequenos ramos de luz. Com os olhos se acostumando à penumbra, novas tonalidades surgiam, azul, amarelo, roxo. A flor enorme e malcheirosa era de um amarelo esverdeado muito intenso.

— Parece o fundo do mar — Júlia externou sua surpresa, como uma criança redescobrindo as cores. Diogo riu, mesmo sem ter intenção alguma, riu apenas reagindo àquela beleza desconhecida e inesperada. — Olha essas coisinhas — ela disse.

Aos olhos de Diogo, as "coisinhas" se pareciam com a poeira esvoaçante observada pela fresta de uma janela. Com a diferença que cada pequeno grão possuía sua própria cor e seu próprio brilho.

— Fico pensando no que você falou sobre nanotecnologia. O que isso faz com o nosso pulmão? — Diogo avançou um passo pelo corredor. Fosse qual fosse a resposta, era tarde demais para fazer a pergunta. Júlia respondeu algo alinhado com esse pensamento.

— Se quisessem matar a gente, já teriam feito.

Mais confiante, Diogo movimentou a mão direita, suavemente, alterando o curso daqueles milhares de pontos coloridos. Habituado ao escuro, conseguia vê-los emergindo dos diferentes tipos de flores, bem mais do que de outros pontos das plantas. Júlia caminhou alguns passos na mesma escuridão, também brincando com as cores em suspensão.

— Caramba, isso é muito estranho mesmo — ela disse, ainda maravilhada.

Continuaram avançando, já ousando pisar sobre toda a vegetação que, mais à frente, também cobria o chão. A cada pequeno passo, mais luzes se erguiam, em um espetáculo perturbador e igualmente cheio de encanto. Em poucos metros, estavam lado a lado de novo, e já não precisavam das lanternas para se orientar. Talvez fosse uma impressão de Diogo, mas parecia mesmo que as plantas estavam aumentando seu brilho propositalmente, a fim de conduzi-los. Por isso, ele decidiu acender a lanterna novamente.

E foi assim que o chão cedeu.

13

Não houve um grito inicial porque a certeza de morrer era tão grande que tanto o corpo de Diogo quanto o de Júlia se concentraram unicamente em continuar existindo. Por esse motivo, quando as costas encontraram a superfície lubrificada por líquen e musgo que fez seus corpos deslizarem, os pulmões aumentaram sua capacidade ao máximo, os músculos da boca se retesaram, e os olhos continuaram escancarados a cada metro da descida.

As paredes corriam depressa, mas em vez da escuridão que deveriam apresentar, os contornos daquele tipo rudimentar de escorregador eram infestados com a mesma celeuma de cores do corredor herbáceo acima — não em forma de grânulos, e, sim, de líquidos. Com a velocidade da queda, as cores se borravam e misturavam, mas a fluorescência ainda as tornavam atrativas a ponto de serem hipnóticas. Diogo não conseguiria ver o rosto de Júlia, ela estava à frente dele, mas a verdade é que naqueles poucos segundos que possivelmente os separavam da morte, Júlia conseguiu se maravilhar e sorrir.

Os corpos continuaram descendo em relativa segurança, apesar do aumento brutal da velocidade. O deslocamento era tão rápido que a sensação era de estarem dentro de um carro, com as janelas abertas, a mais de 160 km/h. As curvas eram breves e raras, mas com a aceleração, o corpo era constantemente pressionado pela força centrífuga, e ainda havia a expectativa de um corte nas costas ou da interrupção prematura daquele tobogã em uma parede rochosa. Ainda assim, quando a garganta relaxou, eles gritaram. E não foi só de pavor.

O que não foi tão divertido foi o choque das costas contra a parede gelada que encontraram ao final da descida, logo após despencarem de um segundo teto. A água não fez nada para poupá-los e, depois da chicotada, os corpos foram ao fundo como se fossem feitos de pedra. Enquanto afundavam, os olhos iam tentando descobrir o que era chão e o que era teto, os braços e as pernas se agitando vigorosamente. Não havia muito ar no pulmão de ambos, mas o que faltava de oxigênio sobrava em vontade de continuarem vivos. Assim eles foram remando, forçando, esperneando na direção da luz como quem pede para nascer uma segunda vez.

— Júlia! Júliaaaa! — Diogo emergiu primeiro, resgatando todo ar possível aos pulmões espremidos.

Júlia deu um grito risonho e esfregou o rosto molhado, em seguida remou para as encostas daquele fosso. — Aqui!

O lago — ao que parecia, um pequeno lago subterrâneo — não conservava as cores que desciam diluídas na água ou gotejavam por suas margens, mas as profundezas eram de um tom azulado, índigo, provavelmente a soma de todas aquelas cores com a distância até a superfície. A claridade não era forte o bastante para avançar além da margem, mas também havia luz uns cinco metros acima, o que tornava a caverna ainda visível.

O som de gotejamento e água corrente era constante. Poderia inclusive ser considerado relaxante, se houvesse tranquilidade e segurança para chegar tão longe.

Diogo olhou para cima e tentou dimensionar a altura da queda. Estimou pelo menos cinco metros. Já o quanto escorregaram era impossível mensurar.

— Você se machucou? — perguntou, um pouco tardiamente.

— Acho que eu tô inteira. E você?

— Parece que tomei uma surra nas costas. Fora isso, tudo bem.

Diogo foi o primeiro a sair da água, e assim que o fez estendeu sua mão à Júlia. Ela usava uma camisa clara e, colada como ficou, Diogo acabou reparando onde não devia. Ele se desculpou virando o rosto pro lado e ela riu, parecendo bem pouco incomodada. Nenhum dos dois disse o que sentia, mas, naquele pequeno instante no tempo, talvez se arrependessem de não terem seguido em frente. Por que as pessoas desistem tão cedo umas das outras? Por que não insistem um pouco mais?

— Vamos sair daqui — ele disse, mantendo a mente no ponto de maior urgência.

Júlia se afastou um pouco e passou as mãos sobre os cabelos com algum vigor, para deixá-los escorrer. Não sentia tanto frio porque não havia corrente de vento, mas sabia que a temperatura baixara ainda mais.

— Será que o menino também desceu? — Júlia perguntou a ele.

Diogo estava de costas para ela, um pouco acima, depois de escalar uma rocha. Se ele ouviu a pergunta, não se preocupou em responder. Acabara de descobrir que perdera sua arma. Bem, depois daquele banho, ela não serviria para muita coisa... As lanternas também estavam perdidas nas profundezas do lago azul.

Júlia escalou a mesma rocha e chegou até ele.

O pé direito logo à frente era altíssimo, tinha pelo menos seis metros. A galeria era feita de pura rocha, e não havia presença humana perceptível. Nada de lampiões, trilhos ou madeira. Nada de embalagens de comida ou bitucas de cigarro.

— Aquela coisa lá em cima derrubou a gente de propósito?

— Tive a mesma impressão — concordou Diogo.

— A menina que pediu socorro contou que o garoto sumiu no meio de uma pedra. Eu tinha achado estranho. Até agora...

— Tem luz mais na frente, pode ser uma saída. Eu quero ajudar o menino e o coitado do João Bússola, mas a gente vai precisar de ajuda primeiro. Esse lugar é enorme.

A luz da cripta escapava de uma formação em ângulo na rocha que formava uma espécie de átrio, um anteparo que levaria a outra área daquele complexo de cavernas.

— Não tem plantas aqui embaixo — Diogo observou com a voz baixa.

— E devia ter? Nessa escuridão? — Júlia olhou ao redor.

— Acho que sim. Se a gente pensar que aquela planta cresceu melhor no escuro, devia ter mais dela aqui.

Caminharam até a abertura ao outro lado, e assim que atravessaram Júlia deixou escapar:

— Wow!

A única explicação para o que viam é que tinham sido encolhidos e colocados dentro de uma gema de quartzo, ou no meio de uma pilha de espelhos quebrados. No salão onde estavam agora, não havia muito de rocha escura, em vez disso, todas as paredes eram formadas por diferentes formas e tamanho de cristais. Composições angulares de alguns centímetros, rochas arredondadas formando um pavimento possível a ser percorrido, colunas de cristal que chegavam a dois ou três metros de extensão e altura. Todos aqueles cristais de alguma maneira refletiam a luz, embora fosse impossível determinar, naquele momento, de onde ela estava vindo.

— Acho que encontramos a casa do Super-Homem — Júlia encontrou uma definição apropriada. Não existia o congelamento, tampouco a luz exagerada e a assepsia do filme estrelado por Christopher Reeve e Marlon Brando, mas aquele lugar lembrava um pouco a Fortaleza da Solidão.

Júlia tinha dado alguns passos. Estava próxima a um outro cristal enorme, colunar, que se escorava em outro que chegava a ser maior; passava dos três metros. Havia pelo menos cinco desses cristais impossíveis formando uma espécie de estrutura cônica imperfeita, como as tendas indígenas dos desenhos antigos. Júlia pousou a mão em uma dessas formações gigantes.

— Isso é demais.

De onde estava, Diogo repetiu o gesto, tocando em um cristal um pouco menor.

— Tá ouvindo? — ela perguntou.

— Tô, sim. Mas não sei *como* estou ouvindo.

Embora não ficasse reduzido a isso, era o som da estática de um rádio.

— Estamos ouvindo pelos dentes! — Júlia disse mais alto e soltou uma gargalhada.

Diogo também ouvia, e percebia que, à medida que sua mão se movia, a qualidade do ruído se alterava. Não era música ou nada parecido, mas também não ficava reduzido à pura estática. Havia alguns pulsos ali, tonalidades, sons agudos nadando em um mar de chuviscos graves.

Tomada pela sensação que experimentava, Júlia repousou as duas mãos sobre o cristal e fechou os olhos.

Os ouvidos rapidamente foram sequestrados por um som grave e constante. A boca sorriu e os olhos fechados foram surpreendidos por uma infinidade de pontos luminosos. Eram estrelas e constelações; galáxias avermelhadas. Uma volta ao abrigo seguro do início da vida. Júlia sorriu e desejou estar ali para sempre, longe dos problemas humanos, distante de tudo o que um dia identificara como dor.

— Jú, a gente precisa ir — Diogo disse. Já estava bem próximo a ela.

Júlia não respondeu.

Diogo se adiantou e chegou ainda mais perto, à direita, para conseguir ver seu rosto.

Os olhos de Júlia estavam brancos e revirados. A boca estava fechada, não ria, mas no rosto havia uma indiscutível expressão de paz. Diogo não sabia onde sua amiga estava, mas não duvidou que pudesse ser um bom lugar.

— Júlia?

Dessa vez ela piscou, como quem acorda de um sono tranquilo.

— Diogo, é tudo tão... Onde nós viemos parar?

— Depois a gente descobre isso. Agora precisamos encontrar o menino e sair daqui.

Ela pareceu não compreender imediatamente.

— O menino, Júlia, Arthur Frias.

Dessa vez Júlia repetiu a intenção dele.

— Vamos achar ele. — Em seguida: — Mas onde?

Havia claridade à frente, e da forma como ela mergulhava e também se refletia nos cristais, continuava impossível identificar sua fonte. Mas algo que eles rapidamente identificaram foram os latidos de um cachorro.

— Daquele lado — identificou Diogo, e avançou na mesma direção. — Cuidado com o chão.

Os próximos metros de pavimento eram formados por cristais finos e afiados. Ferir-se ali era uma péssima ideia, e cair sem se ferir chegava a ser uma improbabilidade.

Com um avanço lento e cuidadoso, venceram a trilha pontiaguda e chegaram a um novo platô. Nesse ponto, o chão era bastante plano e rochoso, um contraste com o teto formado por colunas de cristais enormes ora entrelaçados, ora mantidos em ângulo.

— Arthur! A gente veio ajudar! — Júlia gritou. — Fala com a gente!

O menino não respondeu, mas o cachorro voltou a latir.

— Desse lado! — Diogo tomou a caverna da direita. A cobertura do teto ainda era de cristal, mas as estruturas térreas eram menores e incrustadas à rocha-mãe; o chão continuava opaco e rochoso, quase plano. Contudo, um deslize ainda poderia feri-los, havia ilhas de cristais pontudos em vários pontos, era preciso escolher os trechos certos onde pisar para conseguir avançar em segurança.

Diogo tomou uma dianteira um pouco maior quando percebeu um aumento na luminosidade. Júlia o viu avançar por cerca de cinco metros e então estancar à frente, como se estivesse encarando um precipício. Mas o que Diogo via era algo menos perigoso e muito mais estranho. Júlia também se arriscou e andou mais depressa até chegar a ele.

— Parece uma... pista de gelo? — ela perguntou, um pouco risonha.

— Parece, sim.

Continuavam um nível acima da "pista", não era muito alto, cerca de um ou dois metros. O chão era uma formação de cristal plano, escura, que refletia em alguns pontos o brilho suave e rosado de algumas regiões da caverna. O teto, o mais alto que encontraram até aquele momento, não possuía cristais e era de um tom escuro e rochoso. Havia um som naquele espaço, um rumor grave e constante.

— Olha aquelas plantas — Diogo apontou.

— Eu tô olhando, mas... isso é possível?

De onde estavam, conseguiam ver a vegetação que crescia sobre a esterilidade do cristal. Era parecida com a vegetação da entrada da caverna, a mesma que estava tomando a cidade, mas também era diferente, mais organizada e bem menos colorida. Ainda era verde, mas o verde parecia diluído.

— Nunca vi nada parecido — Diogo estava hipnotizado.

Não bastasse existir ali, sem quase nada de luz ou nutrientes, a vegetação crescia organizadamente, se distribuindo por linhas e ângulos, em desenhos que pareciam projetados. Em alguns trechos, os ramos formavam estruturas aparentemente hexagonais; já em outros, eram linhas que se combinavam mutuamente formando quadrados, octógonos e diferentes desenhos simétricos, como em uma placa de circuito impresso. Existia até mesmo algumas estruturas muito próximas a quadrados perfeitos.

— Parece uma placa-mãe. — Júlia observou com precisão.

Parecia, sim, e se parecia tanto, que não fazia sentido dois humanos continuarem naquele espaço. Se aquela coisa era mesmo o computador de alguém, ou o *transmissor* de alguém, Júlia e Diogo seriam apenas contaminações, micróbios, sujeira.

— Precisamos sair daqui. Isso não é pra gente, Júlia.

Ele saltou antes e ajudou Júlia a segurando pela cintura. Fez o mesmo em um segundo degrau, e então chegaram ao pavimento rochoso que cercava o cristal escuro. O que Júlia chamou de "placa-mãe" era brilhante e reflexivo, de um tom fumê, como algumas qualidades de granito. Era bonito, parecia sólido, mas ela e Diogo preferiram continuar nas margens irregulares. Havia alguns acessos nas laterais, escavados nas rochas que seguiam habitadas por incontáveis estruturas de cristal. Talvez houvesse uma saída.

— O que aconteceu lá em cima? Você parecia em transe — Diogo perguntou a ela antes de se decidirem.

— Eu não sei explicar — ela franziu o rosto em um esforço para encontrar uma maneira. — Sabe quando você tem um sonho perfeito, um sonho bom em que tudo faz sentido e um segundo depois percebe que nada daquilo era verdade? A gente lembra de alguma coisa, mas sente que perdeu algum detalhe muito importante, algum tipo de...

— Revelação — Diogo completou.

Como que atraída por aquele lago sólido e elétrico, Júlia se abaixou e aproximou sua mão da superfície polida. Sentiu, muito antes do toque, uma onda de energia beliscar sua pele.

— Meu Deus — deixou escapar.

Era uma sensação boa, mas longe de alcançar uma definição. Como se define a sensação do primeiro amor? Da paixão? Do orgasmo inesperado? Era assim que Júlia se sentia quando ouviu o baque surdo de alguma coisa sendo rachada às suas costas.

15

Júlia girou o corpo a tempo de ver o primeiro risco de sangue descer pela testa de Diogo. Os olhos estavam perdidos e entreabertos, compondo a expressão que antecede a completa falência dos sentidos. Atrás de Diogo, ainda sustentando uma grande pedra de quartzo manchada de sangue, havia um homem bastante alto. Usava uma camisa social encardida, gravata azul, calça também social e sapatos com a cor da lama.

A boca de Diogo parecia tentar dizer alguma coisa, mas os músculos já não respondiam. Os lábios estavam frouxos e tortos, o queixo pendia pra baixo e para a esquerda, apesar do esforço extremo do pescoço em sustentar algum equilíbrio.

— E o senhor do céu disse: "Das cidades destas nações, que o Senhor te dá em herança, nenhuma coisa que tem fôlego deixarás com vida!".

E Freitas desceu a enorme pedra mais uma vez.

— Morra, cidadão de Gomorra! Morra, homem de pouca fé! Onde você estava quando meu povo foi atingido pelos tiros? Onde a lei e a ordem se esconderam quando precisávamos de ajuda?

O crânio se abriu de tal forma que um pedaço grande de massa encefálica começou a vazar pela rachadura. Os olhos, no entanto, de forma terrível e inexplicável, voltaram a se assentar na direção de Júlia.

— Tchau, Jú... — a boca resmungou.

— NÃOOO! NÃÃÃOOOO! — Júlia caiu de joelhos no chão.

Sem se abalar, Freitas secou o suor da testa, deixando um rastro de sangue por onde as costas das mãos deslizaram. Apanhou a pedra de novo.

Plouch.

E subiu novamente.

Touc.

E as pernas de Diogo sacolejaram.

E mais uma.

E os pés tremeram.

Plouch.

E o corpo desistiu de tentar.

— Sou aquele que veio cumprir a palavra, o homem que sobreviveu aos tiros e ofensas, o humilhado que nasceu do lixo para empunhar a espada da justiça! — Freitas ergueu a pedra mais uma vez. — Eu sou o eleito pelo Deus verdadeiro!

— *Desgraçado filho da puta!* — Ela gritou, convertendo muito mais choro do que conseguiu de voz. — Por que fez isso com ele?

— Você logo estará com seu amante, Madalena. Você é aquelazinha da rádio. Outra voz que faz ecoar a mentira entre os homens! "E eu digo que, no Dia do Juízo, os homens haverão de dar conta de toda palavra inútil que tiverem falado!" — ele terminou com a pedra sobre os braços erguidos, pronta para descer de novo.

Júlia apenas queria acordar daquele pesadelo. Talvez ela tivesse sido desmaiada por aquela rocha lá em cima, ou talvez, com um pouco mais de sorte, nada das últimas semanas tivesse sido verdade. Diogo poderia estar bem ao lado da sua cama, em um hospital, tentando trazê-la de volta do coma, como em um seriado dos anos noventa.

Freitas eliminou todas essas possibilidades com um novo grito:

— Que seja feita a tua vontadeeeee!

16

Júlia lançou o corpo para trás no momento exato em que a pedra descia, mas sentiu sua fíbula esquerda se partindo antes que pudesse se levantar e correr.

Apesar da dor lacerante, avançou aos trancos, aos saltos, gritando e se escorando pelas colunas de cristal que margeavam a pista. Correu pela própria vida e para escapar do que foi feito com Diogo, enfrentando aquele lugar que se forjava em um labirinto. Sem se dar conta, ela passou entre os cristais cortantes, abriu novas feridas e reencontrou o lago de granito. Júlia desabou sobre ele, e a dor que sentia não permitiu nem mais um passo. Vencida, restou descer os olhos e tatear uma daquelas cordas verdes que se espalhava pelo chão, um elo do que ela chamou de placa-mãe.

O vegetal era frio como gelo, liso como um peixe que viveu no lodo do rio.

— Me ajuda — pediu à planta. — Eu não sei o que é você, mas ele vai me matar.

Não houve movimentação ou algo que sinalizasse uma resposta física, mas Júlia sentiu uma pequena descarga elétrica na mão que tocava a planta.

Não foi uma sensação agressiva, pareceu bem mais se tratar de uma espécie de apresentação, como um aperto de mãos.

— Não toque nela! Não toque em nada! — Freitas gritou, já ganhando o solo ancestral e polido da caverna. Em vez da pedra, ele agora carregava um cristal em ponta de lança. A coisa media quase um metro de comprimento, uma haste de quartzo. Júlia sabia que aquilo era sua nova sentença de morte.

— Seu desgraçado maldito! Não chega perto de mim!

Ela podia exigir com palavras, mas nada conseguiria impor com seu corpo. A dor na perna era tamanha que Júlia evitava piscar os olhos, pensando que não voltaria a ser capaz de abri-los. Havia sangue saindo pela carne, manchando o quartzo, irrigando o solo.

— Não tema, irmã. Você e seu amigo não têm culpa do que encontraram, mas os portões do paraíso não estão abertos a qualquer um. Existem regras.

Júlia tentou se levantar, mas voltou a tombar assim que escorou a perna fraturada no chão.

Freitas empunhou a lança, mas antes que pudesse usá-la, um cachorro surgiu correndo e o agarrou pela perna. Era pequeno, mas parecia não se dar conta disso. O animalzinho rosnava e mordia, estava tão furioso que chegava a babar. "Inseto", foi o que Freitas pensou ao vê-lo pela segunda vez. Um inseto teimoso e de uma importância ainda menor que aqueles invasores humanos.

— Animal do Diabo! — Freitas o afastou recuando a perna e o chutando violentamente. Ricochete ainda guinchou, mas foi tudo o que fez até esbarrar em uma rocha e se depositar no chão.

A alguns metros de Freitas, Júlia seguia se arrastando, deixando a perna ferida frouxa e usando os braços e a perna direita como alavanca.

— Não precisa ser assim, irmã. Renuncie agora! Renuncie à vida e seu espírito será coberto de glória! Será eterno!

— Maluco de bosta — Júlia grunhiu. — Eu prefiro morrer a ouvir essa merda! Você acha que isso aqui é Deus? É esse Deus que está mandando você matar as pessoas?

— Vocês, infiéis... — Freitas parou de avançar e desceu a lança improvisada, usando-a como um cajado de cristal. — Você não vê as maravilhas à sua volta? Olhe pra esse lugar, criatura! Olhe para a grandiosidade dessa construção! O que ainda precisa acontecer para você aceitar as palavras do céu?

— Você também é grande perto de uma barata, seu babaca! E o que você faz com ela?

Freitas respirou fundo e sorriu. Espalmou a mão livre e lançou os olhos para cima, para o teto de cristal onde pretendia edificar sua nova igreja. Não era para isso que estava sendo preparado? Não era por esse motivo que o Todo Poderoso permitiu que ele acertasse os seis dígitos da loteria? Que se reerguesse e tirasse outros tantos do chão? Aquela desbocada de nada sabia, ela era tão pequena, tão insignificante... Júlia Sardinha era uma contaminação. Uma *praga*.

Imbuído dessa certeza, Freitas voltou a empunhar sua lança.

— Vai acabar logo, irmã. Eu prometo.

17

Sem tirar os olhos do pastor, Júlia seguiu se arrastando de costas. Não tinha a velocidade que precisava, sabia disso, mas se tivesse sorte — muita sorte —, talvez conseguisse encontrar alguma coisa para usar como arma. Uma daquelas espículas de cristal serviria, ou a picareta de um antigo garimpeiro, que fosse um pedaço de pedra para jogar na cara daquele maníaco.

Ouvira muito sobre essa gente que se corrompe em nome da religião, conviveu com alguns deles, mas estando ali, a centímetros da loucura, era ainda mais difícil compreendê-la. Talvez não fosse, enfim, um caso para compreensão, talvez... só talvez... aquele tipo de insanidade contagiosa não devesse ser discutido, mas eliminado, desprezado, banido. E no exato momento em que essa conclusão a atingiu, Júlia notou um brilho azulado surgindo pelas costas do homem que estava prestes a matá-la.

Achou que era uma alucinação, ou fruto do estresse, mas Freitas aos poucos começava a ser contornado pela luz forte e brilhante. O dorso, os ombros, o formato da cabeça. De tão intenso, ele mesmo pareceu ter notado o brilho, um segundo antes de ser tocado pela... por *aquilo*.

A coisa que emergiu acima dos ombros do pastor era brilhante e azulada, mas não conseguia ser bonita.

Se assemelhava a vários tentáculos, algo serreado e alongado, um pouco parecido com uma folha de Aloe vera. Os segmentos e articulações de cada tentáculo inferiam velocidade. Moviam-se rápidas como a cauda de um réptil, reorganizando espículas e espinhos no tecido escamoso que cobria os membros. O conjunto todo se assemelhava a uma forma viva que precisou aprender a resistir ao clima. Como um cacto. Como um animal do deserto ou um ser das profundezas dos mares.

Um desses tentáculos chicoteou o ar e se enovelou no pescoço de Freitas. Por mais que tentasse se desvencilhar, o sufocamento rapidamente colocou o homem de joelhos. O estranho ser emergiu imponente às suas costas. Com um brilho intenso demais para que Júlia pudesse observá-lo com total clareza, ela assimilou a imagem a um contorno humano, ou quase isso. Uma cabeça, tronco, quatro membros superiores e, na parte das pernas, uma extensão que se parecia muito com um emaranhado de raízes.

Flutuava.

No rosto em mosaico, não parecia haver expressão, nariz ou olhos. Existia somente um tipo de massa escamada que emoldurava a boca. Duas fileiras de dentes cartilaginosos, organizados como as sementes de um girassol, abocanhavam o ar à sua volta.

Era horrível.

Belmiro Freitas resistia de joelhos, e Júlia registrou o momento exato onde os olhos soltaram as primeiras lágrimas de sangue. Em seguida, o pastor recolheu as mãos e as uniu ao ventre, começou a bater os dentes, ainda vivo, parecendo sofrer algo muito próximo a uma eletrocussão. Os nervos da face tremendo, os dedos das mãos retesados a ponto de perfurarem a carne.

O homem experimentava um sofrimento inimaginável. Freitas urrava com toda a força de seu ser, a voz surgindo picotada pelos dentes. Júlia sentia um cheiro elétrico e úmido emanando da pele do pastor, um odor parecido com o de uma tempestade. O cheiro logo perdeu o vigor para o fedor da carne queimada.

Júlia Sardinha acompanhava o sofrimento daquele animal com uma satisfação que não aceitava disfarces. Naquele momento, o horror parecia uma perfeita fórmula de justiça. Sentiu Diogo vingado.

O golpe final da criatura reduziu Freitas a uma estátua de carne satisfeita com a própria morte. Ele ainda sorria, como um explorador que morreu nos portões de sua cidadela de ouro.

— Você pediu, nós atendemos — a voz da coisa disse e reteve parte de seu brilho. Não era uma voz totalmente humana, mas algo sintetizado, que de alguma maneira estava sendo traduzido a uma voz pelo cérebro de Júlia.

Nos braços e pernas, já não havia mais nada que lembrasse um tentáculo. O rosto perdera o efeito craquelado e recebeu uma nova forma — o ser azulado assumia a aparência de uma mulher comum. Os cabelos ondulados estavam perfeitamente alinhados em um corte retrô que combinava com a sua roupa, uma saia quadriculada, camisa clara e echarpe no pescoço. Mesmo descalça, a criatura caminhava com a segurança de quem jamais conheceu a dor. Apesar da monotonia das cores — carne e roupas tinham a mesma tonalidade cinzenta e azulada — Júlia a reconheceu. Era ela, só podia ser ela. As roupas, o rosto e o corte de cabelo eram os mesmos da fotografia. Era impossível, mas o que resta ser feito quando a realidade se distancia tanto da verdade?

— Polina?

A entidade estava a dois metros de Júlia quando a pergunta chegou a ela. A mulher brilhante parou de caminhar e ouviu o nome pela segunda vez.

— Polina Müller, é você?

— É possível que tenha sido — ela respondeu com sua voz elétrica. — E que uma pequena parte ainda seja.

A voz passava a ser compreendida por Júlia como uma forma de comunicação, mas faltava algo a ela. Não havia um tom, uma transparência, não havia qualquer indício de emoção. A voz não era feia ou bonita, agradável ou irritante, ela apenas cumpria seu papel de comunicar, como qualquer outro tipo de inteligência artificial terrena faria.

Júlia fez um esforço inútil de ficar de pé, mas a perna arruinada a manteve no chão. Por garantia, ela se esticou ao máximo e apanhou a arma que Freitas usara contra ela — a lança de quartzo ainda estava aos joelhos fritos do pastor. Manteve a lança à frente do peito, sustentando-a firmemente com as mãos. A entidade procurou seus olhos. Em seguida, encarou a lança de quartzo. Ciente de sua inutilidade, Júlia a devolveu ao chão.

— Você tem perguntas — a entidade disse. — Por que se cala?

— Obrigada por me ajudar — Júlia preferiu continuar na esquiva. Se ainda estava viva, era por causa daquele ser. Mas aquele ser ainda poderia matá-la.

Júlia puxou a perna ferida para mais perto, o sangue descia com vontade, ela sentia a pulsação cardíaca na fratura. Notando seu esforço e sofrimento, a criatura vestida em mulher deu um passo em sua direção.

— Não chega perto! — Júlia gritou.

— Sua boca diz o que a inteligência nega.

A criatura olhou para o teto rochoso da caverna, como se esperasse encontrar alguma coisa. Júlia também o fez e notou algo novo nascendo entre as rochas. Era um brilho morno, amarelado e discreto, mas presente demais para ser ignorado; aquelas pedras emitiam luz. Júlia prendeu a respiração.

Em segundos, o teto não era mais sólido. A estrutura rochosa agia como algo liquefeito, denso, girando em um tumulto organizado. Lembrava uma espécie de lava vulcânica, mas com maior transparência e nenhum calor perceptível. A cor chegava próxima ao fumê, um pouco mais escura que o âmbar da resina dos pinheiros, tendendo ao marrom. Júlia voltou a recuar, temendo que uma gota daquela impossibilidade desabasse da cúpula e a acertasse, derretendo sua pele. Sem nenhuma precipitação ao solo, a sopa evoluiu a uma série de redemoinhos, uma revolução lenta em espirais perfeitas.

No próximo piscar de olhos de Júlia, o chão de quartzo da placa-mãe ganhou a mesma cor, porém manteve a textura sólida. Um pouco mais devagar, a cor voltou a mudar. Transitou lentamente ao vermelho e, da mesma forma, ao violeta, para terminar, um pouco mais depressa, em um azul muito escuro — a tonalidade do fosso onde ela e Diogo caíram. Imediatamente, as estruturas vegetais que formavam aquela absurda composição elétrica começaram a pulsar em um brilho frio e azulado, que oscilava em um mesmo intervalo repetido de dois ou três segundos. O brilho nascia em algum ponto delas e se deslocava pelos ramos, se expandindo, como a representação animada de uma rede elétrica.

— Droga...

Júlia se encolheu pelos joelhos quando um pequeno ramo daquela coisa se esticou na direção da perna arruinada. Teria corrido se pudesse se levantar, mas, fraca como estava, e com a velocidade com que avançou aquele ramo, ela não tinha a menor chance.

Quando a planta engrossou e a enlaçou pela fratura, tudo o que restou foi o grito.

18

O toque era viscoso, desagradável, frio a ponto de queimar. Júlia sentiu um pouco de ardência quando as folhas encontraram sua carne viva, mas ainda não era dor. O que experimentava estava mais próximo à repugnância. Não teve a mesma sorte quando partes da mesma estrutura mergulharam como espinhos na musculatura lacerada ao redor da fíbula. Depois do grito, o pavor. Depois do pavor, a surpresa.

Naqueles poucos segundos de cura, Júlia foi lançada ao torpor absoluto, atingida por uma espécie de êxtase. Sentia-se longe do chão, e a sensação era tão fiel que o raciocínio foi incapaz de negá-la. Flashes de luz nasceram dos nervos ópticos, ondas de arrepios tomaram a pele, o corpo afundando em uma sucessão de novos e diferentes estímulos. Júlia morreu e voltou a viver pelo menos duas vezes, pois não havia outra forma de explicar o que sentia sem usar a palavra renascimento.

E, da mesma forma, ela nada conseguiu dizer quando voltou a si. O que precisava ser dito além do que seu corpo já expressava? Os olhos em meia abertura, a respiração ofegante, a pele suada?

Inexpressiva, a criatura parecia pouco ou nada interessada com o que acontecia a ela. De alguma forma isso devolveu Júlia à perda de Diogo. Freitas sustentando aquela pedra cheia de sangue, a cabeça esfacelada, dentes rolando no chão. "Tchau, Jú..."

— Esse monstro. — Júlia olhou para Freitas. — Ele matou meu amigo. Pode trazer o Diogo de volta? Fazer com ele o que fez comigo?

— A forma que existia nele está perdida.

— Ele precisa viver. Ele merece viver.

— *Viver.* Humanos limitam a vida ao seu ciclo orgânico, mas a real existência tem a exata dimensão da lembrança. Ele ainda viverá em você e em outros. Vida é informação perpetuada.

— Ele foi assassinado! Tem pedaços dele espalhados pelo chão! Que porra de vida é essa?

A criatura manteve a expressão plácida no rosto.

— O universo não é memória e vida, mas esquecimento e morte.

— Ninguém quer ser esquecido. Vocês não estão aqui? Invadindo?

— Invasão é contaminação. Trouxemos algo melhor. Você verá.

— O que vocês querem?

A criatura fez uma pequena pausa antes da resposta. Aos olhos de Júlia, parecia se esforçar para encontrar as palavras certas.

— Se as criaturas imaginassem o horror que se abriga no eterno, não voltariam a olhar para o céu. Se soubessem o preço da existência, agradeceriam o sono seguro da mortalidade. Existem tantas formas de perder a vida, tantas outras formas de voltar a sofrer. Nós somos a única possibilidade do amanhã.

Júlia massageou a perna. A ferida ainda estava lá, mas parecia menor. O edema havia diminuído, e a fratura — se é que ainda existia — não doía. Tudo o que ela sentia era um incômodo, a volta de um formigamento.

— O que você colocou na minha perna?

— O que você precisava. Nós.

A entidade continuou focada em Júlia, como se a vasculhasse.

— Sua definição de indivíduo é falha. Cada célula do seu corpo também é um indivíduo, o que mora em sua célula é um indivíduo, seu planeta e sua galáxia podem ser considerados indivíduos. Algumas raças não são mais que rochas, empilhados de matéria inerte carregando informação. Outras são o ruído do que vocês chamam de respiração.

Tornou a encarar Júlia.

— Você ainda tem perguntas.

— Pode apostar que eu tenho. Vocês se passaram por pessoas mortas, invadiram nossas transmissões de rádio, manipularam nossos telefones. Pra que tudo isso? Por que nos torturar?

— Trouxemos de volta o que ainda era presente. Nós aprendemos com o que ouvimos. Adormecemos e esperamos, inexistimos e sonhamos. Não renascemos como antes, mas como seremos depois. Se adotamos suas mentiras, foi porque nos soaram como verdades. Se orientamos a sua tecnologia, foi porque nos estava disponível.

— Vocês não são inocentes, vocês adoeceram a nossa cidade!

— Também fomos a cura. Não existe revolução sem verdade, e a liberdade humana se comporta como uma mentira. Não importa o caminho tomado, tudo em vocês evolui para o caos. Isso inclui a nossa existência. Universo. Caos. Evolução.

— Por que nós? — Júlia sussurrou.

E a coisa respondeu:

— Porque a vida é infinita e rara.

Dito isso, a entidade pareceu tomada por algo além de seu controle. Os braços se abriram, o semblante se ergueu ao teto, as pontas dos pés se inclinaram; o corpo deixou o chão. Como se estivesse se separando do fundo de um lago, o ser foi emergindo lentamente, parecendo imersa não em ar, mas em água, parecendo ela mesma ser feita apenas de líquido.

A mulher iluminada só parou sua ascensão à cerca de um metro das espirais do teto. Da maneira como carne e tecidos se comportavam, Júlia não sentiu medo, mas encanto. Era como se o próprio ar daquele porão tivesse sido liquefeito.

— Mundos, dimensões, realidades... — o corpo passou a girar lentamente sobre seu eixo. — Não pertencemos a esse ou a qualquer outro lugar, nós transitamos. Nascemos das estrelas mortas e crescemos nas fendas do espaço-tempo, prosperamos nos abcessos dos mundos e na velhice das espécies. Enquanto galáxias colidem e se fundem, nós habitamos. Estivemos e vamos estar depois. Observando as escolhas, refinamos as possibilidades. Nosso lar é o escuro entre os mundos. Nós não partimos, nós prosperamos. Nós.

A entidade começou a brilhar ainda mais. Até se encher de uma tonalidade amarelada.

— Infinitos.

A mulher suspensa foi tomada pela luz que parecia nascer de seu estômago, como se corpo e roupas se fundissem em uma nova estrela.

Como estrela que era, o corpo se vestiu de luz.

Como luz, buscou o caminho de cima.

Júlia notou uma segunda fonte de brilho, mais frágil e morna, a cerca de dois metros de onde o ser estava. A luminosidade nascia atrás de uma formação colunar composta por três monolitos de cristal. O brilho tinha um formato circular, como um cone de luz. A menor parte do cone se canalizava na criatura alienígena.

Havia um som pedregoso, mas Júlia se concentrou em um segundo ruído. Eram os latidos de novo, o cachorro que a salvou ainda estava vivo. Com uma perna quebrada, mas vivo.

Acima do chão, a entidade seguia em uma espécie de transe. Os olhos brancos, o rosto petrificado, o corpo flutuando em pequenos movimentos ascendentes. Ela brilhava e era atingida pela luz.

E logo apareceu o menino.

19

O brilho luminoso sugava Arthur Frias do solo. A cintura arqueada para cima, os braços e as pernas pendidos para baixo, como se o menino estivesse sendo içado pelo ventre. O corpo todo estava manchado de lama; as roupas, os calçados, até mesmo o cantil amarrado à cintura tinha marcas do mesmo barro. Os cabelos eram uma massa oleosa e suja, o mesmo com a camiseta. O suor grudado na pele havia se transformado em lama, que era um pouco menos intensa descendo do canto dos olhos, como se o menino tivesse chorado. Havia sangue escorrendo pelo nariz. Júlia pensou em Freitas, e no encontro horrível entre ele e o menino.

— Arthur! Arthur Frias, acorda! — Júlia gritou.

Já não sentia mais a ferida da perna, então foi capaz de caminhar com firmeza até chegar bem perto, sob os pés da entidade.

— Solta ele! Ele é só uma criança!

— Ainda — disse a criatura. — Logo ele terá um propósito maior.

— Não! Não precisa ser assim! Você pode salvar ele!

Próximo ao cone de luz, mesmo ferido, Ricochete saltava sob o garoto. Parecia furioso, babava e rosnava sem parar.

— O menino foi atacado pelo outro homem, era muito fraco pra ele.

— Claro que era! E o que você fez? O que você permitiu?

Inabalável, a entidade respondeu:

— Ele é um início. Um início pode ser tão importante? Um menino? — A criatura abrandou seu brilho. A voz não reagia com emoções, suas palavras possuíam a exatidão de uma calculadora.

— Ele é mais importante do que você — Júlia vociferou. — Do que vocês todos.

Não havia outra resposta. Não havia outra verdade que pudesse deixar sua boca.

A entidade desceu o olhar a ela. Era mais que um acordo, era mais que piedade, aquele ser a encarava com um entendimento que ela jamais experimentara em um humano. Júlia percebeu que poderia falar com aqueles olhos, ouvi-los, enxergar o que eles viram e estar onde eles estiveram. Mas também sentiu que haveria um preço horrível a pagar por isso.

A criatura reergueu o semblante e o menino começou a descer. Júlia ficou perto dele, esperando a altura certa para ampará-lo em seus braços.

20

No início, Arthur pousou leve como uma pena, mas não demorou até recuperar seu peso. Júlia sentou-se no chão e o manteve nos braços, a pele do menino estava fria, e ela teve uma impressão horrível ao tocá-lo. Então Júlia sentiu uma onda de energia tão forte, um fluxo de arrepios tão intenso, que chegou a marejar os olhos. Havia uma descarga elétrica no corpo daquela criança. Júlia o abraçou e Arthur arfou profundamente. Ainda confuso, ele abriu os olhos pela metade, sem qualquer menção de se afastar dela. Ricochete se aproximou e o lambeu no rosto.

Lá em cima, o corpo se encolheu sobre o ventre e a luz se reteve sobre a forma. Compôs uma casca, uma cápsula, um ovo com a mesma cor escurecida do teto. Translúcido, mas não de uma transparência total.

Tão logo se solidificou, o invólucro rochoso passou a girar sobre o próprio eixo.

Lento de início, o movimento em poucos segundos se tornou vultuoso. Originando o vento, atraiu para si inúmeros fragmentos esquecidos de luz. Estavam saindo do solo, das plantas, dos orifícios das rochas. Júlia ouvia um chiado fino e persistente, o mesmo que ela ouviu em seu programa quando a frequência foi invadida. Próximo ao teto, não havia mais vestígios de uma mulher, apenas uma forma ovalada e luminosa, que rapidamente entrou em desaceleração. Ao final do processo, a casca já não era a mesma. O ovo havia adquirido uma maior transparência e sido tomado pelo que pareciam ramificações, uma trama de raízes de diferentes formas e espessuras. Ainda flutuava, se movendo gentilmente sobre o próprio eixo. Dentro da casca transparente, não havia uma forma humana, mas algo parecido com um estado evolutivo intermediário, anterior ao feto, uma estrutura biológica reptiliana que precedia muitas espécies terrenas.

— Aquilo é Deus? — Arthur perguntou a Júlia.

— De jeito nenhum.

— Toma conta dele pra mim? — Arthur deixou seu colo e entregou Ricochete a ela.

— Arthur, não...

— Ela não vai me machucar.

Sem temor ou receio, o menino caminhou até o centro daquele estranho labirinto de plantas. Arthur ergueu o rosto para a coisa e o manteve dessa forma. Lá em cima, o lago em redemoinho parecia agitado, pronto para desabar sobre ele.

Em silêncio, o menino fez o pedido que o levou até aquela caverna. Sem saber exatamente como terminá-lo, ele apenas agradeceu.

No instante seguinte, a estrutura se incandesceu, e todas as raízes do invólucro brilharam com a cor do fogo. Depois se apagaram e encolheram, da mesma forma, em um único pulso de luz. Com a mesma urgência, as plantas mecânicas do solo perderam o brilho e começaram a enrugar. Elas foram se encolhendo, afinando, e secaram ao pó em uns poucos segundos. Vítimas de uma brisa quase imperceptível, se espalharam pela galeria de quartzo como poeira. No mesmo chão, o que sobrou de Belmiro Freitas tomava consistência parecida. Ele era pó, voltava ao pó, e dificilmente poderia se tornar outra coisa. A última parte de Freitas a se desintegrar foram as mãos, elas ainda estavam juntas, em súplica.

Na cúpula rochosa, não havia mais entidade ou lagos revoltosos, apenas o teto escuro e cheio de musgo de uma cripta. A coisa havia desaparecido como as estruturas do salão.

Arthur já estava voltando à Júlia quando ouviu um ruído estalado às suas costas. O menino girou o corpo e notou algo azulado quicando no chão. O objeto parou a alguns metros à sua esquerda. Arthur correu até lá e apanhou o artefato. Era como uma semente. Azul e enrugada.

Uma sementinha com cheiro de ferro.

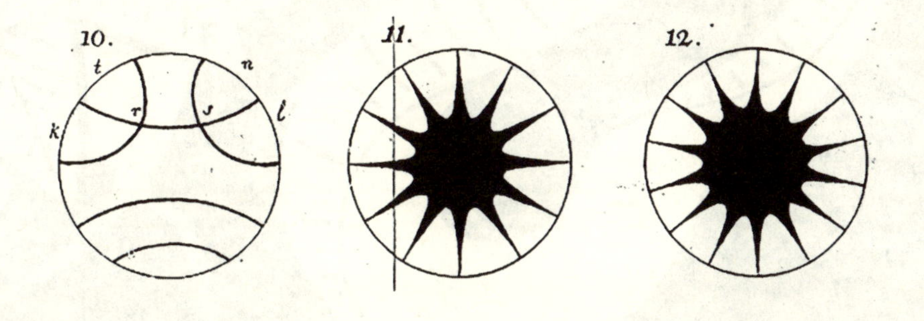

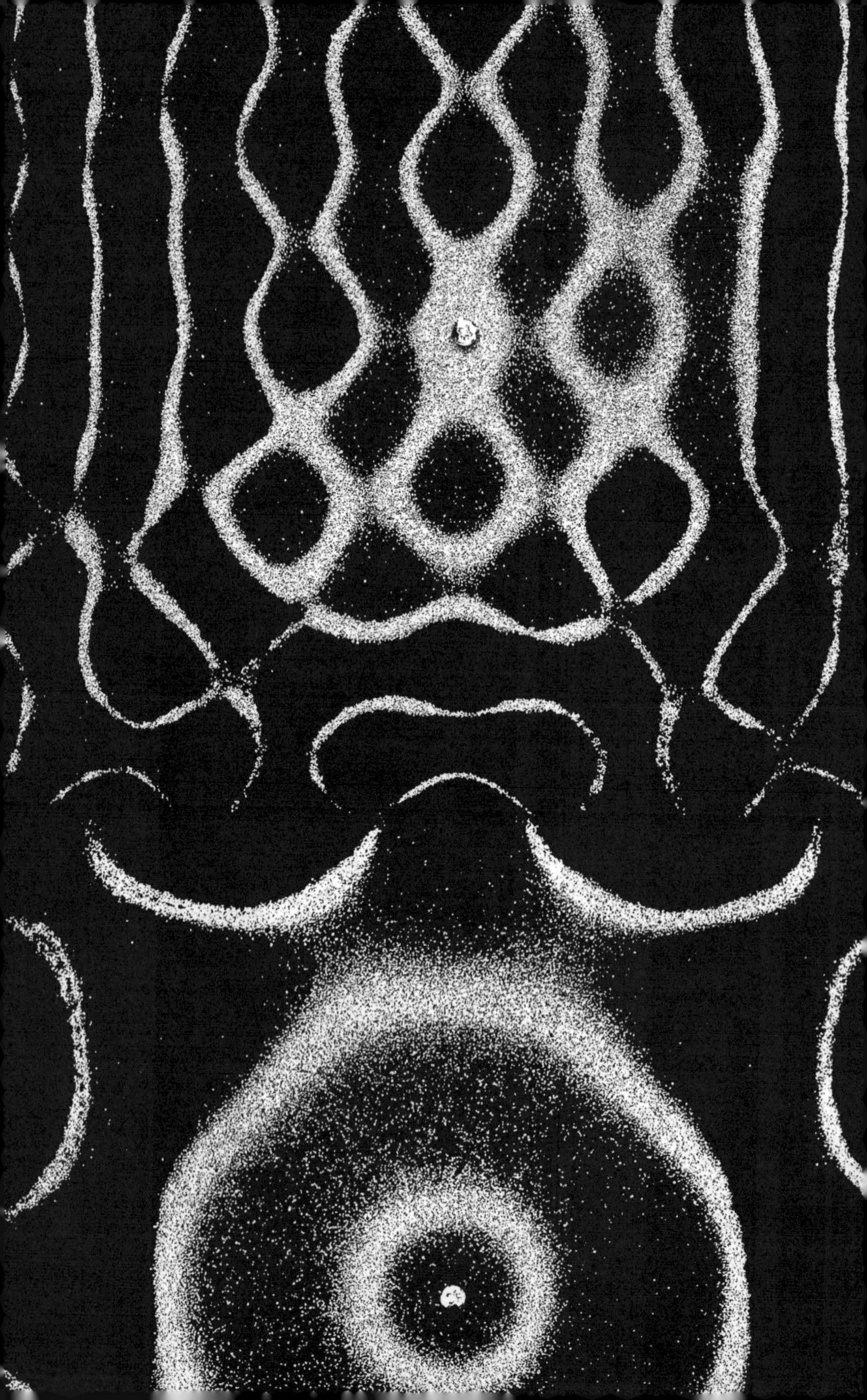

Porque onde estiverem dois ou três reunidos
em meu nome, aí estou eu no meio deles.
Mateus 18:20

10

A tempestade desiste da terra, mas ela sempre deixa seu rastro.

No caso da última tempestade que sacudiu Terra Cota, o saldo foram alguns cadáveres humanos e dezenas de quilos de pássaros mortos. Embora muitas aves tivessem conseguido escapar, as que morreram foram suficientes para envenenar parte da água, atrair moscas, e obrigarem todos os moradores a recolocar uma máscara no rosto.

Sempre solícito, Iago Cantão teve uma grande participação na retirada das maritacas vitimadas, e por uma pequena fortuna paga pela prefeitura, ele mesmo se encarregou de levar as carcaças verdes até o terreno expandido no lixão municipal. Quem pagou pela parte extra do terreno foi a viúva de Aquiles Rocha — graças a um seguro de vida generoso, em dois meses ela teria dinheiro para uma nova mansão, além de poder garantir uma boa criação à Mariana e cuidar de seu enteado mais velho que precisaria aprender a cuspir de novo.

Foi também ideia de Adriana Rocha o memorial em homenagem ao que ficou conhecido como o "Massacre do Piolho", onde mais de trinta e seis pessoas perderam a vida no mesmo dia em que o pastor Belmiro Freitas desapareceu da face da terra. O memorial, um grande busto de seu marido com o nome das vítimas, foi colocado bem longe da comunidade, na avenida de entrada da cidade, ao lado do brasão dos Filhos de Jocasta. Em Terra Cota, há quem diga que Adriana Rocha teve boa intenção, mas quem conhecia Aquiles Rocha de perto sabe o tamanho da provocação em associá-lo eternamente àqueles nomes.

A comunidade ficou sem igrejas ou pastor desde então, e muitos fiéis acabaram encontrando consolo na nova congregação que se instalou no antigo cinema da cidade. Na frente dessa nova igreja, era comum encontrar a presença de um rapaz apelidado de Guaraná Jesus. Milagrosamente, o velho Guaraná tombou muita gente no dia do confronto sem levar uma única bala. Não sofreu nenhum tiro, não foi procurado pela polícia, e ainda por cima encontrou um dinheirão que Freitas mantinha escondido em casa (estava no fundo falso de um quadro com o rosto do pastor).

Guaraná usou aquele dinheiro com sabedoria.

Como os outros filhos de Doracélia não se incomodaram em aparecer no enterro, Guaraná-quase-Jesus soltou uma graninha pro pessoal da funerária e enterrou os corpos na casa da mulher milagrosa, ali mesmo, na comunidade. Ele enterrou mãe e filho lado a lado, e mesmo sem uma lápide, pareceu uma coisa muito boa de se fazer. Talvez ele não imaginasse que o povo tornaria Doracélia uma santa, mas foi o que aconteceu. Diziam inclusive que era milagre da Santa Doracélia o fato de nenhum maligno do Água Dura ter tomado a comunidade (embora, depois do massacre, a polícia e o estado tenham passado a se interessar bem mais pelo que acontecia no bairro e na cidade inteira).

Tão logo enterrou os corpos, o melhor soldado de Jôsi partiu para sua própria estrada escura. No caminho, Guaraná-Agora-Jesus comprou uma bíblia em um sebo e começou a pregar de porta em porta. Também pregava em cima dos bancos das praças, em frente aos comércios, exatamente como Belmiro Freitas costumava fazer. Há quem diga que Guaraná Jesus perdeu o juízo, mas muita gente acredita que ele encontrou uma nova forma de falar com Deus.

Outro probleminha, esse, por sua vez, dedicado ao pessoal da polícia, foi encontrar o corpo de Diogo Vincenzo.

No dia do resgate de Arthur Frias, Júlia só conseguiu sair da mina depois de encontrar João Bússola (na verdade quem o encontrou foi Ricochete). Ela, Arthur e o cachorro seguiram o velho por dezenas de metros de galerias subterrâneas, e assim que emergiram das profundezas, João tomou um caminho, e ela tomou o outro. Júlia demorou mais de cinco horas para voltar à Terra Cota, e nesse meio tempo choveu tanto, que era possível que metade do céu tivesse desabado.

Quando os policiais chegaram à mina, um dia depois, com material de escavação e voluntários, havia uma série de controvérsias no depoimento, tanto de Júlia quanto do menino. Para começar, não existia nada parecido com os cristais que Júlia descreveu. Existia quartzo, sim, uma montanha dele, mas a maior parte do minério era rochoso e misturado à poeira, e se esfarelava rapidamente quando era retirado da rocha-mãe. Sobre a parte plana, onde Júlia disse existir "um tipo de lago de gelo, só que de granito escuro", não chegaram nem perto. A respeito de Belmiro Freitas, ela nunca disse uma palavra. Era o que loucos como ele mereciam, o esquecimento.

A estrada da serra foi liberada duas semanas depois de desistirem de encontrar o corpo de Diogo, e só então a notícia da "presença alienígena" se espalhou por aí. Em questão de horas, dezenas de repórteres colocaram Júlia Sardinha e Terra Cota em seus noticiários, mas a cidade se manteve firme e discreta, preservando seus maiores segredos como vinha fazendo desde o milênio anterior. Não havia ouro escondido em uma história como aquela, apenas dor e pontos de interrogação.

Coube a Júlia se agarrar à rotina. Em pouco tempo ela assumiu o lugar de seu pai e foi ideia dela mesma aumentar a participação dos ouvintes colocando, uma vez por semana, os microfones à disposição exclusiva do pessoal do Morro do Piolho. Os relatos das duas partes da cidade foram voltando à normalidade aos poucos, e depois de alguns meses, os problemas mais sérios voltaram a ser a falta de policiamento e o asfalto que nunca chegava a algumas ruas da periferia. Durante esses três meses, o chamado mais estranho que Júlia recebeu não veio de um ouvinte, mas de um velho amigo.

Júlia colocou o macarrão na boca e saboreou a tensão no rosto de Tales Veres. Mastigou, engoliu, tomou um pequeno gole de cerveja. Só depois deu seu veredito.

— É muito bom, mas você sabe que não é perfeito.

Tales riu e completou o copo.

— Você precisa aprender a mentir urgentemente, Júlia Sardinha.

Ela concordou com um sorriso. — Se tivesse um pouquinho mais de pimenta, podia chegar no ponto, mas eu já fico feliz pela companhia.

— Está tudo bem em casa?

— Na medida do possível. Meu pai não anda muito bem de saúde.

— Alguma coisa séria?

— Seu Milton é um homem à moda antiga, e ele faz questão de fazer as mesmas merdas que vocês faziam há quarenta anos. É a bendita próstata. Meu pai ainda pensa que uma dedada no cu dói bem mais que um câncer. Se ele tivesse ido no médico na hora certa, não precisaria de um tratamento tão pesado.

— A senhorita pode ficar tranquila quanto à minha saúde, desde que a gente não precise entrar em detalhes.

Júlia deixou o riso escapar e o rosto de Tales ganhou a cor de um molho de tomate.

— Nada de novo sobre o que prometemos não falar tão cedo? — Tales perguntou.

— Nada, seu Tales. Nada de vazamentos telefônicos, nada de transmissões bizarras no rádio, muita gente de Terra Cota se comporta como se nada tivesse acontecido. — Júlia deixou os olhos vagarem pelo outro lado da rua. Uma menininha caminhava em frente a uma casa lotérica, devia ter cinco ou seis anos. — Esse... *evento* levou muita gente embora — Júlia continuou, pesarosa. — Gente boa que não merecia ir.

— Não foi o evento, Júlia, nós dois sabemos disso. Por mais que exista esse elemento catalizador, o mal maior foi causado pelas pessoas.

Ainda olhando para o lado de fora da cantina, ela disse:

— Eles nunca encontraram o corpo do Diogo. Eu estava no *meio* daquela insanidade, vi meu amigo morrer... e não consegui dar um enterro decente a ele. — Ela baixou a cabeça. — Não faz sentido, Tales. Como todo o resto que desapareceu. — Ela voltou a olhar para o amigo. — Eu mantive contato com o Péricles e o Frias. Acredita que os laboratórios, *todos eles*, disseram que as análises iniciais estavam equivocadas?

— Não é a primeira vez. O Brasil e o mundo têm um longo histórico em acobertar o que não entende. É sempre mais fácil fingir que não aconteceu, do que sustentar uma prova incompreensível. E algumas vezes, mesmo com uma prova irrefutável, as pessoas preferem manter a segurança da mentira. — Ele deixou o olhar vagar ao seu redor. — A única verdade imutável, até onde eu vejo, é que o ser humano vai seguir seus próprios interesses e se economizar sempre que puder.

— Coitado do Diogo - disse Júlia balançando a cabeça. — Nem as investigações seguiram em frente. Estive na delegacia há umas três semanas, a investigação sobre Heriberto Plínio e a organização de que ele fazia parte está estacionada. De novo.

— Essa gente sabe se esconder, Júlia, são ratos. E como todo rato, eles vão ressurgir quando sentirem fome. — Sua voz assumiu um tom fraterno. — E o menino? Como foi que aconteceu? Eu soube pelos noticiários que ele voltou para a casa dos avós.

— Voltou sim, tadinho. Hector passou todo aquele tempo com uma família desconhecida, eles mentiam que estava tudo bem, e não deixavam ele sair de casa. O menino passou *meses* na frente de uma televisão, ouvindo que os pais logo viriam buscá-lo. Um dia ele acordou no meio da estrada Vicentino Glauber. Quem encontrou foi um dos rapazes que trabalha no condomínio Campos da Duquesa. O menino demorou dois dias pra falar com alguém.

Júlia colocou outro garfo de macarrão na boca e o engoliu com um último gole de cerveja.

— Depois desse macarrão, o que você acha de me contar por que me arrastou pra Três Rios?

A nova cerveja chegou assim que Tales terminou seu prato.

Eles fizeram um brinde discreto, os vidros se tocaram e os copos voltaram à mesa.

— Exatamente como eu esperava — Tales começou a explicar —, as empresas enfiaram meia dúzia de atualizações de segurança e ficou por isso mesmo. Eles ainda devem estar investigando, mas a coisa ganhou outro nível, um que eu não tenho total acesso.

— Mas...? — inferiu, esperançosa.

— Diferente desse pessoalzinho montado na grana, minha mola propulsora não é o dinheiro, meu negócio é a curiosidade. Pensa comigo, Júlia, quantas pessoas têm a chance de viver o que nós vivemos? De presenciar o que nós presenciamos? Tá certo que eu não vi pessoalmente nenhuma entidade biológica extraterrena, graças ao bom Deus — ele se ajeitou na cadeira —, mas o que aconteceu em Terra Cota é um marco para esse planeta.

— Sim. E?

Tales respirou fundo. Precisou de mais oxigênio para retirar aquele cadáver da cova.

— Não foi só em Terra Cota.

Houve um silêncio instantâneo à mesa, e Tales precisou adicionar mais cerveja nos copos para conseguir ir em frente.

— Fiz alianças com o demônio para conseguir informações confiáveis. São os telefones, Júlia, os aparelhos estão tendo problema em outros lugares. E em todo lugar onde essa anomalia aconteceu, eventos bizarros foram percebidos nos animais. Eles estão enlouquecendo por todo o globo, e ninguém faz ideia de qual seja o problema ou de como contorná-lo. Elefantes partindo para o suicídio, invasão de cacatuas na Austrália, besouros infestando a Argentina, e agora, ontem, aliás, o Ibama reconheceu uma invasão de estorninhos no Brasil. Parece que entraram pelo sul do país.

— Não sei quase nada sobre eles, mas eu sempre penso em andorinhas. Eles se parecem com elas?

— Estorninhos medem uns vinte centímetros — Tales riu com leveza. — Eles se comportam bem mais como os corvos, voam em bandos, são uma praga equiparável aos gafanhotos. Os estorninhos estão atacando em grupos cada vez maiores, competindo pelo alimento e pelos ninhos com as aves locais, esses bichos estão entre as cem piores espécies invasoras exóticas do mundo. — Ele juntou as mãos em frente ao rosto. — Júlia, eu queria muito dizer que não vejo uma relação entre o que aconteceu em Terra Cota e o que está acontecendo lá fora, mas não parece verdade. O que torna ainda mais incompreensível eles terem deixado a gente em paz. Por isso chamei você aqui.

— A resposta rápida é pensar que o nosso planeta reage a eles, como reagiria a um vírus — teorizou Júlia. — Aquela... coisa azulada sempre usou "nós", nunca "eu", e ela disse outras coisas que me fazem pensar que as plantas eram parte dela, um sistema único e ao mesmo tempo coletivo. Quando os pássaros começaram a comer as plantas...

— Eles não tiveram escolha a não ser ir embora — Tales completou.

— Talvez tivessem, e isso derruba totalmente essa primeira teoria. Meu amigo Péricles enviou algumas maritacas para necrópsia, eles descobriram que elas foram eletrocutadas e a corrente foi estimada em milhares de volts. Provavelmente foi o mesmo estouro que afugentou o resto delas. Um colega no INPE disse que nunca captou nada parecido, mas que só poderia ter vindo de um fenômeno natural, como um raio, um trovão. — Os pensamentos de Júlia voavam. — Entende onde eu quero chegar? Algo com esse poder de fogo só poderia ter *decidido* ir embora, por escolha.

— Ou eles estão escondidos.

— Em terrenos estrangeiros, a discrição sempre venceu mais guerras que o franco ataque. Eu também andei colocando minhas pesquisas em dia, Tales. A primeira sequência que recebemos na transmissão da rádio, que era a proporção áurea organizada em dezenas, apareceu em transmissões não identificadas em pelo menos cinco países. Em mais de treze países, foi parte da sequência em si que foi recebida pelo rádio. E eu acredito que tenha muito mais por aí sem registro. A primeira transmissão, para você ter uma ideia, é de mil novecentos e trinta e três.

Júlia cruzou os dedos, pensativa, como se calculasse se deveria ou não seguir com aquela conversa. No final, acabou decidindo que sim.

— Eu fiquei muito tempo revivendo o momento e pensando em cada palavra que ouvi daquele ser. Uma das frases que eu me lembro, era sobre observar e aprender. Já ouviu falar em biomimética?

— O termo não me soa estranho. Posso ter visto em algum programa de tv. Tem a ver com imitar a natureza?

— Quase isso. A biomimética é uma ciência que estuda processos da natureza e usa os casos de sucesso biológico pra facilitar a vida das pessoas; em tecnologias, por exemplo. Sabia que a frente de um trem bala é inspirada na cabeça de um passarinho? Pra diminuir o impacto sonoro com o ar?

— Não fazia ideia.

— A estrutura hexagonal das colmeias é outro caso, já usamos em telescópios, em nichos domésticos... o próprio velcro foi inspirado na aderência dos carrapichos. Existem sondas que são feitas com base nas trombas dos elefantes, que, aliás, respeitam a proporção Fibonacci — ela enfatizou a palavra com o olhar aguçado. — Enfim, isso é só o começo de uma longa lista.

— Você acha que aquele ser estava nos copiando?

— Não só isso. Pensa no que aconteceu com a gente, em tudo o que experimentamos, nas nossas soluções desesperadas e na confusão que essas escolhas geraram. A violência, o exagero das religiões, assassinatos, suicídios... e ela, a coisa, também descobriu maneiras de invadir nossas comunicações e falar com a gente. Talvez *nós* sejamos uma ferramenta evolutiva, uma experiência, até mesmo um meio de cultura. Quem sabe eles não podem ser nem mesmo independentes? Eles ajudaram gente boa e ruim da mesma forma, prejudicaram do mesmo jeito, não fizeram escolhas morais. Essas entidades estranhas nos testaram de todas as maneiras possíveis. E se a missão deles fosse modificar sua própria espécie e encontrar uma maneira de sobreviver entre nós? *Através* de nós? E ainda melhorando nossa condição de vida?

— Seria a colonização perfeita.

— Eu tenho uma amiga que é psicanalista, a gente gosta de sair e tomar umas cervejas, falar mal dos homens — Júlia riu de maneira divertida. — Em uma das nossas conversas, ela comentou que o que separa a raça humana das outras espécies é a nossa forma de compreender e transmitir o conhecimento de uma geração para a outra. Talvez essa seja a segunda parte da resposta. Eles querem entender nossa capacidade de adaptação e a forma como comunicamos essa mudança, com o objetivo de fazerem o mesmo. O que quer que aquela coisa fosse, ela acreditava que a vida nada mais é que informação preservada e passada a diante.

— Podemos convidar sua amiga para um próximo almoço? Eu adoraria.

Júlia riu.

— A gente pode tentar, mas ela morre de medo de ET.

Tales devolveu o sorriso e completou os copos.

— Eu ainda me pergunto por que *agora*, e por que eles nos deram a coordenada 35 pelos telefones, mas deram todas as outras pelo rádio? Com que objetivo?

— Tales, a gente nunca vai saber tudo. As rádios fantasmas da época da Guerra Fria são um bom exemplo, até hoje ninguém explicou direito. Os estudiosos acreditam que existem mensagens codificadas em todas as transmissões, e elas continuam por aí. A transmissão com a sequência Fibonacci se encaixa nesse mesmo padrão. E existem dezenas de outras.

— Tudo bem, considerando a vastidão do universo e as infinitas possibilidades que a vida encontre para existir, eu posso entender que esses... alienígenas aprendam nossa linguagem e usem nossos meios de comunicação para formarem sua própria rede, e que isso tenha bagunçado nossos telefones, tvs e rádios, mas tem alguma coisa que não se encaixa. — Tales deu um gole rápido na cerveja. — Por que esses seres usariam nossas próprias coordenadas de detecção de sinal pra fazer o servicinho sujo? Eles podiam usar música por exemplo, ninguém ia suspeitar de uma música, muito menos num rádio.

— E se eles, assim como nós, também concentrarem a especulação de vida exótica no universo através do rádio? Nós poderíamos ter escolhido outra parte do espectro de ondas, ou música, ondas gravitacionais, tecnologia quântica, distorções dimensionais, eu já perdi a conta de tudo o que li por aí... o fato é que nós escolhemos as ondas de rádio simplesmente porque somos capazes de compreender razoavelmente essa tecnologia. Agora pensa comigo: e se as coordenadas que ouvimos em nossos rádios não estivessem sendo transmitidas somente aqui em Terra Cota? Ou nesse planeta? E se nós só ouvimos em Terra Cota porque moramos em cima de uma montanha de quartzo?

— Estavam enviando nosso código de coordenadas lá pra cima? E usando o nosso quartzo? — Tales mordeu a ideia. — Júlia, mesmo que isso fosse plausível, considerando o tempo que esse sinal levaria pra chegar até essa... digamos, civilização-mãe... não faz muito sentido. Falamos de milhões de anos. Bilhões.

Júlia bebeu mais um gole.

— Nós não fazemos ideia da tecnologia ou da longevidade dessas coisas. A hipótese dos Anunnak por exemplo, os primeiros alienígenas que ouvimos falar, cada ano deles equivaleria a três mil e seiscentos anos terrestres, isso os faria quase imortais perto da idade de um ser humano. Mas vamos supor, Tales, apenas supor, que essas entidades de Terra Cota sejam uma subespécie, um tipo de sonda biomecânica. E que elas tenham sido semeadas pelo cosmos há milhões e milhões de anos atrás, espalhadas à esmo, procurando um planeta fértil. Aqui eu tenho um adendo. Lembra do que eu contei do seu Ary falando sobre os meteoros caindo aqui, em Cordeiros e Três Rios? Da suposta menina possuída?

Ele concordou com a cabeça.

— Agora vamos imaginar que as sementes que vieram com esses *cometas* precisem de um sinal de rádio específico e de uma forma de vida pré-existente para acordar e crescer, e que esses seres lá de longe estejam disparando esse sinal de rádio a algumas centenas de milhares anos depois da semeadura. Se eles conseguirem colocar essa colonização em prática *agora*, então daqui a milhões de anos, quando nosso cartão postal chegar ao destinatário e eles nos fizerem uma visita...

— Eles vão encontrar a casa arrumada.

— E com um tapete vermelho estendido, meu amigo. Eu não acho que nós fomos poupados. Pensa, eles germinaram, espalharam suas sementes, um monte de gente comeu delas e ainda precisamos incluir nessa conta todos os pássaros que fugiram para defecar o que comeram de sementes por aí. Quem sabe pra onde as maritacas foram? Pra onde elas levaram essas coisas?

— É uma teoria interessante, sem dúvida.

— E eu tenho um apêndice. Existe um processo de parasitose conhecido como Transferência Horizontal. Nesse mecanismo, uma planta ou alguma outra entidade biológica se alimenta não só dos nutrientes do hospedeiro, mas também de seu DNA. O parasita faz isso para ficar mais resistente ao meio ambiente, ele literalmente se apropria da evolução do outro roubando seu material genético.

— É possível que essa coisa tenha feito isso?

— Ah, Tales... Já que você está sendo tão gentil e me pagando um almoço, quer ver uma coisa muito, muito estranha mesmo?

— Pelo amor de Deus, não vá arrancar sua pele ou parir um alien no meio do restaurante, por favor.

— Quase isso. — Ela riu com a ideia. — Me empresta o celular.

Tales se esticou na cadeira e alcançou seu iPhone no bolso dianteiro da calça.

— Deixei de usar essas porcarias quando saí daquela caverna, mas você precisa ver isso aqui — ela abaixou o aparelho.

Júlia usava um vestido vermelho na altura do joelho, e não havia sinais da fratura em sua perna direita. Mas ela sabia onde estava, jamais esqueceria. Com o celular aberto, ela aproximou a tela do ponto exato onde deveria existir uma fratura consolidada. O aparelho sofreu uma espécie de interferência colorida e ondulante, como se alguma coisa tivesse pressionado a tela com força.

— *Eles ainda estão aqui dentro.*

O 4

Longe do tumulto da cidade, Gideão acendeu um palheiro e deixou a fumaça entrar em seu peito. Teria sorrido se não fosse tão ranzinza, mas algumas coisas precisam de tempo para mudar. Ele estava feliz por dentro, e isso era muito mais importante do que mostrar os dentes. Estava feliz porque a vida tinha voltado ao que era antes. Trabalho de dia, sono de noite, um radinho tocando moda de viola enquanto uma cachacinha esquentava a garganta no fim da tarde.

Desde que seu segundo filho foi declarado morto, ficar feliz se tornou algo muito difícil. Gideão passou semanas e mais semanas pensando na dádiva que seria acordar morto e se encontrar com seus dois filhos. Marta também experimentou sofrimento parecido, mas em vez do azedume, ela se apegou com Deus. Voltou pra igreja, começou a trabalhar pelos pobres, mas melhorar do sofrimento mesmo? Só aconteceu quando a netinha chegou (como nada é perfeito nesse mundo, ela veio acompanhada da mãe).

Já era tardinha, e enquanto o velho ouvia o rádio, Marta estava estendendo algumas roupas no varal e a menina brincava de pega-pega com o cachorro que mais parecia um pônei. Por sorte, o que Braddock tinha de grande, ele também tinha de tonto. E ele gostava da menina. Dormia no pé dela, corria pra lá e pra cá com ela, e só comia depois que Yasmin não tivesse mais nada em seu prato. A mãe ficava por perto e se esforçava para manter tudo em paz. Se Gideão pudesse falar com alguém que não o julgasse, ele diria que ela não era uma mulher ruim. Ela cuidava da menina, trabalhava, e ela tentou colocar dinheiro na casa duas vezes, o que Gideão não permitiu, evocando a primeira emenda do machismo.

Ainda sentia falta do seu filho e ficava pensando no que teria sido dele se aquela mulher não o tivesse deixado, mas, novamente, se pudesse falar com alguém que não o julgasse, Gideão diria que sofreu bem mais pela perda do primeiro filho. Diogo já estava perdido dele fazia tempo, tempo suficiente para se acostumar. Sentir falta, Gideão sentia, mas era passado. Enquanto a menina estivesse ali, no presente, a saudade ficaria dormindo.

Depois de cansar Braddock, Yasmin ficou entediada. Puxou a orelha dele, puxou o rabo, e no fim desistiu de reanimá-lo, voltando para a varanda. O cachorro a seguiu, resiliente, mas com meio metro de língua para fora.

O velho tratou de apagar o cigarro. Voltaria a acendê-lo assim que a menina se afastasse; não fumar perto de Yasmin era uma condição da mãe para que as duas continuassem na casa.

Havia muitas condições, aliás.

Ter menos carne e mais salada na mesa, não falar palavrão, não incentivar a menina a falar palavras erradas (pórva, fórfo e quase todas as palavras com L estavam na lista). Também não era permitido que ela andasse sem calçados perto do chiqueiro, ou beber refrigerante; chocolate era pouco ou nenhum, e nunca, nunca mesmo, eles deveriam deixar Yasmin ficar vendo tv até tarde da noite.

Como todo avô, Gideão respeitava todas aquelas condições de bosta quando a mãe estava por perto, mas reduzia o número a uma ou duas quando ninguém estava olhando.

E que se dissesse a verdade, a menina bem pouco se interessava pela televisão. Ela gostava mesmo era de correr pelo pasto, tomar chuva, se sujar na lama, perseguir as galinhas e ficar do lado da avó enquanto Marta cuidava da casa. Yasmin também não gostava muito de ir para a escola, mas isso só seria estranho se fosse o contrário.

— Vô?

— Oi, fia.

— Pra onde a gente vai quando a gente morre?

O velho até tossiu.

— Como?

— É vô, pra onde a gente vai quando vira estrelinha. Quando a gente vai e não volta mais, que nem o papai e o irmão dele.

O velho engoliu a secura da garganta e levou a mão ao bolso. Não acendeu o palheiro, mas a vontade era tão grande que chegava a ser necessidade. Costumava pensar em Diogo com alguma compostura, mas ouvir a menina perguntando era um pouco mais doído. Antes de responder, passou os dedos enrugados pela garganta e tossiu de novo, um antigo recurso para ganhar tempo.

Atrás dele, o radinho de pilhas parou de cantar e apitou. E Braddock grunhiu como um filhotinho.

Gideão e a neta olharam para o rádio ao mesmo tempo, e tudo o que saiu do autofalante foi um pouco de microfonia. O velho limpou a garganta de novo, desligou o aparelho, depois respondeu:

— Depois que tudo acaba, a gente fica onde o coração tá em paz.

O tempo passa diferente quando estamos ocupados, e se existe uma coisa que não diminuiu em Terra Cota, foi a necessidade das pessoas continuarem trabalhando. Acordar antes do galo, escovar os dentes sem conseguir abrir os olhos, colocar aquela camisa detestável e derrubar um pingo de café na gravata antes de se levantar da mesa. E depois de mais um dia lamentável e entediante como outro qualquer, parar no boteco para temperar o que sobrou da noite.

Juraci estava mais uma vez a postos, usando seu avental da polícia e sedento para encontrar o próximo engraçadinho que macularia a sagrada paz do seu estabelecimento. Ele não seria cínico de se queixar dos lucros, mas o pessoal andava perdendo as estribeiras com a bebida.

Muita gente dizia que a manguaça era um efeito reboot das desgraças dos últimos dois anos, que todo mundo estava meio louco porque queria recuperar o tempo perdido com a tal gripe. Outros culpavam a falta de empregos — e tinha gente que dizia que bebia justamente para conseguir se manter na porra do emprego. Mas se existia um bloco de pessoas que Juraci realmente se interessava em ouvir, eram os que colocavam a culpa no negócio das estrelas.

Naquela sexta-feira em especial, ele havia acabado de descer a porta e estava atendendo seus últimos clientes — Milton Sardinha, Adailson Nobre e um outro sujeitinho sem muita expressão que trabalhava no asilo da Estradinha do Pecado. Já passava das nove da noite, e aqueles três estavam em seu balcão desde as seis da tarde — o que significava que o teor alcoólico no sangue estava bem próximo ao de um tanque de gasolina.

Milton tinha chegado do hospital há apenas uma semana, mas já se sentia bem a ponto de ficar mais de cinco horas sentado em um banco, desde que contasse com a ajuda de uma almofadinha. No momento em questão, ele explicava aos colegas sobre o último procedimento ao qual se submeteu no hospital.

— Eles enfiam umas agulhas radioativas na próstata, lá por dentro.

— Enfiam? — Juraci perguntou chocado.

— É, Juraci. Bem por onde você está pensando. — Franziu os lábios. - Pelo cu.

Os homens não verbalizaram, mas cada um deu seu próprio gemido mental.

— É ruim, mas no final é uma coisa boa. Em vez de ficar tomando quimioterapia ou arrancar tudo, as agulhas disparam radiação e controlam o crescimento da próstata.

— Que coisa de louco. — Adailson acabou dizendo.

— Coisa de doido é o preço — disse, virando o corpo para o amigo enquanto erguia a mão em protesto. — Paguei um carro pra fazer isso. E ainda precisei ir pro Uruguai, porque o governo daqui ainda não legalizou o procedimento. — Juraci já ia azedando, mas Milton explicou. — Não especificamente *esse* governo do biroliro, todos os governos anteriores.

— Sorte mesmo deu o Custódio da oficina — Adailson disse. — Minha mulher conhece uma das enfermeiras que cuidou dele lá no hospital, ela contou que o homem tava pele e osso, e de repente começou a sarar. Ninguém entende o que aconteceu, mas o povo falou em milagre.

— O povo gosta de falar — Jaime, o enfermeiro, disse. — A Lúcia Louca, irmã da falecida Eugênia, chegou na clínica faz uns dois meses, já estão falando que ela é santa.

— Santa eu não sei, mas ela previu um monte de coisa que aconteceu aqui, isso foi na época daquelas coisa estranha. O seu lago, meu chefe, ele ficou com uns quadros que ela pinta, quadro, estátua, tem até umas poção. Ele não gosta muito desse assunto, mas no fim do ano ele contou que achou um monte de anotação, e tinha um quadro cheio de maritaca.

— Puta merda — Milton disse.

— Isso não é coisa de Deus — o enfermeiro alertou.

— E é de quem então? Do Diabo? — Juraci perguntou de volta.

O rapaz deixou a expressão cínica e concordante responder por ele.

— Quem sabe disso aí é o seu Milton — disse Adailson. — Conta aí, seu Milto, as coisa que o povo falava no rádio.

Milton deu um bom gole em sua cerveja. Como um bom contador de histórias, ele sabia que o silêncio, que o não dito, causava muito mais tensão que o próprio medo. Na hora certa ele falou.

— Isso foi na época que a estrada estava fechada. O povo começou a falar de cura, de barulhos estranhos no meio da noite, tinha gente que não conseguia dormir. Eu tenho um amigão no hospital, conheci por causa do negócio na próstata, ele contou que nunca viu nada parecido com o que aconteceu naqueles dias. Thierry Custódio não foi o único que se curou, não. Gente com câncer no pulmão, com doença maligna, criança que nasceu meio lerdinha, ele falou que em coisa de uma semana mais de vinte pessoas se curaram.

— Lembro do pessoal falando da igreja daquele pastor, o tal que sumiu, o... — Juraci vagou os olhos para o alto, pareceu ter esquecido do nome.

— Pastor Belmiro Freitas. — O enfermeiro o ajudou.

— Conhecia? — Adailson perguntou.

— Meu primo conhecia. O Dinho morava no Piolho, acabou levando uma bala na perna no dia do tiroteio. Eu tive contato com o Belmiro umas duas vezes.

— E ele era santo mesmo? — Milton quis saber. — Fazia milagre?

— Todo crente de verdade é santo. Mas o Freitas ajudava muita gente, dava dinheiro pro povo. O que não deixa de ser milagre nesse país.

— O governo também deu dinheiro pro povo — Juraci disse.

— Aquilo foi esmola — Adailson corrigiu.

E o silêncio se refez em prol da paz. Se existia um assunto que não poderia ser discutido com segurança naquele bar, naquela cidade, ou naquele país, era a desgraça da política atual. Era mais seguro falar de guerras, chacinas e doenças contagiosas. Foi a direção que a conversa retomou graças a Milton Sardinha.

— Tinha um pessoal comendo daquelas plantinhas, aquelas com frutinha espiralada, lembram disso?

— E tem jeito de esquecer? — Jaime perguntou. — A coisa tava empestando a cidade num dia, e no outro virou fumaça.

— Você comeu? — Juraci perguntou a Milton.

— Deus me livre. Esse negócio de comer qualquer coisa é um perigo. Comer macaco, escorpião, morcego... não tem como acabar bem.

— Tem um velho lá na casa de repouso, o seu Ary, ele contou que conhece essas plantas aí. Na época achei que ele falava pra chamar atenção, porque velho às vezes faz dessas, mas depois do que aconteceu... eu meio que levei à sério.

— O que ele disse? — Milton se interessou.

— Que não era a primeira vez. Sua filha deve saber dessa história. Ela falava muito com o Ary, ela e o tal polícia que morreu, Diogo.

— Que Deus o tenha — Juraci interrompeu para dizer.

— Que ele esteja bem na Glória — o enfermeiro completou. — Bom, o velho alemão falou que já tinha visto aquela plantinha. Ele entendia disso, de planta. Pelo que ele contou, elas ficavam perto da mina de quartzo e não faziam dessas curas antes. Mas já envenenaram uma porção de gente.

— Me lembro de um caso de envenenamento, foi na época que a gente tinha a cadeia aqui na cidade, antes de mudarem tudo pra Três Rios. Isso aconteceu lá pelos anos setenta — Juraci disse.

— Mudaram por causa das mortes — Milton explicou. — A gente recebeu um comunicado na rádio, acho que a tv também recebeu, a ordem era jogar a culpa na água que abastecia o presídio, era o que a gente precisava dizer pro povo. Eu sempre achei esquisito.

Os homens ficaram calados com seus copos. Aquela era uma conversa que não chegaria a lugar nenhum, principalmente porque só morreram presidiários. Na opinião de muitas pessoas daqueles anos duros (e de outras bem mais atuais), qualquer atrocidade era uma espécie de castigo merecido entre os presos, ninguém se importava com o que realmente tinha acontecido a eles.

— Meus contatos na polícia falaram de um pessoal da capital andando por aí. Fazendo perguntas, olhando torto pra todo mundo, um deles veio aqui no meu bar, perguntando sobre as coisas que aconteceram lá na mina. Ele disse que era jornalista, mas eu conheço polícia de longe.

— Tem um pessoal de Três Rios tentando comprar a mina — contou Adailson. — Eles foram atrás do seu Iago pra intermediar o negócio com a prefeitura, mas ele caiu fora. Iago diz que aquele lugar precisa ficar como tá, fechado.

— Comprar depois de tanto tempo...? — disse Milton.

— Estranho mesmo era falar com gente morta. Lembram disso? — Juraci perguntou com um sorriso divertido.

Milton deu um novo gole em sua cerveja.

— A maioria das pessoas precisa acreditar que existe alguma coisa depois da morte. Um copo despenca do escorredor da cozinha e é o espírito do avô empurrando, o rádio sai da sintonia e é o filho que morreu de acidente, alguém fala dormindo e é a alma da mãe falecida tentando se comunicar. No fundo, o ser humano nunca aceitou sua falta de importância. Por outro lado... eu não sei... — Milton estalou os lábios. — Todo mundo que mexeu com rádio a vida inteira já ouviu dessas histórias. Transmissões que não deviam ser captadas por conta da distância, frases codificadas, algumas vezes, as estações recebem transmissões de cinquenta, setenta anos atrás. Vocês já ouviram falar em transcomunicação? Em falar com espíritos pelo rádio?

— Espírito é demônio — Jaime frisou.

— Cada um com as suas crenças — Juraci mediou a conversa. Se aquele caga-cebo fosse assim tão crente, crente pra trincar mesmo, não deixaria tanto dinheiro em seu bar.

— Eu me expressei mal — Milton retificou. — Não é só com gente morta que eles falam.

— E com quem é? — Jaime se interessou um pouco mais.

— Algum tipo de inteligência. Civilizações... Eu fico pensando que a gente construiu nossa cidade em cima de uma montanha de quartzo... Isso pode ter ligado uma coisa na outra. Existe quem acredita que as pessoas que morrem se tornam outra coisa, vão pra outra dimensão. Vai ver eles podem se manifestar no rádio nas condições certas.

Milton voltou ao copo.

— E teve algum caso assim, um pouco mais esquisito, seu Milto? — Adailson perguntou.

— Teve sim. E esse eu sei que foi verdade. Eu não comi planta, nem me meti na mão de um curandeiro, mas quando a coisa estava pipocando aqui na cidade, eu também fui falar com o rádio. Não andava me sentindo bem, não conseguia urinar sem dor, então eu levei um radinho até o meu quarto, tirei da sintonia, tranquei a porta e perguntei o que eu tinha. E vocês, por favor, guardem segredo porque nem a minha filha sabe dessa história.

— Seu segredo vai morrer nos copos. — Juraci disse pelos outros homens.

— O rádio respondeu? — perguntou Adailson.

— Respondeu, sim. E eu podia jurar que era a voz da minha mãe.

— Creideuspai — Adailson se benzeu.

Jaime ficou na dele, assustado, mas ele não ousaria dizer que a mãe de Milton Sardinha era um demônio. Não na frente dele.

— E o que ela falou? — perguntou.

— "Tito, vai logo pro médico", foi o que ela disse. Não sobrou ninguém vivo nesse mundo que me chama de Tito, só a minha mãe e o meu pai me chamavam desse jeito.

Os homens estavam apreensivos de novo, calados, concentrados em suas bebidas. Juraci chegou a virar de costas e lavar dois copos antes de voltar a Milton Sardinha e perguntar:

— Você acha que era ela? Depois de tudo o que a gente ouviu na cidade, será mesmo que era ela?

— O que eu sei é o que a minha mãe faria. Ela não me mandaria comer plantas ou jogar na loteria, não ia tentar fazer minha cabeça contra as outras pessoas ou pedir que eu pulasse de uma torre, minha mãe me mandaria para o lugar certo. Foi exatamente o que ela fez.

6

Dias difíceis nunca foram novidade para Thierry Custódio. Homens como ele, que não foram abençoados com a beleza, os dons artísticos ou a riqueza, só tinham dois destinos conhecidos: o trabalho ou a completa insignificância. Sabiamente ele havia escolhido a trabalho há muito tempo, e foi para onde Thierry retornou quando as coisas se reorganizaram em Terra Cota.

Agora ele precisava trabalhar um pouco mais, afinal de contas, a Raio-Z passou por uma reforma e tanto desde sua saída do hospital. Não só a loja, como sua casa e, principalmente, ele mesmo. Para começo de conversa, Thierry não enfiava um daqueles tubinhos de câncer na boca desde que recebeu alta, e isso foi um pouco antes de ele se sentir bem de verdade.

Thierry saiu do hospital oito dias depois da explosão que fez chover passarinhos, mas cinco dias antes, quando a chuva feita de água ainda tentava afogar a cidade, ele recebeu a visita de Arthur Frias. Thierry não se lembrava bem de como tudo aconteceu, ele estava, como se dizia na cidade, *no bico do urubu*, mas ele recordava de ter ouvido a voz do menino sussurrar: "o senhor precisa engolir isso aqui pra ficar bom". Thierry tentou censurar o conselho, estava confuso e sonolento depois de tantos remédios, mas de alguma forma o menino puxou seu queixo e enfiou uma semente em sua boca. E ainda despejou água por cima. O velho se lembrava perfeitamente da tosse e do gosto de mofo, como se lembrava de todo o resto.

Nos primeiros dias, ele precisou continuar no hospital, não só pelo seu problema no coração, mas principalmente por uma espécie de alergia que deixou todo seu corpo empolado. A pele engrossou nos braços, nas pernas e nas virilhas, engrossou até no couro cabeludo. Mesmo sua garganta parecia mais estreita, como se a língua tivesse ficado cheia de bolinhas. A falta de ar veio na sequência, e respirar era tão complicado, tão penoso, que Thierry pensou mesmo em desistir. As duas paradas cardíacas chegaram no terceiro dia. Então, pela manhã, quando ele abriu os olhos, tudo o que precisou fazer foi retirar o tubo de nutrição enteral.

Ninguém o deixou sair imediatamente, mas, depois dos exames, nenhum médico poderia impedi-lo de cruzar as portas. Thierry sentia-se bem como não se sentia há cinquenta anos, mais do que bem, ele se sentia atualizado.

Se fechasse os olhos por um tempo, seria capaz de ouvir o que a tv de alguém estava dizendo a dez quarteirões. Se aumentasse sua concentração, poderia ouvir a respiração das moscas. E, se continuasse se concentrando, submergindo em si mesmo e no que o habitava, Thierry seria capaz de enxergar todas as cores daqueles sons. Não demorou muito tempo até ele perceber que não precisava de aparelhos de análise em suas bancadas. Nada de frequencímetros, multímetros ou osciloscópios. Para entender o que havia de errado com um equipamento, ele só precisava tocar nele, isso era o suficiente para o problema se iluminar em sua mente, como um contorno que escapou do desenho em uma folha de cartolina.

Em meses, Thierry não experimentou sequer um resfriado. Não teve dores de cabeça, perda de apetite ou vertigens. Nada de tosses ou pigarros. Segundo os médicos, seu coração se reconstruiu dentro do peito, se desinchou ao tamanho normal.

Mesmo com tantas boas notícias, Thierry sentia algo pernicioso, que nunca havia lhe incomodado até então. Era uma espécie de agonia, uma ansiedade crescente que só tinha fim quando ele conversava com seu amigo Arthur. Era o que ele fazia agora, enquanto posicionava sua luneta recém-adquirida no quintal arborizado da Raio-Z.

Arthur estava sentado em uma cadeira de vime. Ricochete, sob ela, mastigava um ossinho defumado que o menino trouxe de presente. Duas vezes por semana Arthur Frias se sentava naquela cadeira para ouvir o rádio, olhar as estrelas e conversar sobre as coisas que elas diziam. Em momentos como o agora, quando ele e o velho estavam juntos, conseguiam entender tudo, cada palavra ou linha de pensamento perdido no ruído branco intergaláctico. Era engraçado pensar que eles, os donos daquelas vozes, sempre estiveram ali, ocultos, e ao mesmo tempo tão presentes.

Uma pena que com essa estranha evolução também tenham surgido reações adversas. Arthur ainda gostava de seus amigos, mas agora ele entendia que não poderia, que não conseguiria mais pertencer a eles como antes. Ele havia se transformado em outra coisa, era dono de uma nova essência, de uma nova vontade. Ele comeu metade daquela semente azul que tirou Thierry da cama.

Se tanta novidade era um presente ou um castigo, o velho e o menino não sabiam, mas em ambos havia a certeza de que eles se tornaram parte de um sistema maior, onde eles eram antenas e aterramentos, vozes e ouvidos, percepções e pensamentos.

Por quais caminhos eles ainda iriam trilhar, não imaginavam, mas se fizessem a pergunta, talvez recebessem a resposta. Algo que, definitivamente, bem pouco importava àqueles dois. Algumas vezes, disse a mãe de Arthur Frias, a gente precisa acreditar pra tornar a coisa real.

E eles continuariam acreditando.

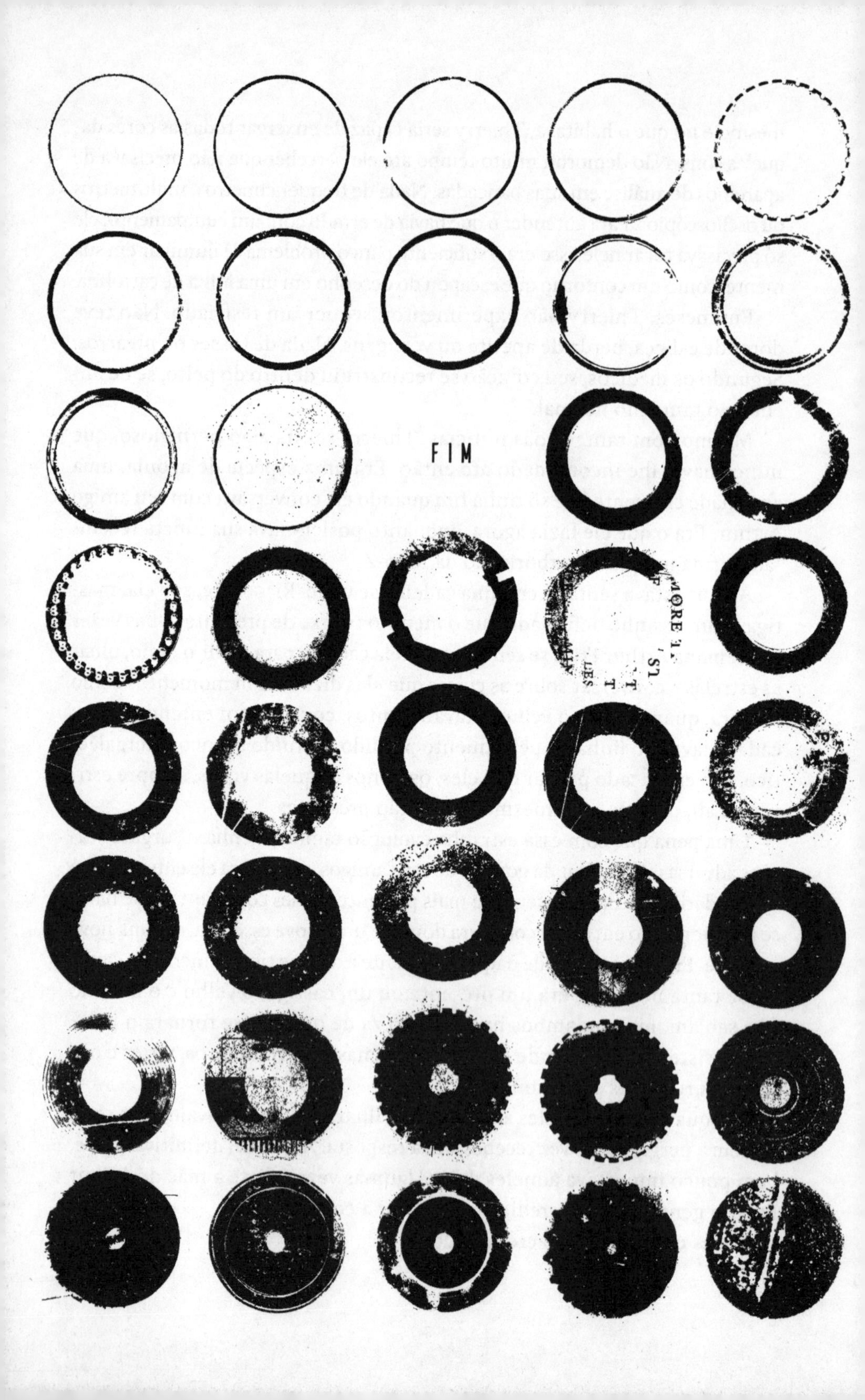
FIM

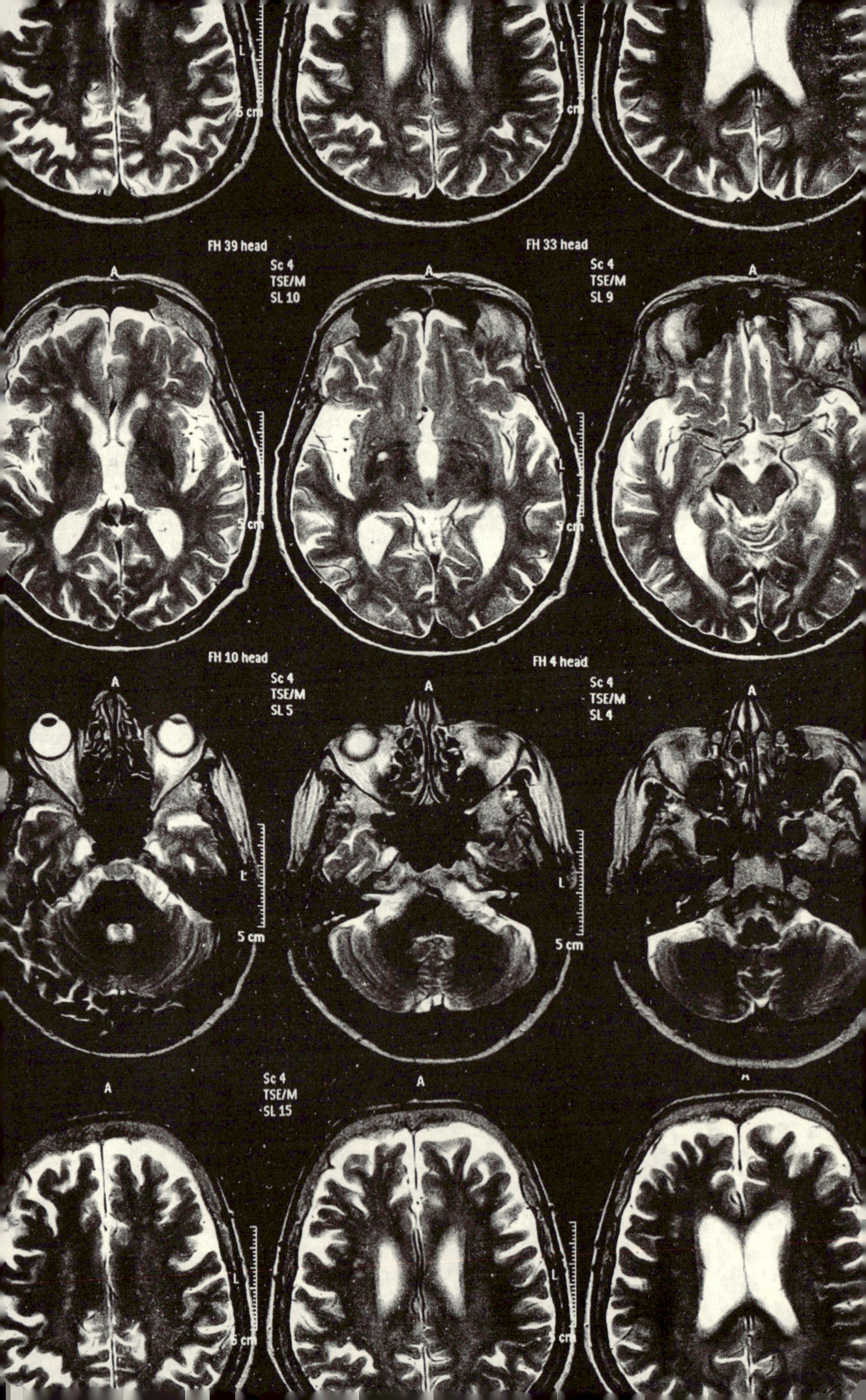

5 cm
L
5 cm
L
5 cm
FH 39 head
Sc 4
TSE/M
SL 10
A
FH 33 head
Sc 4
TSE/M
SL 9
A
A
L
5 cm
L
5 cm
FH 10 head
Sc 4
TSE/M
SL 5
A
FH 4 head
Sc 4
TSE/M
SL 4
A
A
L
5 cm
L
5 cm
A
Sc 4
TSE/M
SL 15
A
L
5 cm
L
5 cm

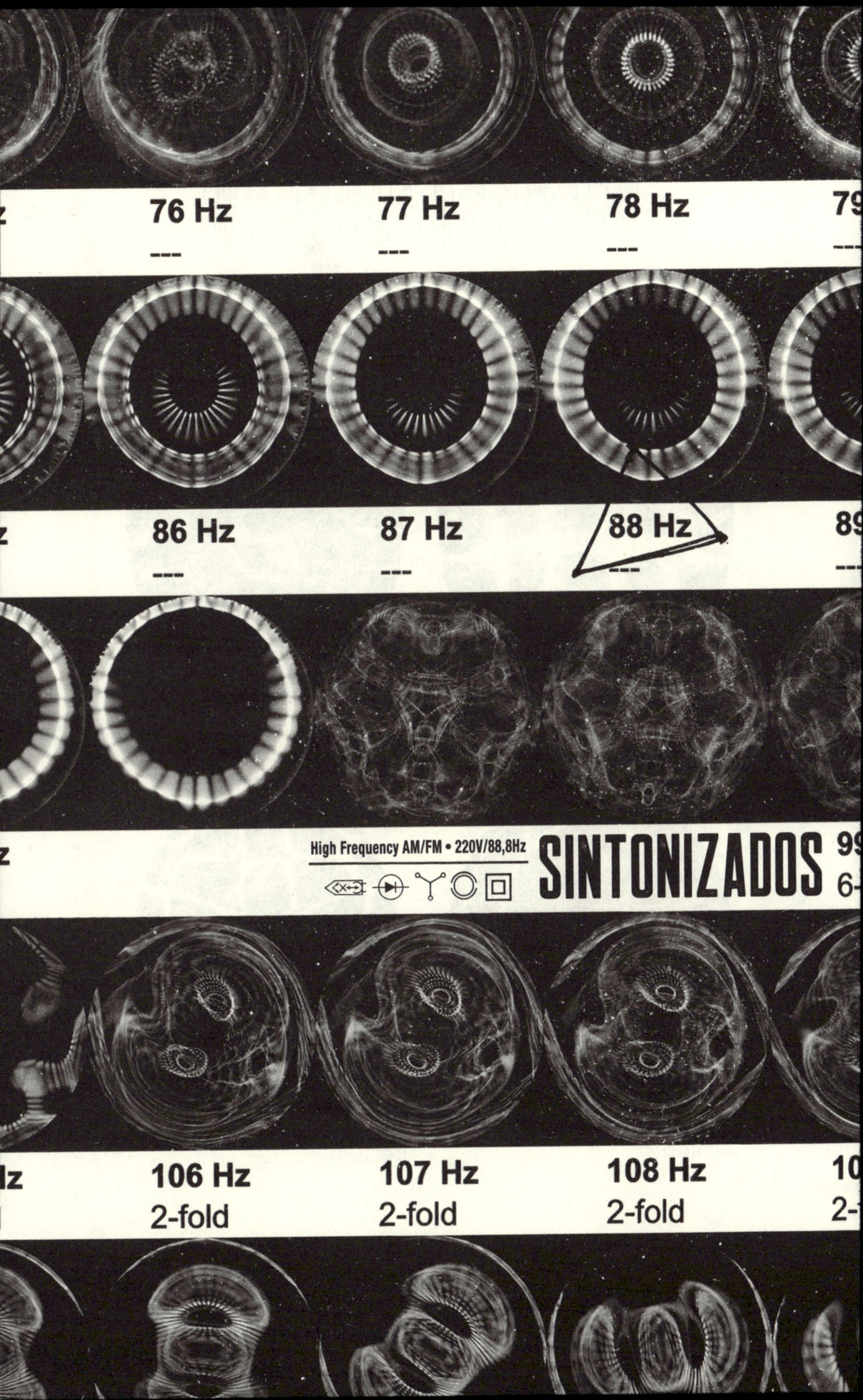
76 Hz
---
77 Hz
---
78 Hz
---
86 Hz
---
87 Hz
---
88 Hz

High Frequency AM/FM • 220V/88,8Hz
SINTONIZADOS
106 Hz
2-fold
107 Hz
2-fold
108 Hz
2-fold

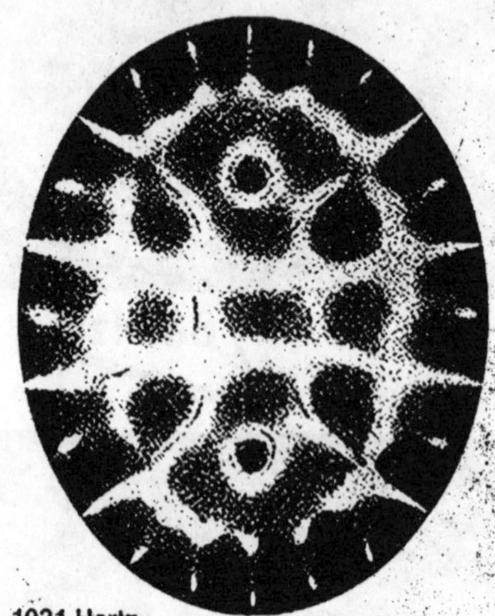

1021 Hertz

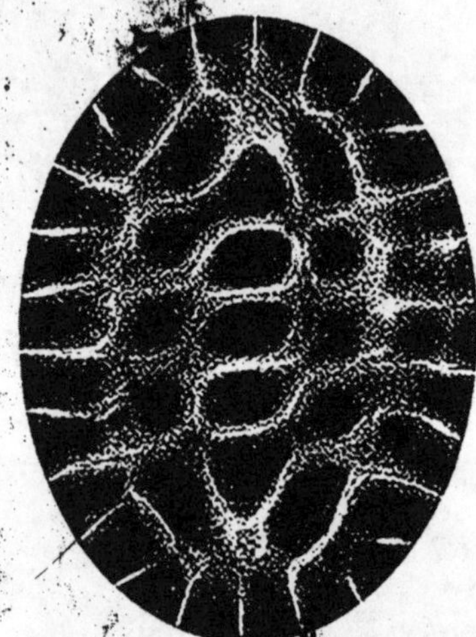

2041 Hertz

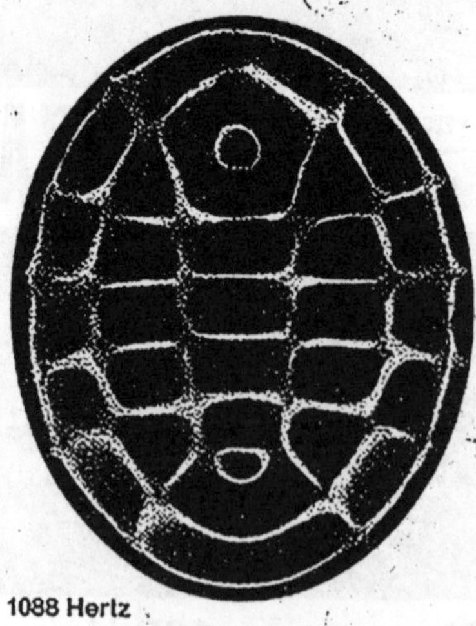

1088 Hertz

1085 Hertz

E aqui estamos, sobreviventes. Da vida, da ficção, da arte do horror. E já que sobrevivemos até aqui, podemos conversar mais um pouco? Não vou roubar muito tempo, prometo.

A ideia inicial deste livro surgiu em uma mensagem estranha e repetitiva que recebi em meu celular, o remetente era um número, e o assunto era esse mesmo número. Qual número? Não me lembro. Apaguei. Deixei de lado. Mas eu me lembro que aquele barulho irritante, a campainha do smartphone, me tirou de um outro texto que, no final das contas, se provou bem pouco importante. Já a *ideia* da mensagem misteriosa no celular pareceu promissora. E se aquilo, de alguma forma, não tivesse uma origem humana?

Esse é outro ponto engraçado, já que naquele momento eu não sabia o destino final dessa ideia, e sequer desconfiava que um dos assuntos principais nesse livro seria a humanidade. Nossos acertos, nossos erros, nossos segredos e intenções equivocadas. Não sei quanto a vocês, mas muitas vezes eu vejo uma sombra desproporcional ao brilho quando penso no ser humano.

Enquanto a ideia esperava sua chance, comecei e me interessar por ciência e ser encontrado por ela de uma forma surpreendente (culpem os algoritmos, tá certo?). De repente, eu me interessava mais por física quântica, universos paralelos, me encantava por multiversos e pela Teoria das Cordas. Durante esses anos de incubação, publiquei dois livros, e me peguei olhando para o céu noturno várias vezes (em uma noite em companhia da minha filha, observamos um desfile de satélites que pareciam muito com as outras estrelas). A noite certa para a ideia chegou muito tempo depois, quando encontrei, em uma reportagem, um sinal de rádio de origem desconhecida disparado do centro da Via Láctea.

Minha intenção neste livro não foi fantasiar um fenômeno astronômico, ou escrever ficção científica, muito menos defender veementemente que não estamos sozinhos no universo, mas ficarei feliz se *1618* semear algumas possibilidades. Você já deve ter percebido também que certos interesses me "beliscam" há um bom tempo, e embora eles tenham florescido aqui e ali em meus livros anteriores, foi somente nesse trabalho que eles encontraram a real possibilidade de existir. Quando a tv sai de sintonia e o ruído áspero dos chuviscos nos afronta, por que ficamos tão incomodados? O que se esconde nessas falhas ou ausências de transmissões humanas? A tecnologia que usamos e abusamos tem alguma coisa de *nossa*? Ou tudo o que experimentamos é um veículo universal a ser tripulado por diferentes inteligências? Foram essas questões que me levaram a esse livro, e também uma questão bem mais filosófica: do jeito que estamos indo, nós temos a capacidade de seguirmos a estrada evolutiva sem abreviarmos nossa própria extinção?

Deixando as questões de lado por enquanto (abusei delas, bem sei), aproveito para agradecer aos grandes humanos que me impulsionaram para esse lugar tão novo e cheio de possibilidades. Primeiro, agradeço a Silvia Miranda e Luiz Felipe Miranda, por sempre me acolherem e me tratarem como filho e irmão. Em uma das noites que estive com eles, enquanto tomávamos nossa última cerveja (talvez não tenha sido exatamente a última... já estávamos cansados), olhei para o céu além da varanda e vi um conjunto de torres de telefonia. Parte deste livro nasceu nesse momento, a partir do que ouvi sobre as torres.

Também agradeço a Rodrigo Luiz Domingues, que sempre conheci como "Pasté". Quando começamos um novo trabalho, em algum momento nos desencorajamos, e foi nesse ponto exato que Pasté, desaparecido para mim desde os tempos de faculdade, surgiu para me colocar na direção certa. Grande entusiasta do radioamadorismo, empresário, tocador de viola e veterinário, esse meu amigo também gosta de histórias sombrias e de pessoas assombradas. Não fosse seu reaparecimento em minha vida, este livro não teria acontecido tão rápido.

Mais uma vez agradeço aos grandes parceiros de Grayskull (vocês sabem quem são e como são imprescindíveis), à minha família que sempre exagera meu valor, e aos leitores que me mantém na ativa desde 2013. Cá entre nós, agradeço muito à minha filha e à minha esposa, por compartilharem o dia a dia nada fácil de um escritor brasileiro que tenta desesperadamente continuar existindo. Também sou grato a todos os que se mantiveram firmes no temperamento e suportaram dignamente este período difícil da nossa história. Agradeço da mesma forma aos que repensaram suas ideias e ocuparam um lugar ao nosso lado recentemente, vocês são bem-vindos.

Para terminar, gostaria de acreditar que não estamos sós no universo, e que essa companhia não seja tão predatória quanto nossa própria espécie. E já que estamos falando nesse assunto de novo, quando você olhar para cima novamente, ou perceber que seu rádio perdeu a sintonia, faça uma pergunta. Quem sabe você não recebe uma resposta?

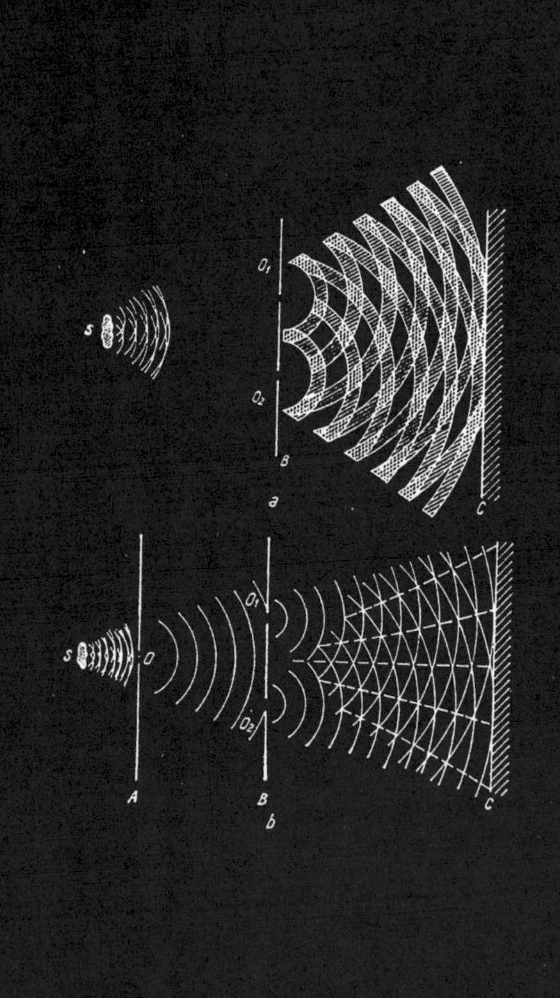

S
O_1
O_2
B
C
a
S
O
O_1
O_2
A
B
C
b

CESAR BRAVO nasceu em setenta e sete, em Monte Alto, São Paulo, e há mais de uma década dá voz à relação visceral com a literatura. É autor e coautor de contos, romances, enredos, roteiros e blogs. Transitando por diferentes estilos, possui uma escrita afiada, que ilumina os becos mais escuros da psique humana. Suas linhas, recheadas de suspense, exploram o bem e o mal em suas formas mais intensas, se tornando verdadeiros atalhos para os piores pesadelos humanos. Pela DarkSide®, o autor já publicou *Ultra Carnem*, *VHS: Verdadeiras Histórias de Sangue*, *DVD: Devoção Verdadeira a D.*, organizou a *Antologia Dark* em homenagem a Stephen King e, também para o mestre, traduziu *The Dark Man: O Homem que Habita a Escuridão*, poema do autor inédito no Brasil. Também na DarkSide® Books, editou obras de autores como Marco de Castro, Verena Cavalcante, Paula Febbe, Paulo Raviere e Márcio Benjamin. Seu novo romance, *1618*, leva os leitores direto para Terra Cota em uma frequência de horror que só os mais corajosos conseguem ouvir.

TOM CARAMELS nasceu na Holanda e se tornou ilustrador e tatuador. Seu trabalho artístico explora símbolos e sigilos que podem ser lidos de formas distintas por cada pessoa. Saiba mais em instagram.com/tomcaramels

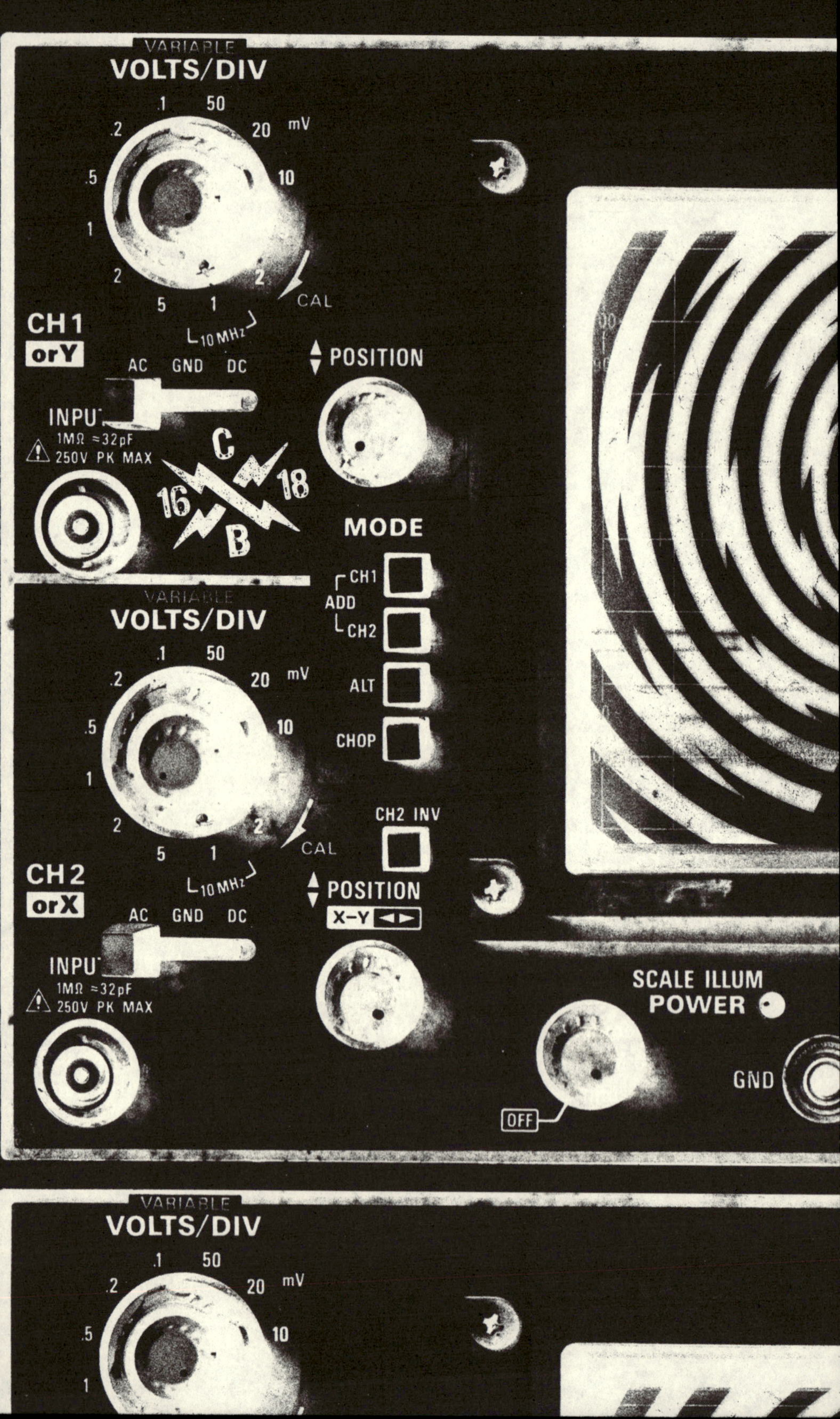
VARIABLE
VOLTS/DIV
.1 50
.2 20 mV
.5 10
1
2 2
5 1 CAL
10 MHz
CH1
or Y
AC GND DC
INPUT
1MΩ ≈32pF
250V PK MAX
POSITION
C
16 18
B
MODE
CH1
ADD
CH2
ALT
CHOP
VARIABLE
VOLTS/DIV
.1 50
.2 20 mV
.5 10
1
2 2
5 1 CAL
10 MHz
CH2 INV
CH2
or X
POSITION
X–Y
AC GND DC
INPUT
1MΩ ≈32pF
250V PK MAX
SCALE ILLUM
POWER
GND
OFF
VARIABLE
VOLTS/DIV
.1 50
.2 20 mV
.5 10
1

◄► POSITION
PULL
X10 MAG
SWEEP TIME/DIV
mS 1 .5 .2 .1 2 50 5 20 10 10 20 5 µS 50 .1 .2 SEC .5 .5 .2
CAL
TRIG
MODE
AUTO NORM X-Y
SOURCE
V. MODE CH1 CH2 LINE EXT
COUPLING
VIDEO
AC FRAME LINE
LEVEL
PULL
SLOPE (−)
− +
EXT. TRIG
1MΩ ≈32pF
50V PK MAX
ADJ
TRACE
ROTATION
FOCUS
INTENSITY
ASTIG
◄► POSITION
PULL
X10 MAG
SWEEP TIME/DIV
mS 1 .5 .2 1

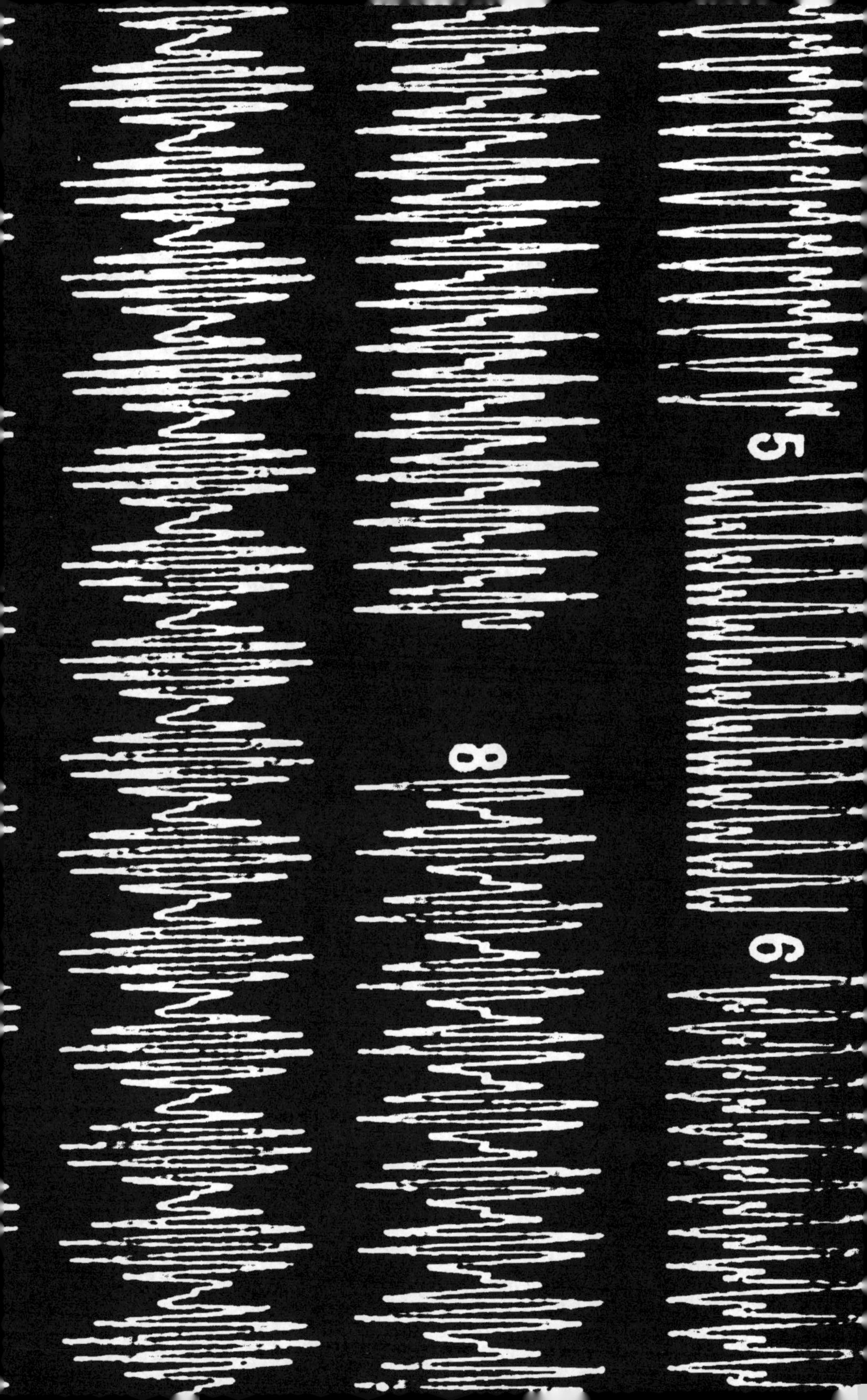

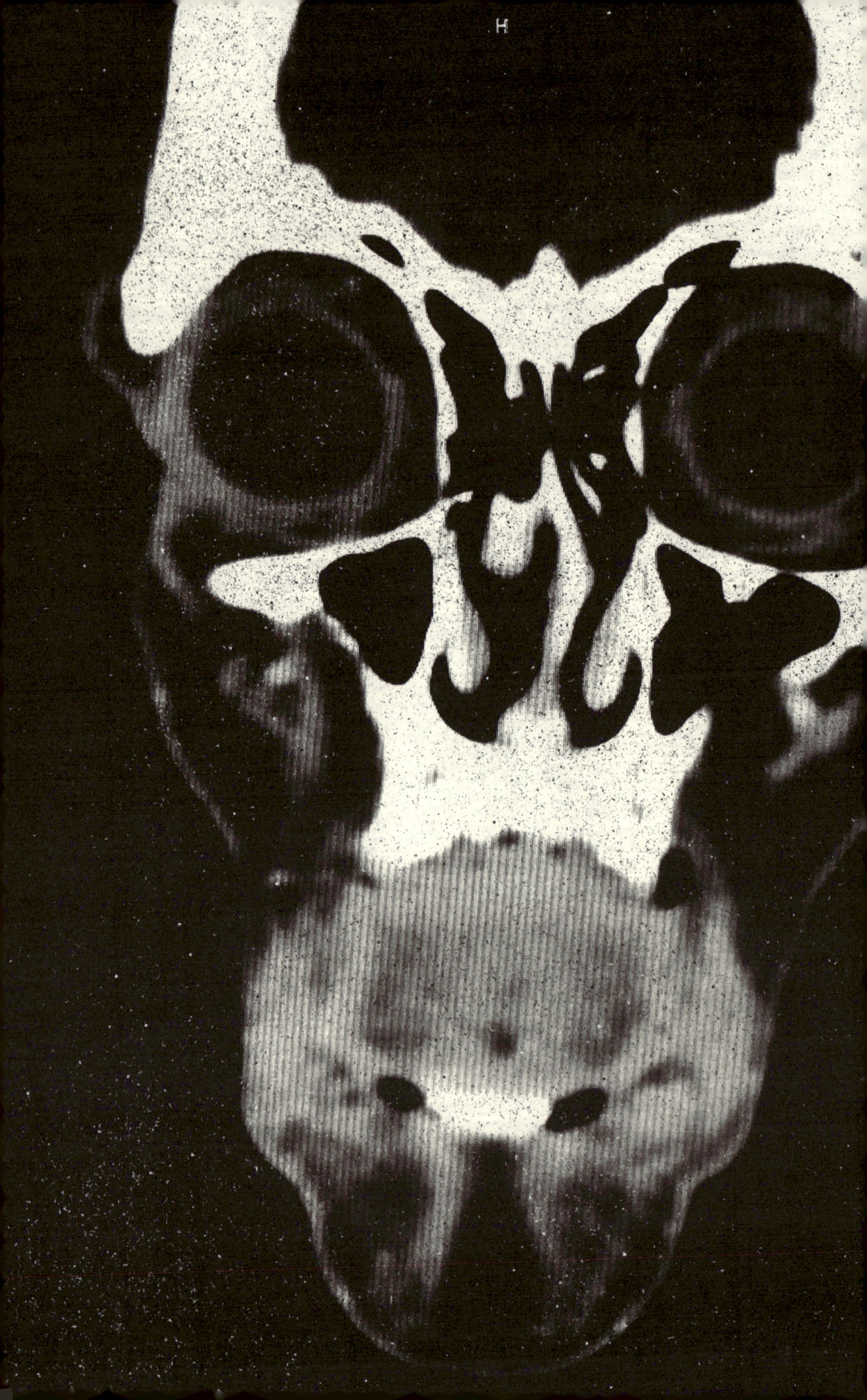
H

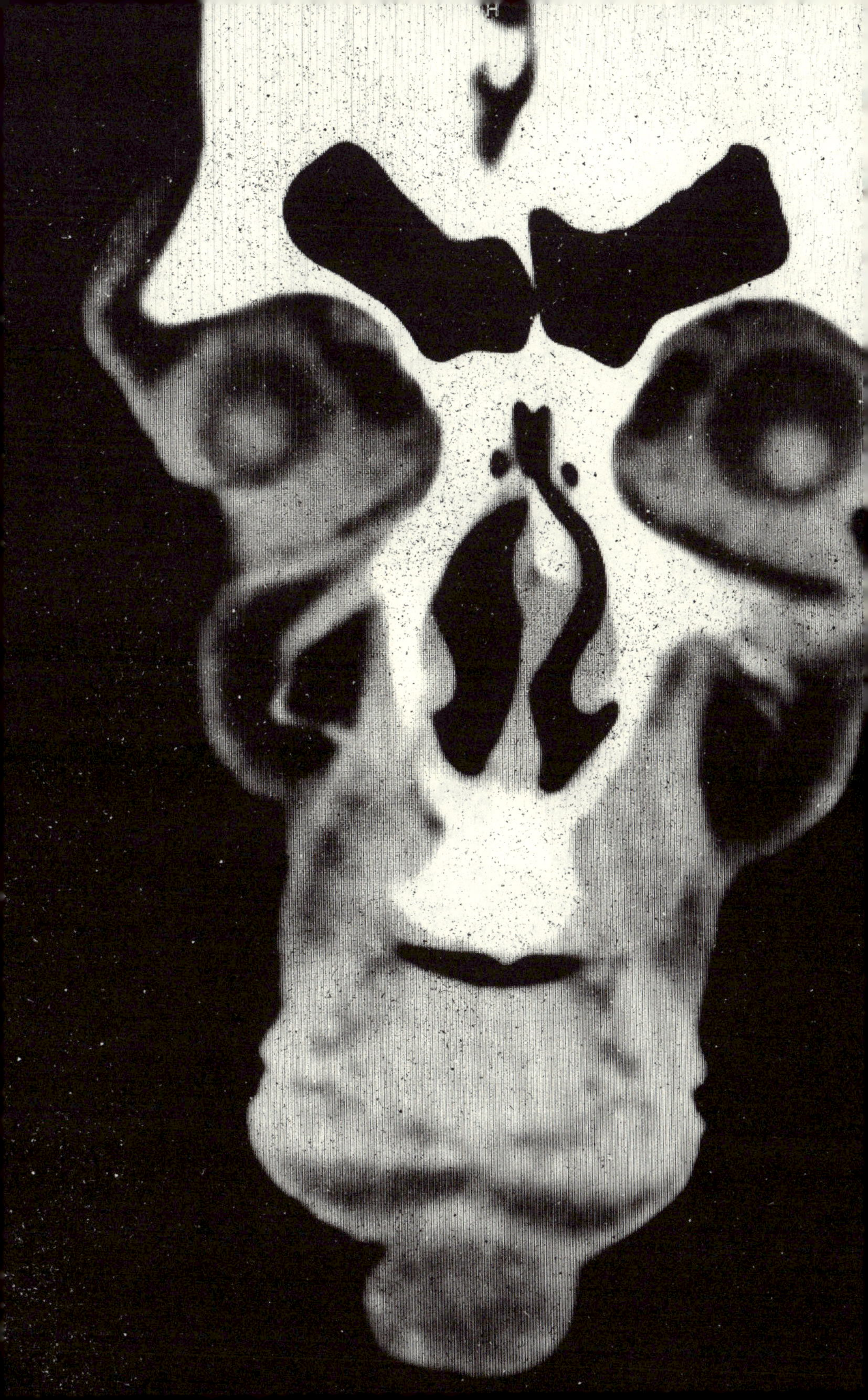

16

18

16
CESAR
BRAVO
DARKSIDE
88.8
18

High Frequency AM/FM • 220V/88,8Hz
EM UM UNIVERSO TÃO
NOS ENCONTRAMOS NA